*Zum Buch:*

Lakshmi hat das Unvorstellbare geschafft: Aus eigener Kraft, ohne Ehemann oder den Rückhalt einer Familie, hat sie es nur durch ihre außergewöhnlichen Fertigkeiten in der Hennakunst und ihr Wissen über Heilkräuter zu Unabhängigkeit und Wohlstand gebracht. Lakshmis makelloser Ruf öffnet ihr sogar die Türen zum Palast des Maharadschas. Doch gerade als sich all die harte Arbeit und die Entbehrungen der letzten Jahre endlich auszahlen, wird ihr vor Augen geführt, dass sie vor ihrer Vergangenheit nicht davonlaufen kann. Und dass noch viel mehr in ihr steckt, als sie für möglich gehalten hätte.

*Zur Autorin:*

Alka Joshi wurde in Indien geboren und lebt seit ihrem neunten Lebensjahr in den USA. Sie hat in Stanford studiert und besitzt einen Master of Fine Arts vom California College of Arts. Mit zweiundsechzig Jahren hat Alka Joshi ihren Debütroman *Die Hennakünstlerin* veröffentlicht. Der Roman stand monatelang auf der Bestsellerliste der New York Times und wird momentan als TV-Serie verfilmt.

# ALKA JOSHI

# Die
# HENNA-
# KÜNSTLERIN

*Roman*

Aus dem amerikanischen Englisch von
Birte Mirbach

HarperCollins

Die Originalausgabe erschien 2020 unter dem Titel
*The Henna Artist* bei MIRA Books, Toronto.

2. Auflage 2022
© 2020 by Alka Joshi
Deutsche Erstausgabe
© 2022 für die deutschsprachige Ausgabe
by HarperCollins in der
Verlagsgruppe HarperCollins Deutschland GmbH, Hamburg
Published by arrangement with
HARLEQUIN ENTERPRISES II B.V./SÀRL

Der Abdruck aus dem Gedicht »Heimreise« von Rabindranath Tagore
stammt aus dem Buch *Gitanjali – Gebete, Lieder und Gedichte*
Die Rechte an der deutschen Übersetzung von Axel Monte
liegen beim Anaconda Verlag,
in der Penguin Random House Verlagsgruppe GmbH, München.

Umschlaggestaltung von Rothfos & Gabler
Umschlagabbildung von plainpicture/AWL/Jon Arnold,
Design Pics/Ian Cumming
Gesetzt aus der Stempel Garamond
von GGP Media GmbH, Pößneck
Druck und Bindung von C. H. Beck, Nördlingen
Printed in Germany
ISBN 978-3-7499-0390-0
www.harpercollins.de

Für meine Mutter, Sudha Latika Joshi,
die sich für meine Unabhängigkeit eingesetzt hat.
Für meinen Vater, Ramesh Chandra Joshi,
der mir das süßeste Schlaflied vorgesungen hat.

Der Wanderer muss an jede fremde Tür klopfen,
um an die seine zu gelangen,
und du musst durch die gesamte äußere Welt streifen,
um zuletzt den Schrein im Herzen zu erreichen.

*(Aus dem Gedicht »Heimreise« von Rabindranath Tagore)*


Wenn die Göttin des Wohlstands zu dir kommt,
um dich zu segnen,
solltest du nicht den Raum verlassen,
um dir das Gesicht zu waschen.

*Hinduistisches Sprichwort*

# AUFTRETENDE PERSONEN:

*Lakshmi Shastri*: dreißigjährige Hennakünstlerin, die in Jaipur lebt

*Radha*: Lakshmis dreizehnjährige Schwester, die erst geboren wurde, nachdem Lakshmi das Dorf verlassen hatte

*Malik*: Lakshmis Dienstjunge, sieben oder acht Jahre alt (er weiß es selbst nicht), lebt in der beengten Innenstadt von Jaipur bei seiner muslimischen Tante und seinen Cousins

*Parvati Singh*: fünfunddreißigjährige führende Dame der Gesellschaft, Ehefrau von Samir Singh, Mutter von Ravi und Govind Singh, entfernte Cousine der königlichen Familie von Jaipur

*Samir Singh*: renommierter Architekt aus einer Rajputen-Familie aus einer hohen Kaste, Ehemann von Parvati Singh und Vater von Ravi und Govind Singh

*Ravi Singh*: siebzehnjähriger Sohn von Parvati und Samir Singh, ist im Mayo College im Internat (ein paar Stunden von Jaipur entfernt)

*Lala*: langjährige, unverheiratete Dienerin im Haushalt der Singhs

*Sheela Sharma*: fünfzehnjährige Tochter von Mr. und Mrs. V.M. Sharma, einem wohlhabenden Brahmanen-Ehepaar von bescheidener Herkunft

*Mr. V.M. Sharma*: offizieller Bauunternehmer der königlichen Familie von Jaipur, Ehemann von Mrs. Sharma, Vater von vier Kindern, darunter sein jüngstes Kind und einzige Tochter Sheela Sharma

*Jay Kumar*: alleinstehender früherer Schulkamerad von Samir Singh aus seiner Zeit in Oxford, praktizierender Arzt in Shimla (im Vorgebirge des Himalayas, elf Stunden Fahrt von Jaipur entfernt)

*Mrs. Iyengar*: Lakshmis Vermieterin in Jaipur

*Mr. Pandey*: Lakshmis Nachbar und ebenfalls Mieter bei Mrs. Iyengar, außerdem Sheela Sharmas Musiklehrer

*Hari Shastri*: Lakshmis entfremdeter Ehemann

*Saas*: bedeutet »Schwiegermutter« auf Hindi; wenn Lakshmi sich auf ihre *Saas* bezieht, meint sie Haris Mutter; wenn eine Frau ihre Schwiegermutter direkt anspricht, nennt sie sie respektvoll »Saasuji«

*Mrs. Joyce Harris*: junge Engländerin, Ehefrau eines britischen Armeeoffiziers, der dem Team in Jaipur für die Übergabe Britisch-Indiens angehört

*Mrs. Jeremy Harris*: Schwiegermutter von Joyce Harris

*Pitaji*: bedeutet »Vater« auf Hindi

*Maa*: bedeutet »Mutter« auf Hindi

*Munchi*: alter Mann aus Lakshmis Dorf, der ihr das Zeichnen und Radha das Mischen von Farben beigebracht hat

*Kanta Agarwal*: sechsundzwanzigjährige Ehefrau von Manu Agarwal, in England erzogen, stammt ursprünglich aus einer Literatenfamilie aus Kalkutta

*Manu Agarwal*: kümmert sich als leitender Direktor um die Liegenschaften der königlichen Familie von Jaipur, Ehemann von Kanta, in England erzogen, mit der Sharma-Familie verbunden

*Baju*: ein alter Familiendiener von Kanta und Manu Agarwal

*Maharadscha von Jaipur*: eine Repräsentationsgestalt nach der Unabhängigkeit, ranghöchster Angehöriger der Königsfamilie, besitzt viel Land und Geld sowie mehrere Paläste in Jaipur

*Naraya*: Bauunternehmer, der Lakshmis neues Haus in Jaipur errichtet

*Maharani Indira*: die Stiefmutter des Maharadschas, mit dem verstorbenen Maharadscha von Jaipur verheiratet, kinderlos, wird auch als Königswitwe bezeichnet

*Maharani Latika*: die aktuelle Ehefrau des Maharadschas, einunddreißig Jahre alt, in der Schweiz ausgebildet

*Madho Sing*: der Sittich von Maharani Indira

*Geeta*: Witwe, Samir Singhs derzeitige Geliebte

*Mrs. Patel*: eine von Lakshmis treuen Hennakundinnen, Hotelbesitzerin

*Am Ende des Buchs finden Sie ein Glossar von Begriffen in Hindi, Französisch, Deutsch und Englisch.*

# PROLOG

Ajar, Uttar Pradesh, Indien
September 1955

Sie läuft leichten Schrittes über die harte Erde, die schwieligen Fußsohlen unempfindlich gegen die kleinen Steinchen und den verkrusteten Schlamm am Flussufer. Auf dem Kopf balanciert sie einen *Mutki*, denselben Tonkrug, mit dem sie jeden Tag Wasser vom Brunnen holt. Heute trägt das Mädchen statt Wasser alles, was es besitzt: einen zweiten Unterrock und eine Bluse, den Hochzeitssari seiner Mutter, *Die Erzählungen von Krishna*, aus denen sein Vater ihm immer vorgelesen hatte – die Seiten waren weich wie Stoff vom jahrelangen Gebrauch –, und den Brief, der heute Morgen aus Jaipur gekommen war.

Als es die Stimmen der Dorffrauen in der Entfernung hört, zögert das Mädchen. Die Klatschmäuler schwatzen, erzählen sich Geschichten, lachen, während sie Saris, Westen, Unterröcke und *Dhotis* waschen. Aber sie weiß, wenn sie sie sehen, werden sie in Schweigen verfallen und sie anstarren oder auf den Boden spucken und Gott anflehen, sie vor dem Pechmädchen zu schützen. Sie erinnert sich an den Brief, der sicher im *Mutki* steckt, und denkt: Sollen sie doch. Es wird das letzte Mal sein.

Am Vortag hatten die Frauen den Vorsteher bedrängt: *Warum lebt das Pechmädchen immer noch in der Hütte des Lehrers, wenn wir sie doch für den neuen Schulmeister brauchen?* Das Mädchen war innerhalb der vier Lehmwände mucksmäuschenstill gewesen, aus Angst, dass sie hereinkommen und sie an den Haaren hinauszerren würden, wenn sie ein Geräusch machte. Jetzt gab es niemanden mehr, der sie beschützte. In der vergangenen Woche war der Körper ihrer Mutter zusammen mit den Knochen von toten Tieren verbrannt worden, dem Scheiterhaufen der Armen. Ihr Vater, der frühere Schullehrer, hatte sie vor sechs Monaten verlassen. Kurz darauf war er in einer flachen Wasserlache am Flussufer ertrunken, so besoffen, dass er den Stich des Todes wahrscheinlich nicht einmal gespürt hatte.

In der vergangenen Woche hatte das Mädchen jeden Tag am Rande des Dorfes auf den Postboten gewartet, der sporadisch mit dem Fahrrad aus dem Nachbardorf kam. Heute Morgen war sie aus ihrem Versteck hinausgesprintet, sobald sie ihn sah, wobei sie ihn erschreckt hatte, und hatte ihn gefragt, ob er irgendwelche Briefe für ihre Familie hätte. Er hatte die Stirn gerunzelt und sich in die Wange gebissen, während er sie mit seinen feuchten Augen durch seine dicken Brillengläser betrachtete. Sie konnte sehen, dass sie ihm leidtat, aber er war auch verärgert – sie fragte nach etwas, das nur der Vorsteher erhalten sollte. Aber sie hielt seinem Blick stand, ohne zu blinzeln. Als er ihr schließlich den dicken Umschlag aus Florpostpapier überreichte, der an ihre Eltern adressiert war, machte er das hastig, mied dabei ihren Blick und radelte so schnell er konnte davon.

Jetzt schlendert sie aufrecht, die Schultern zurückgenommen, an den Frauen am Flussufer vorbei. Sie starren sie an. Sie spürt, wie ihr Herz unregelmäßig schlägt, aber sie geht vorbei, aufrecht wie ein Zuckerrohr, den *Mutki* auf dem Kopf, als würde sie zum Bauernbrunnen zwei Meilen vom Dorf entfernt gehen, dem einzigen Brunnen, den sie benutzen darf.

Die Klatschmäuler flüstern nicht länger miteinander, sondern rufen einander zu: *Da geht das Pechmädchen! In dem Jahr, in dem sie geboren wurde, haben Heuschrecken den Weizen aufgefressen! Ihre ältere Schwester hat ihren Ehemann verlassen und wurde nie wieder gesehen! Schamlos! Im selben Jahr ist ihre Mutter erblindet! Und ihr Vater fing zu trinken an! Wie schändlich! Selbst die Gesichtsfarbe des Mädchens ist suspekt. Und nur* Angreji-Walli *haben blaue Augen. Gehört sie überhaupt zu uns? Zu diesem Dorf?*

Das Mädchen hat sich öfter Gedanken über diese ältere Schwester gemacht, von der sie alle reden. Diejenige, deren Gesicht sie nur als Schatten in ihren Träumen sieht, deren Existenz ihre Eltern nie bestätigt haben. Die Klatschmäuler sagen, dass sie das Dorf vor dreizehn Jahren verlassen hat. Warum? Wohin ist sie gegangen? Wie konnte sie einem Ort entkommen, wo die Klatschmäuler jede deiner Bewegungen überwachen? Ist sie mitten in der Nacht gegangen, als die Kühe und Ziegen alle schliefen? Es hieß, dass sie Geld gestohlen hatte, aber niemand im Dorf besitzt Geld. Wie hatte sie sich ernährt? Manche sagen, dass sie sich als Mann verkleidet hatte, damit sie auf der Straße nicht angehalten wurde. Andere sagen, dass sie mit einem Zirkusjungen davongelaufen sei und als *Nautch*-Mädchen lebte und meilenweit entfernt in Agra im Vergnügungsviertel tanzte.

Vor drei Tagen hatte der alte Munchi mit dem lahmen Bein – ihr einziger Freund im Dorf – sie gewarnt, dass der Vorsteher darauf bestehen würde, dass sie einen verwitweten Bauern heiratete oder das Dorf verließ, wenn sie die Hütte nicht räumte.

»Für dich gibt es hier nichts mehr«, hatte Munchi-*ji* gesagt. Aber wie konnte sie weggehen – ein dreizehnjähriges Waisenmädchen, das weder eine Familie noch Geld hatte?

»Habe Mut, *Bheti*«, hatte Munchi-*ji* gesagt und ihr erzählt, wo sie in einem Nachbardorf ihren Schwager finden würde, den Ehemann, den ihre Schwester vor all diesen Jahren verlassen hatte. Vielleicht konnte er ihr dabei helfen, ihre Schwester zu finden.

»Warum kann ich nicht bei dir bleiben?«, hatte sie gefragt.

»Das gehört sich nicht«, hatte der alte Mann sanft erwidert. Er verdiente sich den Lebensunterhalt, indem er Bilder auf die Gerippe von *Peepal*-Blättern malte. Um sie zu trösten, hatte er ihr ein Bild geschenkt. Voller Wut hätte sie es beinahe zurückgeworfen, bis sie sah, dass es ein Bild von Krishna war, der seine Gattin Radha, ihre Namensschwester, mit einer Mango fütterte. Es war das schönste Geschenk, das sie je bekommen hatte.

Radha verlangsamt ihren Schritt, als sie sich dem Dreschplatz des Dorfes nähert. Vier angespannte Bullen laufen im Kreis um einen großen, flachen Stein herum und malen Weizen. Prem, der sich um die Bullen kümmert, sitzt an die Hütte angelehnt und schläft. Leise eilt sie an ihm vorbei auf den engen Pfad zu, der zum Tempel von Ganesha-*ji* führt. Der Schrein hat eine schmale Öffnung, und innen drin steht eine Statue von Ganesha. Um die Füße des Elefantengottes herum sind Geschenke aufgebaut: eine frische Kokosnuss, Ringelblumen, ein kleiner Topf mit *Ghee*, Mangoscheiben. Aus einem Sandelholzräucherkegel kräuselt sich eine dünne Rauchfahne.

Das Mädchen legt Munchi-*ji*s Bild von Krishna vor Ganesha-*ji* ab, dem Entferner aller Hindernisse, und fleht ihn an, den Fluch des Pechmädchens von ihr zu nehmen.

Als sie das Dorf ihres Schwagers zehn Meilen westlich erreicht, ist es später Nachmittag und die Sonne hat sich dem Horizont genähert. Sie schwitzt durch ihre Baumwollbluse. Ihre Füße und Knöchel sind schmutzig, ihr Mund trocken.

Sie betritt vorsichtig das Dorf. Sie duckt sich hinter Sträuchern und versteckt sich hinter Bäumen. Sie weiß, dass ein Mädchen allein nicht freundlich behandelt wird. Sie sucht nach einem Mann, der so aussieht, wie ihn Munchi-*ji* beschrieben hat.

Sie sieht ihn. Dort. Er hockt mit dem Gesicht zu ihr unter dem Banyanbaum. Ihr Schwager.

Er hat dicke, ölige, pechschwarze Haare. Eine lange, zerfurchte Narbe schlängelt sich von seiner Unterlippe zu seinem Kinn. Er ist nicht jung, aber auch nicht alt. Sein Bush-Shirt ist mit Curry gesprenkelt und sein *Dhoti* staubig.

Dann bemerkt sie die Frau, die vor dem Mann auf der Erde hockt. Sie stützt ihren Ellbogen mit der anderen Hand, ihr Unterarm hängt in einem unnatürlichen Winkel herunter. Ihr Kopf ist vollständig von ihrem *Pallu* bedeckt, und sie flüstert leise mit dem Mann. Radha sieht zu und fragt sich, ob ihr Schwager sich eine neue Frau genommen hat.

Sie hebt einen kleinen Stein auf und wirft ihn nach ihm. Sie verfehlt ihn. Beim zweiten Mal trifft sie ihn am Oberschenkel, aber er klatscht nur mit der Hand darauf, als wolle er ein Insekt erschlagen. Er hört der Frau intensiv zu. Radha wirft weitere Kieselsteine und schafft es, ihn mehrere Male zu treffen. Schließlich hebt er den Kopf und sieht sich um.

Radha betritt die Lichtung, sodass er sie sehen kann.

Seine Augen werden groß, als würde er einen Geist sehen. »Lakshmi?«, fragt er.

# TEIL *EINS*

# EINS

Die Unabhängigkeit hatte alles verändert. Die Unabhängigkeit hatte nichts geändert. Acht Jahre nach dem Abzug der Briten hatten wir jetzt kostenlose staatliche Schulen, fließendes Wasser und befestigte Straßen. Aber Jaipur fühlte sich für mich noch genauso an wie vor zehn Jahren, als ich zum ersten Mal meinen Fuß auf seinen staubigen Boden gesetzt hatte. Auf dem Weg zu unserem ersten Termin an diesem Vormittag kollidierten Malik und ich beinahe mit einem Mann, der Zementsäcke auf seinem Kopf transportierte, als ein Fahrrad zwischen uns hindurchfuhr. Wegen des Radfahrers, der eine zwei Meter lange Leiter unter dem Arm hielt, streifte ein Pferdewagen ein Schwein, das quiekend in eine enge Gasse rannte. Einmal traten wir beiseite und ließen eine Band von *Hijras* passieren. In Saris gekleidet und mit Lippenstift geschminkt, sangen und tanzten sie vor einem Haus, um die Geburt eines Jungen zu segnen. Wir waren so an die Gerüche der Stadt gewöhnt – Kuhdung, Kochfeuer, Kokosnusshaaröl, Sandelholzräucherwerk und Urin –, dass wir sie kaum noch wahrnahmen.

Was die Unabhängigkeit tatsächlich verändert hatte, waren unsere Leute. Man konnte es an ihrer Haltung erkennen, den Brustkorb aufgebläht, als könnten sie es sich endlich erlauben zu atmen. Man sah es daran, wie sie zu ihren Tempeln gingen – entschlossen, stolz. Wie sie auf dem Basar mit den Verkäufern feilschten – kühner als früher.

Malik pfiff nach einer *Tonga*. Er war ein kleiner Junge, dünn wie ein Schilfrohr. Sein Pfeifen, laut genug, dass man es sogar noch in Bombay hören musste, überraschte mich immer wieder. Er hob unsere schweren *Tiffins* in den Pferdewagen, und der *Tonga-Walla* fuhr uns widerwillig die kurzen fünf Blöcke bis zum Anwesen der Singhs. Der Pförtner sah, wie wir aus der *Tonga* ausstiegen.

Vor der Unabhängigkeit hatten die meisten Familien in Jaipur in beengten Familienverbänden in der rosa Altstadt Pink City gewohnt. Aber die ganze Zeit über hatten Generationen von Singhs auf einem teuren Anwesen außerhalb der Stadtmauern gelebt. Sie gehörten der herrschenden Klasse an – Rajas und unbedeutende Prinzen, Armeeoffiziere – und waren lange an Privilegien vor, während und sogar noch nach der britischen Herrschaft gewöhnt. Das Anwesen der Singhs befand sich an einem breiten Boulevard, der von *Peepal*-Bäumen gesäumt wurde. Zweieinhalb Meter hohe Wände mit Glasscherben auf der Mauerkrone schützten das zweigeschossige Gebäude vor Blicken. Eine mit Bougainvilleen und Jasminranken überwucherte Marmorveranda zog sich über die Vorderseite und die Seiten von jedem Geschoss und kühlte die Häuser im Sommer, wenn Jaipur so heiß wie ein Tandoori-Ofen werden konnte.

Nachdem der *Chowkidar* der Singhs unsere Ankunft in der Kutsche mitbekommen hatte, entluden wir unsere Fracht. Malik blieb zurück, um mit dem Pförtner zu schwatzen, während ich den befestigten Steinweg hinunterging, der von einem weiten gepflegten Rasen flankiert wurde, und die Steinstufen zur Veranda von Parvati Singh hinaufstieg.

An diesem Vormittag im November war die Luft frisch, aber feucht. Lala, Parvati Singhs dienstälteste Haushaltshilfe und Kindermädchen ihrer Söhne, begrüßte mich an der Tür. Als Zeichen des Respekts zog sie den Sari über ihre Haare.

Ich lächelte und legte meine Hände zu einem *Namaste* zusammen. »Hast du das Magnolienöl verwendet, Lala?« Bei meinem letzten Besuch hatte ich ihr eine Flasche von meinem Mittel gegen schwielige Fußsohlen gegeben.

Sie verbarg ein Lächeln hinter ihrem *Pallu*, während sie einen nackten Fuß ausstreckte und ihn verdrehte, um mir ihre glatte Ferse zu zeigen. »*Hahn-ji*«, sagte sie leise lachend.

»*Shabash*«, gratulierte ich ihr. »Und wie geht es deiner Nichte?« Lala hatte ihre fünfzehnjährige Nichte vor sechs Monaten zum Arbeiten mit in den Singh-Haushalt gebracht.

Die alte Frau runzelte die Stirn, und ihr Lächeln verschwand. Aber als sie den Mund öffnete, um mir zu antworten, rief ihre Herrin von drinnen: »Lakshmi, bist du das?«

Lalas Gesicht verschloss sich schnell wieder, sie lächelte angespannt und deutete mit einem Neigen des Kopfes an, dass es ihr gut ging. Sie wandte sich zur Küche und überließ es mir, den Weg zu Parvatis Schlafzimmer selbst zu finden, wo ich schon so viele Male gewesen war.

Parvati saß an ihrem Schreibtisch aus Rosenholz. Sie warf einen Blick auf ihre schmale goldene Armbanduhr, bevor sie sich wieder dem Brief zuwandte, den sie gerade schrieb. Da sie selbst auch äußerst pünktlich war, hasste sie es, wenn andere sich verspäteten. Ich hingegen war daran gewöhnt zu warten, während sie eine schnelle Nachricht an Nehru-*ji* schrieb oder ein Telefonat mit einem Mitglied der indo-sowjetischen Liga beendete.

Ich stellte meine *Tiffins* ab und arrangierte die Kissen auf Parvatis cremeweißem Seidendiwan, während sie den Brief versiegelte und nach Lala rief.

Statt der alten Dienerin erschien Lalas Nichte. Sie hielt ihre großen, dunklen Augen auf den Fußboden gerichtet und hatte die Hände vor dem Bauch gefaltet.

Parvati runzelte die Stirn. Sie musterte das Mädchen und sagte nach einer winzigen Pause: »Zum Mittagessen erwarten wir einen Gast. Sorge dafür, dass wir *Boondi Raita* haben.«

Das Mädchen erbleichte. Sie sah aus, als würde ihr gleich schlecht werden. »Wir haben keinen frischen Joghurt, Memsahib.«

»Warum nicht?«

Das Mädchen trat verlegen von einem Fuß auf den anderen. Ihre Augen suchten im türkischen Teppich, dem gerahmten Foto des Premierministers, dem verspiegelten Cocktailschrank nach einer Antwort.

Als Parvati sprach, waren ihre Worte glasklar und scharf. »Sorge dafür, dass es *Boondi Raita* zu Mittag gibt.«

Die Unterlippe des Mädchens zitterte. Sie sah mich flehentlich an.

Ich ging zu den Fenstern, die zum hinteren Garten hinausgingen. Parvati war auch meine Herrin, und ich konnte dem Mädchen genauso wenig helfen wie das Tigerfell an der Wand.

»Lass Lala heute den Tee bringen.« Parvati schickte das Mädchen fort und ließ sich auf den Diwan sinken. Jetzt konnte ich damit beginnen, ihre Hände zu bemalen. Ich setzte mich an meinen üblichen Platz am anderen Ende des Diwans und nahm ihre Hände in meine.

Bevor ich nach Jaipur kam, ließen sich meine Damen die

Hände und Füße von Frauen aus der niedrigen Shudra-Kaste mit Henna bemalen. Aber die Shudra-Frauen malten das, was vor ihnen ihre Mütter gemalt hatten: einfache Punkte, Striche und Dreiecke. Gerade genug, um sich ein mageres Einkommen damit zu verdienen. Meine Muster waren aufwendiger – sie erzählten Geschichten von den Frauen, denen ich diente. Außerdem war meine Hennapaste feiner und seidiger als die Mixtur der Shudra-Frauen. Ich machte mir die Mühe, eine Lotion aus Zitrone und Zucker in die Haut meiner Damen zu massieren, bevor ich das Henna auftrug, damit das Muster wochenlang hielt. Je dunkler das Henna, desto mehr wurde eine Frau von ihrem Ehemann geliebt – zumindest glaubten meine Kundinnen das –, und meine üppigen zimtfarbenen Designs enttäuschten sie nie. Inzwischen glaubten meine Kundinnen, dass mein Henna ihre untreuen Ehemänner zurück in ihre Betten bringen oder ihren Gebärmüttern ein Baby entlocken konnte. Deshalb verlangte ich zehnmal so viel wie die Shudra-Frauen. Und bekam es auch.

Selbst Parvati schrieb die Geburt ihres jüngeren Sohnes meinen Henna Fähigkeiten zu. Sie war meine erste Kundin in Jaipur gewesen. Als sie schwanger wurde, füllten sich die Seiten in meinem Terminkalender mit den Damen aus ihrem Bekanntenkreis – der Elite von Jaipur.

Während das Henna auf ihren Händen trocknete und ich anfing, ihre Füße zu bemalen, beugte Parvati sich vor, um mir dabei zuzusehen, bis unsere Köpfe sich beinahe berührten. Ihr Atem roch süß nach Betelnuss. Ihr warmer Seufzer streifte meine Wange. »Du hast mir erzählt, dass du Indien niemals verlassen hast, aber dieses Feigenblatt habe ich bisher nur in Istanbul gesehen.«

Ich hielt den Atem an, und für einen Moment überkam mich wieder meine alte Angst. Auf Parvatis Füße hatte ich die Blätter des türkischen Feigenbaums gemalt – so ganz anders als sein Cousin aus Rajasthan, der Banyan, dessen dürftige Früchte sich nur für die Vögel eigneten. Auf ihre Fußsohlen, ausschließlich für die Blicke ihres Ehemanns bestimmt, malte ich eine große Feige, voll und sinnlich, in zwei Hälften geteilt.

Als sich unsere Blicke trafen, lächelte ich und drückte sie sanft an der Schulter zurück auf die Kissen des Diwans. Mit hochgezogener Augenbraue fragte ich: »Ist es das, was Ihrem Ehemann auffallen wird? Dass die Feigen türkisch sind?«

Ich zog einen Spiegel aus meinem Ranzen und hielt ihn an das Gewölbe ihres rechten Fußes, sodass sie die winzige Wespe sehen konnte, die ich neben die Feige gemalt hatte. »Ihr Ehemann weiß ganz gewiss, dass jede Feige eine besondere Wespe braucht, um die Blume tief in ihrem Inneren zu befruchten.«

Sie hob überrascht die Augenbrauen. Ihre dunklen, pflaumenroten Lippen teilten sich. Sie lachte, ein herzhaftes Röhren, das den Diwan erschütterte. Parvati war eine attraktive Frau mit wohlgeformten Augen und einem großzügigen Mund, die Oberlippe voller als die Unterlippe. Ihre farbenprächtigen Saris, wie der fuchsiafarbene Seidensari, den sie heute trug, ließen ihren Teint strahlen.

Sie wischte sich mit dem Zipfel des Saris die Augenwinkel. »*Shabash*, Lakshmi!«, sagte sie. »Jedes Mal, wenn du mich mit Henna bemalst, schafft Samir es an dem Tag kaum, meinem Bett fernzubleiben.« Ihre Stimme klang nach einem Nachmittag, den sie mit den warmen Schenkeln ihres Ehemanns an den ihren auf kühlen Baumwolllaken verbrachte.

Es kostete mich etwas Mühe, das Bild aus meinem Kopf zu verbannen. »So sollte es sein«, raunte ich, bevor ich meine Arbeit an ihrem Gewölbe wiederaufnahm, eine empfindliche

Stelle bei den meisten Frauen. Aber sie war an meine Dienste gewöhnt und schaffte es, dass mein Schilfrohr bei ihr nie zitterte.

Sie kicherte. »Die türkischen Feigenblätter bleiben also ein Geheimnis, genauso wie deine blauen Augen und deine helle Haut.«

In den zehn Jahren, die ich ihr schon diente, hatte Parvati dieses Thema immer wieder aufgegriffen. Indien war ein Land der pechschwarzen Iriden. Blaue Augen verlangten nach einer Erklärung. Hatte ich vielleicht eine schmutzige Vergangenheit? Einen europäischen Vater? Oder, noch schlimmer, eine angloindische Mutter? Ich war dreißig Jahre alt, geboren während der britischen Herrschaft und an abfällige Bemerkungen wegen meiner Abstammung gewöhnt. Von Parvatis Kommentaren ließ ich mich nie provozieren.

Ich legte ein feuchtes Tuch über die Hennapaste und gab etwas Nelkenöl aus einer Flasche auf meine Handfläche. Dann rieb ich meine Handflächen aneinander, um das Öl zu erwärmen, und griff nach ihren Händen, um die inzwischen getrocknete Hennapaste abzurubbeln. »Vielleicht wurde ja eine meiner Vorfahrinnen von Marco Polo verführt, *Ji*. Oder von Alexander dem Großen.« Während ich ihre Finger massierte, flockte trockene Hennapaste auf das Handtuch darunter. Allmählich wurde das Muster sichtbar, das ich auf ihre Hände gemalt hatte. »Möglicherweise fließt auch durch meine Adern Kriegerblut, so wie durch Ihre.«

»Oh, Lakshmi, mal im Ernst!« Ihre birnenförmigen Ohrringe aus Gold und Perlen tanzten fröhlich, während sie wieder lachte. Parvati und ich gehörten den zwei höchsten Hindukasten an, sie eine Kshatriya und ich eine Brahmanin. Aber sie konnte sich nie dazu überwinden, mich als ebenbürtig zu sehen, weil ich die Füße von Damen berührte, während ich sie mit Henna bemalte. Füße wurden als unrein betrachtet und sollten nur von der niedrigen Shudra-Kaste behandelt werden. Deshalb war ich in den Augen der Elite von Jaipur jetzt eine gefallene Brahmanin, auch wenn ihre Kaste jahrhundertelang für die Erziehung ihrer Kinder und die Durchführung spiritueller Riten auf meine Kaste gesetzt hatte.

Aber Frauen wie Parvati bezahlten gut. Ich beachtete ihre Sticheleien nicht, während ich den letzten Rest der Paste von ihren Händen entfernte. Im Laufe der Zeit hatte ich eine Menge Geld gespart und war so nah dran, mir meinen Wunsch zu erfüllen – ein eigenes Haus. Es würde Marmorböden haben, die meine Füße kühlen würden, nachdem ich einen Tag lang kreuz und quer durch die Stadt gelaufen war. So viel fließendes Wasser, wie ich wollte, statt meine Vermieterin darum anzubetteln, dass sie mir meinen *Mutki* füllte. Eine Vordertür, zu der nur ich den Schlüssel hatte. Ein Haus, aus dem mich niemand verjagen konnte. Mit fünfzehn hatte ich mein Dorf verlassen müssen, um zu heiraten, als meine Eltern mich nicht länger ernähren konnten. Jetzt konnte *ich sie* ernähren, mich um sie kümmern. Sie hatten kein einziges Mal auf die Briefe oder das Geld reagiert, die ich ihnen im Laufe der Jahre geschickt hatte, aber sie würden doch sicherlich ihre Meinung ändern und nach Jaipur kommen, wenn ich ihnen jetzt ein Bett in meinem eigenen Haus anbot? Meine Eltern würden endlich erkennen, dass alles gut ausgegangen war. Bis wir wieder vereint waren, würde ich meinen Stolz im Zaum halten. Hatte Gandhi-*ji* nicht gesagt: *Auge um Auge macht die ganze Welt blind*?

Das Geräusch von zerberstendem Glas erschreckte uns. Ich sah zu, wie ein Cricketball über den Teppich rollte und vor dem Diwan zum Stillstand kam. Einen Moment später kam

Ravi, Parvatis älterer Sohn, durch die Verandatür und brachte die Novemberkälte mit sich.

»*Bheta!* Schließ sofort die Tür!«

Ravi grinste. »Das war ein richtiger Hammerschlag von mir, und Govind war nicht darauf vorbereitet.« Er erblickte den Ball neben dem Diwan und hob ihn auf.

»Er ist so viel jünger als du, Ravi.« Parvati war nachsichtig mit ihren Söhnen, besonders mit dem jüngeren, Govind, der ihrer Ansicht nach das Produkt meiner Hennaanwendungen sein musste. (Ich hatte es vermieden, diesen Eindruck zu entkräften.)

Seit ich ihn das letzte Mal gesehen hatte, war Ravi größer und breiter in den Schultern geworden. Über seine kantigen Kiefer, die so sehr an seinen Vater erinnerten, zog sich jetzt ein Schatten. Offenbar musste er sich inzwischen rasieren. Mit dem rosigen Teint und den langen Wimpern, die er von seiner Mutter geerbt hatte, musste man ihn fast schon als schön bezeichnen.

Er warf den Ball in die Luft und fing ihn mit einer Hand hinter dem Rücken wieder auf. »Gibt es Tee?« Die Worte hätten genauso gut auch von seinem Vater kommen können, so ähnlich war sich das Internatsenglisch der beiden.

Parvati läutete mit der silbernen Glocke, die sie neben dem Diwan bereithielt. »Du und Govind nehmt euren Tee draußen auf dem Rasen ein. Und sag dem *Chowkidar*, dass wir einen Glas-*Walla* brauchen, um die Fensterscheibe zu ersetzen.«

Ravi grinste und winkte mir auf dem Weg nach draußen zu. Er schloss die Tür so nachlässig, dass eine weitere Glasscherbe hinunterfiel. Ich sah zu, wie er anmutig über den Rasen joggte. Drei Gärtner, die ihre Köpfe in dicke Schals gewickelt hatten, jäteten Unkraut und bewässerten und beschnitten Hibiskusbüsche und Heckenkirschenranken im hinteren Garten.

Ravis Auftritt war die perfekte Überleitung zu dem, was ich heute erreichen wollte. Trotzdem musste ich immer noch vorsichtig vorgehen. »Ist er wieder heim aus dem Internat?«

»*Hahn*. Ich wollte, dass Ravi mir bei der Einweihung des neuen *Gymkhanas* hilft. Du kennst Nehru-*ji* ja – wie er Indien modernisieren will.« Sie seufzte und lehnte den Kopf gegen das Kissen, als würde sie von täglichen Anrufen des Premierministers überwältigt. Soweit ich wusste, wurde sie das auch.

Lala betrat den Raum mit einem silbernen Teetablett. Während ich aus einem *Tiffin* die Häppchen herausholte, die ich extra für Parvati zubereitet hatte, hörte ich, wie sie mit der älteren Frau sprach: »Hatte ich dir nicht gesagt, dass du sie wegschicken sollst?« Ihre Stimme klang vorwurfsvoll.

Die Dienerin legte ihre Hände wie zum Gebet zusammen und berührte ihre Lippen damit. »Meine Nichte kann sonst nirgendwohin gehen. Ich bin jetzt ihre einzige Verwandtschaft. Bitte, *Ji*. Wir sind jetzt Ihrer Gnade ausgeliefert. Würden Sie es sich bitte noch einmal überlegen?«

So verzweifelt hatte ich Lala noch nie gesehen. Ich wandte mich ab und fürchtete, dass sie gleich auf die Knie fallen würde. Auf einem kleinen Tisch neben dem Bett mit den vier Bettpfosten befand sich ein Schrein für Ganesha. Eine Girlande aus Gardenien und eine weitere aus *Tulsi*-Blättern waren um die Statue herumdrapiert, vor der ein *Diya* brannte. So modern sie sich selbst auch gerne gab, verbrachte Parvati doch jeden Morgen im Gebet an die Götter. Ich hatte immer zu meiner Namensschwester Lakshmi gebetet, der Göttin der Schönheit und des Wohlstands. *Maa* zitierte liebend gerne die Geschichte des Brahmanenbauern, welcher der Göttin seine Sense anbot, seinen einzigen Besitz. Aus Dankbarkeit gab sie dem Bauern einen Zauberkorb, der immer, wenn er es wünschte, Essen produzierte. Aber das war nur eine Geschichte, die genauso viel Wahrheit enthielt wie alle anderen, die *Maa* mir erzählt hatte, und mit siebzehn hatte ich mich von den Göttern abgewendet, genauso wie ich mich jetzt von Ganeshas Schrein abwandte.

Parvati sprach immer noch mit Lala. »Ich würde dich nur ungern ebenfalls verlieren, Lala. Sieh zu, dass das Mädchen heute verschwindet.« Sie starrte Lala an, bis die Dienerin mit hängenden Schultern den Blick senkte.

Ich sah zu, wie Lala den Raum verließ. Sie sah nicht auf. Was mochte Lalas Nichte getan haben, um ihre Herrin so zu erzürnen?

Parvati griff nach ihrer Tasse und Untertasse, das Zeichen für mich, es ihr nachzutun. Das Teeservice war von der Art, wie die Engländer es liebten, mit Bildern von Frauen in Abendkleidern, Männern in Pantalons, kraushaarigen Mädchen in Gehröcken. Vor der Unabhängigkeit hatten diese Objekte die Bewunderung meiner Damen für die Briten ausgedrückt. Jetzt drückten sie ihre Verachtung aus. Meine Damen hatten außer dem Vorwand nichts geändert. Wenn ich etwas von ihnen gelernt hatte, dann war es das: Nur ein Narr lebt im Wasser und bleibt ein Feind der Krokodile.

Ich nahm einen Schluck Tee und zog die Augenbrauen hoch. »Ihr Sohn ist zu einem stattlichen jungen Mann herangewachsen.«

»Im Gegensatz zu dem Rao-Jungen, der sich für den *Devdas* Rajasthans hält.«

So wie meine anderen Damen sagte Parvati auch Sachen zu mir, die sie nie zu einer ihr gleichgestellten Frau sagen würde. Ich war kinderlos und dadurch bemitleidenswert, jemand, dem sich meine Damen gegenüber überlegen fühlen konnten. Mit dreißig Jahren war ich weder ein dummes Mädchen noch eine geschwätzige Matrone. Meine Damen vermuteten schon seit Langem, dass mein Ehemann mich verlassen hatte – und ich hatte dieser Annahme nicht widersprochen. Immer noch trug ich das zinnoberrote *Bindi* auf der Stirn, das der Welt verkündete, dass ich verheiratet war. Es war die Voraussetzung dafür, dass sie mich ins Vertrauen zogen und in Schlafzimmer wie dieses hineinließen, wo meine Füße auf rosa Salumbar-Marmor ruhten und meine Herrin neben mir auf einem Diwan aus Rosenholz saß.

Ich nahm einen weiteren Schluck von meinem *Chai*. »Die perfekte Ehefrau für so einen perfekten Sohn zu finden! Ich beneide Sie wirklich nicht.«

»Er ist erst siebzehn. Als er zwölf Jahre alt war, habe ich ihn an die Mayo School verloren. Und in einem Jahr werde ich ihn wieder verlieren, diesmal an Oxford. Ihn an eine Ehefrau zu verlieren? Ich kann es gar nicht ertragen, jetzt darüber nachzudenken.«

Ich zog meinen Sari zurecht. »Das ist clever von Ihnen. Die Dutts, fürchte ich, sind da vielleicht etwas zu übereilt gewesen.«

Ich bemerkte das Funkeln in ihren Augen.

»Soll heißen?«

»Nun«, fuhr ich fort. »Sie haben für ihren Sohn gerade die Ehe mit dem Kumar-Mädchen arrangiert. Sie kennen sie doch – mit dem Schönheitsfleck auf der Wange? Natürlich wird die Eheschließung aufgeschoben, bis er seinen Abschluss gemacht hat.« Ich sah zum Fenster hinaus zu ihren Söhnen in ihren weißen Cricketsachen. »Die Guten gehen weg wie heiße *Jalebis*. Wenn ein Sohn einmal in Großbritannien oder Amerika ist, sorgen sich die Eltern, dass er mit einer Ehefrau zurückkehrt, die nicht ein Wort Hindi spricht.«

»Genau. Die glücklichsten Ehen sind die, bei denen die

Eltern das Mädchen aussuchen. Sieh dir nur Samir und mich an.«

Ich hätte etwas sagen können, tat es aber nicht. Stattdessen pustete ich demonstrativ in meinen Tee. »Ich habe auch gehört, dass das Akbar-Mädchen Muhammad Ismails Sohn versprochen wurde. Das ist doch einer von Ravis Klassenkameraden, nicht wahr?«

Ich nahm einen weiteren Schluck und hielt dabei Parvatis Blick fest.

Sie setzte sich etwas gerader hin und sah zum Fenster hinaus. Auf dem Rasen servierte Lalas Nichte den Jungen ihren Tee. Ravi sprach mit dem Mädchen und berührte einmal spielerisch ihre Nase, was sie zum Kichern brachte.

Parvati runzelte die Stirn. Ohne den Blick von der Szene draußen abzuwenden, beugte sie sich näher zu mir, langsam, wie ein Vogelküken, das Zeichen für mich, dass ich sie füttern sollte. Ich steckte ihr einen *Namkeen* in den Mund, den ich heute Morgen zubereitet und mit Petersilie gewürzt hatte. So wie alle meine Damen war sie nie auf die Idee gekommen, dass die Zutaten in meinen Leckereien in Kombination mit dem, was ich auf ihre Hände und Füße malte, ihr Verlangen und die Lust ihres Ehemannes anheizten.

Nach einem Augenblick wandte sie sich vom Fenster ab und stellte ihre Teetasse grazil auf dem Tisch ab.

»*Wenn* ich nach einer passenden Ehefrau suchen würde – und ich sage nicht, dass ich das tue ...« Sie tupfte sich den Mund mit einer Serviette ab. »Hättest du da jemanden im Auge?«

»Es gibt viele Mädchen in Jaipur, die dafür infrage kämen, wie Sie wissen.« Ich lächelte sie über den Rand meiner Tasse an. »Aber Ravi ist nicht irgendein Junge.«

Als sie sich wieder zu ihren Söhnen umdrehte, war Lalas

Nichte gegangen. Parvatis Gesicht entspannte sich. »Wenn ich ihn darum bitte, kommt Ravi immer von der Schule hierher. Was für einen Sinn hat es dann überhaupt, ihn dorthin zu schicken, sagt Samir.« Sie lachte leise. »Aber ich vermisse ihn. Govind vermisst ihn ebenfalls. Er war erst drei Jahre alt, als Ravi ins Internat kam.«

Sie hob die Teekanne an und schenkte sich eine weitere Tasse *Chai* ein. »Hast du irgendetwas von Rai Singhs Tochter gehört? Es heißt, sie sei ziemlich bemerkenswert.«

»Leider. Sie haben sie sich erst gestern für den Sohn von Mrs. Rathore geschnappt.« Ich seufzte. Unsere Unterhaltung war heikel, und weder Parvati noch ich durften dabei unsere Karten offen legen.

Sie musterte mein Gesicht mit verengten Augen. »Irgendetwas sagt mir, dass du an ein bestimmtes Mädchen denkst.«

»Oh, ich fürchte, Sie werden meine Wahl für unpassend halten.«

»Wie das?«

»Nun … vielleicht unkonventionell.«

»Unkonventionell? Du kennst mich besser als das, Lakshmi. Ich bin letztes Jahr nicht nur einmal, sondern sogar zweimal in die Sowjetunion gereist. Nehru-*ji* hat darauf bestanden, dass ich mit der indo-sowjetischen Liga mitfahre. Komm schon, lass hören.«

»Nun …« Ich tat so, als würde ich eine Haarsträhne in meinen Knoten zurückstecken. »Das Mädchen ist keine Rajputin.«

Sie zog eine gezupfte Augenbraue hoch. Ich hielt ihrem Blick stand. »Sie ist eine Brahmanin.«

Parvati blinzelte. Sie mochte sich zwar selbst als moderne Frau betrachten, aber die Möglichkeit, dass Ravi außerhalb seiner Kaste heiratete, hatte sie nicht in Erwägung gezogen.

Schon seit Jahrhunderten heirateten die vier Hindukasten – selbst die Kasten der Händler und Arbeiter – größtenteils innerhalb ihrer eigenen Gruppe.

Ich fütterte Parvati mit einem weiteren *Namkeen*.

»Ich kann mir kein Mädchen vorstellen, das besser zur Singh-Familie passt«, fuhr ich fort. »Das Mädchen ist schön. Anständig. Gebildet. Temperamentvoll. Die Art, die Ravi zu schätzen wüsste. Und ihre Familie hat gute Verbindungen. Oh, ist Ihr Tee kalt geworden? Ich fürchte, meiner ist es.«

»Kennen wir das Mädchen?«

»Tatsächlich schon seit sie ein Kind war. Soll ich nach mehr Tee rufen?« Ich stellte meine Tasse ab und griff nach der silbernen Glocke, aber Parvati fasste mich am Unterarm und hielt mich davon ab.

»Vergiss den Tee, Lakshmi! Erzähl mir von dem Mädchen, oder ich werde meine Füße an diesem Handtuch abreiben und die Arbeit der letzten Stunde ruinieren.«

Statt ihr in die Augen zu sehen, klopfte ich auf das Henna an ihren Füßen, um zu prüfen, wie trocken es war. »Der Name des Mädchens ist Sheela Sharma, die Tochter von Mr. V.M. Sharma.«

Parvati kannte die Sharmas natürlich. Die beiden Familien bewegten sich oft in denselben Geschäftskreisen. Mr. Sharmas Baufirma, die größte in Rajasthan, hatte gerade den Vertrag für die Umgestaltung des Rambagh-Palastes gewonnen, der dem Maharadscha gehörte. Parvatis Mann besaß eine Architekturfirma, die viele der Wohn- und Geschäftsgebäude in der Stadt gestaltete. Es wäre eine unerwartete Vereinigung von zwei prominenten Familien. Wenn mir das gelang, würde Jaipurs Elite nach meinen Diensten als Heiratsvermittlerin rufen, eine weit lukrativere Tätigkeit, als eine Hennakünstlerin zu sein.

Sie neigte den Kopf. »Aber … Sheela ist noch ein Kind.«

Im Laufe des vergangenen Jahres hatten Reispuddings und Extraportionen von *Chapatti* mit *Ghee* Sheelas Körper mit einer zusätzlichen Schicht weichen Fleisches umhüllt. Jetzt sah sie weniger wie ein Mädchen aus und mehr wie eine junge Frau.

»Sheela ist fünfzehn«, erwiderte ich. »Und ziemlich reizend. Sie geht zur Maharani-Mädchenschule. Gerade erst letzte Woche hat ihr Musiklehrer mir erzählt, dass ihr Gesang ihn an Lata Mangeshkar erinnert.«

Ich nahm meine Teetasse. Ich konnte mir die Liste vorstellen, die Parvati in ihrem Kopf erstellte, vermutlich die gleiche, die ich vergangene Woche selbst erstellt hatte. Auf der Plusseite: Einmal vereint würden die beiden Geschäfte – Sharma Construction und Singh Architects – profitabler sein als jedes für sich allein, und Parvati hätte eine englischsprechende Schwiegertochter, die Politiker und *Nawabs* unterhalten könnte. Das einzige Minus: Sheela gehörte zwar einer hohen Kaste an – nur eben der falschen. Es gab noch mehr, was ich nicht verraten würde: wie hässlich sich Sheelas Mund verzog, bevor sie an den Zöpfen ihrer Cousine zog, wie sie ihr Kindermädchen herumkommandierte und wie ihre Faulheit ihren Musiklehrer zur Verzweiflung trieb. Ich hatte Jahre in den Häusern meiner Damen verbracht und ihren Nachwuchs heranwachsen sehen. Ich kannte die Persönlichkeiten ihrer Kinder, die Spleens, die selbst einem professionellen Heiratsvermittler entgehen würden. Aber das waren Fehler, die nicht von mir enthüllt, sondern vom Ehemann entdeckt werden sollten.

Parvati schwieg. Sie spielte mit dem Saum eines der kleinen Polsterkissen herum.

»Erinnerst du dich an die Hochzeit der Guptas?«

Ich lächelte bestätigend.

»In dem Moment, wo ich dein Jungfer-im-Garten-Design gesehen habe, mit dem du die Braut geschmückt hast, wusste ich, dass sie noch vor Ende des Jahres einen Jungen bekommen würde. Und das hat sie auch.«

Die Heirat des Gupta-Mädchens war eine Liebesheirat gewesen, aber das sagte ich Parvati nicht.

»Deine Arbeit wirkt wirklich Wunder.« Ihr Lächeln war zurückhaltend. »Ich glaube, du könntest jemandem helfen, an dem uns sehr viel liegt.«

Ich neigte höflich den Kopf, unsicher, worauf sie hinauswollte.

»Gestern Abend sind Samir und ich im Rambagh-Palast gewesen. Eine Benefizveranstaltung für den letzten Teil des *Gymkhanas*«, sagte sie spitz. Sie wollte mir zeigen, dass sie schließlich doch progressiv war. »Der Maharadscha hat uns erzählt, dass er seinen Palast in ein Hotel verwandeln würde. Kannst du dir das vorstellen? Wir haben für die Unabhängigkeit gekämpft und die Engländer rausgeworfen, nur damit sie jetzt wieder in unsere Paläste zurückkehren?« Sie schüttelte verärgert den Kopf.

Ich verstand: Nur reiche Europäer, die meisten davon Briten, würden sich die Preise leisten können.

»Die Maharani war gestern Abend nicht auf der Veranstaltung, was sehr ungewöhnlich war. Latika liebt Partys.« Parvati senkte die Stimme. »Ich habe gehört, dass sie ... nicht ganz auf der Höhe ist.«

Ich wartete.

Sie rieb die Handflächen aneinander und inhalierte den Duft des Hennas. »Vielleicht könnten deine Talente Abhilfe schaffen?«

Ich hatte so lange darauf gewartet, dass Parvati mich in den

Palast einführte! Beim Gedanken daran stellte ich meine Tasse ab, weil ich befürchtete, dass meine Hand zittern könnte. Ein Auftrag von der Maharani würde unweigerlich zu weiteren führen. Ich hätte mein Haus im Handumdrehen abbezahlt! Schon jetzt fing ich im Kopf an zu rechnen und hörte kaum zu, was Parvati sagte.

Sie beugte sich für eine weitere Leckerei vor, und ich legte ihr eine auf die Zunge, wobei ich sorgfältig darauf achtete, ihr nicht in die Augen zu sehen. Ich fürchtete, sie könnte die Begierde in meinen sehen. Möglicherweise hatte sie bereits bemerkt, wie meine Finger zitterten.

»Ich habe Ihrer Hoheit erzählt, wie dein Henna mir dabei geholfen hat, meinen Govind zu empfangen. Diskret natürlich. Wenn ich dich an den Palast weiterempfehlen würde …«

Ich verstand jetzt, worauf sie hinauswollte. Parvati wollte, dass ich die Ehe für Ravi vermittelte, wollte aber nicht dafür bezahlen. Was für eine Frechheit! Für ein Heiratsarrangement waren sowohl Geschick als auch Mühe erforderlich. Einem Mann aus einer hohen Kaste und mit einem Titel hätte sie ohne Weiteres zwei- oder dreimal so viel bezahlt, wie sie mir vielleicht zahlen würde. Selbst wenn ich mich mit mageren zehntausend Rupien einverstanden erklärt hätte, wären meine Dienste immer noch ein gutes Geschäft. Ich musste damit rechnen, dass ich Wochen, sogar Monate damit beschäftigt sein würde, bis alle Parteien zufriedengestellt wären. Und es war durchaus schon passiert, dass ein Ehepartner doch noch zurückgewiesen wurde, sodass all die Arbeit vergebens gewesen war.

Und hier saß Parvati jetzt und hoffte, dass ich die Ehe *im Austausch* für eine Einführung in den Palast arrangieren würde. Ich musste nachdenken, bevor ich ihr antwortete. Ihre Blutsverwandtschaft zur königlichen Familie (eine der

Maharanis war die Cousine ihres Vaters) würde mir zumindest einen Termin mit dem Palast garantieren. Aber welche indische Frau, egal, wie wohlhabend sie auch war, würde nicht zu handeln versuchen? Wenn sie das nicht tat, stand sie als Närrin da, als leichte Beute. Wenn ich also direkt akzeptierte, was Parvati mir anbot, würde ich meinen Ruf als Frau besiegeln, die sich leicht austricksen ließ. Das Risiko war für mich, dass ich vielleicht – oder vielleicht auch nicht – letztendlich für den Palast arbeiten würde. Ein Termin garantierte mir rein gar nichts.

Parvati, die mein Zögern spürte, beugte sich vor und sah mich an, bis ich dazu gezwungen war, ihr in die Augen zu schauen. »Wenn ich dein Zeichentalent hätte, Lakshmi, hätte ich vielleicht auch deinen Beruf ergriffen.« Für meine Damen war das Wort *Beruf* eine Beschimpfung und kein Kompliment.

Ich schluckte. »Oh, *Ji*, Ihr Leben war für Größeres vorgesehen. Wer sonst könnte solche verschwenderischen Partys für Politiker veranstalten? Irgendjemand muss doch dafür sorgen, dass sie sich willkommen fühlen.«

Sie gluckste anerkennend. Und jetzt kehrten wir zur bequemen Ausgangslage zurück: ich, die Untergebene; sie, die Memsahib.

Aber ich wollte noch meine letzte Karte ausspielen. »Ihr Vertrauen ehrt mich, aber ich muss Sie warnen: Ihre Hoheit würde vermutlich die allerbesten Produkte erwarten.«

Parvati kräuselte die Lippen. Sie blickte nachdenklich. »Würden sechstausend Rupien dafür reichen?«

Ich zog das Samttuch unter Parvatis Füßen glatt, prüfte die Paste und griff dann nach dem Nelkenöl, um das trockene Henna zu entfernen. »Einige der Produkte müssen vielleicht von weit her kommen. Die Kafferlimettenblätter zum Beispiel. Die wirkungsvollsten kommen aus Thailand.«

Sie schwieg. Hatte ich mein Blatt überreizt? Ich konnte meinen Pulsschlag an den Schläfen spüren, während ich ihr die Füße massierte.

Sie blinzelte zum PanAm-Kalender hinten an der Wand. »Unsere Weihnachtsparty steht an«, sagte sie schließlich. »Am zwanzigsten Dezember. Am selben Nachmittag könnte ich eine besondere Hennaparty für die Mädchen aus Ravis Umfeld veranstalten.« Parvati berührte ihre rosige Wange. »Ich denke, ich könnte diese Shakespeare-Truppe herkommen lassen. Die Kinder sind verrückt nach ihren Darbietungen.« Das wäre die Gelegenheit für sie, die Mädchen unter die Lupe zu nehmen, die für Ravi infrage kämen. Sheela Sharma würde garantiert mit dabei sein.

Sie streckte die Füße aus und drehte sie erst in die eine und dann in die andere Richtung, während sie meine Arbeit musterte. »Aber vielleicht ist dein Kalender bereits voll? Könntest du bitte nachsehen?«

Eine Hennaparty bedeutete eine Menge Arbeit, aber das Versprechen einer Einführung in den Palast war es wert.

Ich lächelte sie so graziös an, wie ich konnte. »Für Sie, Memsahib, ist in meinem Kalender immer noch etwas frei.«

Sie grinste, wobei sie ihre kleinen, ebenmäßigen Zähne zeigte. Ihre Augen leuchteten. »Dann ist das abgemacht. Neuntausend für die Produkte für Maharani Latika?«

Ich stieß den Atem aus, den ich unwillkürlich angehalten hatte. Ich hatte meine erste Heiratsvermittlung erreicht, und auch wenn sie nicht so lukrativ war, wie ich gehofft hatte, würde sie mir ein ganzes Stück weiterhelfen, mein Haus fertigzustellen und zu bezahlen. Das Haus, das ich mir mit meinen Eltern teilen würde – meine Entschuldigung für all das, was sie meinetwegen durchgemacht hatten. Jetzt musste ich nur noch dafür sorgen, dass die Ehe tatsächlich zustande kam.

Während ich ihr ihre schweren goldenen Fußkettchen wieder anlegte, sagte ich: »Und Sie müssen die Hennaparty als mein Geschenk annehmen.«

Auf der Veranda der Singhs schlüpfte ich in meine Sandalen. Malik stand beim Chefgärtner auf dem vorderen Rasen unter dem riesigen Apfelbaum, dessen nackte Äste sich stachelig vom wolkenlosen Himmel abhoben. Sie lachten miteinander.

Ich rief nach ihm.

Er lief auf seinen dünnen Beinen zu mir. Er hätte sechs Jahre alt sein können oder auch zehn. Wie viele Mahlzeiten hatte er wohl verpasst, bevor ich ihn endlich wahrgenommen hatte, diesen halb nackten Gassenjungen in dreckigen Shorts, der mir durch die Stadt folgte? Ich hatte ihm ein paar *Tiffins* zum Tragen gegeben, und er hatte gelächelt, mit einer Lücke, wo seine beiden Schneidezähne hätten sein sollen. Seit diesem Tag vor drei Jahren arbeiteten wir zusammen, die meiste Zeit schweigend. Ich hatte ihn nie gefragt, wo er wohnte oder ob er auf dem harten Fußboden schlief.

»Irgendwelche Neuigkeiten?«, erkundigte ich mich. Während ich mich um meine Damen kümmerte, erledigte Malik häufig Besorgungen. In den vergangenen paar Monaten hatte er jeden Tag am Bahnhof nachgefragt, ob meine Eltern angekommen waren. Inzwischen mussten sie das Geld für die Zugfahrkarten bekommen haben, das ich ihnen in meinem letzten Brief geschickt hatte. Aber bislang gab es keine Nachricht von ihnen.

Er schüttelte den Kopf und runzelte die Stirn; er enttäuschte mich nur ungern.

Ich seufzte. »Bitte hol uns die *Tonga*.«

Er rannte auf das vordere Tor zu. Heute trug er das gelbe Baumwollhemd, das ich ihm als Ersatz für das Bush-Shirt gegeben hatte, das er üblicherweise trug. Seine marineblauen Knickerbocker waren ebenfalls neu. Er weigerte sich allerdings, Schuhe zu tragen, und bevorzugte billige Gummisandalen, die oft von den anderen Kindern in seiner Nachbarschaft gestohlen wurden. Die Sandalen ließen sich leichter ersetzen; er konnte immer welche von jemand anderem klauen. Sein heutiges Paar war eine Nummer zu groß für ihn.

Malik musste zu einer belebten Straße laufen, um eine Rikscha herbeizurufen, also setzte ich mich auf die Verandamauer und wartete. Der Duft der Frangipani besänftigte mich. Ich pflückte mir zwei Blüten von der Ranke ab und steckte sie mir hinters Ohr. Heute Abend würde ich sie in eine Schale Wasser legen und morgen früh meine Bluse mit dem parfümierten Wasser waschen. Ich zog ein winziges Notizbuch aus einer Tasche, die ich in meinen Unterrock eingenäht hatte. Mein Vater, der Dorflehrer, hatte seinen Schülern mit einem Lineal auf die Knöchel geschlagen, wenn sie keine korrekten Antworten gegeben hatten. Um einer solchen Bestrafung zu entgehen, hatte ich mir Notizbücher zugelegt, in denen ich fleißig Multiplikationstabellen, die Namen von britischen Vizekönigen und Hindi-Verben festgehalten (und mir gemerkt) hatte. Es wurde zu einer Gewohnheit, und später verwendete ich Notizbücher für Termine, Zusammenfassungen von Unterhaltungen sowie Listen von Materialien, die ich einkaufen musste.

Auf der Seite mit der Überschrift *Parvati Singh* schrieb ich: *15. November: 40 Rupien für Hände/Füße*. Als Nächstes schrieb ich das Datum für die Hennaparty in Parvatis Haus auf und notierte die neuntausend Rupien, die ich für die Heiratsvermittlung bekommen würde. Ich wusste, dass Mrs. Sharma, eine weitere Kundin von mir, clever genug sein würde, die Vorteile einer Singh-Sharma-Verbindung zu erkennen. Was das launische Wesen ihrer Tochter anging, war sie blind, aber zweifellos würde Ravi Singhs Charme damit zurechtkommen.

Ich schlug eine leere Seite auf. Mit zitternder Hand schrieb ich: *Maharadscha Sawai Mohinder Singh* und *Maharani Latika – Vermittlung an den Palast?* In meinem Kopf schwirrten die Möglichkeiten. Solch eine Verlobung würde dazu führen, dass jede Frau in Jaipur meine Dienste anforderte. Vielleicht konnte ich das Hennaschilfrohr schneller beiseitelegen, als ich geplant hatte. In dem Moment hallten die Worte meiner Mutter in meinem Kopf wider: *Streck deine Beine nicht weiter aus, als dein Bett reicht.* Ich war viel zu vorschnell.

Ich klappte das Notizbuch zu und schloss die Augen. Vor dreizehn Jahren war es mein einziger Wunsch gewesen, so schnell und so weit wie möglich von dem Ehemann wegzukommen, an den meine Eltern mich abgetreten hatten. Ich hätte mir niemals vorstellen können, dass ich eines Tages die Freiheit haben würde, zu kommen und zu gehen, wie ich wollte, und die Bedingungen meines Lebens selbst auszuhandeln. Wie würden meine Eltern reagieren, wenn sie all das sahen, was ich erreicht hatte? Wie oft hatte ich an den Tag gedacht, an dem ich sie zu meinem Haus mitnehmen und ihnen den wunderschönen Terrazzofußboden zeigen würde, den ich selbst entworfen hatte, den elektrischen Ventilator an der Decke, den Hof, in dem ich meine Kräuter anbauen wollte, die westliche Toilette, die sich niemand aus ihrem Dorf leisten könnte. Ich hatte gehofft, dass der Bauunternehmer bis zu ihrer Ankunft mit allem fertig sein würde, aber ich hatte immer noch mehr luxuriöse Kleinigkeiten hinzugefügt. Und wenn meine Eltern einmal sahen, was ich entworfen hatte, würden sie doch sicher nichts dagegen haben, in meinem gemieteten Zimmer zu schlafen, bis das Haus fertig war, oder?

Ich stellte mir die erstaunten Gesichter meiner Eltern vor, während sie alles in sich aufnahmen. Ich konnte meinen Vater sagen hören, *Bheti, gehört das alles dir?* Wie stolz würden sie auf das Leben sein, das ich mir selbst aufgebaut hatte. Ich würde ihnen üppige *Kheers* und *Subji* und Tandoori-*Rotis* zu essen geben, bis ihre Mägen fast platzten. Ich würde ihnen Liegen kaufen, so neu, dass die Juteschnüre unter ihrem Gewicht quietschten. Ich würde eine *Malish* engagieren, um Pitajis müde Füße zu massieren. Ich konnte Maa jetzt vor mir sehen, wie sie sich auf einem Rosenholzkanapee wie dem von Parvati ausruhte! Und – warum nicht? – seidene Kissen! Mit Federn gefüllt! Ich ließ mich so sehr davon mitreißen – natürlich konnte ich mir all das jetzt noch nicht ganz leisten –, dass ich einfach über mich selbst lachen musste.

»Sehe ich *so* lustig aus, Lakshmi?«

Als ich die Augen öffnete, sah ich Samir Singh die Stufen hochsteigen, und meine Welt fühlte sich auf einmal leichter an. Wo Parvati rund war, war ihr Ehemann kantig: scharfe Nase, knochiges Kinn, hervorstehende Wangenknochen. Am attraktivsten fand ich seine Augen: ein intensives Braun mit den Streifen einer Glasmurmel, lebendig, voller Neugier, amüsierwillig. Selbst wenn sein Gesicht unbewegt war, konnten seine Augen flirten, überreden, necken. In den zehn Jahren, die ich ihn schon kannte, waren die Furchen unter seinen Augenlidern tiefer geworden, und sein Haaransatz hatte sich zurückgezogen, aber er war immer noch voll ruheloser Energie.

»*Der Einäugige ist unter den Blinden König*«, erwiderte ich lächelnd.

Er lachte, während er sich die Schuhe auszog. Samir war diese eigenartige Mischung aus dem neuen und dem alten Indien; er trug maßgeschneiderte englische Anzüge, befolgte aber die indischen Sitten. »*Arré! Was weiß ein dummer Affe schon über den Geschmack von Ingwer?*«

»*Wer nicht tanzen kann, gibt dem Fußboden dafür die Schuld.*«

Dies war ein Spiel, das wir oft spielten: Wir tauschten Sprichwörter aus. Meine hatte ich von meiner umsichtigen Mutter gelernt; seine stammten aus den Jahren im Internat und in Oxford.

Ich stand auf, steckte den Stift in meinen Dutt und verstaute das Notizbuch in der Tasche meines Unterrocks.

Er zog eine Augenbraue hoch, während er auf mich zukam. »Versteckst du das Familiensilber der Singhs darin?«

Ich lächelte neckisch. »Unter anderem.«

»Ich sehe, dass du dich schon an meiner Flora bedient hast.« Sein Blick ruhte auf den Frangipaniblüten hinter meinem Ohr. Er beugte sich zu mir, ganz nah, und inhalierte. »*Bilkul* berauschend«, flüsterte er; sein warmer Atem an meinem Ohrläppchen rüttelte etwas in mir just unterhalb meines Bauchs wach.

Dreizehn Jahre war es jetzt her, dass ich zum letzten Mal die Hitze eines Mannes auf meiner Haut gespürt hatte, das Gewicht auf meinen Brüsten. Wenn ich meinen Kopf ganz leicht drehte, hätten meine Lippen vielleicht Samirs Lippen gestreift, hätte mein Atem den Hohlraum zwischen seinem Hals und seinem Kragen erwärmen können. Aber flirten lag in Samirs Natur. Und ich war immer noch eine verheiratete Frau. Eine falsche Bewegung und ich konnte meinen Lebensunterhalt, meine Unabhängigkeit und meine Zukunftspläne verlieren. Ich achtete auf Geräusche, die mir verrieten, ob Diener kamen – das Rascheln eines Besens, das Klatschen von nackten Füßen auf dem Stein. Zögernd trat ich einen Schritt zurück.

»Du hast eine mitreißende Frau, wie du bald selbst bemerken wirst.«

Samir grinste. »An den Tagen, an den Lakshmi Shastri sich um sie gekümmert hat, fühlt Mrs. Singh sich immer sehr ... sinnlich. Wo wir gerade davon reden ...« Er streckte die Hand aus.

»Ah.« Ich zog drei Musselinbeutel aus den Falten meines Saris und legte sie auf seine Handfläche. »Du bist ein Glückspilz, Sahib. Eine Frau, die im Schlafzimmer auf dich wartet, und außerhalb davon Freiheit.«

Er wog die Beutel in seiner Hand, als würde er Rubine abwiegen.

»Freiheit ist relativ, Lakshmi.« Mit einer flinken Bewegung drückte er mir mehrere Hundertrupienscheine und ein Stück Papier in die Hand. »Einst befanden sich die Briten über uns. Jetzt befinden sie sich gerade mal unter unseren Füßen.«

Ich entfaltete das Papier und las die Notiz darauf. »Eine *Angrezi*-Frau?«

»Selbst die Engländer benötigen deine Dienste. Sie erwartet dich morgen. Sie wird zu Hause sein.« Er steckte die Beutel in die Tasche und fragte: »Wie geht es mit dem Haus voran?«

Jetzt hätte ich ihm erzählen können, wie der Bauunternehmer mir rüde nahegelegt hatte, meine Schulden zu begleichen. Ich schuldete ihm immer noch viertausend Rupien. Aber diese Ausschweifungen waren einzig und allein meine Schuld. Ich gierte nach der Art von Dingen, wie sie meine Damen hatten: ein steinerner Intarsienfußboden, eine westliche Toilette, doppelt so dicke Wände, um die Mittagshitze abzuhalten. Das Problem hatte ich selbst verursacht, und ich allein würde es lösen. Eine erfolgreiche Heiratsvermittlung würde mir einen guten Ruf verschaffen. Ich erwiderte: »Morgen wird der Terrazzoboden mit Ziegenmilch versiegelt. Du solltest ihn sehen.«

Sein Blick wanderte hinunter zu meinen Lippen. »Bietest du mir eine private Führung an?«

Ich lachte. »Du hast bereits meinen Terminkalender durcheinandergebracht und glaubst jetzt, dass ich dich dafür belohnen sollte?«

Hinter mir ertönte eine weitere Stimme. »*Der verdient das Paradies, der seine Begleiter zum Lachen bringt!*«

Samir und ich drehten uns beide um, um festzustellen, wer gerade gesprochen hatte. Ein hochgewachsener Mann in einem ordentlichen grauen Wollanzug mit roter Krawatte sprang die Stufen der Veranda hoch. Nur seine dunklen Locken waren unordentlich.

Samir trat zur Seite, um den Neuankömmling zu umarmen. »Kumar!«, sagte er. »Ich freue mich, dich zu sehen, alter Kumpel! Du hast es also nach Jaipur geschafft. Endlich!«

»Ich habe mich nicht darauf verlassen, dass die Shimla-Eisenbahn mich rechtzeitig zum Mittagessen hierherbringt – oder selbst zum Abendessen«, erwiderte Kumar und warf mir ein schüchternes Lächeln zu, welches zwei übereinandergeschobene Schneidezähne enthüllte. »Es freut mich, Sie kennenzulernen, Mrs. Singh.«

Hatten Samir und ich wirklich *so* nah nebeneinandergestanden?

Samir klopfte herzlich auf Kumars Rücken. »*Nahee-nahee.* Gestattest du, dass ich dir Mrs. Lakshmi Shastri vorstelle, die allen in Jaipur die Schönheit bringt?«

»Ich sehe, dass sie noch nicht mit dir angefangen hat, Sammy.«

Samir gluckste. Kumar sah mich an, dann Samir, die Ve-

47

randa, seine Schuhe und dann wieder mich. Augen wie diese gehörten den Vorsichtigen.

»Lakshmi, darf ich dir einen alten Freund aus Oxford vorstellen? Jay Kumar. *Dr.* Kumar.«

Ich legte die Hände zu einem *Namaste* zusammen, während der Arzt gleichzeitig seine Hand ausstreckte, um meine zu schütteln, und dabei gegen mein Handgelenk stieß.

Samir lachte. »Vergib ihm, Lakshmi. Er hat zu viel Zeit im Ausland verbracht. Und keine Frau, die ihm die indischen Sitten beibringt.«

Dr. Kumar errötete, sein Blick sprang hastig von Samir zu mir. »Ich entschuldige mich, Mrs. Shastri.«

»Keine Ursache, Doktor.« Über seine Schulter konnte ich sehen, wie Malik uns von den Verandastufen aus beobachtete. »*Tonga?*«, fragte ich ihn.

Malik nickte. Ein paar Blöcke vom Haus der Singhs entfernt würden wir aus der Pferdekutsche aussteigen und unseren Weg zu unserem nächsten Hennatermin in einer billigeren Rikscha fortsetzen.

»Es hat mich gefreut, Sie kennenzulernen, Dr. Kumar. Bis zum nächsten Mal, *Sammy*.« Aus meinem Mund musste der alte Spitzname in ihren Ohren genauso lächerlich geklungen haben wie in meinen. Sie lachten beide.

Ich nahm die *Tiffins* und meine Vinyltasche und wies Malik an, die anderen beiden großen Taschen zu holen, die unter dem Apfelbaum lagen. Während ich den beiden Männern zum Abschied zunickte, erinnerte ich mich daran, dass ich Samirs Zahlung für die Beutel noch in meinem Notizbuch festhalten musste.

Ich stieg die Stufen hinunter und hörte Samir sagen: »Lass uns hineingehen. Parvati freut sich sehr darauf, dich kennenzulernen!« Auf der letzten Stufe blieb ich mit meiner Sandale hängen, und ich drehte mich um, um sie mir wieder überzustreifen. Gerade als ich aufblickte, bemerkte ich, dass mich der Arzt durch die sich schließende Vordertür betrachtete.

In der Ecke der Veranda stand Lala und biss sich auf die Lippe, ihre Hände zerknüllten nervös die Säume ihres *Pallus*. Ich glaubte, ein Flehen in ihren Augen zu sehen, und wäre fast die Stufen wieder hochgestiegen, um zu ihr zu gehen, aber sie drehte sich schnell um und war verschwunden.


Ein hektischer Tag voller Hennatermine hatte sich wieder einmal bis zum Abend hingezogen, und Malik und ich waren beide erschöpft. Wir hielten just außerhalb des Pink City Basars, der zu dieser späten Stunde zum Leben erwachte – Frauen in gemusterten Saris, die sich Haarnadeln aussuchten, Männer in *Khurtas*, die würziges *Chaat* kauten, alte Männer, die sich die Zeit vertrieben und mit ihren glühenden *Beedis* orange Bögen in die dunkle Nacht zeichneten. Ich beneidete sie um ihre unbeschwerte Kameradschaft, die Freiheit, mit der sich die Arbeiter- und Händlerkasten durch die Nacht bewegten.

Die Teilung hatte die Bürgersteige in der rosa Altstadt enger werden lassen, so überfüllt waren sie auf beiden Seiten mit winzigen, behelfsmäßigen Läden, die manchmal nicht mehr als einen alten Sari oder eine Plane als Dach besaßen. Die alten Basarverkäufer hatten Platz für die Punjabis und Sindhis gemacht, die aus Westpakistan geflüchtet waren, damit sie Buden errichten konnten, von denen aus sie alles Mögliche von Gewürzen bis hin zu Armreifen verkauften. Schließlich war die Pink City nicht ohne Grund in der Farbe der Gastfreundschaft gestrichen worden, wie die Händler Jaipurs witzelten.

Malik lebte irgendwo in einem der vielen Gebäude, aus denen die rosa Altstadt bestand. Ich hatte ihn nie gefragt, ob er einen Bruder oder eine Schwester, eine Mutter oder einen Vater hatte. Es reichte, dass wir zehn Stunden am Tag zusammen waren und er meine *Tiffins* schleppte, Rikschas und *Tongas* anhielt und mit Lieferanten verhandelte. Natürlich tauschten wir Vertraulichkeiten miteinander aus, etwa der ungeduldige Blick, den er mir heute zugeworfen hatte, als uns unsere letzte Kundin eine Stunde hatte warten lassen. Ich drückte ihm drei Rupienmünzen in die Hand, nachdem ich ihm das Versprechen abgenommen hatte, dass er sich zum Abendessen etwas Richtiges kaufen würde statt fettiger Snacks. »Du bist noch im Wachstum«, erinnerte ich ihn, als wäre er sich dessen selbst nicht bewusst.

Er grinste und flitzte davon, um sich durch die Menschenmenge hindurchzuschlängeln, auf die hellen Lichter zu.

Ich rief ihm nach: »*Chapatti* und *Subji*, abgemacht?«

Er drehte sich um und winkte mit seiner freien Hand. »Und *Chaat*. Du kannst doch nicht erwarten, dass ein heranwachsender Junge hungert«, erwiderte er schnell und verschwand in der dichten Menge.

Während ich in eine wartende Rikscha kletterte, überlegte ich mir, ob ich nicht nach meinem Haus sehen sollte, das so kurz vor der Vollendung stand, um zu prüfen, welche Fortschritte der Bau machte. Wenn ich nicht jeden zweiten Tag vorbeischaute, würde Naraya, der Bauunternehmer, schnell zu schlampen anfangen, was bedeutete, dass ich dann mit ihm streiten und darauf bestehen musste, dass er etwas niederriss und noch mal von vorne begann (das war schon mehr als einmal der Fall gewesen). Aber es war spät, und ich war zu müde zum Streiten. Ich wies den Rikscha-*Walla* an, mich zu meiner Unterkunft zu bringen.

Bis ich das Tor hinter mir schloss und über Mrs. Iyengars Innenhof eilte, war es acht Uhr. Mein Magen knurrte.

Meine leeren *Tiffins* stellte ich neben dem Wasserspeier ab. Ich würde sie heute Abend schrubben, sobald die Dienerin von Mrs. Iyengar mit dem Spülen ihres Geschirrs fertig war. Gerade wollte ich die Stufen zu meinem gemieteten Zimmer hinaufgehen, da rief meine Vermieterin aus einer offenen Tür nach mir.

»Guten Abend, *Ji.*« Ich legte meine Hände zu einem *Namaste* zusammen.

»Guten Abend, Mrs. Shastri.«

Mrs. Iyengar wischte sich die Hände an einem kleinen Handtuch ab. Heißer *Mirch* drohte, mich zum Niesen zu bringen. Die Iyengars stammten aus dem Süden, und sie liebten ihr Essen so scharf, dass mir schon bei dem Geruch die Kehle brannte.

Die kurze, quadratische Mrs. Iyengar sah zu mir hoch. Ihr Blick war streng. »Sie hatten heute einen Besucher.«

Niemand besuchte mich hier außer Malik, den Mrs. Iyengar als »diesen Lümmel« bezeichnete.

Ihre goldenen Armreife klimperten, während sie getrockneten *Atta* von ihren Fingern rieb. »Er bat darum, in Ihrem Zimmer auf Sie warten zu dürfen. Aber Sie wissen, dass ich solche Sachen hier nicht gestatte.« Sie warf mir einen warnenden Blick zu.

Mit besänftigender Stimme versicherte ich ihr: »Sie haben genau das Richtige getan, Mrs. Iyengar. Hat er gesagt, was er wollte?«

»Er hat gefragt, ob Sie die Dame aus dem Dorf Ajar wären. Ich sagte ihm, dass ich das nicht wüsste.« Sie suchte in meinem Gesicht, ob ich vielleicht zu den spärlichen Details meiner Vergangenheit etwas hinzufügen würde. »Er hatte eine riesengroße Narbe.« Sie fuhr mit einem Finger von ihrem Mundwinkel bis zu ihrem Kinn hinunter. »Von hier bis hier.« Sie runzelte die Stirn, während sie denselben Finger auf mich richtete und damit wackelte. »Kein Zeichen eines guten Charakters, meiner Ansicht nach.«

Mein Herz schlug mir gegen die Rippen, während ich nach ihrer Hand griff – genauso sehr, um mich selbst zu beruhigen, wie um sie zu beschwichtigen. »Vom Kochen werden die Hände oft sehr trocken, meinen Sie nicht auch? Wenn Sie möchten, kann ich Ihre Hände morgen mit etwas Geranienöl einreiben.«

Zwischen ihren Augenbrauen bildete sich eine Falte, und sie sah auf ihre Hände hinunter, als hätte sie sie noch nie zuvor gesehen. »Ich möchte Ihnen keine Umstände machen.«

»Das sind doch keine Umstände. Und das nächste Mal, wenn Ihr Ehemann die Hand nach Ihnen ausstreckt, wird er an Sie als seine junge Braut denken.« Ich lachte unbekümmert und wandte mich zum Gehen. Mit weiterhin sorgloser Stimme bemerkte ich: »Ich nehme nicht an, dass dieser Besucher gesagt hat, wann er wiederkommen würde?«

Mrs. Iyengar pulte klebrigen Teig von ihren Fingernägeln. »Nein, das hat er nicht gesagt«, erwiderte sie.

Ihre Dienerin, die damit angefangen hatte, auf dem Hof Töpfe zu spülen, sagte: »Ich habe ihn gerade auf der anderen Straßenseite gesehen, als ich den Kühen die Gemüseabfälle hingeworfen habe.«

Während Mrs. Iyengar mit ihrer Dienerin schimpfte, sie solle sich um ihre eigenen Angelegenheiten kümmern, floh ich auf den Treppenabsatz im zweiten Stock und in mein Zimmer und verriegelte die Tür hinter mir. Mein Herz raste, und ich versuchte, meinen Atem zu beruhigen. Hatte ich nicht damit gerechnet, dass Hari eines Tages hier auftauchen würde? Ich hatte immer nach den dichten Augenbrauen und dieser schrecklichen Narbe Ausschau gehalten. Und als die

Jahre dann ohne Vorfall verstrichen waren, hatte ich mir selbst vorgemacht, dass mein Ehemann mich niemals finden würde.

Wie hatte er mich hier entdeckt? In meinen Briefen an Maa und Pitaji, in denen ich sie um Vergebung anflehte, weil ich weggelaufen war, hatte ich sorgfältig darauf geachtet, niemals meine Adresse preiszugeben. Selbst als ich ihnen Geld für die Zugfahrkarten nach Jaipur geschickt hatte, hatte ich sie angewiesen, am Bahnhof nach Malik zu fragen, der sie dann zu mir bringen würde. Aber bisher hatte sich laut Malik niemand am Bahnhof nach ihm erkundigt. Hatten meine Eltern stattdessen Hari geschickt, damit er mich nach Hause holte? Verübelten sie es mir immer noch so sehr? Würden sie mir denn niemals vergeben?

Ohne das Deckenlicht einzuschalten, ging ich zum Fenster und sah hinaus. Fast versteckt hinter dem Mangobaum auf der anderen Straßenseite leuchtete die untere Hälfte eines weißen *Dhotis* in der Dunkelheit. Dann der rote Bogen eines *Beedis*. So spät abends lungerte niemand mehr in diesem Wohnviertel herum. Mrs. Iyengars Dienerin hatte gesagt, dass sie ihn vor ein paar Minuten gesehen hätte. Das musste Hari sein. Ich musste nachdenken – einen Weg finden, wie ich ihn fern von hier treffen konnte.

Ich hörte die leisen Schritte von Mrs. Iyengars anderem Mieter, Mr. Pandey, auf den Stufen und öffnete die Tür. Er war in Gedanken versunken und schreckte auf.

»Mrs. Shastri, guten Abend.« Seine vollen Lippen verzogen sich langsam zu einem Lächeln. Seine Augen waren immer leicht verhangen, was ihn freundlich und geduldig wirken ließ, ein angenehmer Zug für einen Musiklehrer. Er trug seine Haare lang; die Spitzen kräuselten sich ordentlich um seine Schultern. Manchmal stellte ich mir vor, wie er mit seiner

Frau im Bett war und sich ihre Haare auf dem Kissen ineinander verflochten.

»*Namaste*, Sahib.« Ich legte meine Hände zum Gruß zusammen, damit sie nicht zitterten. »Wie läuft es mit dem Unterrichten?«

»Nur so gut, wie der Schüler ist.« Er lächelte.

»Sheela Sharma hat bei der Versammlung der Frauen für die Gupta-Hochzeit wunderschön gesungen. Dank Ihnen.«

»*Nahee-nahee!*« Er lachte leise und berührte seine Ohrläppchen, um eifersüchtige Geister abzuwehren. »Wir haben noch einen weiten Weg vor uns, wenn wir Sheela in Lata Mangeshkar verwandeln wollen.« Er unterrichtete Sheela Sharma, seit sie ein kleines Mädchen war, und dem Wenigen, was er mir erzählt hatte, entnahm ich, dass ihr Naturtalent sie arrogant und nicht nur ein bisschen faul gemacht hatte. Sofern sie sich nicht selbst anstrengte, war es unwahrscheinlich, dass sie jemals die musikalischen Fähigkeiten der legendären Sängerin erreichen würde – ganz im Gegensatz zu dem, was ich Parvati erzählt hatte.

»Und Mrs. Pandeys Gesundheit?«

»Ausgezeichnet. Danke der Nachfrage.«

»Mr. Pandey, würden Sie mir freundlicherweise einen Gefallen tun?« Ich redete so leise, dass er näher herantrat, um mich verstehen zu können. Ich zog mein Notizbuch aus dem Unterrock, riss eine Seite heraus und schrieb schnell. Ich faltete die Nachricht zusammen und hielt sie ihm hin. Er nahm sie, ohne dabei den Augenkontakt zu mir zu unterbrechen.

»Auf der anderen Straßenseite steht ein Mann. Er raucht ein *Beedi*. Würden Sie ihm dies bitte geben? Es wäre nicht angemessen, wenn ich ihn alleine treffen würde ...« Ich ließ meine Stimme verhallen, senkte die Augen und trat einen Schritt zurück.

Er räusperte sich. »Natürlich, natürlich. Jetzt?«

»Wenn es Ihnen nichts ausmachen würde.«

Er hob eine Hand und schüttelte leicht den Kopf. »Das ist kein Problem.« Er ging die Treppe hinunter.

Ich eilte zu meinem Fenster. Mein Licht war immer noch ausgeschaltet, sodass ich hinausblicken konnte, ohne selbst gesehen zu werden. Ich erkannte Mr. Pandeys weißen *Kurtha-Pyjama*. Er überquerte die Straße und zögerte dann. Ein paar Schritte links von ihm flammte ein Streichholz auf, und er wandte sich dorthin. Ich stieß den Atem aus, den ich unwillkürlich angehalten hatte.

# ZWEI

Nasser Mörtel, Zement, Stein. Danach roch mein neues Zuhause. Früher am Abend hatte ich dem Drang widerstanden, herzukommen und nachzusehen, welche Fortschritte der Bauunternehmer machte. Um zehn Uhr abends stand ich jetzt in meinem unfertigen neuen Heim und wartete auf Hari, statt mich um meine Buchhaltung zu kümmern und mich auf den nächsten Tag vorzubereiten. Meine Hand umklammerte das Messer, das ich zum Zerschneiden von Pflanzen und Aufspalten von Samen verwendete.

Von draußen fiel das Licht der Straßenlampen auf meinen wunderschönen Fußboden und enthüllte ein Mosaik aus Safranblüten in der Runde, sich windenden *Boteh*-Blättern und Vasen mit femininen Kurven. Ich dachte an Hazi und Nasreen und die anderen Kurtisanen in Agra, die mich zuerst mit den Mustern ihrer Herkunftsländer vertraut gemacht hatten – Isfahan, Marrakesch, Kabul, Kalkutta, Madras, Kairo. In der Stadt des Taj Mahals, wo ich drei Jahre lang gearbeitet hatte – nachdem ich Hari verlassen hatte und bevor ich nach Jaipur gekommen war –, hatte ich die Arme, Hüften und Rücken der Freudenmädchen mit Henna dekoriert. Meine Muster waren im Laufe der Zeit fantasievoller geworden. Ich hatte schon mal einen persischen Pfau in eine türkische Muschelschale gemalt oder einen afghanischen Bergvogel in einen marokkanischen Fächer verwandelt. Als es dann um das Design für den Fußboden meines Hauses ging, entwarf ich ein Muster, das so komplex war wie die Hennadekorationen, die ich auf die Körper dieser Frauen gemalt hatte, und erfreute mich an dem Wissen, dass nur ich dessen Bedeutung kannte.

Die Safranblüten standen für Unfruchtbarkeit. Unfähig dazu, Samen zu produzieren, genauso wie ich unfähig gewesen war, Kinder zu gebären. Der Ashoka-Löwe, das Emblem unserer neuen Republik, ein Symbol meines Ehrgeizes. Ich wollte mehr, immer, für das, was meine Hände fertigbringen konnten, was mein Verstand erreichen konnte – mehr, als meine Eltern für möglich gehalten hatten. Das erlesene Werk unter meinen Füßen erforderte das Geschick von Künstlern, die exklusiv für den Palast arbeiteten. Alles durch die sorgfältige Zubereitung meiner bezaubernden Öle, Lotionen, Hennapaste und vor allem der Kräutersäckchen finanziert, mit denen ich Samir versorgte.

War Hari gekommen, um mir das alles zu nehmen?

*Knirsch, knirsch.* Schritte auf dem Kies draußen. Ich ließ meinen Daumen behutsam an der scharfen Klinge des Messers entlanggleiten.

Es entstand eine Pause. Dann gingen die Schritte weiter und hielten vor meiner Haustür. Ich stellte mich jetzt auf die eine Seite dieser Tür in die Dunkelheit und atmete flach.

Die Tür öffnete sich, und Hari betrat den Raum. Er wurde vom Straßenlicht beleuchtet, als stünde er auf der Bühne. Seine immer noch dicken und welligen Haare fielen ihm in die Augen. Sein Profil war scharf, aber seine Kieferpartie weich. Die hohen Wangenknochen ließen ihn fast schon attraktiv erscheinen. Ich beobachtete, wie er sich im Raum umsah, bis er mich entdeckte.

Wir sahen einander lange an. Sein Blick wanderte – langsam – von meinem Gesicht die Länge meines feinen Baumwollsaris hinunter zu meinen silbernen Sandalen. Ich widerstand dem Drang, meinen Sari enger um mich zu ziehen.

Er öffnete den Mund und versuchte, schüchtern zu lächeln. »Du hältst dich gut.«

Hatte er das ernst gemeint? Oder würde er wie üblich auf seine freundliche Bemerkung eine beißende folgen lassen?

Sein Hemd war unter einer Achsel zerrissen und voller Curryflecken, sein *Dhoti* mit Staub bedeckt. Schlaffes Fleisch hing unter seinem Kinn. Er war dünner, als ich ihn in Erinnerung hatte. Der Geruch von seinem Schweiß und den billigen Zigaretten erfüllte den Raum zwischen uns.

Als ich nicht antwortete, ging er an die verputzte Wand und rieb mit seiner flachen Handfläche darüber. Er wirkte beeindruckt. Ich zuckte zusammen; ich wollte nicht, dass er irgendetwas berührte, das mir gehörte.

Er betrachtete das Mosaik auf dem Fußboden. »Ist das ... Wer wohnt hier? Ich dachte – wohnst du nicht woanders? Bei den Südindern?«

»Das hier gehört mir. Ich habe es gebaut.« Ich hörte den Stolz in meiner Stimme.

Er runzelte die Stirn und neigte den Kopf, als versuchte er zu verstehen. Wir hatten einst in einer Hütte mit nur einem Zimmer gewohnt. Seine Mutter hatte in der vorderen Hälfte mit den Küchenutensilien geschlafen und wir beide in der hinteren, mit einem Vorhang dazwischen.

Er bedeckte den Mund mit der Hand und ließ sie dort, als wäre er tief in Gedanken versunken. »*Du* hast das gebaut?«

Das war der Hari, den ich kannte. Derjenige, der mich nie für würdig gehalten hatte, etwas anderes zu tun, als ihn zu unterstützen und Kinder zu hüten.

»Ich habe es verdient. Das alles hier.« Und bevor ich mich davon abhalten konnte, ergänzte ich: »Mehr, als *du* jemals verdient hast.«

Ein harter Glanz trat in seine Augen. Sein Mund verzog sich. »Ich …? Schon vergessen, dass *du mich* verlassen hast?« Er schloss die Augen und schüttelte schnell den Kopf, als wollte er seine Wut abschütteln. »Ich will nicht direkt streiten, Lakshmi. Was vergangen ist, ist vergangen, in Ordnung? Ich vergebe dir. Wir fangen neu an.«

Im ersten Moment war ich beim Anblick seiner Kleidung und seines zerzausten Zustands versucht gewesen, Mitleid für ihn zu empfinden. Wie dumm von mir! Zugegeben, seine Bitterkeit war nicht unberechtigt: Eine unfruchtbare Ehefrau ist eine Schande. Eine Bürde, die es rechtfertigt, sie zu ihrer Familie zurückzuschicken. Mit fünfzehn war ich zu schüchtern, zu naiv gewesen, um mit Haris grober Art umzugehen. In der Zwischenzeit hatte ich gelernt, mich nicht mehr so leicht einschüchtern zu lassen. Ich würde mich nicht entschuldigen.

»Du vergibst mir? So wie *du mich* behandelt hast?«

Er sah mich verwirrt an. »Aber deine Schwester sagte …«

»*Schwester?*« Wovon sprach er? »Ich habe keine Schwester.«

Er zog die Augenbrauen zusammen, während er den Kopf zur Tür drehte. »Hast du mich angelogen?«

Ich folgte seinem Blick. Ein Mädchen, so dünn wie ein *Neem*-Zweig, stand im Schatten gleich hinter der Tür. Wie hatte ich sie nur übersehen können?

Wie in Trance ging sie in die Mitte des Zimmers, ihre Augen auf meine gerichtet. Sie war einen halben Kopf kleiner als ich. Ihre dunklen braunen Haare, staubig und lose, waren gescheitelt und zu einem Zopf geflochten, der ihr fast bis zur Taille reichte. Ein oranges Tuch bedeckte die Hälfte ihres zerrissenen Unterrocks und wand sich ihren Rücken hoch und um ihre Schultern. Sie trug eine langweilige blaue Bluse. Keinen Schmuck, keine Schuhe.

Sie hob eine Hand, als wollte sie meine Schulter berühren. »Jiji?«

Ich hatte keine jüngere Schwester! Ich trat einen Schritt zurück. Das Messer in meiner Hand glitzerte im Licht der Straßenlampen. Sie schnappte nach Luft.

Hari trat zwischen uns. Er zeigte mit dem Finger auf sie. »Antworte mir!«

Das Mädchen sprang auf und schlug sich ihre Arme um den Bauch.

Ich sah Hari an, dann das Mädchen und dann wieder Hari. »Was ist hier los?«

Hari zog eine Schachtel Streichhölzer aus der Tasche und warf sie mir vor die Füße. »Sieh es dir selbst an.«

War dies ein Trick? Um ein Streichholz zu entzünden, musste ich das Messer ablegen. Ich bewegte mich langsam und ließ Hari nicht aus den Augen. Seine Fäuste schlossen und öffneten sich, aber er blieb, wo er war. Ich strich ein Streichholz an und hielt es vor das Gesicht des Mädchens. Ihre blaugrünen Augen, die Farbe von Pfauenfedern, schillernd, waren riesengroß. Ihre Nase war dünn und gerade, mit einem kleinen Höcker in der Mitte. Sie hatte Rosenknospenlippen, rund und rosa. Ich hob das Streichholz wieder zu ihren Augen hoch, sie hatte nicht einmal geblinzelt.

Das Blut pochte in meinen Ohren. Ich schüttelte den Kopf. »Wie kann …? Nach mir hat Maa zwei Mädchen geboren, aber keine hat das erste Jahr überlebt.«

Hari schien ebenfalls verwirrt zu sein. »Sie hat mir gesagt, dass sie in dem Jahr geboren wurde, in dem du mich verlassen hast. Sie hat gesagt, dass du das wüsstest.«

Maa war schwanger gewesen, als ich Hari verlassen hatte? Mit einem weiteren Mädchen? Und ich hatte nicht einmal davon gewusst? So viele Gedanken wirbelten durch meinen Kopf. Der Gedanke an die Ausgaben für eine weitere Aussteuer musste sie zur Verzweiflung gebracht haben! So wie viele arme Frauen hatte meine Mutter Töchter als Bürde empfunden. Aber warum waren meine Eltern nicht mit ihr zusammen nach Jaipur gekommen, wo ich ihnen doch Geld dafür geschickt hatte? Warum war sie mit Hari hergekommen?

Ich musterte im Licht der Flamme den Körper des Mädchens und sah Blutergüsse an ihren Armen. »Wie heißt du?«

Sie warf Hari einen Blick zu, bevor sie antwortete: »Radha.«

Das Streichholz verbrannte meine Finger. Ich ließ es auf den Fußboden fallen und entzündete ein weiteres. Meine Hände zitterten. »Wo ist Maa?«, fragte ich.

Ihre Augen wurden feucht. »Sie ist tot, Jiji«, erwiderte sie mit schwacher Stimme.

Die Worte sickerten ein. Meine Beine fühlten sich wie Gummi an. »Und Pitaji?«

Das Mädchen bewegte den Kopf, um auszudrücken, dass mein Vater ebenfalls gestorben war.

Beide tot? »Wann?«

»Pitaji vor acht Monaten. Unsere Maa vor zwei Monaten.«

Es war, als hätte ich einen Schlag in die Magengrube bekommen. All diese Zeit, in der ich von einer Wiedervereinigung mit meinen Eltern geträumt hatte, war ich nie auf die Idee gekommen, dass ich sie vielleicht niemals wiedersehen würde. Waren meine Mutter und mein Vater in Schande auf ihren Scheiterhaufen gelandet? Begleitet vom Klatsch über die missratene Tochter, die ihren Ehemann verlassen hatte?

Meine Eltern würden nie erfahren, wie oft ich in den zwei Jahren unserer Ehe daran gedacht hatte, Hari zu verlassen. Mich hatte einzig die Angst zurückgehalten, was das für ihren Ruf bedeutete – bis zu dem Tag, an dem ich die Schläge meines Ehemanns nicht mehr länger ertragen konnte, die Wunden, die mich bluten ließen, die Worte, die mich aufschlitzten. Die Morgen, an denen ich kaum vom Fußboden aufstehen konnte. Und das alles wofür? Für das Kind, das ich ihm nicht geben konnte. Im ersten Jahr unserer Ehe hatte seine Mutter, diese liebenswerte Frau, gehofft, dass Tees aus wilder Yamswurzel und Gebräue aus rotem Klee und Pfefferminze meinen Körper dazu ermutigen würden, ein Baby zu produzieren. Sie hatte Tonika aus Nesselblättern hergestellt, um meine Organe zu stärken. Ich hatte Kürbiskerne gekaut, um meine weiblichen Körperteile zu befeuchten, bis die Innenseite meines Mundes mit Blasen bedeckt war.

Meine Schwiegermutter kümmerte sich so emsig um meinen Körper wie ich mich um ihren medizinischen Garten – ich bereitete den Boden, säte Samen aus, düngte die zarten Pflanzen. Aber all die geduldigen Anstrengungen meiner *Saas* verschafften ihrem Sohn nicht das, wonach er sich am meisten sehnte. Für einen indischen Mann war ein Sohn – oder eine Tochter – der Beweis seiner Männlichkeit. Es bedeutete, dass er seinen stolzen und rechtmäßigen Platz unter den Legionen von Männern einnehmen konnte, welche die nächste Generation voranbrachten. Hari hatte das Gefühl – wie so viele Männer in seiner Position –, dass ich ihn dieses Rechts beraubt hatte.

Ich hätte das alles Maa und Pitaji erklären können, wenn sie nach Jaipur gekommen wären. Sie hätten mir dann vielleicht zugestimmt, dass es richtig von mir gewesen war, Hari zu verlassen und mir dieses glänzende neue Leben aufzubauen. Aber das war niemals geschehen.

Ich wollte ihn nicht fragen, aber ich musste es wissen. »Und deine Mutter? Ist sie … immer noch bei uns?«

Hari schluckte. Er sah weg.

Meine Augen füllten sich mit Tränen. Seine Mutter, meine *Saas*, war also tot? Ich hatte diese sanftmütige Frau genauso geliebt wie meine eigene Mutter. Sie hatte Stunden damit verbracht, mir zu zeigen, wie man die Blüten von einem Palosabaum erntet, um den Zyklus zu regulieren, wie man Eisenkraut gerade fein genug mahlt, um eine Blase zu lindern, ohne die Haut zu verbrennen. Ich hatte ihre Lektionen zu meinem Lebenswerk gemacht. Sie war der Grund, warum ich überlebt hatte. Und jetzt würde sie das niemals erfahren.

Als ich meine Stimme wiedergefunden hatte, fragte ich: »Aber wenn Maa schon seit zwei Monaten tot ist … warum hat es so lange gedauert, bis du hergekommen bist?«

Das Mädchen warf einen hastigen Blick zu Hari und senkte die Augen.

Er rieb sich mit der Hand die Narbe am Kinn. »Wir mussten uns vorbereiten. Auf die Reise.«

Die Art, wie er seine Narbe versteckte, verriet mir, dass er log. Er hatte dasselbe getan, als er meinem Vater erzählt hatte, dass er mich durch das Ziehen einer Rikscha ernähren könnte.

Wieder hielt ich die Flamme des Streichholzes vor das Gesicht des Mädchens. War das eine Prellung an ihrer Kehle oder nur ein Schatten? Sie roch nach Kuhdung. Hari ebenfalls. Offensichtlich hatten sie das Geld, das ich meinen Eltern geschickt hatte, nicht für Zugfahrkarten verwendet.

Ich sah Hari an. »Was hast du mit dem Geld gemacht, das ich geschickt habe?«

Hari presste die Lippen zusammen und starrte mich an, jetzt voller Trotz.

Das Streichholz erlosch, und ich entzündete ein weiteres, wobei ich mich wieder dem Mädchen zuwandte. Mein Atem ging stockend. »*Rundo Rani?*«

Das Mädchen rang die Hände.

Ich versuchte es erneut. »*Rundo Rani?*«

Ihr Mund öffnete sich.

»*Rundo Rani*«, wiederholte ich, diesmal lauter.

Die Worte kamen aus ihrem Mund gepurzelt. »*Rundo Rani, burri sayani. Peethi tunda, tunda pani. Lakin kurthi heh munmani.*« Sie schlug sich die Hand auf den Mund, um ein Lächeln zu verbergen.

Mein Vater hatte diesen Kinderreim erfunden und ihn all seinen Töchtern vorgesungen, einschließlich meiner selbst. *Kleine Königin, hält sich selbst für so groß. Trinkt nur kaltes, kaltes Wasser. Treibt aber so viel Schabernack!*

Ich hielt einen Moment den Atem an und ließ ihn langsam entweichen. Sie hatte das bestätigt, was ich bereits gesehen hatte: die Augen meiner Mutter in Radhas Gesicht.

Das Mädchen senkte die Hand. Sie lächelte jetzt offen, ihr Gesicht verwandelte sich – das Gesicht einer Frau im Körper eines Mädchens.

Ich hatte eine Schwester – und sie war in all der Zeit herangewachsen, in der ich vor meiner Vergangenheit davongelaufen war. Aber warum hatten meine Eltern mir nichts davon erzählt? *Wie hätten sie das tun sollen, ohne eine Adresse auf den Briefen, die ich ihnen geschickt hatte?*

Ich hatte vergessen, dass Hari noch da war, bis er wieder sprach: »Wir sind immer noch verheiratet. Du bist immer noch meine Frau.«

Meine Schultern zuckten.

»Wir können es noch einmal miteinander versuchen, Lakshmi.«

*Nein!* Ich schleuderte ihm die Streichholzschachtel vor die Füße. »Wir lassen uns scheiden.«

Seine Nasenlöcher weiteten sich vor Wut. Dies war der Hari, den ich kannte. »Ich verstehe jetzt.« Mit einer ruckartigen Kopfbewegung zeigte er auf Radha. »Ihr beiden seid wirklich Schwestern. Ihr lügt *beide*.«

Was meinte er damit? Ich suchte bei Radha nach der Antwort, aber sie starrte auf den Fußboden.

Hari presste die Kiefer zusammen, als er sich wieder mir zuwandte. Durch zusammengebissene Zähne sagte er: »Selbst dein Name ist eine Lüge, Lakshmi. Du bist keine Göttin des Wohlstands, oder? Du hättest das hier nie alleine verdienen können.« Er wedelte mit dem Arm, um auf das Haus zu zeigen. Seine Augen verengten sich. »Wer hält dich aus?«

Natürlich ging er davon aus, dass ich die Geliebte eines reichen Mannes war. Sollte er doch glauben, dass eine Frau das niemals alleine schaffen konnte!

Es kostete mich etwas Mühe, meine Stimme unter Kontrolle zu halten. »Sie haben dieses Jahr ein Gesetz erlassen, Hari. Wir können uns jetzt scheiden lassen.«

Er biss sich auf die Lippe und hob die Streichholzschachtel auf. Wieder sah er sich im Raum um, auf den Fußboden, meinen Sari. Einige Augenblicke standen wir schweigend da.

Dann dämmerte es mir. »Du willst Geld«, sagte ich. Natürlich wollte er das! Anstatt in eine der größeren Städte zu gehen, um eine Woche lang eine Rikscha zu ziehen und mit seinem Verdienst nach Hause zu kommen, hatte Hari die meiste Zeit im Dorf mit Schlafen, Essen oder dem Versuch verbracht, mich ins Bett zu kriegen. Wenn sich seine Mutter nicht mit ihren medizinischen Kräutern und Behandlungen ein kleines Einkommen verdient hätte, hätten wir nicht genug zu essen gehabt.

Auf einmal wurden seine Züge weicher. »Nur bis …« Er klang zerknirscht.

»Wie viel?«, fauchte ich.

Er kratzte sich an der Stirn und verlagerte das Gewicht. »Wie viel kannst du erübrigen?«

»Ich arbeite hart, Hari. Alles, was du hier siehst, habe ich mir in all den Jahren erarbeitet. Und es gehört mir noch nicht einmal ganz.« Ich kniff die Augen zusammen. »Ich habe Schulden, und im Gegensatz zu dir begleiche ich sie auch.«

Wieder presste er seine Kiefer aufeinander. »Willst du, dass ich den Menschen die Wahrheit über dich erzähle? Was würden deine Memsahibs sagen, wenn sie die wüssten?«

Mein Herzschlag beschleunigte sich. In seinem jetzigen Zustand würde kein *Chowkidar* ihn durch die Tore der großen Häuser hindurchlassen, die sie bewachten. Aber er wusste genauso gut wie ich, dass die Pförtner – so wie jeder andere, der Münder stopfen und Aussteuern arrangieren musste – bestechlich waren.

Radha beobachtete uns aufmerksam.

»Wie lange willst du in Jaipur bleiben?«, fragte ich Hari. Er zuckte die Schultern.

Ich atmete einmal, zweimal, dreimal tief ein und aus. Dann zog ich die Rupienrolle aus meinem Unterrock heraus. Rupien, die ich gespart hatte, um dem Bauunternehmer die nächste Rate zu zahlen. Ich warf die Geldscheine auf den Terrazzofußboden – so wie er damals seinen mageren Verdienst auf den Boden unserer Hütte geworfen hatte.

Er starrte auf die Scheine. Es war wahrscheinlich mehr Geld, als er je auf einmal gesehen hatte. Schließlich bückte er sich, um sie aufzuheben. Er rieb sich die Bartstoppeln am Kinn. Dann hob er den Blick, um mir in die Augen zu sehen, und öffnete den Mund, als wollte er noch etwas sagen.

Ich wartete.

Aber er kniff die Lippen zusammen. Sein Blick wanderte zu Radha, die ihm nicht in die Augen sehen wollte. Er schüttelte den Kopf und ging zur Tür hinaus.

Ich stand erschüttert da, ohne zu wissen, warum. Jahrelang hatte ich mir vorgestellt, was ich tun würde, falls ich Hari wiedersah. Mit meinen Fäusten wollte ich ihn verprügeln. Ihm mit der flachen Hand ins Gesicht schlagen. Ich würde ihn mit den Füßen treten. Für all diese Male, die er mir wehgetan hatte, mich kleingemacht hatte. Und doch, als ich ihn zum ersten Mal nach dreizehn Jahren wiedersah, verspürte ich mehr Mitleid als Wut.

Radhas Stimme riss mich aus meinem Gedanken. »Jiji, bist du die ganze Zeit in Jaipur gewesen? Deine Kleider ...«

Ich brachte sie mit einer Handbewegung zum Schweigen. Dann rannte ich zum Fenster und beobachtete, wie Hari die Straße hinunterging. Als er außer Sicht war, hob ich die Finger an den Mund und pfiff. Innerhalb von Sekunden stand Malik mit zwei jungen Männern hinter sich am Fenster, die doppelt so groß waren wie er, alle dazu bereit, mich zu schützen.

»Ist weg, Tante Boss. Riksha wartet um die Ecke auf dich.«

Ich zählte fünf Rupien ab. Malik gab seinen Kumpeln jeweils eine Münze und steckte die anderen drei ein. Er war der geborene Geschäftsmann.

Auf der Rikschafahrt nach Hause spürte ich, wie Radha meine Kleider, meine Haare, meine Sandalen musterte. Ich überlegte, welche Fragen sie mir vorhin hatte stellen wollen. *Wo bist du all diese Jahre gewesen? Warum bist du weggelaufen? Wie kommt es, dass du in Jaipur bist?* Ich hatte Mühe, mich von der unerwarteten Begegnung mit Hari zu erholen und von dem Schock, dass die drei Menschen nicht mehr da waren, an denen mir einst so viel gelegen hatte. Aber an den

Gedanken, eine Schwester zu haben, die neben mir saß, so solide wie die Kopfschmerzen in meinen Schläfen, daran gewöhnte ich mich allmählich.

Langsam und bewusst arrangierte ich den Sari über meiner Schulter neu und räusperte mich dann. »Erstens – es ist unhöflich, jemanden anzustarren.«

Sie wandte den Blick ab, drehte mir aber wieder den Kopf zu, als könnte sie einfach nicht anders. »Jiji …«

Ich hielt zwischen uns eine Hand hoch. »Zweitens – wir reden zu Hause miteinander.« So wie die Vögel die Samen, die sie fraßen, über das Land verteilten, verbreiteten die Riksha- und *Tonga-Wallas* den Klatsch, den sie begierig aufsaugten. Ich achtete darauf, sie nicht damit zu versorgen.

Wieder spürte ich Radhas Blick und schloss meine Augen, um sie auszuschließen. Der Druck auf meinen Schläfen war schlimmer geworden. Konnte das Mädchen wirklich meine Schwester sein? Wie schmutzig sie war! So dreckig wie ein Zebubulle, der eine Woche lang auf der Weide gestanden hatte. In ihrem Alter hatte ich mir selbst die Haare gemacht, meine nassen Unterröcke am Fluss ausgewrungen und mir die Füße gewaschen, bevor ich mich auf meine Matte gelegt hatte. Hatte Maa ihr nichts beigebracht? Sie roch wie ein Heuballen, was bedeutete, dass Hari Bauern dazu überredet hatte, sie nach Jaipur mitzunehmen, um sich selbst das Geld einzustecken, welches ich nach Hause geschickt hatte.

Ich warf einen Blick seitwärts auf ihre gefalteten Hände. Ihre schwarzen Fingernägel sahen nicht sauberer aus als die einer Bettlerin. Wie sollte ich eine Schwester erklären, von deren Existenz ich bisher nichts gewusst hatte? Es war ja nicht so, als wüssten meine Kundinnen irgendwelche Einzelheiten meines Familienlebens, aber Mrs. Iyengar – was sollte ich ihr erzählen? Es musste noch ein weiterer Punkt auf die Liste.

*Drittens – erwähne Hari niemals irgendjemandem gegenüber.* So wie er aussah, war er offenbar immer noch nicht dazu in der Lage, mehr als ein paar Rupien zusammenzukratzen. Möglicherweise hatte er vor, in Jaipur zu bleiben und für eine Weile von meinem Geld zu leben. Warum bekam ich ausgerechnet jetzt, wo ich endlich die Früchte meiner Arbeit ernten konnte, zwei weitere Münder zum Stopfen?

Aber wie unfair war ich doch! Ich hätte ohne Weiteres die Verantwortung für die Versorgung der beiden Menschen übernommen, die ich erwartet hatte: meine Mutter und meinen Vater. Vielleicht war Radha meine Strafe für die Schande, die ich über sie gebracht hatte. Meine Eltern, meine Schwiegermutter und Hari – sie mussten alle geächtet und ignoriert worden sein, nachdem ich davongelaufen war. Von heiligen Zeremonien, Hochzeiten, Geburten und Beerdigungen ausgeschlossen und sogar bespuckt. Ich spürte, wie mein Gesicht vor Scham glühte.

Radha hielt ihren Kopf gesenkt, und mir wurde bewusst, dass die rhythmischen Bewegungen der Rikscha sie hatten einschlafen lassen. Sie neigte sich langsam zu mir, und ich fand die Nähe unbehaglich. Ich rutschte auf meine Seite des Sitzes, und ihr Körper neigte sich zur anderen, wobei ihr Kopf sich an die ramponierte Dachplane des Fuhrwerks lehnte.

Nun konnte ich ihr Gesicht mustern, das die gleiche Form wie Maas hatte, ovaler als meines. Mein Gesicht war herzförmig, mit spitz zulaufendem Kinn, so wie Pitajis. Wenn sie in dem Jahr zur Welt gekommen war, in dem ich weggelaufen war, musste Radha jetzt dreizehn sein, aber eine tiefe Furche zwischen den Augenbrauen und Sorgenfalten um die Mundwinkel herum ließen sie älter aussehen.

Ich betrachtete die dunklen, runden Abdrücke an ihren Armen, die von Haris Händen stammten, wie ich glaubte.

69

War ich Haris Grausamkeit entkommen, nur damit er sie jetzt auf Radha richtete? Der Gedanke ließ mich schaudern.

Als wollte sie mir antworten, zitterte Radha. Ich nahm meinen Wollschal ab, deckte sie damit zu und steckte ihn um ihren dünnen Körper herum fest. Ich bezweifelte, dass sie einen Pullover besaß. Wie musste sie auf der Reise hierher gefroren haben!

Die Farbe ihrer Haut war eine Nuance dunkler als meine. Zweifellos hatte sie mehr Zeit draußen in der Sonne verbracht und Wasser aus dem Dorfbrunnen geholt oder in der Mittagssonne Kuhdung gesammelt, so wie ich vor all den Jahren. Die Sohlen ihrer Füße waren rissig. Mit dem Baden mussten wir bis zum frühen Morgen warten, denn ich konnte es nicht riskieren, Mrs. Iyengars gesamten Haushalt aufzuwecken oder Mr. Pandeys Familie.

Wenn sie dreizehn war, musste sie jetzt in der sechsten Klasse sein. Ich würde mich nach einer staatlichen Schule für sie umsehen müssen. Von den Töchtern meiner Damen wusste ich, dass das nächste Schulsemester im Januar begann. Und bis dahin? Ich konnte Radha nicht zu Hause in unserem Zimmer lassen, während ich mich um meine Damen kümmerte. Mrs. Iyengar war neugierig und würde ihr Hunderte von Fragen stellen. Ob ich Radha zu den Hennaterminen mitnehmen konnte? Und Kleider! Sie brauchte neue Kleider, bevor ich sie der Gesellschaft vorstellen konnte.

Mein Kopf fühlte sich zu klein für all die Gedanken an, die in ihm herumwirbelten. Ich wagte nicht, über den heutigen Abend hinauszudenken. Falls ich das täte, würde ich vielleicht nie wieder schlafen können.

Ich rüttelte Radha an der Schulter, um sie aufzuwecken. Es gab so vieles, was ich ihr beibringen musste, und zwar so schnell wie möglich.

# DREI

16. November 1955

Mrs. Iyengar berechnete mir eine kleine Mietgebühr für ihren *Almirah*. Auf einem Brett im Schrank bewahrte ich zusammengelegte Saris in Pastelltönen auf. Sie waren fein bedruckt – winzige Punkte, dünne Streifen oder gestickte Blumen, nicht größer als ein Marienkäfer. Auf dem nächsten Brett lagen meine Blusen, farblich sortiert: helle Blautöne, laubgrüne Farbtöne, verschiedene Rosas, makelloses Weiß und Elfenbein. Die *Shalwar-Kamiz*-Sets, die ich häufiger getragen hatte, als ich noch jünger war, befanden sich zusammen mit den passenden *Chunnis* auf dem unteren Brett.

»Die gehören alle dir, Jiji?« Radha, die sich frisch gebadet in ein Handtuch eingewickelt hatte, spähte in den *Almirah* hinein. Sie rieb die Finger aneinander, als sehnte sie sich danach, die feine Baumwolle und die Seide zu berühren. In der vergangenen Nacht hatte ich ihr von den Frauen erzählt, für die ich arbeitete, und sie gewarnt: »Viertens – fasse nichts an, das dir nicht gehört. Die Damen werden dich schneller des Diebstahls bezichtigen, als du es abstreiten kannst.«

Ich wählte einen rosenfarbenen Sari mit kleinen Fuchsienblüten in der Bordüre und fältelte den Stoff mit geübten Fingern, bevor ich ihn in meinen Unterrock steckte. »Die meisten meiner Damen tragen keine Baumwolle, nur Seide, die so fein ist, dass du sie durch einen Ring ziehen kannst. Bei besonderen Anlässen tragen sie Saris, die schwer vor Stickereien sind. Meistens aus Gold- und Silberfäden.« Ich sah meine Schwester an. »Vor Kurzem habe ich eine Braut mit Henna bemalt. Auf ihrem Sari war so viel Gold, dass drei ihrer Schwestern ihr die Stufen zum *Mandap* hochhelfen mussten.«

»Wie hat sie es dann geschafft, um das Feuer herumzugehen?«

Ich zog eine Augenbraue hoch. »Sehr, sehr langsam.«

Radhas Lachen war erstaunlich tief. Es erinnerte mich an das Geräusch der Spielkarten, die sich die Jungs in die Speichen ihrer Fahrräder steckten.

Ich klatschte ein paar braune Sandalen mit flachen Absätzen und glatten Riemen auf den Steinfußboden und drängte sie, sie anzuziehen. Ihre schwieligen Sohlen verrieten mir, dass sie daran gewöhnt war, barfuß zu gehen. Die Sandalen würden ihr den Übergang zu Schuhen erleichtern.

Als sie das Handtuch ablegte, wanderte mein Blick wieder zu ihren blauen Flecken. Das dunkle Rot von gestern war verblasst. Sie verschränkte die Arme vor der Brust, um sie zu verstecken, als sich unsere Blicke trafen. »Ein Schaf auf dem Laster – es hat mich in die Rippen gestoßen. Bis morgen werden die Male verschwunden sein.«

So viel zwischen uns blieb unausgesprochen. Als ich sie heute Morgen in der Dämmerung – bevor die Straßenkehrerinnen ihre Runden machten und Mrs. Iyengars Dienstmädchen die Saris von gestern von der Wäscheleine holte – gebadet hatte, war es das Gleiche gewesen. Radha weigerte sich, über manche Dinge zu reden, während ich wiederum über andere Schweigen bewahrte. Ich war hin- und hergerissen: Ein Teil von mir wollte wissen, ob Hari ihr wehgetan hatte (so wie er mir wehgetan hatte), aber ein anderer Teil von mir fürchtete sich davor, es herauszufinden. Wie auch immer die Antwort ausfiel, ich war mir sicher, dass es meine Schuld war. Er hatte es getan, um sich an mir zu rächen.

Ich zog ihr eine laubgrüne Baumwolltunika über den Kopf und strich den Stoff über ihren schmalen Schultern glatt. Das *Kamiz* saß locker um ihren schmalen Brustkorb, und ich fasste den überschüssigen Stoff zusammen, um festzustellen, wie weit das Kleidungsstück enger genäht werden musste. Zudem war es notwendig, den weißen Baumwoll-*Shalwar* am Saum ein paar Zentimeter zu kürzen, und der Bund war dreizehn Zentimeter zu weit. Schließlich drapierte ich einen weißen *Chunni* aus Chiffon lose um ihre Schultern. Dann trat ich zurück, um mein Werk zu begutachten.

Das Grün der Tunika verstärkte das Meeresgrün ihrer Iriden und ließ ihr Haar schwärzer erscheinen. Dank meines eifrigen Schrubbens war ihre Haut rosig, und das Kokosnussöl verlieh ihren Armen einen bezaubernden Glanz. Mit kunstvoll aufgetürmtem Haar, ein oder zwei Schmuckstücken um ihren Hals und ein bisschen mehr Fleisch auf den Knochen hätte man sie für die Tochter einer meiner Damen halten können.

Sie bemerkte, dass mir gefiel, was ich sah, und verzog ihre Lippen zu einem schüchternen Lächeln. »Jiji, hast du etwas in einer etwas kräftigeren Farbe?«

»Grelle Farben kennzeichnen dich als Dorfmädchen«, erwiderte ich. »Kräftige Farben kann man nur auf Seide tragen, so wie meine Damen das tun. Und vergiss diese billigen Spiegel, die in deine Kleider eingenäht sind, wie bei einer gewöhnlichen Wäscherin.«

Ihr Mund klappte auf, und ihre Lippen zitterten.

War ich zu barsch gewesen?

Ihr Blick fiel auf den *Mutki*, den sie den ganzen Weg von unserem Dorf bis hierher mit sich getragen hatte. Aus der Öffnung des Gefäßes funkelten uns die winzigen Spiegel von Maas Hochzeitssari an.

Zu spät wurde mir klar, dass ich ihre Gefühle verletzt hatte, so wie auf dem Dach, als ich die Zecken aus ihren Haaren geklaubt hatte.

»Wäschst du dich nie?«, hatte ich gefragt.

»Wir sind zehn Tage lang auf einem Karren mit Zuckerrohr mitgefahren, und danach hat uns ein Laster mitgenommen, der Schafe nach Jaipur brachte.«

Ihre Stimme hatte schwach und entschuldigend geklungen, und mir hatte mein Tonfall sofort leidgetan. Wenn Hari mein Geld anderweitig ausgeben wollte, was hätte sie schon dagegen tun können? Abgesehen davon – hatten sich nicht auch an meinen Rücken Zecken gehängt, als ich damals in Ajar zwischen Ziegen und räudigen Hunden herumgelaufen war? Ich musste behutsamer mit ihr umgehen.

*Schepper, schepper.* Das Geräusch von zusammenstoßenden Metallkanistern kündigte die Ankunft des Milchmanns in Mrs. Iyengars Hof an. Erleichtert über die Ablenkung, beeilte ich mich, meine Sandalen anzuziehen. »Ich muss den *Doodh-Walla* abfangen. Wir brauchen einen weiteren Liter, um *Burfi* zu machen.«

Als ich die Tür öffnete, wollte Malik gerade anklopfen. Sein dickes Haar war ungekämmt, aber sein Hemd und seine Knickerbocker sahen sauber aus. Er kaute auf etwas herum.

»*Arré*, Malik! Du bist früh dran.«

Er zeigte mit dem Kinn auf Radha. »Wer ist das?«

»Das ist Radha, meine Schwester. Sie bleibt jetzt bei mir.«

Weitere Erklärungen würde ich nicht abgeben, und bei

Malik war das auch nicht notwendig. »Deine Zähne werden schwarz, wenn du *Paan* kaust, das weißt du.«

»Heute ist Markttag, Tante Boss. Keine Damen, die wegen mir in Ohnmacht fallen«, erwiderte der Junge unbeeindruckt und grinste, seine Zähne fleckig von der Tabakpaste.

Ich zog eine Einkaufsliste aus meinem Unterrock und reichte sie ihm. Malik überflog sie. »Sonst noch etwas?«

Ich warf einen Blick auf die Reihe von Flaschen auf meinem Arbeitstisch. »Lavendelöl.« Wir hatten das letzte davon heute Morgen für Radhas blaue Flecken verwendet. »Und Magnolienextrakt.« Radhas Füße waren viel trockener als die von Lala gewesen. Ob Radha jemals in ihrem Leben Schuhe getragen hatte?

Malik nickte. Er starrte schon wieder meine Schwester an.

Ich hob Radhas schmutzige Reisekleidung vom Boden auf. »Wenn du vom Markt zurück bist, verbrennst du die hier.«

Radha stieß einen kleinen Schrei aus.

Ich drehte mich zu ihr um. Vielleicht waren dies ihre einzigen Kleider. »Sie sind voller Flöhe, Radha. Wir besorgen dir etwas Neues.«

Sie errötete, schaute kurz zu Malik und senkte dann den Blick. Hatte ich sie in Verlegenheit gebracht, weil ich so etwas vor ihm ausgesprochen hatte? Ich musterte ihn, um seine Reaktion zu sehen, doch sein Gesichtsausdruck war undurchdringlich.

Gemeinsam gingen wir zur Tür hinaus, um unsere verschiedenen Besorgungen zu erledigen.

Als ich mit der stählernen Milchkanne in mein Zimmer zurückkehrte, blieb ich an der Schwelle stehen. Irgendetwas hatte sich verändert. Radha stand auf der einen Seite des langen Tisches, auf dem ich meine Kräuter aufbewahrte, die Hände hinter sich gefaltet. In ihren Augen lag die Vorsicht eines wilden Tieres. Was hatte sie getan? Was auch immer es war, sie dachte offenbar, dass ich sie bestrafen würde. Mein Blick wanderte über die Flaschen mit Ölen und Lotionen, den Mörser und Stößel, das Marmorbrett, auf dem ich meine Pflanzen und Samen mischte – alle waren leicht verschoben und nicht in der Anordnung, in der ich sie zurückgelassen hatte. Der Krug mit den frischen Kräutern war ebenfalls bewegt worden. Dann sah ich es. In der Schüssel mit den Frangipaniblüten, in die ich meine Bluse eingetaucht hatte, fehlte eine Blüte. Ich sah Radha an, die sich schnell an die Haare fasste. Dort oben, auf dem Knoten, den ich ihr gesteckt hatte, befand sich die andere Blüte.

Sie lächelte listig. »Zehntens – achte darauf, dass du immer nach Blumen riechst, wenn du willst, dass die Damen dich in ihre Häuser einladen.«

Letzte Nacht nach der ersten, zweiten, dritten und vierten Sache hatte ich ihr die fünfte beigebracht: *Sitz aufrecht* (sie saß gebeugt, als wäre sie daran gewöhnt, auf dem Boden über der Wäsche oder der Kochstelle zu hocken); sechstens: *Lass den Mund nicht offen stehen* (sie starrte Motorrollern hinterher, als sähe sie Affen, die auf Hindi sangen); siebtens: *Kau mit geschlossenem Mund* (noch bevor sie einen Bissen *Chapatti* heruntergeschluckt hatte, nahm sie sich schon den nächsten, als hätte sie wochenlang nichts gegessen); und achtens: *Lächle, wenn ich dich morgen früh Mrs. Iyengar vorstelle* (Radhas üblicher Gesichtsausdruck schien aus einem besorgten Starren zu bestehen). Als ich bei neuntens angelangt war, war Radha mit ihrem Abendessen fertig und ihre Augenlider senkten sich allmählich. Vor dem *Almirah* hatte ich ein Bettlaken ausgebreitet, denn sie kratzte sich immer wieder am Kopf. Wir können erst zusammen auf der Liege schlafen, wenn wir die *Juey* aus deinen Haaren entfernt haben, hatte ich ihr gesagt. Sie widersprach mir nicht. Entweder war sie daran gewöhnt, auf dem Fußboden zu schlafen, oder sie war zu erschöpft, um sich herumzustreiten.

Ich war so lange allein gewesen und verfügte über keinerlei Erfahrung darin, ein Kind aufzuziehen. Sollte ich sie daran erinnern, erst zu fragen, statt sich einfach irgendetwas zu nehmen, oder sollte ich sie nachsichtig behandeln, das Dorfmädchen, das von den alltäglichen Nettigkeiten betört war, die für mich selbstverständlich waren? Eine Blume war schließlich nur eine Kleinigkeit.

Ich betrat das Zimmer, stellte die Milchkanne auf den Tisch und lächelte sie an. Dann zeigte ich auf die Schüssel mit der verbliebenen Blüte und meiner Bluse und sagte: »Würdest du bitte meine Bluse auf dem Dach zum Trocknen aufhängen, während ich mir die Haare mache?«

Ihr Körper entspannte sich, als hätte sie den Atem angehalten. Sie nahm eine der Flaschen auf dem Tisch hoch und fragte: »Jiji, wofür ist das hier?«

»Das ist *Bawchi*-Öl«, erwiderte ich. »Das lässt deine Haare wachsen. Du brauchst es nicht, deine Haare sind dick genug.«

Dann zeigte sie auf eine Tonschale auf einem Quadrat aus rotem Samt. Der Rand hatte dunkle, zimtfarbene Flecken. »Hat es mit dieser Schüssel irgendetwas Besonderes auf sich?«

Bevor sie Hand an die alte Anrührschale meiner *Saas* legen konnte, führte ich sie vom Tisch fort. »Ich bereite darin Hennapaste zu. Jetzt beeile dich mit der Bluse.« Ich sah auf meine Armbanduhr. »Wir gehen zur Näherin. Wenn wir sie früh erwischen, verhandelt sie mit leerem Magen.«

Das spärliche Haar der Näherin war in der Mitte gescheitelt und zu einem zerzausten Dutt zusammengefasst. An manchen Stellen schimmerte ihre gelbbraune Kopfhaut durch.

Nachdem sie unsere drei mitgebrachten *Shalwar Kamiz* abgesteckt hatte, lehnte sie sich aus dem Fenster im zweiten Stock und rief nach Tee. Fünf Minuten später erschien ein Junge mit drei winzigen Gläsern dampfendem *Chai*. Ich nahm ein Glas an, aber die Ölschicht, die obendrauf schwamm, hielt mich vom Trinken ab. Radha ihrerseits hatte ihren Tee in weniger als einer Minute hinuntergestürzt. Als ich ihr meinen Tee reichte, machte sie damit dasselbe. Ich musste ihr unbedingt beibringen, wie man trank, ohne durstig zu wirken.

»Wie viel?«, fragte ich die Schneiderin.

Die Frau zog eine große Dose mit Schnupftabak der Marke Skorpion aus einem Regal und nahm eine Prise zwischen Daumen und Zeigefinger. Sie inhalierte den Tabak, scharf, zuerst durch ein Nasenloch, dann durch das andere, so wie auch Maa das getan hatte. Dann schnaubte sie mit offenem Mund.

»Sie haben mir nicht erzählt, dass Sie eine Schwester haben«, sagte sie.

»Sie haben mir nie gesagt, dass Sie die Rohseide in Orange hatten, als ich mich danach erkundigt hatte. Stellen Sie sich meine Überraschung vor, als ich Parvati Singh in einer Bluse gesehen habe, die Sie aus diesem Stoff genäht haben«, erwiderte ich.

Sie presste ihre Lippen zusammen.

Ich bemerkte, dass Radha uns beobachtete, ihr Blick huschte von der Schneiderin zu mir.

Mir Feinde zu machen war nicht meine Art – und ganz bestimmt nicht eine der besten Näherinnen von Jaipur. Ich zog eine kleine Flasche aus meiner Tasche. »Lassen Sie mich Ihnen das hier geben, bevor ich es wieder vergesse.«

Sie schnappte nach der Flasche, und wir sahen, wie sie in den Falten ihres Saris verschwand. »Es wird zwei Tage dauern«, sagte sie.

Ich stand auf. »Morgen.«

Sobald wir das Haus der Schneiderin verlassen hatten, fragte Radha mich, was in der Flasche gewesen war.

»Kannst du es dir nicht denken?«

Wir liefen schweigend nebeneinanderher. Plötzlich stoppte sie. »*Bawchi*-Öl?«

Lächelnd fasste ich sie am Arm, damit sie weiterging. »Bevor sie damit angefangen hat, mein Öl zu verwenden, war die arme Frau auf einer Seite fast kahl.«

Radha lachte.

»Tante Boss!«

Eine Rikscha hielt neben uns an. Malik stand auf dem Trittbrett.

Ich schielte zu ihm hoch. »Du verschwendest mein Geld für eine Rikscha?«

Er hielt sich eine Hand aufs Herz und neigte den Kopf. »Tante Boss, ich kümmere mich um meine Damen.« Um mich hochzuziehen, griff er nach meiner Hand und wandte sich dann Radha zu, um ihr zu helfen. Er lutschte ein Tamarindenbonbon und bot auch Radha eines an, die es sich hungrig in den Mund steckte.

Dreizehntens: *Süßigkeiten essen ruiniert dir die Zähne*, fügte ich im Geiste zu Radhas Liste hinzu. Dann befasste ich mich mit den Einkäufen und begann, die in Zeitungspapier eingeschlagenen Päckchen auszupacken. »Hast du das Moonstar-Lavendelöl bekommen?«

Malik, der sich neben Radha gequetscht hatte, beugte sich vor, um mich anzusehen. »*Ein weiser Mann für den Rest der Welt ist zu Hause ein Niemand.* Madam, nicht *nur* Moonstar, sondern auch einen Rabatt auf die beste Marke, die man für Geld kaufen kann.«

»Also müsste ich Geld zurückkriegen?«

Er streckte die Hände mit den Handflächen nach oben aus und zeigte auf den Rikschafahrer. »Arbeitet der Fahrer umsonst?«

Daraufhin wollte ich lachen, hielt aber inne, als ich sah, wie er die Augenbrauen hochzog und Radha formell mit einem *Salam* grüßte, wobei seine hohle Handfläche graziös von seiner Stirn zu seinem Mund und zu seinem Herzen wanderte, was sie zum Lächeln brachte. Ich wandte meine Aufmerksamkeit wieder den Päckchen zu.

»Jiji! Sieh mal, genauso wie die Krone von Krishna!«, rief Radha und zeigte über die Straße.

Ich zog sanft ihren Arm hinunter. »Sechstens, Radha?«

Radha runzelte nachdenklich die Stirn. »Den Mund nicht offen stehen lassen?«

»Sehr gut. Das Gebäude dort ist das Hawa Mahal. Es hat fast tausend Fenster. Möglicherweise schauen die Damen im Palast aus diesen Fenstern heraus, und sie wollen dabei nicht gesehen werden.«

Es war offensichtlich, dass Radha gegen den Drang ankämpfte, sich umzudrehen, um festzustellen, ob die Damen uns beobachteten, als wir den Palast der Winde hinter uns ließen. Ich würde sie im Auge behalten müssen. Meine jüngere Schwester war lebhaft und neugierig, was gut war, aber sie war außerdem ungezügelt – und diese Kombination konnte gefährlich werden.

Zwanzig Minuten später bat ich den Rikscha-*Walla*, anzuhalten. »Ich muss etwas erledigen, deshalb steige ich hier aus. Wenn du nach Hause kommst, Malik, zeige Radha bitte, wie ich die *Laddus* mache. Aber lass dich nicht von Mrs. Iyengar an ihrer Kochstelle erwischen.«

»Natürlich, Tante Boss. Aber ...«

»Was?«

Er zuckte übertrieben die Schultern. »Laddus sind keine Nahrung, wie du mir so oft sagst.«

Sofort begannen meine Wangen zu glühen. Natürlich! Ich hatte völlig vergessen, dass Radha noch nichts gegessen hatte, abgesehen vom Tee bei der Näherin und einem Tamarinden-bonbon. Malik hingegen hatte das bemerkt. Ich hatte auch noch nichts gegessen, war aber daran gewöhnt. Radha jedoch befand sich noch im Wachstum. Ich hätte es besser wissen müssen. »Zu Hause haben wir *Aloo, Gobi* und *Piyaj*. Radha, kannst du *Subji* und *Chapattis* zubereiten?«

Sie bewegte den Kopf mit ernstem Blick von einer Seite zur anderen. *Ja.*

»Gut.« Während ich aus der Rikscha stieg, ermahnte ich sie: »Wascht euch zuerst die Hände. Und diesmal verwendest du Seife dafür, Malik.«

Vor zehn Jahren hatte ich mir in Agra meinen Lebensunter-halt verdient, indem ich empfängnisverhütende Tees für die Kurtisanen herstellte, und sie bezahlten mich gut. Puffmütter wie Hazi und Nasreen waren besonders freundlich zu mir und boten mir im Gegenzug für meine Tees eine Unterkunft in Gebäuden an, die ihnen gehörten. In ihrer Freizeit weihten sie mich in die Hennakunst ein. Ob ich jetzt mit einem Schilf-rohr über Haut strich oder mit einem Pinsel Farbe auf die Rippen eines *Peepal*-Blatts auftrug, wie ich es damals im Dorf mit Munchi-*ji* getan hatte, machte kaum einen Unterschied. Ich hatte mich schnell mit der Hennamalerei angefreundet, und bald dekorierte ich die Arme, Beine, Bäuche, Rücken und Brüste von Freudenmädchen mit Mustern aus ihren jeweili-gen Geburtsländern, die sie mir beigebracht hatten – Isfahan, Marrakesch, Kabul, Kalkutta, Madras, Kairo.

Samir Singh besuchte die Freudenhäuser von Hazi und Nasreen, wann immer er geschäftlich in Agra zu tun hatte. Muslimische Adelige, bengalische Geschäftsleute und hinduistische Ärzte und Anwälte rauchten dort Wasserpfeife und aßen und tranken etwas, während die Kurtisanen traditionelle Gedichte rezitierten, liebliche nostalgische *Ghazals* sangen und klassischen *Kathak* zum Takt fähiger Musiker tanzten. Als Samir von meinen Hennakünsten erfuhr, kam er zu mir. »Es gibt viele Herren in Jaipur, die gerne zuerst einen Brunnen graben möchten, bevor ihre Häuser Feuer fangen, wenn Sie verstehen, was ich meine. Und sie bezahlen dreimal so viel, wie die Freudenhäuser Ihnen zahlen können.« Was Samir mir vorschlug, war ein Umzug nach Jaipur und mehr Geld, als ich mir je hätte vorstellen können, indem ich ungewollte Schwangerschaften für Männer wie ihn verhinderte. Männer, die sich außerhalb ihrer Ehe verlustierten. Er besuche zwar gerne die Freudenhäuser, persönlich bevorzuge er aber junge, kinderlose Witwen, erklärte er mir. Egal, wie jung diese Frauen beim Verlust ihres Ehemanns waren, danach verdammte sie die Gesellschaft oft zu einem Leben in Einsamkeit. (Für Witwer hingegen galt das nicht; die konnten wieder heiraten, ohne dass es irgendwelche Konsequenzen nach sich zog.) Samir überhäufte die Frauen mit Komplimenten, Geschenken und seinem beträchtlichen Charme, und sie gingen dankbar darauf ein.

Die respektable Tarnung, die Samir mir anbot, besiegelte schließlich den Handel. Ich konnte den Frauen aus hohen Kasten, wie etwa seiner Ehefrau, meine Hennakünste anbieten, während ich *gleichzeitig* diskret meine empfängnisverhütenden Teebeutel an seine Freunde und Bekannten verkaufte. Als Parvati sich darüber beklagte, dass sie nicht schwanger wurde, verabreichte ich ihr das, was meine *Saas* ihr gegeben hätte – roten Klee, Primelöl und wilde Yamswurzel in Form von Süßigkeiten oder kleinen Snacks –, bis sie Govind erwartete. Darüber erfreut, hatte Parvati mich den Damen vorgestellt, deren Namen jetzt meinen Terminkalender füllten.

Als ich Samir 1945 traf, hatte ich mir bereits ein eigenes, unabhängiges Leben aufgebaut. Ich konnte meine Unterkunft bezahlen, gut essen und ein bisschen Geld an meine Eltern schicken. Doch Samir bot mir die Chance, mein Geschäft auszuweiten, und ich ergriff sie, so wie ein Kind nach einem Glühwürmchen schnappt: die Luft einfangen – rasch! –, bevor es verschwindet.

Jetzt stand ich vor einer ordentlichen Reihe von Bungalows und überprüfte Samirs Notiz vom Vortag: *Mrs. J. Harris. 30-N Tulsi Marg.* Die Frau mit den grauen Haarrollen zu beiden Seiten ihres Kopfes, die verwelkte Blüten von einer Kletterrose auf der vorderen Terrasse abschnitt, sah so aus, als wäre sie aus dem gebärfähigen Alter heraus. Verwirrt blickte ich noch einmal auf die Adresse. In all der Zeit, die ich meine Kräuterbeutel schon zubereitete, war ich nie einer Frau jenseits der fünfzig begegnet, die sie brauchte. Allerdings konnte man bei englischen Frauen nie wissen. Die Sonne Jaipurs war so gnadenlos zu ihrer sommersprossigen Haut wie zu den Händen meiner indischen Damen.

»Mrs. Harris?«, erkundigte ich mich.

Die Engländerin drehte sich um und lächelte mich mit grauen Zähnen an. »Sie haben sie gefunden! Der Gärtner macht das hier nie richtig. Wenn ich es vernünftig getan haben will, muss ich es selbst machen. Sie müssen die Gouvernante sein, die sich vorstellen wollte. Gut mit Babys umgehen können Sie, oder? Nun, ich muss schon sagen, Sie sehen ein bisschen sauberer aus als diejenigen, die mir die Armee geschickt hat. Aber wie mein Ehemann Jeremy immer sagte: Wie sollen sie sich den Staub abspülen können, wenn sie keinen ordentlichen Platz zum Baden haben? Major in der britischen Armee war er. Nachdem er gestorben ist, bin ich geblieben. Könnte mir mit seiner Armeepension nicht gut ein Cottage in Bristol leisten, oder? Ich werde Tee bringen lassen, soll ich? Ich warne Sie – keiner von diesem würzigen *Chai*, den Sie alle hier so gerne mögen … schlecht für den Magen. Guter altmodischer englischer Tee für mich, vielen Dank. Kommen Sie rein. Sie müssen frieren, meine Liebe. Was mich betrifft, sind einundzwanzig Grad herrlich, aber ihr Inder holt eure Wollpullover raus, sobald nur der leichteste Windhauch weht. Konnte das nie verstehen. Frische Luft ist genau das Richtige für mich!« Ihr lebhaftes Englisch verschluckte die Rs und weichte die Ds auf – Konsonanten, die wir Inder so sorgfältig artikulierten. »Armee« klang wie »Aamee«. Aus »Indern« wurden »Innern«.

Ich murmelte eine Entschuldigung und wandte mich hastig zum Gehen, als eine jüngere Frau zu meiner Rettung durch die Vordertür eilte.

»Ach, da sind Sie ja, Mrs. Shastri. Ich denke, Sie haben ein paar Produkte, die Sie mir zeigen wollten? Meine Freundinnen schwärmen von Ihren Handcremes!«

✳✳✳

Wir saßen hinter verschlossenen Türen im Schlafzimmer der jungen Engländerin und unterhielten uns mit gesenkten Stimmen.

»Ich muss mich für meine Schwiegermutter entschuldigen, Mrs. Shastri«, flüsterte sie.

Ich hatte das Gefühl, dass sie sich für mehr als nur die Anwesenheit ihrer *Saas* entschuldigte.

»*Sie* ist Mrs. Jeremy Harris. Ich bin ebenfalls Mrs. Harris, aber mein Vorname ist Joyce.« Die junge Dame errötete. »Meine Schwiegermutter hatte sich für heute zum Bridgespielen verabredet, aber das wurde abgesagt. Ich war davon ausgegangen, dass wir allein sein würden.«

»Mrs. Harris, ich möchte nicht neugierig sein, aber Ihre Schwiegermutter dachte anscheinend, dass ich mich als Kindermädchen vorstellen wollte. Haben Sie noch ein Kind?«

Joyce Harris schüttelte den Kopf und senkte den Blick zu ihrem Bauch.

»Aber Sie sind schwanger? Und Ihre Schwangerschaft ist kein Geheimnis?«

Sie schüttelte wieder den Kopf.

»Ich muss wissen, wie weit Sie sind«, sagte ich behutsam.

Ihre Augen wurden feucht. Zwei Tränen fielen auf die Korsage ihres fröhlichen Nylonkleides. Sie sah zu, wie sie den geblümten Stoff hinunterflossen, machte aber keinen Versuch, sie wegzuwischen.

»Mrs. Harris?«

Sie zögerte. »V-vierter Monat.«

Wenn die Schwangerschaft zu weit fortgeschritten war, konnte es für die Frauen gefährlich sein, ein Baby loszuwerden; der vierte Monat war die äußerste Grenze. Wenn Frauen sich an meine Schwiegermutter gewandt hatten, hatte sie mir immer gesagt: *Wir müssen die Frauen genauso gesund zurücklassen, wie wir sie vorgefunden haben.* »Sind Sie sich sicher?«

Ein Herzschlag, und dann nickte sie.

»In diesem Stadium wäre es riskant. Ich bin sehr um Ihre Gesundheit besorgt. Sind Sie sich wirklich sicher, dass Sie nicht weiter als im vierten ...«

Sie unterbrach mich mit einem drängenden Flüstern. »Ich

will dieses Baby von ganzem Herzen. Aber wenn ich dann hinausgeworfen werde ...«

Die Frauen, denen ich half, wollten mir immer ihre Schuld gestehen, aber es war für sie und für mich leichter, wenn sie mich nicht ins Vertrauen zogen. Ich befeuchtete mir die Lippen. Sie musste mir unbedingt die Wahrheit sagen.

»Wenn Sie sich absolut sicher sind, dass Sie nicht weiter als im vierten Monat sind, und wenn Sie meine Anweisungen genau befolgen, sollte alles in Ordnung gehen, aber ...«

»Ich kann nicht schlafen. Ich habe ständig Kopfschmerzen. Wenn ich dieses Baby bekommen könnte, würde ich das. Aber ich weiß nicht, ob es ... von meinem Ehemann ist.«

Viele der Frauen, um die ich mich auf Samirs Bitte hin kümmerte, hatten Affären.

»Madam, Sie brauchen mir nichts zu erklären.«

Joyce Harris beugte sich zu mir und nahm meine Hand, womit sie mich erschreckte. Ich starrte auf die bleiche Haut, die sich über ihren Knöcheln spannte, den lockeren Ehering, ihren knallroten Nagellack. Sie erwartete von mir, was ich ihr nicht geben konnte. Vergebung. Absolution. Ich war eine Fremde.

Ich sah ihr ins Gesicht – feucht, fleckig, rosa geädert. Ihre Augen waren blutunterlaufen.

»Er spielt mit John – meinem Ehemann – zusammen Squash im Club. Dort habe ich ihn getroffen. Im Club. Er ist ebenfalls verheiratet. Das Baby könnte von John sein, aber es könnte auch ... seines sein.« Sie ließ meine Hand los und zog ein Taschentuch aus ihrem Gürtel, um sich die Augen zu wischen. »Er ist Inder.«

Für einen winzigen Moment fragte ich mich, ob es sich bei ihrem indischen Liebhaber um Samir handelte. Aber Samir war viel zu vorsichtig; er stellte sicher, dass alle seine Geliebten mit meinen Teebeuteln versorgt wurden, damit er reinen Gewissens mit der nächsten Frau weitermachen konnte. Wenn Joyce Harris eine seiner Geliebten gewesen wäre, hätte er es mir gesagt, er machte nie ein Geheimnis aus den Frauen. Abgesehen davon bevorzugte er Witwen, und Joyce Harris war eindeutig verheiratet.

»Was würde mein Ehemann sagen, wenn ich ihm ein indisches Baby präsentierte?« Jetzt ließ sie ihren Tränen freien Lauf. »Was Mutter Letty sagen würde, brauche ich mich gar nicht erst zu fragen. Ich kann kein braunes Baby mit nach Hause nach Surrey nehmen. In der englischen Gesellschaft gibt es keinen Platz für solch ein Kind. Es gibt keinen Platz, wo mein Baby sicher wäre.«

Ich wartete, bis ihr Schluchzen nachließ.

»Mrs. Harris, ich bin überzeugt, dass Sie das tun, was das Beste für Ihre Umstände ist und für ... die Menschen um Sie herum. Aber ich muss Sie noch einmal warnen, Sie dürfen auf keinen Fall länger warten. Kochen Sie einen Kräuterbeutel eine halbe Stunde lang in einem Liter Wasser. Trinken Sie jede Stunde eine Tasse von der Flüssigkeit, bis sie ausgetrunken ist. Sie wird bitter schmecken. Sie können Honig in die Mischung geben, damit sie genießbarer wird. Wiederholen Sie die Prozedur noch einmal. Innerhalb weniger Stunden werden Sie Krämpfe bekommen. Legen Sie auf jeden Fall eine Baumwolleinlage in die Unterwäsche, um den einsetzenden Blutfluss aufzufangen. In Ihrem Schwangerschaftsstadium wird Ihr Körper auch große Gewebeklumpen ausstoßen. Es wird schmerzhaft sein, aber keine Panik. Lassen Sie die Kräuter ihre Arbeit tun.«

Joyce Harris schloss die Augen und vergoss noch einige Tränen. Ich wartete einen Moment, damit sie die Anweisungen in sich aufnehmen konnte.

»Ich werde Ihnen drei Beutel hierlassen, aber Sie sollten nicht mehr als zwei benötigen. Gegen die Schmerzen können Sie sich eine Wärmflasche auf den Bauch legen oder Handtücher in warmem Wasser einweichen und sie auf Ihre weiblichen Körperteile legen. Ihren Arzt sollten Sie erst rufen, wenn es vorbei ist. Er wird glauben, dass Sie eine Fehlgeburt hatten. Wenn Sie ihn zu früh rufen, wird er versuchen, das Baby zu retten, und das ist, glaube ich, nicht das, was Sie wollen.«

Ich tätschelte ihren bleichen Arm. »Meistens funktioniert es, aber es gibt keine Garantie. Wenn Sie zu viel Blut verlieren, müssen Sie sofort den Arzt rufen. Und noch einmal, es wird sehr schmerzhaft sein.« Ich stellte eine kleine Phiole auf den Beistelltisch und sagte ihr, dass sie diese lindernde Lotion auf ihre Scham auftragen sollte, die sich wund anfühlen würde, nachdem der Körper den Fötus ausgestoßen hatte. »Haben Sie alles verstanden, was ich Ihnen gesagt habe?«

Sie nickte. Wir saßen noch eine kurze Zeit schweigend da.

»Haben Sie noch mehr Fragen?«

»Nur die, die keine von uns beantworten kann«, murmelte sie so leise, dass ich mich anstrengen musste, um sie zu verstehen.

Sobald ich mein Zimmer betrat, sprang Radha vom Fußboden auf, wo Malik die Steine von einer Partie Astragalos aufsammelte. Sie rannte zu den Kochtöpfen, kehrte mit einem Stahlteller voller Essen zurück und nahm mir meine Tasche ab. »Für dich, Jiji.«

Irgendetwas stimmte nicht. Ich sah mich im Zimmer um.

Malik stand auf und steckte die Steine ein. Er starrte verdrießlich auf den Fußboden und vermied den Augenkontakt. Radha rannte zum Wasserkrug, füllte ein Glas und brachte es mir.

Jetzt stand ich da mit einem Teller voll frittiertem Teig und einem Glas Wasser, während mich zwei angespannte Gesichter anstarrten.

»*Dal Batti*? Ich dachte, ich hätte gesagt, dass ihr *Laddus* machen sollt.«

Sie lächelte nervös. »Malik sagte, dass *Dal Batti* eine Spezialität aus Rajasthan ist. Ich habe die angebrannten Stellen abgeschnitten. Probier mal, Jiji.« Sie wollten es mir unbedingt recht machen.

Ich ignorierte sie. »Malik?«

Radha trat einen Schritt vor, als wollte sie ihn beschützen. »Es ist nicht sein Fehler, Jiji. Er hat nur das Feuer gelöscht. Und dann fing Mrs. Iyengar zu kreischen an …«

Feuer? Mrs. Iyengar kreischte? »*Chup-chup!*« Ich stellte den Teller und das Glas auf meinem Arbeitstisch ab und holte tief Luft. »Fang ganz von vorne an.«

Sie erzählte mir, dass sie gerade *Dal Batti* zubereitete, als ihr *Chunni* Feuer fing. Malik war die Treppe hinuntergeeilt, um ihr zu helfen, und Mrs. Iyengar hatte ihn angeschrien, er habe ihre Kochstelle verseucht.

Malik malte mit seinem großen Zeh Kreise auf den Fußboden. »Tut mir leid, Tante Boss.«

Radha runzelte die Stirn und blickte von ihm zu mir. »Es gibt nichts, wofür Malik sich entschuldigen müsste. Er hat mich vor dem Verbrennen gerettet! Diese gemeine alte Krähe …«

Wenn sie nicht so frech gewesen wäre, wäre ich vielleicht etwas mitfühlender gewesen. Aber ihrem Verhalten musste jetzt Einhalt geboten werden, oder die Beziehung zu Mrs. Iyengar würde noch mehr leiden.

Ich hielt einen Finger hoch. »Diese alte Krähe ist unsere Vermieterin.« Ich hielt einen zweiten Finger hoch. »Dies ist ihr Haus, nicht unseres. Sie hat das Recht, uns zu sagen, was wir tun sollen.«

»Das ist unfair! Warum ziehen wir jetzt nicht einfach in dein neues Haus? Gehen weg von hier?«

Die Ader an meiner Schläfe pulsierte. Ich drückte sanft mit den Fingern darauf und widerstand dem Drang, die Stimme zu erheben. »Ich habe es dir gesagt, Radha. Wir werden in unser Haus einziehen, wenn es fertig ist. Nicht vorher.«

Ich sah Malik an. »Ist es so passiert, wie sie gesagt hat?«

Er nickte. Ich legte meine Hand auf seinen Kopf. »Danke, dass du Radha davor bewahrt hast, das Haus niederzubrennen.«

Er lächelte schwach.

»Was dich anbetrifft, Radha, du musst von jetzt an vorsichtiger sein ...«

»Aber ...«

»Ganz besonders, wenn es sich um die Kochstelle von Mrs. Iyengar handelt.«

»Jiji ...«

Ich griff nach Radhas Schulter, um sie zu beruhigen. Sie zuckte zusammen, als hätte ich sie geschlagen. Hatte Maa das immer getan? Oder Hari?

Ich ließ die Hand sinken. Sie sah mir nicht in die Augen.

Die fromme Mrs. Iyengar zu besänftigen würde mich eine Menge kosten. Ich seufzte. Das letzte (und bisher einzige) Mal, wo Malik, ohne zu ahnen, was er damit anrichtete, über ihre Feuerstelle gelaufen war, hatte sie darauf bestanden, dass ein Brahmanen*pandit* sie reinigte. (Moslems wie Malik aßen Fleisch, die Iyengars hingegen nicht. Sie hätten selbst dann Einspruch erhoben, wenn die Singhs über ihre Kochstelle hinweggeschritten wären. Rajputen aßen schließlich ebenfalls Fleisch.) Die erste Reinigung hatte mich vierzig Rupien gekostet. Erst meine Schulden beim Bauherrn, dann Hari. Und jetzt das.

Ich steckte das Ende meines Saris in meinen Unterrock und bereitete mich geistig auf das Gespräch mit meiner Vermieterin vor. »Ich werde mal nachsehen, wie unsere Bestrafung aussieht.«

Malik rannte zum Kräutertisch, nahm zwei Flaschen und reichte sie mir. »Ich habe sie bereits gemischt.«

Laut Etiketten handelte es sich um ein Haartonikum und eine Hautlotion. Ich lächelte ihn an. »Gut gemacht.« Er wusste genauso wie ich, dass Bestechung der Weg ins Herz unserer Vermieterin war. Mrs. Iyengar hatte uns an der Angel: Wir konnten keine Leckereien für die morgigen Kundinnen zubereiten, solange der *Pandit* seine Reinigungszeremonie nicht beendet hatte, was ein bis drei Stunden dauern konnte. Es würde eine lange Nacht werden.

Als hätte er meine Gedanken gelesen, sagte Malik: »Pandit-*ji* kommt in einer Stunde.«

Endlich war es Mitternacht. Meine liebste Tageszeit. Der Mond stand vor dem Fenster. Ein *Koyal* schrie sein Liebeslied heraus; die Perlhalstaube fiel ein. Die Hitze des Tages und der Staub hatten sich gelegt, und auch die Menschen von Jaipur hatten sich zur Ruhe begeben. Das Zimmer duftete nach den Süßigkeiten und Snacks (Löwenzahnblätter-*Pakoras* gegen Mrs. Patels Arthritis, Süßmandel-*Laddus* gegen Mrs. Guptas Kopfschmerzen) und den Lotionen, die wir zubereitet hatten (frisches Sandelholzöl für Mrs. Rais schmerzende Füße).

Malik war schon vor Stunden nach Hause gegangen. Radha schlief auf der Liege. Ich saß an meinem Kräutertisch, wo ein kleiner *Diya* brannte und mir Licht spendete. Ich schlug mein Notizbuch auf und leckte die Spitze meines Bleistifts an.

*Der Pandit (er hat eine Stunde gebraucht, um Mrs. Iyengars Kochstelle zu reinigen): Soll.*
*Lavendel- und Nelkenöl, Gelbwurz und Safran, die Malik heute eingekauft hat: Soll.*
*Geld, das ich von Samir für seine Teebeutel erhalten habe: Haben.*
*Geld, das mir Joyce Harris für ihre Beutel bezahlt hat: Haben.*
*Die Rechnung des Bauunternehmers: Soll.*
*Zahlung an Hari: Soll.*

Alles in allem ein Verlust. Ich schloss das Notizbuch und begann, die Nadeln aus meinem Haar zu entfernen. Ich fragte mich, wie lange es dauern würde, bis die Singh-Sharma-Verbindung vollendet war. Und ob der Bauunternehmer mir einen Zahlungsaufschub gewähren würde. Wie viel mehr würde Hari noch für sein Schweigen verlangen? Ich brauchte die Empfehlung an den Palast wirklich, aber wie lange würde ich warten müssen, bis Parvati mit der Maharani sprach?

Ich fuhr mir mit den Fingern durch die Haare. Saasuji hatte mir einmal erzählt, es gebe drei Arten von Karma: das Karma, das man in allen vergangenen Leben angehäuft hat; das Karma, das wir in diesem Leben ansammeln, und das Karma, das gespeichert ist, damit es sich in zukünftigen Leben entwickelt. Ich fragte mich, welches Karma zu meiner Heirat mit Hari geführt hatte. Und dass ich meine Familie verlassen hatte – war das ein neues Karma, das ich aufgebaut hatte, oder war es ein Karma aus einem früheren Leben, das in diesem Leben herangereift war?

Radha schrie im Schlaf auf, es klang, als würde sie mit geschlossenem Mund nach Hilfe rufen. Ich eilte zur Liege, bevor sie noch den gesamten Haushalt aufweckte.

»Radha, es ist nur ein Traum.« Ich rieb ihr die Schulter.

Aber sie erwachte nicht. Sie hatte sich auf der Seite zusammengerollt wie ein Baby in der Gebärmutter. Ihre Fäuste waren fest unter ihrem Kinn zusammengeballt. Tränen tropften auf das Kissen. Sie sah so zerbrechlich aus. Eine Erinnerung blitzte in meinem Kopf auf: wie ich mich selbst jede Nacht meines Ehelebens mit Hari in den Schlaf geweint hatte.

Ich legte mich hinter sie und presste meine Brust gegen ihren Rücken, meine Wange gegen ihre Wange, mein Bein gegen ihr Bein. Ich schmiegte meinen Körper an den ihren, bis kein Platz mehr zwischen uns war. Bei meiner Arbeit berührte ich jeden Tag die Haut meiner Damen, aber einem anderen Körper *so* nah zu sein, das war ein neues Gefühl.

»Schhh. Ist ja gut. Schhh«, flüsterte ich.

Mit der freien Hand strich ich ihr übers Haar, das immer noch nach der Frangipaniblüte von heute Morgen duftete. »*Rundo Rani, burri sayani. Peethi tunda, tunda pani. Lakin kurthi heh munmani*«, sang ich leise, wobei die Stimme meines Vaters mich leitete. Ihr Atem entspannte sich. Ihre Muskeln erschlafften. Jetzt war sie wach. Sie griff nach meiner Hand und zog sie an ihre Brust. Und ich fühlte, wie sich ihre Rippen mit jedem Atemzug gegen meine drückten.

Ich wischte ihr Gesicht und ihren Hals mit dem Rand meines Saris ab. »Erzähl mir. Von deinem Traum, Radha.«

Sie schniefte. »Es war dunkel. Pitaji war in einem Brunnen. Und er konnte sich nur an mir festhalten. Die Klatschmäuler waren schon vor langer Zeit nach Hause gegangen. Ich habe versucht, ihm zu helfen. Aber er war so viel schwerer als ich.« Sie stieß einen gequälten Schrei aus. »Und ich habe ihn losgelassen. Jiji, ich habe ihn losgelassen. Ich konnte einfach nicht anders. Ich konnte nicht. Ich habe nach dir gesucht, aber du warst nicht da!« Sie holte tief Luft. »Ich habe mir so viele

Male gewünscht, dass du kommen und mir helfen würdest. Einmal bin ich von Ajar aus losgelaufen, um dich zu suchen, aber Mala, unsere Nachbarin, hat mich gesehen und wieder nach Hause zurückgeschickt.« Ein neuer Schwall Tränen strömte über meine Hand, die Hand, die sie hielt. »Als Maa starb, habe ich es niemandem erzählt. Zwei Tage lang. Ich habe sie da liegen lassen. Auf der Pritsche. Ich hatte solche Angst. Ich wusste nicht, was mit mir geschehen würde. Ich war so allein. Wo bist du all die Zeit gewesen, Jiji? Warum hast du uns verlassen? *Ihn* verlassen?«

Ich lockerte meinen Griff. Natürlich wollte sie das wissen. Dreizehn lange Jahre hatte ich die Antwort für mich behalten.

Ich schluckte. »Wenn ich geblieben wäre, wäre ich gestorben. Dafür hätte Hari schon gesorgt. Zu Maa und Pitaji konnte ich nicht zurückkehren.« Radha wusste genauso gut wie ich, dass eine Frau das Eigentum ihres Ehemanns wurde, sobald sie einmal verheiratet war. Unglückliche Ehefrauen konnten nicht einfach in die Häuser ihrer Eltern zurückkehren und Mitgefühl erwarten. Manche Familien änderten sogar den Vornamen der Schwiegertochter, sobald sie in ihren Haushalt kam, als ob es ihr vorheriges Ich nie gegeben hätte.

Ich erzählte Radha von dem einzig Guten in meiner Ehe – Haris Mutter. Dass sie mir gezeigt hatte, wie sie die Frauen heilte, die aus den umliegenden Dörfern zu ihr kamen. Meistens beschwerten sie sich über verdorbene Mägen, Verbrennungen, die sie sich beim Kochen zugezogen hatten, Frauen-Schmerzen und unfruchtbare Gebärmütter. Ich erzählte Radha nichts von den Gebärmüttern, die sie ohne das Wissen ihrer Ehemänner leeren wollten.

Ich erzählte ihr von Haris Schlägen und dem Tag, an dem ich eines Nachmittags seine Hütte verlassen und mich zu Fuß auf den Weg nach Agra gemacht hatte, wobei ich mich jedes Mal hinter einem Busch oder in einem Graben versteckte, wenn ich jemanden sah. Eine Woche brauchte ich für die Reise. Ich aß, was immer ich unterwegs fand, meistens nachts, wenn niemand mich sehen konnte, nicht ohne mich zu vergewissern, dass keine Wildschweine in der Nähe waren. In der Stadt des Taj Mahals half ich Frauen auf ganz ähnliche Art wie meine Schwiegermutter. Was ich Radha jedoch verschwieg, waren die Einzelheiten; dass ich das meiste Einkommen damit verdient hatte, ein paar Teelöffel gemahlene Baumwollwurzelrinde in Musselinsäckchen zu füllen – so wie meine *Saas* das für die Dorffrauen getan hatte – und sie zu verkaufen. Es war nicht so, dass ich mich für meine Arbeit schämte; ohne mich hätten viele Kurtisanen und Tanzmädchen nach gröberen und gefährlicheren Wegen gesucht, um die Schwangerschaften unter Kontrolle zu halten – Spülungen mit Waschmitteln, sich die Treppe hinunterstürzen oder den Fötus mit einer Stricknadel durchbohren. Aber die Ohren eines dreizehnjährigen Dorfmädchens waren für solche Dinge zu empfindlich.

Ich erklärte ihr, dass ich in Agra die Hennakunst gelernt hatte, und lächelte, als ich an Hazi und Nasreen dachte, die mir beibrachten, wie man den Körper einer Frau bemalte, um Verlangen bei den Männern zu entfachen. Das erzählte ich Radha natürlich nicht. Ich berichtete ihr von dem Angebot, meine Hennakünste für mehr Geld in Jaipur auszuüben. Und dass ich die Chance ergriffen hatte, auch um mehr Geld nach Hause schicken zu können.

»Aber die Hennamalerei ist etwas für Shudras, nicht für Brahmanen«, sagte sie. »Pitaji hätte dir nie erlaubt, die Füße von anderen Menschen zu berühren.«

Da ließ ich ihre Hand los und rollte mich auf den Rücken.

»Es war besser, als eine Hure zu sein, Radha.« Ich wollte barsch klingen, und das tat ich auch.

Eine Weile lagen wir schweigend da.

»Wie ist Pitaji gestorben?«, fragte ich.

»Er ist ertrunken. Aber er war auch krank. In seinem Magen.«

»Was meinst du damit?«

»Er liebte seinen *Sharab*«, flüsterte sie. »Er dachte, er könnte es vor uns verbergen, aber bei Einbruch der Nacht war er zu betrunken zum Gehen. Am nächsten Tag musste ich für ihn in die Schule gehen und unterrichten.«

Ich wusste, dass Pitaji etwa zu der Zeit, als wir nach Ajar umgezogen waren, mit dem Trinken angefangen hatte, aber er war nie so betrunken gewesen, dass ich die Schule für ihn übernehmen musste. »Hat Maa ihm jemals vergeben?«

Radha wandte mir das Gesicht zu. »Was?«

In dem Moment war sie Maa so ähnlich, dass es sich fast so anfühlte, als läge ich neben meiner Mutter in jener Nacht, als ich sie gefragt hatte, wo ihre goldenen Armreife geblieben waren. Damals war ich noch ein kleines Mädchen, und soweit ich mich zurückerinnern konnte, hatte sie sie niemals abgenommen, nicht einmal beim Baden, Kochen und Schlafen. Ich spielte liebend gerne mit ihnen herum, wenn wir so beieinanderlagen. Maas Augen füllten sich bei meiner Frage mit Tränen, und zum ersten Mal in meinem Leben hatte ich Furcht verspürt.

Ich streichelte Radhas Wange. »Wir haben nicht immer in Ajar gelebt. Hat Maa dir das nicht erzählt? Wir kamen aus Lucknow. Pitaji war von der Unabhängigkeitsbewegung besessen gewesen. Er hatte blaugemacht, um sich an den Freiheitsmärschen zu beteiligen, hat sich auf Versammlungen gegen die Briten ausgesprochen. Und als die Bewegung mehr

Geld brauchte, hat er Maas Gold verkauft, den Schmuck aus ihrer Aussteuer – Hochzeitsarmreife, Ketten, Ohrringe –, hat sich über ihren Willen hinweggesetzt. Maa war wütend.

Die Briten, die das Schulsystem kontrollierten, billigten seinen Freiheitskampf nicht. Also haben sie ihn nach Ajar versetzt, in dieses winzige Kaff. Ich war damals ungefähr zehn. Auf einen Schlag haben sie sein Gehalt und seinen Stolz beschnitten.«

»Aber Pitaji hatte doch recht, oder? Indien hat am Ende gewonnen.« Radha wollte an unseren Vater glauben, ihn verteidigen, so wie ich auch einst.

»Natürlich hatte er recht«, erwiderte ich. Es waren Menschen wie unser Vater, Millionen von ihnen, die den Briten klargemacht hatten, dass die Inder nicht länger Geiseln in ihrem eigenen Land sein wollten.

Aber ich konnte auch verstehen, warum Maa nicht einverstanden gewesen war. So viele Inder waren verletzt oder inhaftiert worden, weil sie sich gegen die Briten erhoben hatten. Sie flehte unseren Vater an: Warum konnte er nicht ruhig bleiben, sich einfach um seine Familie kümmern und andere kämpfen lassen? Aber unser Vater hing seiner Überzeugung mit Leidenschaft an; dafür bewunderte ich ihn. Er war seinen Idealen verpflichtet. Unglücklicherweise haben hehre Ideale ihren Preis.

Als er seine Ersparnisse aufgebraucht hatte, verkaufte er den Rest von Maas einzigem Besitz – das Gold, das uns vor der Armut hätte retten können, das Maa hätte absichern sollen, wenn sie einmal Witwe wurde. Das Gold, das mich vielleicht davor bewahrt hätte, mit fünfzehn Jahren heiraten zu müssen. In einem Land, wo das Gold einer Frau ihre Absicherung gegen das Unvorhersehbare war, waren Maas nackte Ohrläppchen und leeren Handgelenke eine ständige Erinnerung daran, dass meinem Vater Politik wichtiger als seine eigene Familie gewesen war.

Und so waren wir dazu gezwungen gewesen, nach Ajar zu ziehen, wo meine Mutter verbitterte und mein Vater seinen Stolz begrub. Bis zur Unabhängigkeit sollte es noch weitere zwölf Jahre dauern, aber bis dahin war er bereits ein gebrochener Mann.

»Maa hat nie von dir gesprochen. Hat nie deinen Namen ausgesprochen«, sagte Radha. »Ich wusste nicht einmal etwas von deiner Existenz, bis die Klatschmäuler mir erzählten, dass du im selben Jahr verschwunden bist, in dem ich geboren wurde. Als ich lesen gelernt hatte, wurde mir klar, dass es sich um deine Briefe handelte, die Maa verbrannte, kaum dass sie eingetroffen waren. Der einzige Brief von dir, den ich gelesen habe, war der wegen der Zugfahrkarten nach Jaipur. Du hast mich in dem Brief überhaupt nicht erwähnt. Da begriff ich, dass du auch nichts von meiner Existenz wusstest.«

Ich schloss die Augen. *Oh Maa, wie sehr muss ich dich erzürnt haben. Dein Ehemann hat dich betrogen. Ich habe dich betrogen. Wenn du doch nur diese Briefe geöffnet hättest!*

Sobald ich genug verdiente, hatte ich jedem Brief Geld für meine Eltern beigelegt, das sie für ihre eigenen Bedürfnisse ausgeben sollten. Ich hatte sie um Vergebung dafür angefleht, dass ich meinen Ehemann verlassen hatte, und ihnen versprochen, dass ich nach ihnen schicken würde, sobald ich konnte. Wenn das Geld zusammen mit meinen Briefen verbrannt worden war, war es kein Wunder, dass Radhas Kleider bei ihrer Ankunft in Jaipur so fadenscheinig ausgesehen hatten.

Ich schmiegte meinen Körper wieder an ihren, als würde ich meine Mutter umarmen, was ich so gerne getan hätte.

Radha drückte meine Hand und holte mich in die Gegenwart zurück, erinnerte mich daran, dass ich eine lebendige, atmende Schwester hatte. Vielleicht war sie doch nicht meine Strafe für die Fehler, die ich begangen hatte, sondern meine Rettung. Mit meinen Eltern konnte ich nichts mehr wieder in Ordnung bringen, konnte mich nicht mehr vor ihnen demütigen, ihren guten Ruf nicht wiederherstellen. Aber ich konnte mich um meine Schwester kümmern, Radha auf ihrem Weg zur Erwachsenen, zur Frau begleiten. Sicherstellen, dass sie sich zu jemandem entwickelte, auf den meine Eltern stolz gewesen wären – im Gegensatz zu mir.

Radha rührte sich. »Jiji, erinnerst du dich an Munchi-*ji*?«

Ich erinnerte mich an den alten Mann in Ajar, wie er über ein winziges Blattgerippe gebeugt saß und mit seinem Kamelhaarpinsel eine *Gopi* und eine Kuh malte, die nicht größer als mein Daumen waren. Den Sari des Milchmädchens verzierte er mit Pünktchen. Zu ihm war ich gelaufen, wenn meine Eltern sich wegen Geld gestritten hatten. Ich entkam dem bitteren Schweigen meiner Mutter und dem Trinken meines Vaters, indem ich in meiner Malerei Zuflucht fand. Der alte Munchi hatte mir beigebracht, jedes winzige Detail von dem, was ich malen wollte, zu sehen, wirklich zu erkennen, bevor er mir auch nur einen Pinsel reichte. Diese Übung machte es mir Jahre später leicht, einen Hennastift in die Hand zu nehmen und verschlungene Muster zu malen, die ich in meinem Gedächtnis abgespeichert hatte.

»Malt er immer noch?«, erkundigte ich mich.

»*Hahn*. Er hat immer gesagt, dass du seine beste Schülerin gewesen bist.«

Ich ertappte mich bei einem Lächeln. »Hast du auch mit ihm gemalt?«

»Mir fehlt dein Talent, Lakshmi. Meistens habe ich für ihn die Gerippe aus den *Peepal*-Blättern hergestellt. Ich habe auch seine Farben klein gemahlen.« Sie drehte sich wieder zu mir um, wobei ein schelmisches Lächeln um ihre Lippen spielte. »Weißt du, was du erhältst, wenn du eine Kuh mit Mangoblättern fütterst und dann den Kuhfladen mit Urin und Ton vermischst?«

»Was?«

»Orange Farbe!« Sie grinste. »Munchi-*ji* hat gesagt, dass meine Farbe so glatt wie Seide wäre.«

»Wenn du möchtest, kann ich dir zeigen, wie man Hennablätter mahlt, um eine Paste daraus herzustellen.«

»*Accha.*« Ja. Sie schloss die Augen und gähnte laut.

»Du solltest beim Gähnen die Hand vor den Mund halten, Radha.«

Ihr Blick wanderte nach oben, neckisch, um mir in die Augen zu sehen. Ihre Lippen verzogen sich. »Nummer zwanzig?«

Ich hatte immer einen leichten Schlaf gehabt, deshalb war ich sofort wach und sprang aus dem Bett, als ich das Knarren des Türknaufs hörte. Draußen war es immer noch dunkel. Radha schlief tief und fest. Samir stürmte durch die Tür, und mein erster Gedanke war, dass er in seinem Club zu viel getrunken und den Kopf verloren hatte – bis ich die Frau in seinen Armen bemerkte. Sie war in einen Quilt eingehüllt. Die Augen geschlossen, stöhnte sie leise. Samirs Freund Dr. Kumar stand neben ihm. Ich warf einen Blick auf die Uhr an der Wand. Zwei Uhr morgens. Ich geleitete sie ins Zimmer, bevor Mrs. Iyengar erwachte.

Als ich das Licht einschaltete, sah ich Samirs grimmige Miene.

»Irgendetwas stimmt nicht mit Mrs. Harris«, flüsterte Samir. »Kumar hat ein paar Fragen an dich.« Dann sah er sich rasch im Zimmer um, bis er meine Liege erblickte, auf der

Radha sich auf einen Ellbogen aufstützte und sich die Augen rieb.

Ich eilte zu ihr. »Radha, steh bitte auf.«

Sie schoss in die Höhe, ihre Augen weiteten sich, als Samir seine Last vorsichtig ablegte, auf das Laken, auf dem meine Schwester und ich schliefen. Dabei öffnete sich der Quilt, und ich sah geronnenes Blut. Joyce Harris' gerötete und blau geäderte Augenlider flatterten, und sie zog die Knie an ihre Brust, umklammerte ihren Bauch. Ihre Zähne klapperten so laut, dass ich mich wunderte, dass Mrs. Iyengar noch nicht an meine Tür hämmerte, um mir zu sagen, dass ich leise sein sollte.

»Warum bringt ihr sie …«

»Keine Zeit. Kumar wird es dir erklären.«

Ich bemerkte die schwarze Arzttasche in dessen Hand. Er zog ein Stethoskop heraus.

Samir ergriff meine Hände. »Danke, Lakshmi. Tu bitte, was Dr. Kumar sagt«, flehte er mich an. Dann war er fort und zog die Tür leise hinter sich zu. Das Ganze hatte weniger als eine Minute gedauert. Die Luft im Raum war stickig, erfüllt vom Ächzen der Engländerin.

Dr. Kumar, der noch keinen Punkt gefunden hatte, auf den er seinen Blick richten sollte, sprach mit leiser Stimme. »Sie hat etwas genommen. Ich muss wissen, was sie genommen hat und wie viel.«

»Ich verstehe nicht …«

»Was gibt es da zu verstehen?« Er runzelte die Stirn. »Sie hat ein gefährliches Kraut genommen, um ihr Baby umzubringen, und wenn ich nicht erfahre, was sie genommen hat, wird sie sterben.«

»Aber ich habe nur …« Ich spürte, wie ich errötete. »Hat Samir Ihnen nicht erklärt, was ich …«

»Wissen Sie, wie gefährlich es ist, ein Baby im fünften Monat abzutreiben?« Seine grauen Augen blitzten.

»Fünfter Monat?« Mir stand der Mund offen.

Kumar nickte und platzierte sein Stethoskop auf dem Bauch von Mrs. Harris. Sie stieß einen Schrei aus. »Ich kann den Herzschlag des Babys hören, sie ist also mindestens in der achtzehnten Woche. Aber der Herzschlag ist schwach. Die Frau hat eine Menge Blut verloren. Sie braucht eine Transfusion. Samir fordert gerade Gefallen ein, um sie in eine private Klinik zu bringen.« Während er sprach, wanderte sein Blick von Joyce Harris zu mir. »Ich glaube nicht, dass das Baby überleben wird.« Er warf einen Blick auf meine gefalteten Hände. Schließlich nahm er das Stethoskop weg. »Was haben Sie ihr gegeben?« Seine Worte waren gemessen, als versuchte er angestrengt, seine Wut zu bezähmen.

Ich riss meinen Blick von der Frau los, die sich auf der Liege krümmte. »Ich habe ihr Baumwollwurzelrinde in Form von Tee gegeben. Wenn sie meine Anweisungen befolgt hat, hat sie einen Teebeutel in einem Liter Wasser aufgekocht. Sie sollte davon jede Stunde eine Tasse trinken, bis sie den Liter ausgetrunken hat. Und dann die Prozedur wiederholen. Normalerweise reicht das, um alles komplett auszustoßen. Aber für alle Fälle habe ich ihr noch einen zusätzlichen Beutel gegeben.«

Dr. Kumar legte zwei Finger auf das Handgelenk der Frau und warf einen Blick auf seine Uhr. »Ihr Puls ist sehr schwach. Möglicherweise hat sie alle drei Dosen auf einmal genommen oder weniger Wasser verwendet, damit der Tee potenter wird.«

»Aber sie hat geschworen, sie sei nicht weiter als im *vierten* Monat. Ich habe sie zweimal gefragt und ihr gesagt, dass es gefährlich ist, wenn sie schon weiter ist. Ich hatte keinen Grund, ihr nicht zu glauben.«

Er starrte mich an. Glaubte er, dass ich log?

»Ich habe dieses Kraut niemals einer Frau gegeben, die weiter als im vierten Monat ist. Entweder wusste Mrs. Harris es nicht, oder sie war verzweifelt und hat mich angelogen.«

Ich beobachtete, wie er einen Wattebausch in Alkohol tränkte und ihre Armbeuge damit abrieb.

»Wie haben Sie und Samir ... sie gefunden?«

Er holte eine Phiole und eine Spritze aus seiner Tasche. »Ein Freund von ihr hat Samir im Club angerufen, wo wir gerade zu Abend aßen. Er sagte, dass sie Hilfe bräuchte.« Er klopfte auf den Arm der Engländerin, um eine Vene hervorzuheben, und stach die Nadel hinein. Joyce Harris zuckte zusammen. »Wir haben sie aufgesammelt. Ihr Ehemann und ihre Schwiegermutter sind heute nach Jodhpur gefahren, es war also niemand zu Hause. Könnten Sie das hier bitte halten?«

Ich presste einen Wattebausch fest auf den Arm der Frau. Dr. Kumar setzte der Spritze wieder die Kappe auf und packte seine Instrumente in die Tasche. Dann ergriff er das Handgelenk der Frau und sah für einen langen Moment auf seine Uhr. Seine Finger waren lang, seine Nägel makellos. Er legte ihre Hand wieder auf den Quilt zurück.

»Ich habe ihr eine winzige Menge Morphium gegen die Schmerzen gegeben – aber sie muss bei Bewusstsein bleiben. Es sollte keine Wechselwirkungen zwischen dem Morphium und dem geben, was Sie ihr verabreicht haben. Und wir benötigen Antibiotika, um die Infektion zu bekämpfen.« Dr. Kumars vorsichtige Augen erkundeten meine Hände, mein Gesicht, meine Haare. Ich bemerkte silberne Strähnen in seinen dunklen Locken, eine Sommersprosse über seiner Oberlippe. »Glauben Sie wirklich, Mrs. Shastri, dass Sie die ... Probleme einer Frau ... mit Kräutern kurieren können?«

»Wenn eine Frau keine anderen Möglichkeiten hat, ja.«

»Diese Frau hätte andere Möglichkeiten gehabt.«

»Der Ansicht war sie offenbar nicht.«

»Wie ist das möglich? Sie ist Engländerin. Ihr standen alle Möglichkeiten der Welt offen. Zum Beispiel ein Krankenhaus für Weiße.«

»Und wenn der Kindsvater Inder ist?«

Der Arzt zog seine schmalen Augenbrauen hoch und sah seine Patientin mit neuem Interesse an.

»Samir hat Ihnen also nichts erzählt?«

Aus dem Augenwinkel sah ich, wie sich Radha bewegte. Auf einmal wurde mir wieder bewusst, dass sie immer noch im Zimmer war. Sie hatte alles mit angehört. Ich warf ihr einen verstohlenen Blick zu, während ich zum Arzt sagte: »Mrs. Harris weiß nicht, ob das Baby von ihrem Ehemann ist.« *Bitte, Radha, versuche, das zu verstehen.*

Radha schlug sich eine Hand vor den Mund.

Der Arzt zog seine schmalen Augenbrauen hoch. »Trotzdem, mit Kräutern ist das riskant. Wer weiß, ob Sie ihr nicht ein Gift verabreicht haben.«

Ich biss die Zähne zusammen. »Das habe ich nicht getan, Doktor. Ich habe ihr ein Heilkraut gegeben, das die Gebärmutter schlüpfrig macht. Innerhalb von sechs bis acht Stunden gleitet das fötale Material hinaus, zusammen mit allem, was die Mutter zur Versorgung des Babys gebildet hat.« In meinen eigenen Ohren klangen meine Worte abwehrend.

»Und wie genau macht Ihr Kraut die Gebärmutter schlüpfrig, wie Sie das nennen?«

»Es hält den Körper einer Frau davon ab, weiterhin eine Substanz herzustellen, die es dem Fötus ermöglicht, in ihrer Gebärmutter zu verbleiben.«

Er betrachtete mich für einen langen Moment. »Progesteron«, sagte er dann. »Was Sie meinen, ist Progesteron.« Der

Arzt prüfte den Pulsschlag seiner Patientin. »Haben Sie es je erlebt, dass eine Frau unter schädlichen Nebenwirkungen von Ihrem Kraut gelitten hat?«

»Nein.«

Dr. Kumar öffnete den Mund, wohl um mir eine weitere Frage zu stellen, als ein lautes Klopfen an der Tür uns alle erschreckte. Joyce Harris stieß einen kleinen Schrei aus, und für eine winzige Sekunde irrte ihr Blick wild im Zimmer herum, bevor sie wieder in einen leisen Dämmerzustand zurückfiel. Der Arzt und ich starrten einander an.

Mrs. Iyengars lautes Flüstern konnte man auf der anderen Seite der Tür hören. »*Kya ho gya?* Mrs. Shastri, was ist das alles für ein Lärm und Getue?«

Radha stieg rasch ins Bett neben die kranke Frau und zog den Quilt über sie beide, wobei sie Mrs. Harris vor Blicken verbarg.

»Es ist zwei Uhr morgens!« Mrs. Iyengar schickte sich an, die Tür zu öffnen. Ich eilte hin, um sie am Eintreten zu hindern. »Es tut mir leid, *Ji.* Meine Schwester – es geht ihr nicht gut.«

Mrs. Iyengar reckte den Hals, um an mir vorbeizuschauen. Radha stieß ein Ächzen aus und tat so, als hätte sie Schmerzen, um das leise Weinen der Engländerin zu übertönen.

»Ich habe den Arzt gerufen, Mrs. Iyengar.« Ich schaute in Richtung von Dr. Kumar. »Es tut mir so sehr leid, dass ich Sie aufgeweckt habe.«

Joyce Harris murmelte etwas, und Radha stöhnte lauter. Dr. Kumar fasste nach dem Handgelenk meiner Schwester und drückte mit dem Daumen darauf, während er auf seine Uhr blickte. »Sie muss sich ausruhen, Mrs. Shastri«, sagte er, als wäre er über das Eindringen der Vermieterin verärgert.

Radha schloss die Augen und rief: »Jiji.«

»Vielleicht hat sie etwas gegessen …«

»Bitte, Mrs. Iyengar …« Ich wollte die Tür schließen.

Aber die Vermieterin wollte nicht gehen. »Sauer und salzig im Winter, sagt mein Ehemann immer, süß und mild im Sommer …«

»Jaja, vielen Dank. Ich werde Ihren Rat zu denen des Arztes hinzufügen. Es tut mir so leid, dass wir Sie aufgeweckt haben.«

Ich schloss die Tür energisch, lehnte mich mit dem Rücken dagegen und starrte Radha voller Erstaunen an. Woher wusste sie, was sie tun sollte? Sie hatte schnell und clever gehandelt.

Mrs. Harris wimmerte jetzt. Radha schlüpfte aus dem Bett und steckte den Quilt um sie herum fest.

Der Arzt sah mich misstrauisch an.

Ich stieß mich von der Tür ab und drehte meine Haare zu einem Knoten. »Radha, pflück den Pollen von den Kamillenblüten.«

»Keine Kräuter mehr, Mrs. Shastri.« Dr. Kumars Stimme klang erschöpft.

»Sie hat auf meine Hilfe vertraut, Doktor.« Ich ging zum Kräutertisch. »Radha, schnell!«, sagte ich und riss das Mädchen aus seiner Benommenheit. Radha eilte zu mir und fing an, die Kamillenblütenblätter und -stängel von den vollen Pollenkörbchen zu lösen, die sie mir dann gab. Ich zermahlte sie im Mörser zusammen mit zwei Pfefferminzblättern und ein paar Wassertropfen. Während ich an der Paste arbeitete, erfüllte ein süßer und stechender, fruchtiger und blumiger Geruch das kleine Zimmer.

»Feuchte einen Lappen an«, befahl ich Radha.

Radha tat wie ihr geheißen und reichte mir ein frisches nasses Stück Stoff. In dessen Mitte platzierte ich die Paste, klappte das Tuch zusammen und verknotete die beiden Enden, um einen Wickel herzustellen.

Ich setzte mich gegenüber von Dr. Kumar auf die schmale Liege und betupfte vorsichtig die fiebrige Stirn der Frau mit dem Wickel. Ihre Augen öffneten sich für eine Sekunde, und ich sah, wie ein Erkennen darin aufflackerte, bevor sie sie wieder schloss.

»Atmen Sie, Mrs. Harris«, sagte ich zu ihr. »Es wird alles wieder gut werden. Atmen Sie.« Wie die Beschwörung eines Priesters oder die Bitte eines Tempelbesuchers an Ganesha wiederholte ich das Mantra immer wieder, bis sich ihre Stirn entspannte.

Ich zog den Quilt herunter. Die Hände der Engländerin waren immer noch um ihren Bauch gekrampft. Ich drückte auf einen Punkt just unterhalb ihres verschwitzten Handgelenks, bis sich ihre Finger entkrampften und ihren Griff lösten. Dann legte ich den Wickel auf ihren Bauch. Nach einer Minute hörten ihre Glieder zu zucken auf. Ihre Atmung wurde regelmäßiger.

Dr. Kumar starrte sie ungläubig an.

»Es zieht das Fieber heraus«, erklärte ich ihm und reichte ihm den Wickel.

»Er ist heiß.« Er hielt den Umschlag vorsichtig, als würde er ihm die Finger verbrennen.

Ich lächelte. »Meine *Saas* hat mir beigebracht, wie man das macht.«

Der Türriegel klickte. Wir drehten uns um und sahen Samir auf uns zueilen. Er hob die Patientin von der Liege hoch. »Wir bringen sie in Golas privates Krankenhaus. Erinnerst du dich aus der Schulzeit an ihn, Kumar?«

Dr. Kumar nickte.

»Geht es ihr etwas besser?«

»Die Schmerzen haben nachgelassen. Aber sie wird das Baby verlieren.« Der Arzt sah mich an, während er sprach. Er klang resigniert, doch er klagte mich nicht an. Dann nahm er seine schwarze Tasche.

»Lässt sich nicht ändern.« Samir war schon halb zur Tür hinaus. Er schien darauf erpicht zu sein, die Angelegenheit nicht weiter zu besprechen. »Lass uns gehen, Kumar!«

Ich folgte ihnen zur Tür. »Du sagst mir doch, wie es ihr geht?«

»Ich werde dich in ein paar Tagen benachrichtigen«, flüsterte Samir, während er Joyce Harris die Treppe hinuntertrug.

Dr. Kumar sah sich im Zimmer um, sein Blick fiel auf verschiedene Objekte, bevor er an mir hängen blieb. Er neigte den Kopf zum Abschied und eilte hinaus.

Ich schloss die Tür hinter ihnen und lehnte mich mit der Stirn dagegen. Das Schweigen im Zimmer war so laut wie Zikaden an einem heißen Sommertag. Ich wartete auf Radhas Fragen.

Nach einer Weile sagte sie: »Diese Frau – die *Angrezi* –, sie *wollte* ihr Baby verlieren?«

»Ja.«

»Und du hast ihr geholfen?«

»Ja.« Ich ließ die Schultern hängen, hatte ich doch gedacht, dass ich ihr erst in ein paar Jahren davon erzählen müsste. Wie naiv ich doch gewesen war!

»Aber du hast doch gesagt, dass du dir dein Geld mit dem Henna verdienst ...«

Ich presste die Lippen zusammen und schaute weg.

Radha runzelte nachdenklich die Stirn. »Und die Bettlerin, die wir gestern gesehen haben. Mit ihrem Baby. Du hast gesagt, dass sie keine weiteren Kinder haben sollte. Sie könnte sie nicht ernähren.«

»Ja.«

»Aber die *Angrezi*-Frau. Sie muss reich sein.«

»Frauen haben ihre eigenen Gründe, warum sie schwierige Dinge machen.« Ich presste die Lippen zusammen. »Ich frage nicht, warum. Ich muss das nicht wissen.«

Sie blickte zur Liege. »Wie finden sie dich?«

Ich zuckte die Schultern. »Ich bin bekannt.«

»Und diese beiden Männer? Wer war das?«

»Samir Singh ist ein Freund. Jemand, den ich schon seit Langem kenne. Der andere, Dr. Kumar – ich weiß nur, dass er ein alter Freund von Samir ist.«

Eine weitere Pause. »Weiß Malik Bescheid?«

Ich machte eine winzige Kopfbewegung. *Ja.* »Keine weiteren Fragen, Radha. Wir müssen aufräumen.«

»Warum?«

»Weil du mir mehr Zeit geben musst, um die Sachen zu erklären. Es ist kompliziert.«

»Nein, ich meine, warum machst du das? Den Frauen dabei helfen, ihre Babys loszuwerden?«

Radha hatte heute Nacht so viel gehört und gesehen, was neu für sie war. Das erkannte ich an ihren zitternden Beinen und daran, wie sie die Augen nicht von dem Blutfleck auf der Liege abwenden konnte.

Wie konnte ich Männer erklären, die mitten in der Nacht an die Tür klopften? Oder verheiratete Frauen, die Liebhaber hatten?

Ich erinnerte mich an die Worte meiner Schwiegermutter, als sie mir die Herstellung der empfängnisverhütenden Beutel beibrachte. Ich war fünfzehn Jahre alt gewesen, eine junge Braut in ihrem Zuhause. »Wie kann ich diese Frauen abweisen, *Bheti*? Ihr Land ist trocken. Ihre Getreidespeicher sind dem *Zamindar* für die Steuern versprochen. Sie können die

Kleinen nicht ernähren, die zu Hause auf sie warten. Sie haben sonst niemanden, an den sie sich wenden können.«

Meine Schwester war erst dreizehn. Einfache Erklärungen würden nicht ausreichen. Aber ich war zu erschöpft, um die richtigen Worte zu finden, die ihr beim Verstehen helfen könnten.

Schließlich wiederholte ich die Worte meiner *Saas*. »Sie haben sonst niemanden, an den sie sich wenden können.«

Nach einer vollen Minute des Schweigens, in der jede von uns ihren Gedanken nachhing, sagte ich leise: »Lass uns aufs Dach gehen, um sauber zu machen.« Ich zog das fleckige Laken von der Liege ab. Joyce Harris' Blut war in die Jute darunter eingesickert. Ich würde sie mit einer Mixtur aus *Ghee* und Asche schrubben müssen. »Radha?«

Sie sah von dem verschmutzten Bettgestell auf. Ihre Augen blickten beunruhigt.

»Du hast dich heute Nacht gut geschlagen. Aber wir müssen das für uns behalten, *accha*?«

Ich hasste es, das von ihr zu verlangen, aber für meinen Lebensunterhalt war es zu wichtig, dass dieses Geheimnis bewahrt blieb. Ein Wort von Mrs. Harris' Unglück würde meinem Geschäft ein Ende setzen.

Zuerst dachte ich, dass Radha mit mir diskutieren würde. Dann, so leise, dass ich es fast überhört hätte, sagte sie: »*Hahn-ji.*«

# VIER

17. November 1955

Am nächsten Tag weckte ich Radha im Morgengrauen auf, auch wenn keine von uns beiden besonders gut geschlafen hatte. Ich zeigte ihr, wie man Henna mahlt, und zu meiner Überraschung war ihre Hennapaste feiner, als es mir je gelungen war. Offenbar hatte der alte Munchi nicht übertrieben. Meine Schwester schlug sogar vor, mehr Zitronensaft hinzuzufügen, damit die Farbe intensiver wurde. Als ich ihr ein Kompliment machte, wirkte sie aufgeschreckt, als wäre sie nicht an Lob gewöhnt.

Vor Januar konnte ich sie nicht in der Schule anmelden, also nahm ich sie mit Malik zu meinen Hennaterminen mit.

Mein erster Termin an dem Tag war bei Kanta, eine von wenigen Kundinnen, die mich als gleichberechtigt behandelten. Vielleicht lag es daran, dass ich ein bisschen älter als sie war – Kanta war gerade sechsundzwanzig Jahre alt geworden. Oder daran, dass es sie, so wie mich, nach Jaipur verschlagen hatte, nachdem sie in Kalkutta aufgewachsen und in England erzogen worden war. Aber vielleicht lag es auch daran, dass sie ebenfalls kinderlos war, obwohl sie mehr als alles in der Welt Mutter werden wollte.

Kanta entstammte einer langen Linie von bengalischen Dichtern und Autoren; ihr Vater und ihr Großvater hatten sich die Zeit damit vertrieben, Sonette zu verfassen und literarische Salons zu organisieren. »Das Einzige, was die Frauen in Jaipur lesen, ist *Reader's Digest*«, hatte sie einmal moniert.

Jetzt öffnete Kanta selbst die Tür, noch bevor ich auch nur einen Fuß auf ihre Veranda gesetzt hatte, wobei sie ihren siebzigjährigen Diener Baju beiseiteschob. Er richtete seinen Marwari-Turban und strich sich über den langen Schnurrbart. »Also wirklich, Madam!«

Sie war ganz kribbelig vor Vorfreude. »Lakshmi! Ich kann es gar nicht erwarten, dass du mir erzählst, was bei Parvati passiert ist. Baju, steh nicht so herum! Nimm Malik mit in die Küche und gib ihm einen Imbiss.« Schließlich bemerkte sie Radha hinter mir. Sie ließ ihren Blick von meinen Augen zu Radhas wandern und rief: »*Arré!* Sehe ich jetzt schon doppelt?«

Ich stellte Kanta meine Schwester vor und erzählte ihr, dass Radha nach Jaipur gekommen war, um hier zur staatlichen Schule zu gehen. Während ich sprach, warf ich einen Blick auf Radha, um zu sehen, wie die Erklärung bei ihr ankam. Doch ich hätte mir keine Sorgen zu machen brauchen. Sie starrte Kanta fasziniert an, musterte deren schulterlangen Bob, ihre schmal geschnittene Caprihose, das ärmellose Shirt über ihrer entblößten Taille (traditionelle Frauen wie Parvati, die ihre plumpe Körpermitte verführerisch mit Saris bedeckten, wären eher in ein Bordell gegangen, als ihre Bäuche zu entblößen).

Kanta riss ihren mit Lippenstift geschminkten Mund auf und grinste Radha an. »Ich bin absolut für Bildung für Frauen!« Kantas Brahmanenfamilie hatte ihre Töchter immer zu schätzen gewusst und sie nie als das unbedeutendere Geschlecht erzogen. Ganz im Gegenteil: Sie hatten sie zum Studium nach England geschickt.

Während Kanta uns zu ihrem Schlafzimmer führte, behielt ich Radha im Auge, die ihre Umgebung in sich aufsog wie eine verdurstende Gazelle das Wasser. Der luftige Bungalow mit seinen quadratischen Sofas und nackten Fußböden, in dem nicht ein einziges Gemälde von einem Raja oder einer Rani oder einem Gott oder einer Göttin an den Wänden hing, wäre in Kalkutta oder Bombay vielleicht normal gewesen, nicht aber in Jaipur.

Radha verlangsamte ihren Schritt, um die gerahmten Fotos an den Wänden zu betrachten: Ein großes von Gandhi-*ji*, eines von Kanta und ihrem Ehemann Manu, vor ihrem College, eines von Rabindranath Tagore – ein entfernter Verwandter von Kanta und einer der bekanntesten indischen Literaten.

Als Radha das Foto von zwei Männern erreichte, die nebeneinanderstanden, wobei der eine einen prächtigen Kopfputz trug, tippte sie mir auf die Schulter. Ich blieb stehen, um hinzusehen.

Kanta, die uns beobachtete, sagte: »Das ist Manu auf der linken Seite. Und sein Boss, der Maharadscha von Jaipur. Ganz schön stattlich die beiden, nicht wahr?« Sie kicherte fröhlich und setzte ihren Weg zum Schlafzimmer fort.

Kantas Mann stand in Diensten des Palastes und kümmerte sich als leitender Direktor um die Gebäude und Gärten des Maharadschas. Dank seiner Position konnten die Agarwals mietfrei in einem der beeindruckenden Kolonialgebäude wohnen, in dem einst eine britische Familie gelebt hatte. Das Haus mit seinen sechs Schlafzimmern und das Gelände darum herum waren jetzt mittig in zwei Hälften geteilt worden, um so zwei Familien darin unterzubringen.

Als wir ihr Schlafzimmer betraten, fragte Kanta: »Nun,

Lakshmi? Wird Manus Wunsch erfüllt werden?« Sie schloss dabei die Tür, doch ihre Schwiegermutter drückte die Tür von der anderen Seite auf und platzte herein.

»Ja, Lakshmi, wird Manus Wunsch nach einem Jungen erfüllt werden?« Sie schaute Kanta mit gerunzelter Stirn an. Es war so üblich, dass verwitwete Mütter bei ihrem ältesten Sohn lebten, und da Manu ihr ältester war, wohnte seine Mutter bei ihnen. Kanta sah mich über den Kopf ihrer *Saas* hinweg an und verdrehte die Augen.

»Ich arbeite daran«, sagte ich lächelnd.

Kantas *Saas* zeigte mit ihrer Gebetskette aus Sandelholzperlen auf den Bauch ihrer Schwiegertochter. »Wenn ein Baby darin steckt, hat es wahrscheinlich Angst davor, herauszukommen. Sieh sie dir nur an. Sie bedeckt sich nicht den Kopf, wenn Ältere den Raum betreten. Sie lässt fremde Männer ihr Gesäß in Hosen sehen. Wenn mein Ehemann noch lebte …«

»Dann hätte er ein Mädchen ausgesucht, das Manu zurückgewiesen hätte«, neckte Kanta sie mit einem Lächeln.

Manu und Kanta hatten sich während ihres Studiums in Cambridge kennengelernt und aus Liebe geheiratet, sehr zum Verdruss ihrer *Saas*. Kanta hatte oft darüber Scherze gemacht, wie sie, ermutigt durch die freiere westliche Atmosphäre in England, anfingen, Händchen zu halten, was zu vielen verstohlenen Küssen führte, bei denen es dort auch ohne Eheschließung nicht geblieben wäre.

Ihre Schwiegermutter schnaubte. Sie ließ sich mit ihrem voluminösen weißen Musselinsari auf dem Diwan im Schlafzimmer nieder und sagte zu niemand im Besonderen: »Kanta wird mich ohne die Enkelkinder, die mir zustehen, zu meinem Scheiterhaufen geleiten.«

Kanta wirkte verletzt. Ich war an ihre liebevolle Zankerei gewöhnt, aber heute hatten die Worte ihrer Schwiegermutter einen scharfen Unterton. Ich ahnte, dass die alte Frau die Konkurrenz ihrer Busenfreundinnen spürte, alles zwei- oder dreifache Großmütter. In Kantas Alter hatten die meisten Ehefrauen schon mehrere Babys geboren. Ich spürte den Druck ebenfalls; bisher hatten alle meine pflanzlichen Mittel, die Kanta zu einem Baby verhelfen sollten, ihre Wirkung verfehlt. Meist war es gar nicht erst zu einer Empfängnis gekommen, und wenn doch, endete sie mit einer Fehlgeburt.

»Nicht doch«, schimpfte ich freundlich mit ihnen. »Saasuji, wenn Sie dieses Muster sehen, werden Sie spüren, dass das Baby bereits hier drin ist. Und wenn ich Erfolg haben soll, brauche ich Ruhe und Frieden.«

Die ältere Frau legte eine Hand auf jedes Knie und hievte sich hoch. »Baju! Wo ist meine Buttermilch?«, rief sie auf dem Weg nach draußen ihrem Diener zu. »Der alte Mann bewegt sich langsamer als ein toter Elefant. Den ganzen Tag lang stiehlt er unser *Ghee* und isst unsere *Chapattis*.«

Als sich die Tür schloss, drehte ich mich mit einem Kichern zu Kanta um, aber diese starrte an die Decke und versuchte, die aufsteigenden Tränen wegzublinzeln. »Sie bedrängt mich Tag und Nacht wegen Enkelkindern.«

Ich nahm Kantas Hand und führte sie zum Diwan. Dann setzte ich mich neben sie und trocknete ihr mit dem Saum meines Saris die Augen.

Sie drehte sich zu mir um, ihr Blick gequält. »Es ist nur … Wir haben es wieder und wieder versucht …« Ihre Verzweiflung war spürbar.

Ich fühlte mit meiner Freundin. »Manu und du habt die vergangenen fünf Jahre damit verbracht, einander kennenzulernen. Du weißt, ob er lieber *Chapattis* isst oder lieber Reis. Ob ihm Gedichte lieber sind als Prosa. Ob er seine *Kurtas* gerne gestärkt haben will. Und das ist so wichtig, denn wenn die Kinder kommen, wirst du zu sehr damit beschäftigt sein, ihn zu fragen: ›*Arré, arra-garra-nathu-kara!* Manu, du *Charso-beece!* Wo hast du nur meine mädchenhafte Figur versteckt?‹« Ich hatte die Stimme erhoben, um die Dorffrauen nachzumachen, die auf dem Markt Bittermelonen verkauften.

Kanta biss sich auf die Unterlippe und fing an zu lachen. Sie sah Radha an, die ebenfalls kicherte.

Ich war startklar und sagte Kanta, dass sie sich auf den Diwan legen und ihre Caprihose herunterziehen sollte. Heute bedeckten wir ihren Bauch mit Hennamalerei, und sie musste dafür absolut stillhalten. Ich tropfte etwas Nelkenöl auf meine Hände. »Radha, warum liest du Kanta nicht etwas vor, während ich arbeite?«

»Großartig!«, erwiderte Kanta, die zu ihrem fröhlichen Selbst zurückgefunden hatte. »Radha, such dir ein Buch von meinem Nachttisch aus.«

Radhas Gesicht leuchtete auf. Sie hatte mir letzte Nacht erzählt, dass sie alle von Pitajis Büchern, die die Ratten nicht gefressen hatten, wieder und wieder gelesen hatte: Dickens, Austen, Hardy, Narayan, Tagore, Shakespeare. (Ich erinnerte mich ebenfalls sehr gerne an diese Bücher.) Als Pitaji starb, hatte sie angefangen, den Dorfkindern Mathe und Lesen und Schreiben beizubringen, sodass Maa und sie weiterhin in der Hütte leben durften. Natürlich hatten es die Dorfleute nach Maas Tod nicht mehr zugelassen, dass ein junges Mädchen allein im Haus des Lehrers wohnte.

Ich sah zu, wie Radha die Bücher auf Kantas Nachttisch inspizierte. »*Jane Eyre. Bhagavad Gita. Lady Chatterleys Liebhaber?*« Als sie den letzten Titel las, sah Radha uns an und errötete.

Kanta lachte über ihren Gesichtsausdruck. »Falls du *Jane Eyre* noch nicht gelesen hast, sollten wir vielleicht damit anfangen. Ich lese das Buch alle paar Jahre wieder. Ich liebe es, wie das Waisenmädchen am Ende alles bekommt, was es haben möchte.«

Ich verrieb das Nelkenöl auf Kantas Bauch, während Radha anfing. Zuerst stockend, aber mit wachsender Sicherheit las sie laut vor. Für die langen Worte brauchte sie zuerst einen Moment, aber es war beeindruckend, wie gut sie die englische Sprache beherrschte. »Es gab keine Möglichkeit, an dem Tag einen Spaziergang zu machen. Wir waren tatsächlich am Morgen eine Stunde durch das unbelaubte Gesträuch gewandert; aber seit dem Abendessen …«

Ich begann mit der Hennamalerei. Mit einem schlanken Schilfrohr zog ich einen großen Kreis um Kantas Nabel herum. Als Nächstes malte ich sechs Linien, die vom Nabel zum Rand des Kreises führten, wie die Speichen eines Rads. In jedes der daraus resultierenden Dreiecke malte ich ein Baby: beim Essen, beim Schlafen. Beim Lesen, beim Ballspielen. Wie es einen Schuh anzog. Wie es weinte.

Während Radha von Jane Eyres Isolierung vorlas, dachte ich über Kantas Einsamkeit nach. Jaipur war nicht so kosmopolitisch wie Kalkutta, Bombay oder Neu-Delhi. Die Ansichten hier waren deutlich traditioneller, die Menschen tiefer im alten Indien verwurzelt und weniger offen für Veränderungen. Sie fühlte sich abgesondert von meinen Damen und sehnte sich nach Freundschaft. Mutterschaft würde ihre Eintrittskarte in eine Welt der gemütlichen Plaudereien und geteilten Intimitäten sein, das spürte sie. Sie vertraute darauf, dass ich ihr dazu verhelfen konnte. Und ich hasste es, sie zu enttäuschen. Ständig probierte ich andere Rezepte für Leckereien aus, die vielleicht die Eier in ihrer Gebärmutter kräftigen konnten. Heute hatte ich *Burfi* mitgebracht: mit Yams gesüßt und mit Sesamsamen überzogen. Ich ließ nicht zu, dass sie sich für den Tee aufsetzte, sondern fütterte sie im Liegen, sodass die Hennapaste richtig trocknen konnte. Die ganze Zeit las Radha laut vor und drückte Emotionen und Dramatik mit ihrer Stimme aus. Wo hatte sie das bloß gelernt?

Schließlich rieb ich meine Hände energisch mit Geranienöl ein und massierte Kantas Bauch, um das getrocknete Henna zu entfernen. Als ich damit fertig war, sprang sie vom Diwan auf und ging zu den Spiegeltüren ihres *Almirahs*. Sie drehte sich nach rechts und links, um das Muster zu bewundern, wobei sie ihren flachen Bauch mit den Händen umrahmte.

»Oh, Lakshmi! Mein eigenes Baby. Sogar sechs! Ich kann es gar nicht erwarten, es Manu zu zeigen!« Sie wandte sich zu mir um. »Aber warum weint eines von ihnen?«

Ich zuckte die Schultern. »Im echten Leben weinen Babys.«

Ein schelmischer Ausdruck trat in Kantas Augen. »Nur, wenn sie meine *Saas* zur Großmutter haben.«

Ihr Blick blieb an Radha hängen. »Du kannst dir gerne jederzeit meine Bücher ausleihen. Du liest wunderschön. Aber pass auf, wenn meine *Saas* in der Nähe ist. Achte darauf, dass *Lady Chatterleys Liebhaber* immer unten im Stapel liegt und die *Bhagavad Gita* ganz oben!«

Radha sah glücklicher aus, als ich sie seit ihrer Ankunft in Jaipur je gesehen hatte.

Kanta legte einen Finger auf die Lippe. »Lakshmi, bist du jemals mit Radha ins Minerva gegangen?«

Ich scheute mich, ihr zu sagen, dass ich keine Ahnung hatte, ob Radha überhaupt schon einmal im Kino gewesen war.

Kanta verstand mein Schweigen falsch und lachte. »Es ist schon in Ordnung, Lakshmi. Ich lade sie ein. Sie zeigen einen Film mit Marilyn Monroe, den ich unglaublich gerne sehen möchte. Ich kann Radha mitnehmen.«

Bei dem Vorschlag flatterte mein Magen. Meine Damen sorgten sich über den Einfluss, den diese Filme – und das

Verhalten der Männer in den Kinos – auf ihre leicht zu beeindruckenden Töchter hatten. Inder waren verrückt nach Filmen, und der Anblick von amerikanischen Stars wie Elizabeth Taylor und Marilyn Monroe in engen Röcken ließ die Rikschafahrer und *Charannas* so sehr ausflippen, dass sie die Leinwand mit Münzen bewarfen. (Irgendwann kam dann immer der Manager heraus, um mit ihnen zu schimpfen.)

»Ist es wirklich klug, sie alldem … dem …?« Ich spürte, wie mein Gesicht zu glühen anfing. Ich klang genauso wie meine matronenhaften Kundinnen!

»Den westlichen Frauen auszusetzen? Die sind Furcht einflößend, nicht wahr?« Kantas Gegacker ließ meine Worte übertrieben tugendhaft wirken. Ich benahm mich wie eine Glucke. Wenn Radha in einer Großstadt leben wollte, *musste* sie damit konfrontiert werden. Es wäre nicht gut, sie über Gebühr abzuschirmen. Und wen Besseres gab es als Kanta – so weltlich und kultiviert –, um sie anzuleiten? Abgesehen davon war es doch nur ein Film!

Kanta klatschte in die Hände und sah Radha dabei an. »Oh, wir werden so viel Spaß haben!« Mit hochgezogenen Augenbrauen wandte sie sich mir zu. »Es ist sehr ungezogen von dir, dass du mir nichts von deiner Schwester erzählt hast. Sieh dir nur diese Augen an! Die Männer werden hin und weg von ihr sein.«

Ich lächelte unbehaglich. Es gefiel mir, dass die Schönheit meiner Schwester von einer meiner Lieblingskundinnen bemerkt worden war. Aber ich machte mir Sorgen. Würde ihre Neugier ungebremst bleiben? Ihre Impulsivität? Ich schüttelte den Kopf; ich war viel zu viktorianisch.

Draußen vor Kantas Haus kritzelte ich ein paar Zeilen in mein Notizbuch. Radha lehnte sich an einen Pfeiler auf der

Veranda. Wir warteten darauf, dass Malik mit einer Rikscha zurückkehrte.

»Tante Kanta ist traurig.«

»Hmmm.«

»Warum kann sie keine Kinder bekommen?«

»Ich weiß es nicht, Radha. Ihre Blutungen sind immer unregelmäßig gewesen. Möglicherweise kann sie nicht genug Eier produzieren. Weißt du, das *Burfi*, das ich ihr gegeben habe? Ich hoffe, dass der wilde Yams darin ihr hilft, ihren Zyklus zu regulieren.« Ich runzelte die Stirn, als mir klar wurde, wie wenig ich über meine eigene Schwester wusste. »Hat deine Periode schon eingesetzt?«

Sie wurde rot und senkte den Kopf. »Vor zwei Monaten. Just bevor wir nach Jaipur gekommen sind.«

»Nun, das bedeutet, dass du jetzt eine Frau bist, weißt du. Du kannst ... Kinder bekommen.« Ich hielt inne, unsicher, wie ich ihr das erklären sollte. »Du musst mit den Männern im Kino vorsichtig sein. Und in Bussen. Und geh nicht auf die Straße, solange Malik oder ich dich nicht begleiten.«

Sie blinzelte, Zweifel stand in ihrem Blick.

Es gab vermutlich tausend andere Dinge, vor denen ich sie warnen musste, aber das war für mich neues Terrain. Wann war der richtige Zeitpunkt, um ihr zu erklären, was Ehemänner im Bett taten? Meine Zurückhaltung überraschte mich. Den ganzen Tag lang vertrauten Frauen mir intime Dinge an; warum war es mir dann peinlich, mit meiner Schwester über Sex zu reden?

Aber Radha schien mit den Gedanken anderswo zu sein. »Weswegen war Tante Kanta so aufgeregt, als wir zu ihr kamen?«, fragte sie.

Ich steckte das Notizbuch in meinen Unterrock. »Ah. Der Maharadscha von Jaipur verwandelt einen seiner Paläste in ein Hotel. Er will, dass Samir Singh den Umbau übernimmt. Aber Mr. Sharma ist der offizielle Auftragnehmer für den Palast und hat einen anderen Architekten ausgewählt. Kantas Mann sucht nun nach einem Weg, Mr. Sharma davon zu überzeugen, dass er Samir engagiert.«

»Kann der Maharadscha nicht einfach jemanden einstellen, der ihm gefällt?«

»Natürlich. Aber es ist nicht seine Art, die Leute herumzukommandieren. Er will, dass Mr. Sharma das für seine eigene Idee hält.«

»Wie kannst du dabei helfen?«

»Du wirst es sehen.« Ich lächelte.

Als Kanta mir das Problem damals anvertraut hatte, wusste ich sofort die Antwort. Die beste Art, das Schicksal der Sharmas und der Singhs zu besiegeln, war eine arrangierte Heirat, wodurch die Geschäftspartnerschaft wie ein nachträglicher Einfall aussehen würde. Ich wollte warten, bis beide Parteien der Heirat zugestimmt hatten, bevor ich Kanta davon erzählte.

Wir drehten uns um, als wir Maliks hohes Pfeifen hörten. Er stand an der Seite von Kantas Veranda und bedeutete uns herunterzukommen. Seine Kleider – heute Morgen beim Verlassen des Hauses noch makellos – waren jetzt schlammbespritzt. Auf einer Schulter verlief eine Blutspur, und das Ohr auf dieser Kopfseite war rot und blutete. Ich rannte zu ihm und zog ein Stück Stoff aus meiner Tasche. Radha lief hinter mir her, die *Tiffins* klapperten in ihren Händen.

»Malik! *Kya ho gya?*«

Bevor ich ihn erreichen konnte, wandte er sich ab und marschierte rasch auf das Tor zu, sodass wir hinter ihm hereilen mussten.

Als wir sicher außer Hörweite des *Chowkidars* waren, sagte er: »Dieser *Maderchod* von Bauunternehmer! Ich habe ihm die zweihundert Rupien bezahlt, die du mir gegeben hast, und er hat sie zurückgeworfen! ›*Du legst ein Schwarz-kümmelkorn ins Maul eines Kamels*‹, hat er gesagt. Er hat mich gegen das Ohr geboxt und mir gesagt, dass ich erst zurückkehren solle, wenn ich die gesamte Summe hätte, die wir ihm schulden.« Er drehte sich um und hielt inne. »Hier.« Malik griff in seine Tasche und reichte mir die zweihundert Rupien.

Ich presste das Tuch auf Maliks blutendes Ohr. Er schrie kurz auf und übernahm es dann selbst, den Stoff gegen seinen Kopf zu drücken. Das Tuch färbte sich sofort rosa. Ich starrte darauf.

Malik sollte nicht für meine Fehler büßen müssen. Aber wie konnte ich dem Bauunternehmer die Tausende von Rupien bezahlen, die ich ihm schuldete? Ich hatte von Parvati noch nichts bezüglich einer Audienz im Palast gehört. Ich würde sie umgehen müssen.

»Malik, du musst Samir sagen, dass ich ihn treffen muss. Aber zuerst, Radha, gibt mir bitte das Lavendelöl für Maliks Ohr.«

Nachdem ich mich um Malik gekümmert hatte, wies ich Radha an, nach Hause zu gehen und seine Kleider zu waschen. Wenn Malik wieder repräsentabel war, sollten sie sich mir für unseren Nachmittagstermin im Haus von Mrs. Sharma anschließen.

Auf dem vorderen Hof der Sharma-Residenz stellten Radha, Malik und ich unsere Taschen ab. Malik hatte sich ein sauberes Hemd angezogen, und die Schwellung an seinem Ohr war zurückgegangen.

Wir wollten hier im Hof ein *Mandala* anlegen, was üblicherweise von den Frauen der Familie mittels bunter Kreide und Reis gestaltet wurde. Aber Sheela, Mrs. Sharmas jüngstes Kind und einzige Tochter, sang heute bei einem großen Familientreffen, und Mrs. Sharma wollte etwas viel Raffinierteres haben. Sie hatte ein Muster bestellt, das meiner Hennamalerei ähnelte. Zusätzlich zum weißen Reis hatten wir Beutel mit türkiser und korallenroter Kreide mitgebracht, die wir zu einem feinen Pulver vermahlen hatten, roten Ziegelstein, den wir zur Größe von winzigen Kieselsteinen zerstoßen hatten, sowie Senfkörner und getrocknete Ringelblumenblütenblätter.

Wir warteten darauf, dass der Lebensmittel-*Walla* den Hof räumte. Sein Kamel kaute friedlich auf trockenem Gras herum, während der Ladenbesitzer Dosen mit Zuckerkeksen und Sesamöl von seinem Karren ablud. Mrs. Sharma überprüfte die Lieferung, bevor sie den Empfang quittierte. Als sie uns bemerkte, trottete sie die Verandatreppe hinunter, ihr schlichter Baumwollsari raschelte in ihrem Gefolge. Wo Parvati eitel war, war Mrs. Sharma praktisch. Sie sah keinen Grund, warum sie viel Aufhebens um ihr Erscheinungsbild machen sollte, wenn sie sich um einen großen Haushalt zu kümmern hatte – ihre eigenen drei Kinder und die fünf jüngeren Brüder von Mr. Sharma. Auch wenn sie sich etwas Besseres leisten konnte, bestand ihre übliche Kleidung aus einem *Khadi*-Sari, einer Ode an Gandhi-*ji*, und einem simplen Nasenstecker aus Rubin und Diamant.

»Hab bitte ein bisschen Geduld, Lakshmi, diese Leute werden dir gleich nicht mehr im Weg stehen. Ich will sichergehen, dass du genug Zeit hast, um deine Magie zu bewirken, bevor die Musiker kommen.« Sie lächelte breit, der große Leberfleck auf ihrer rechten Wange hob sich dabei. »Für Sheelas Vorführung auf dem *Sangeet* heute Abend muss alles perfekt sein.«

»Ich bin mir sicher, dass Sheela wunderbar sein wird, Mrs. Sharma.«

Die Matrone lachte. Ein *Mandala* hieß die Freigebigkeit der Göttin Lakshmi willkommen. »Mit einem von dir gestalteten *Mandala*«, sagte sie, »können wir das gesamte Pantheon willkommen heißen!« Sie öffnete ihre Arme weit, die Hochzeitsarmreife an ihren plumpen Armen klirrten. Das weiche Gold war von dreißig Jahren des Tragens verformt und verbeult.

Schließlich war der Hof frei, und Radha und Malik begannen, einen gut drei Quadratmeter großen Bereich mit langborstigen *Jharus* zu fegen.

Ich nahm eine Handvoll Reis aus einem der Säcke und ließ einen stetigen Strom von Reiskörnern aus meiner Handfläche rieseln, um den inneren Kreis anzulegen. Abends würde darin ein kleines Feuer entzündet werden. Um diesen Kreis herum malte ich eine Lotusblume mit acht riesigen Blütenblättern. Radha folgte mir mit den winzigen roten Steinchen und füllte die Umrisse aus.

Auf einmal schrie sie auf.

Ich sah sie an. Radha starrte auf die Veranda, wo Sheela Sharma in einem Satinkleid in der Farbe eines Sonnenuntergangs nach dem Regen stand. Die Puffärmel waren halblang – die neueste Mode –, und die Empiretaille saß genau unter ihrem wachsenden Busen. Sie sah aus wie die Prinzessin eines Miniaturkönigreichs. Ihr fehlte nur noch eine Tiara, um ihre blauschwarzen Haare zu krönen, die sich im Madhubala-Stil an den Spitzen kräuselten. Sie war beeindruckend.

Ich lächelte sie an. »Ich habe gehört, dass du in der Show heute Abend der Star sein wirst.«

Sie warf ihre Haare über eine Schulter zurück. »Es sind nur Verwandte. Nächsten Monat werde ich auf der Party von

Mrs. Singh vor einem *echten* Publikum auftreten. Weißt du, der Maharadscha wird auch dort sein.«

Parvati nahm meinen Vorschlag also ernst. Wer auch immer ihre Schwiegertochter wurde, würde Staatsoberhäupter unterhalten müssen, und sie hatte sich dazu entschieden, Sheelas Auftreten vor der königlichen Familie auszutesten. Ich würde meinen Teil dazu beitragen müssen, dass Sheela Ravi Singhs Aufmerksamkeit erregte. Es war clever von Parvati, sich ihren Sohn selbst in Sheela verlieben zu lassen; sie wollte seine Partnerin aussuchen, aber ohne dass er das merkte.

Ich sah nach links, um auf Radha zu zeigen, die staunend dastand. »Sheela, das ist meine Schwester Radha.« Ich wies mit einem Kopfnicken auf Malik, der am Rande des Hofes fegte. »Malik hast du sicher schon einmal getroffen.«

Er nickte Sheela zu. Ich drehte mich zu Sheela um, deren Blick von Radha zu Malik huschte. Radha sah Malik ebenfalls an. Sheela kräuselte die Lippen und hob das Kinn, während sie ihn von oben bis unten musterte – sein wildes Haar, sein rosa Ohr, seine schmutzigen Füße, seine zu kleinen *Chappals*. Er sah jetzt ebenfalls an sich herunter, um festzustellen, woran sie sich störte.

»Lakshmi, ich will, dass nur du am *Mandala* arbeitest«, sagte Sheela. Sie war es gewohnt, ihren Willen zu bekommen. Ich gewährte ihr ein nachsichtiges Lächeln. »Ohne Hilfe, Sheela, werde ich für das Muster doppelt so lange brauchen, und ich muss auch noch all die Damen drinnen mit Henna bemalen. Wir wollen doch, dass deine Party ein großer Erfolg wird, nicht wahr?«

Aber Sheela lächelte nicht zurück. Mit einer eleganten Drehung auf ihren hohen schwarzen Absätzen marschierte sie ins Haus. Malik zuckte Radha zugewandt mit den Schultern.

Ich entschloss mich, Sheelas Laune zu ignorieren. Sie war ein verwöhntes Kind, aber sie hatte das Herz ihrer Mutter im Griff. Sie mir zur Feindin zu machen hätte mir womöglich geschadet. »Radha, den Ziegelbruch, bitte.«

»Lakshmi?«

Als ich aufsah, stand Mrs. Sharma in der Vordertür mit Sheela hinter sich. Ich schüttete den Reis aus meiner Hand in den Sack zurück und stieg die Stufen hoch.

»Meine Tochter fühlt sich unwohl, wenn der Junge hier ist. Vielleicht hast du einen Auftrag für ihn?« Mrs. Sharmas Stimme klang gleichzeitig gebieterisch und entschuldigend. Ihr Blick huschte gestresst über den Vordergarten. Über ihre Schulter hinweg sah ich das zufriedene Gesicht von Sheela Sharma.

»Hat er irgendetwas getan, Madam?«

»Sheela ist … eigen … wenn es darum geht, wer an unserem *Mandala* arbeiten darf.«

Ich warf Sheela einen Blick zu. »Natürlich.«

Während ich die Stufen wieder hinunterging, durchsuchte ich ostentativ meine Stofftasche. »Malik, du musst für mich noch mehr Henna für heute Abend mahlen und mir bringen. Ich glaube, dass wir diese Charge nicht gut genug gemischt haben.«

Aber Malik schaute auf meine Lüge: zwei große Tonschüsseln mit üppiger Hennapaste in ein feuchtes Tuch eingewickelt – ausreichend für zwanzig Hände – in einer großen Tasche. Heute Morgen hatte ich sogar vor Maliks Ohren die geschmeidige Konsistenz von Radhas Paste gelobt.

Er blickte zur Veranda, zu Sheela, die ihn trotzig anstarrte, und rieb Daumen und Zeigefinger aneinander, was er immer tat, wenn er wütend war. Ich wusste nicht, ob sie ihn herausgegriffen hatte, weil er männlich war (das *Mandala* war schließlich Frauenarbeit) oder weil ihr sein Erscheinungsbild nicht gefiel.

Malik ließ seinen Sack auf den Boden fallen.

Ich holte zwei Rupien aus meinem Bund. »Nimm dir eine *Tonga*.«

Das war ein schwacher Trost. Ich stopfte das Geld in seine Hemdtasche und legte meine Hände auf seine Schultern, bis er nickte.

Als ich zum Kreis zurückkehrte, sah ich, wie Radha ihre Hand in den Sack mit Ziegelbruch versenkte und dann ihren Arm hinter den Kopf zog. Sie zielte auf Sheelas sich entfernenden Rücken. *Hai Ram!*

»Radha«, rief ich laut, während ich sie mit meinem Körper abschirmte, damit Sheela ihre Geste nicht bemerkte. Ich ergriff ihren Arm, zwang ihre Hand in den Sack zurück und hielt ihn dort. Sie war stärker, als ich gedacht hatte. Ich kniff ihr fest in die Innenseite ihres Handgelenks, worauf sie den Griff löste und die Steinchen fallen ließ.

Ich spürte Sheelas Blick in meinem Rücken. So laut, dass ich auf der Veranda garantiert gehört werden konnte, sagte ich: »Denk daran, dass du nicht so viel in jedem Kreis verteilst. Das *Mandala* wird sonst ungleichmäßig werden, und wir wollen doch, dass es für Sheela perfekt ist, nicht wahr?« Stumm flehte ich Radha an, sich zu benehmen. »Wir fangen mit der türkisen Kreide an.«

Meine Schwester blinzelte, starrte mir in die Augen, blinzelte erneut. Sie senkte den Blick, und ich ließ ihren Arm los.

Aus dem Augenwinkel sah ich, wie Sheela ins Haus zurückkehrte. Meine Knie zitterten, und ich hockte mich hin und setzte mich auf meine Fersen, um mich zu beruhigen.

Ich leckte mir den Schweiß von der Oberlippe. Hatte irgendeiner von den Dienern im Haushalt etwas gesehen? Wer wusste, was für einen Schaden sie anrichten konnten!

Meine Hände zitterten, als ich mir eine Handvoll des türkisen Pulvers griff, um das Innere auszufüllen. Was hatte Radha sich nur gedacht? Wir konnten so einfach ersetzt werden, aber Sheela würde immer die Prinzessin dieses Königreichs sein. Das hatte ich Malik nie beibringen müssen; er verstand die Nuancen von Klasse und Kaste instinktiv. Er hätte uns nie in Verlegenheit gebracht.

Den restlichen Nachmittag lang arbeiteten Radha und ich schweigend weiter. Wenn ich einen Sack brauchte, zeigte ich darauf, und sie brachte ihn mir. Ich war zu aufgebracht wegen ihres Verhaltens, um irgendetwas zu sagen.

Je weiter ich mich vom Kreiszentrum entfernte, desto mehr Details fügte ich zu der Lotusblume hinzu. Schließlich trat ich zurück, um meine Arbeit zu inspizieren. In der Mitte jedes Blütenblatts befanden sich die Dinge, die mit der Göttin assoziiert wurden: ein Muschelhorn, eine Eule, ein Elefant, Goldmünzen, Perlenketten. Dank der gebeugten Haltung über dem *Mandala* würde mein Rücken mir morgen wehtun, aber Mrs. Sharma würde über das Ergebnis erfreut sein.

Ich reichte Radha die leeren Säcke. »Geh nach Hause. Lass dir von Malik bei der Zubereitung der Snacks für die Damen morgen helfen.«

Sie ging ohne ein Wort.

Mir den Staub von den Handflächen abklopfend, ging ich in die Küche. Ich musste sichergehen, dass die Diener nicht mitbekommen hatten, was heute Nachmittag passiert war, und herausfinden, ob sie mir irgendetwas über Sheela Sharmas Heiratsaussichten erzählen konnten.

Mehrere Herdplatten waren in Gebrauch, und der schwere Duft von gebratenem Kreuzkümmel, Knoblauch und Zwiebeln erfüllte die Küche. Mrs. Sharmas Köchin, eine breite Frau mit rauen Händen, zerteilte den *Atta* in winzige Kugeln, die sie später für die *Samosas* ausrollen würde. Eine jüngere Frau saß im Schneidersitz auf dem Fußboden. Sie hielt eine Edelstahlschüssel im Schoß, in der sie gekochte Kartoffeln mit Erbsen und *Masala* mischte, um später damit die *Samosas* zu füllen. Die Hintertür stand offen, damit der Kochdunst entweichen konnte.

Ich lächelte die Köchin an und bat um Wasser. Sie füllte ein Glas für mich und wandte sich dann wieder ihrer Arbeit zu. Falls irgendjemand im Haushalt gesehen hatte, wie Radha Sheela mit Steinen bewerfen wollte, hätte mir die Köchin das sofort gesagt.

Ich hob das Glas und trank, ohne dass meine Lippen den Rand berührten.

»Machen Sie für das *Sangeet* heute Abend wieder Ihr berühmtes Schlegel-*Dal*?«, fragte ich. Die Köchin der Sharmas stammte aus Bengalen und war dafür berühmt, ihre Linsen mit den Blüten und Früchten des *Sajna*-Baums zu würzen. Sie hackte das Gemüse klein und sautierte es mit Mohn und Senfkörnern, bevor sie es den gekochten Linsen hinzufügte.

Schulterzuckend drehte sie ihre Handflächen nach oben; auf einer klebte ein Rest Teig. »Wann mache ich einmal nicht mein *Dal, Ji*? Den einen Tag muss ich es für *diese* Leute zubereiten, und am nächsten für *jene*.«

»Das liegt daran, dass Sie über so großes Geschick verfügen.«

»Was soll ich machen? Ich wurde mit dieser Gabe geboren.« Sie staubte ein bisschen trockenes Mehl auf ein rundes Holzbrett und klatschte die Teigkugel darauf. »In letzter Zeit wollen alle die kleine Miss sehen. Vergangene Woche waren viele *Pukkah Sahibs* hier.« Sie drückte die Kugel mit einem

Nudelholz platt, drückte links, dann rechts, wieder links, bis der Teig einen perfekten Kreis für das Gebäck ergab.

»Wirklich?«

»*Hahn-ji.* Die Mariwas. Lal Chandras.«

»Mathur Sahib und seine Frau.« Die Köchin und ich drehten uns zu ihrer Küchenhilfe um, die uns diese Information gegeben hatte, ohne von ihrer Aufgabe aufzusehen.

»Pürierst du die Kartoffeln auch fein genug? Ich will nicht wieder Klumpen in den *Samosas* sehen wie beim letzten Mal!« Die Köchin starrte die andere Frau finster an, und die Küchenhilfe beugte den Kopf tiefer über die Schüssel.

Ich unterdrückte ein Lächeln. »Habe ich auch ein Gerücht über die Prashads gehört?«

»Sie kommen nächste Woche.« Die Köchin wischte sich die glänzende Haut über ihrer Oberlippe mit dem Saum ihres Saris. »Letztendlich gibt es mich nur einmal.« Sie wies mit einer heftigen Kopfbewegung auf ihre Küchenhilfe. »Die da, auf die muss ich jede Minute aufpassen. Wie viel Zeit bleibt mir da noch zum Kochen?«, schimpfte sie, während der Deckel auf einem der Töpfe zu klappern begann und der Dampf versuchte, sich den Weg hinauszukämpfen. Sie wandte sich an die andere Frau und rief: »Was? Muss ich auch all die Töpfe im Auge behalten? Siehst du nicht, dass die *Kofta* fertig sind?«

Ihre Küchenhilfe rappelte sich auf und wickelte den Saum ihres Saris um den Griff des Topfs, um ihn von der Platte zu nehmen. Zur Sicherheit schickte die Köchin ihr noch ein paar weitere Beleidigungen hinterher.

Wie ich vermutet hatte, war der Wettbewerb um Sheela Sharma heftig – die Sharmas prüften Angebote. Parvati würde bald handeln müssen. Ein Angebot von den Singhs, einer der prominentesten und reichsten Familien in Jaipur, würde den Sharmas das geben, was ihnen mit ihrem bescheidenen Hintergrund fehlte – eine offizielle Verbindung zur königlichen Familie. Parvati war so klug, das weiterzuverfolgen, indem sie Jaipurs königliche Familie zusammen mit den Sharmas zu ihrem weihnachtlichen Zusammensein einlud.

Je schneller die Ehe vereinbart war, desto schneller konnte ich mein Konto ausgleichen. Bis dahin würde ich das Arrangement für mich behalten müssen, damit nicht irgendeine andere Heiratsvermittlerin die Witterung aufnahm.

Ich stellte mein Glas auf dem Tresen ab und überließ die zwei Köchinnen ihrer Arbeit.

# FÜNF

## 18. November 1955

Ich wartete in meinem Haus in Rajangar auf Samir, nachdem ich wieder einmal eine Inspektion mit Naraya, dem Bauunternehmer, durchgeführt hatte. (Ich hatte eine weitere Putzschicht auf den Wänden verlangen müssen, damit sie wirklich glatt wie Haut wurden.) Ich saß auf dem Fußboden, die Arme um die Knie gelegt, und blickte auf den gemusterten Terrazzo.

*Der Unterrock sollte lieber zu eng als zu locker sein, oder dein Sari wird herunterrutschen und die Falten sich auflösen.*

*Lege jeden Tag eine in kalten Tee eingeweichte Kompresse auf jedes Auge, um die Ringe darunter zu reduzieren.*

*Trage niemals gewöhnliche Gummi-Chappals, nur Sandalen oder Schuhe.*

Wie dumm von mir zu glauben, dass Ratschläge wie diese ausreichen würden, um Radha auf das Leben in der Stadt vorzubereiten! Ich konnte nicht einmal mit Sicherheit sagen, wie *ich* es gelernt hatte, Herausforderungen wie den Mrs. Iyengars und Parvatis und Sheelas dieser Welt zu begegnen. Radha würde nicht nur Geduld lernen müssen, sondern auch, dass es erforderlich war, nicht direkt auf ihr Ziel zuzugehen. So wie ich das tat. So wie Malik das tat.

Aber wie konnte ich über sie wachen und mich weiterhin mit Kundinnen treffen, mit Lieferanten verhandeln und mich um neue Aufträge bemühen?

Als ich am Abend zuvor erschöpft von den Sharmas nach Hause zurückgekehrt war, hatte ich Radha gefragt, ob sie die Leute immer mit Steinen bewarf.

Sie verzog das Gesicht. »Es ist die einzige Möglichkeit, die Klatschmäuler zum Schweigen zu bringen, Jiji«, hatte sie erwidert. »Sie haben mich immer das Pechmädchen genannt. *Saali kutti. Ghasti ki behen.* Alle Arten von Verwünschungen. Kleine Jungs haben mir ein Bein gestellt, wenn ich Wasser aus dem Brunnen auf dem Kopf trug. Alles war meine Schuld. Wenn die Milch der Kuh nicht süß war, behaupteten die Klatschmäuler, dass es daran läge, dass ich vor ihr hergegangen war. Wenn Insekten das Getreide auffraßen, behaupteten die Bauern, dass ich sie in der Nacht herbeigerufen hätte. Als der Sohn des Vorstehers an Fieber starb, haben sie mit Stöcken in der Hand nach mir gesucht. Maa konnte sie nicht davon abhalten. Ich bin zum Flussufer gerannt und einen *Peepal*-Baum hinaufgeklettert. Zwei Tage bin ich dort oben geblieben, bis der Wanderarzt ihnen gesagt hat, dass das Baby an Malaria gestorben ist.«

Radha wischte sich die feuchten Augen und die Nase am Ärmel ihres *Kamiz* ab, etwas, das ich ihr abzugewöhnen versuchte. »So ist das schon seit meiner Geburt gewesen. Die Klatschmäuler haben ein gutes Gedächtnis.«

In Indien gab es keine individuelle Schande. Schmach breitete sich so leicht wie Öl auf Wachspapier auf die gesamte Familie aus, selbst auf entfernte Cousins, Onkel, Tanten, Nichten und Neffen. Dafür sorgte die Gerüchteküche schon. Schuld lastete schwer auf meiner Brust. Wäre ich nicht meiner Ehe entflohen, hätte Radha nicht so sehr gelitten und Maa und Pitaji wären dem ganzen Dorf gegenüber nicht so machtlos gewesen. Als sie heute gesehen hatte, auf welch gemeine Weise Malik vertrieben worden war, hatte sie so reagiert wie immer – wie ein hilfloses Tier. Sie wusste es nicht besser, weil ihr das niemand beigebracht hatte.

Sie fiel vor mir auf die Knie. »Jiji, bitte schick mich nicht wieder zurück. Ich habe niemanden außer dir. Ich werde es nicht wieder tun. Ganz bestimmt. Ich verspreche es.« Ihr dünner Körper zitterte.

Verlegen und beschämt hatte ich ihr aufgeholfen und ihr die Tränen abgewischt. Ich wollte sagen: *Warum denkst du, dass ich dich zurückschicken werde? Du bist meine Schwester. Ich bin für dich verantwortlich.* Aber alles, was herauskam, war: »Ich verspreche dir auch, dass ich mich bessern werde.«

Jemand stupste meine Hand an. »Wach auf, meine Schöne.«

Ich schlug die Augen auf; es war Samirs Stimme, aber in der Dunkelheit konnte ich sein Gesicht nicht erkennen. Um mich zu orientieren, sah ich mich um. Irgendwann musste ich mich auf dem Terrazzo ausgestreckt haben und war offenbar eingeschlafen.

»Joyce Harris erholt sich wieder.« Sein weißes Hemd leuchtete im Dunkeln über mir. Er roch nach Zigaretten, englischem Whisky und Sandelholz, Gerüche, die ich aus den Häusern der Kurtisanen kannte. »Ihr Ehemann ist aus Jodhpur zurückgekehrt. Er glaubt, dass sie eine natürliche Fehlgeburt gehabt hat.«

Ich rieb mir die Augen. »Du weißt, dass ich nichts falsch gemacht habe, Samir, nicht wahr?«

»Ja, das weiß ich.« Mit einem Seufzen ließ er sich auf dem Boden nieder und legte sich neben mich. Er zog eine Packung

Red and Whites aus seiner Anzugtasche und zündete sich eine Zigarette an. »Aber wir werden uns mit den Beuteln eine Weile zurückhalten müssen. Was mit Mrs. Harris passiert ist, hat die Menschen nervös gemacht.«

Ich schluckte.

»Was liegt an? Malik hat gesagt, dass du mit mir sprechen musst«, sagte er.

»Ich habe eine Menge Schulden.«

»Das klingt gar nicht nach dir.«

»Und ich habe ein paar ... unerwartete Ausgaben gehabt.«

»Zum Beispiel?«

Ich räusperte mich. »Eine Schwester.«

»Das Mädchen in deinem Bett?«

»Ja.«

»Sie lebt hier in Jaipur?«

»Jetzt ja.« Ich drehte mich zu ihm um.

Er sah mir prüfend ins Gesicht, unsere Regeln waren klar: Wir erzählten einander nur das, was der andere wissen musste. Er wandte den Blick wieder zur Decke und schwieg eine Weile, wobei er ab und zu an seiner Zigarette zog. Als Geschäftsmann dachte er nach, bevor er sprach. »Wem schuldest du Geld?«

»Dem Bauunternehmer zum Beispiel.«

»Wie viel will er haben?«

»Spielt keine Rolle. Ich brauche einfach mehr Zeit, um ihn zu bezahlen.«

»Warum lässt du mich nicht ...«

»Nein«, erwiderte ich, vielleicht zu energisch. »Das sind meine Schulden. Ich werde mich darum kümmern.«

Er blies geräuschvoll Zigarettenrauch aus. Wir hatten diese Diskussion bereits früher geführt. Nur ein einziges Mal hatte ich mir Geld von ihm geliehen, und das war während meiner ersten Woche in Jaipur gewesen, als ich Materialien für meine Hennamalereien und meine Kräuter kaufen musste. Binnen einer Woche hatte ich ihm das Geld zurückgezahlt und ihn nie um eine andere *Paisa* gebeten.

Ich griff nach seiner Hand und schüttelte sie leicht. »Tut mir leid, dass ich dich von den Karten weggeholt habe.«

Samir gluckste. »Woher wusstest du, dass ich gerade am Spielen war?«

»Du warst nicht am Spielen. Du warst am Verlieren.« Ich blickte auf sein Profil. »Du trinkst mehr, wenn du verlierst. Du fängst dann an, Runden für alle auszugeben, damit du ihnen nicht leidtust.«

Er drückte meine Hand. »Ich habe bereits eine Ehefrau, meine Schöne.«

Ich wandte meinen Blick wieder zur Decke. Er zog an seiner Zigarette.

»Wer ist dein Bauunternehmer?«

»Naraya.«

Samir stöhnte. »Er ist drittklassig. Wenn du nicht so stur wärst, hätte ich meinen Architekten für dich engagiert.«

»Und das hätte mich doppelt so viel gekostet. Das hier ist das, was ich mir leisten kann, Samir. Es ist mein Zuhause. Und Naraya ist schon in Ordnung.« Es war schwierig mit ihm, ja, aber ich war nicht bereit, zuzugeben, dass ich es hätte besser haben können.

Er seufzte.

»Kennst du Mr. Gupta?«, fragte er nach einer Pause.

»Ich habe seine Tochter vor der Hochzeit mit Henna bemalt.«

»Gupta will eine Herberge neben dem Pink Basar errichten. Ich glaube, dein Bauunternehmer wäre genau der richtige Mann für den Job.«

Verwirrt sah ich ihn an. »Das soll ihn mir vom Hals schaffen? Wie das?«

»Gupta ist gut ausgelastet.« Samir zog an seiner Zigarette. »Er wird Naraya ein paar Monate lang beschäftigt halten und ihn gut bezahlen.«

»Wofür?«

Er lächelte hintergründig. »Um WCs zu installieren – Hunderte davon. *Für einen Buchhalter ein Schmiergeld; für einen Brahmanen ein Geschenk.*«

Ich lachte. Die Ironie entging mir nicht. Für einen stattlichen Profit war Naraya dazu bereit, Toiletten zu bauen, was normalerweise die Shudra-Kaste übernahm. So wie ich auch war er ein gefallener Brahmane.

Samirs und meine Hand locker miteinander verflochten, lagen wir nebeneinander. Ich hätte bis in alle Ewigkeit so bleiben können. Er wandte mir das Gesicht zu. Auch ich drehte meinen Kopf, bis sich unsere Nasen fast berührten und sein warmer Atem über meine Wange strich.

Wir waren allein, unsere Körper berührten sich. Es war spät. *Es wäre so einfach.* Ich spürte mein Verlangen, meinen Körper an seinen zu pressen. Wie als Antwort rollte er sich auf die Seite und sah mich an, den Kopf auf einen Arm gestützt. Er hob seine andere Hand und strich mir die Haare aus der Stirn, die Berührung zart wie eine Feder.

»So wunderschön«, sagte er so leise, dass ich ihn kaum verstehen konnte.

Erst als ich den Atem wieder ausstieß, wurde mir bewusst, dass ich ihn angehalten hatte.

Ich zwang mich wegzusehen, hörte ihn seufzen. Er legte sich wieder auf den Rücken, ließ meine Hand aber nicht los.

Von Hari würde ich ihm nichts erzählen. Mein Ehemann war mein Problem, ein Problem, das ich mir durch mein Weglaufen selbst eingebrockt hatte. Samir ging das nichts an, er erfuhr über meine Vergangenheit nur das, was ich ihm mitteilen wollte.

»Wie geht es den Kurtisanen von Agra, Samir?«

»Sie haben sich erst letzten Monat nach dir erkundigt. Es ist jetzt zehn Jahre her, und Hazi und Nasreen haben nicht lockergelassen. Ich habe dich, ihr bestgehütetes Geheimnis, gestohlen, behaupten sie immer. Schließlich haben sie ein Mädchen aus Teheran importiert. Sie sagen, dass ihre Hennamalereien fast genauso schön sind wie deine.«

»Lügnerinnen!« Ich lachte.

Samir blies Rauch zur Decke und zeigte mit der Zigarette darauf. »Du solltest die Decke mit einem deiner Muster schmücken. Das wäre verdammt spektakulär.«

»Ich habe bereits einen Fußboden gestaltet, den ich mir nicht leisten kann.« Ich löste meine Hand aus seiner und setzte mich auf, um mein Haar zu richten. »Wenn ich den abbezahlt habe, werde ich mir über die Decke Gedanken machen.«

Er stand auf und streckte die Hände aus, um mir aufzuhelfen. Als er mich hochzog, verlor ich das Gleichgewicht und taumelte auf ihn zu. Er wirbelte mich herum und drückte mich gegen die Wand. Seine Lippen, so nah an den meinen, waren feucht. Wenn ich meinen Mund auf seinen drückte, würden sich seine Lippen sanft und behutsam öffnen – oder würden sie meine begierig und hungrig in Besitz nehmen? Aber wie immer, wenn ich mir solche Fantasien erlaubte, erinnerte ich mich dann an seine Ehefrau Parvati, meine andere Wohltäterin.

Ich fasste mit einer Hand nach seinem Kinn und lenkte seinen Blick zum Fußboden. »Du hast meine Arbeit noch gar nicht bewundert.«

Samir ächzte und stieß sich von der Wand ab, dann suchte er in seinen Taschen nach seinem silbernen Feuerzeug. Im Schein der Flamme sah er sich die Stelle genauer an, an der wir gelegen hatten.

Er schnippte mit den Fingern. »Hier drin ist dein Name versteckt!«

Ich unterdrückte ein Lächeln. Natürlich wusste er das. Er war in Gesellschaft von *Nautch*-Mädchen gewesen, die ihre Namen in den Hennamustern auf ihrem Körper versteckten. Wenn ein Mann ihn fand, gewann er eine kostenlose Nacht in ihrem Bett. Wenn nicht, bezahlte er den Frauen den doppelten Tarif.

»Was, wenn ich ihn finde?«, wollte er wissen.

»Dann brauchst du mir den zweiten Gefallen nicht zu tun.«

»Nehmen deine Forderungen denn kein Ende?«

»Es wird sich für dich lohnen.«

Die Zigarette glühte orange und rot auf, als er den Rauch einsog und dabei den Fußboden genau betrachtete. »Ich gebe auf.« Er kratzte sich hinterm Ohr.

»Es heißt, dass der Palast meine Dienste gebrauchen könnte.«

»Wer sagt das?« Zu beiden Seiten von Samirs Mund stieg Rauch auf.

»Deine Frau. Irgendetwas in der Art, dass Maharani Latika sich nicht wohlfühlt. Parvati denkt, dass ich ihr helfen könnte.«

Er runzelte die Stirn.

»Könntest du meinen Namen dort in die richtigen Ohren flüstern? *Zwei Echos in einem Brunnen sind lauter als eines.*«

Er blinzelte, und ich wusste, dass er nicht darüber nachdachte, *ob* er das tun sollte, sondern wie und wann. Mit seiner

Zigarette deutete er auf den Fußboden. »Was immer du dafür bezahlt hast, das war es wert.«

»Oder was ich noch nicht bezahlt habe.« Ich wickelte mir mein Umschlagtuch um die Schultern. »Im Gegenzug habe ich etwas für dich.«

Einer seiner Mundwinkel hob sich – ein halbes Lächeln.

»Die Umgestaltung des Rambagh-Palastes. Schluck deinen Stolz hinunter und triff dich mit Mr. Sharma. Überzeuge ihn, dass du der richtige Architekt für das Projekt bist.«

»Sharma hat bereits Architekten.« Er verzog das Gesicht. »Zweitklassige.«

»Aber der Maharadscha will nur dich.«

Er stieß eine Rauchfahne aus. »Wirklich?«

Ich lächelte und wickelte mein Tuch enger um mich. »Sorgst du dafür, dass Parvati weiß, dass diese Information von mir kam?« Ich ging auf den mondhellen Hof. »Komm. Ich muss mir eine Rikscha besorgen.«

»Das ist der gesamte Dank, den ich bekomme?«

»Du brauchst kein Dankeschön. Du hast einen Fahrer.«

# SECHS

## 20. Dezember 1955

Meine Schwester und ich saßen im Salon der Singhs und bemalten die Hände von Mädchen aus den edelsten Familien in Jaipur mit Henna. Elegant nach der neuesten englischen Mode angezogen, unterhielten sie sich über den Film, den sie zuletzt gesehen hatten, und die Kleider, die ihre Lieblingsschauspielerinnen trugen. Manche sahen mir bei der Arbeit zu; andere tanzten neben dem Grammofon zu *Rock Around the Clock*; mehrere von ihnen klebten an Parvatis *Life*-Magazin und bewunderten die Fotos der glamourösen Filmschauspielerin Madhubala.

Sheela Sharma war mit den meisten dieser Mädchen zusammen aufgewachsen, war auf dieselben Schulen gegangen, auf dieselben Partys. Sie hielt auf Parvatis Sofa Hof. Strahlend in einem champagnerfarbenen Seidenkleid und dazu passenden hochhackigen Schuhen war sie eindeutig das schönste Mädchen auf der Weihnachtshennaparty. Man konnte sie sich gut als die zukünftige Doyenne der Gesellschaft Jaipurs vorstellen. Ich gestattete mir ein heimliches Lächeln, dafür dass ich offenbar eine ausgezeichnete Verbindung vorgeschlagen hatte.

Radha und ich saßen nebeneinander auf Schemeln, jede von uns mit einem Sessel vor sich. Die Mädchen setzten sich eines nach dem anderen zunächst auf den Sessel vor Radha, sodass sie ihre Hände vorbereiten konnte, und zogen dann zu meiner Station weiter, um sich mit Henna bemalen zu lassen.

»Hat irgendjemand Ravi gesehen?«, fragte Sheela die Gruppe. »Er sollte doch zumindest zu seiner eigenen Party erscheinen.«

Ein Mädchen neben dem Grammofon, das gerade einem anderen Mädchen zeigte, wie man Swing tanzte, erwiderte: »Das wäre wohl besser. Ich habe gehört, dass er heute Abend auftritt.«

»Womit?«

»Wusstest du das nicht? Mrs. Singh hat die Shakespeare-Theatertruppe engagiert, und Ravi spielt den Othello.«

»Sheela, du bist als Nächste dran«, sagte ich und klopfte auf den Sessel vor Radhas Schemel.

Sheela nahm ihren Platz vor meiner Schwester ein. Wir hatten diesen Augenblick geübt, Radha und ich. Ich hatte meine Schwester anders angezogen, damit Sheela sie nicht vom *Mandala*-Fiasko wiedererkennen würde. Statt eines *Shalwar Kamiz* trug Radha einen von meinen Saris, einen feinen Baumwollsari in Blassblau mit weißer Stickerei. Mit den hochgesteckten Haaren – mit einem Jasminzweig darin – sah sie älter aus, wie eine Miniaturversion von mir.

Wie ich vorgeschlagen hatte, vermied Radha es, Sheela ins Gesicht zu sehen. Sie konzentrierte sich darauf, ihre Hände einzuölen.

Sheela wandte sich an den Salon, ohne von Radha Notiz zu nehmen. »Ich singe heute auch.«

»Auf der Bühne?«, fragte ein Mädchen.

»Ich wollte eigentlich *Na Bole Na Bole* aus *Azaad* singen ...«

»Ich liebe diesen Film über alles!«

Sheela zuckte ihre zierlichen Schultern. »Aber Pandey Sahib ist so altmodisch. Er sagt mir, dass für den Maharadscha nur ein *Gazal* infrage kommt.« Als ob sie jeden Tag für Seine Hoheit singen würde.

Ich warf einen verstohlenen Blick zu Radha, die unseren Nachbarn Mr. Pandey mochte und Kritik an ihm nicht gerne sah. Sie lief rot an, aber sie konzentrierte sich weiter auf ihre Arbeit.

Eines der Mädchen beim Grammofon, das jetzt einen Hit von Elvis Presley spielte, sagte: »Pandey Sahib ist brillant. Dank ihm hat sich mein Gesang dieses Jahr wirklich verbessert.«

Sheela lächelte süffisant. »So nennst du das also, Neeta? Gesang?«

Die anderen Mädchen fingen zu kichern an, während Neetas Wangen sich rot färbten.

»Du dumme Ziege! Du tust mir weh.«

Erschrocken schaute ich nach rechts. Sheela starrte Radha an. Radha sah kurz auf, murmelte eine Entschuldigung dafür, dass sie zu fest auf Sheelas Hand gedrückt hatte, und senkte den Blick dann wieder. Sheela blinzelte, als fragte sie sich, wo sie Radha schon einmal gesehen hatte. Mein Pulsschlag beschleunigte sich.

»Sheela.« Ich klopfte auf den Sessel vor meinem Schemel. »Setz dich. Du bist der Star des heutigen Abends, weshalb ich ein besonderes Hennamuster für dich geplant habe.«

»Du Glückliche, Sheela!«, ertönte es von allen Seiten.

Abgelenkt sprang Sheela mit einem selbstgefälligen Lächeln vom Sessel auf und stieß dabei die Flasche mit Nelkenöl um, die Radha gerade zuschrauben wollte. Hatte sie das absichtlich gemacht? Radha gelang es, sie rechtzeitig aufzufangen, und sah mich an, die Augen voller Furcht. Das hätte den Samtsessel ruinieren können!

Ich lächelte Radha tröstend zu und deutete mit dem Kopf auf ein paar andere Mädchen, um die sie sich noch kümmern musste.

Meine Schwester hielt sich bewundernswert. In gut einem Monate in Jaipur hatte sie so viel gelernt. Ich spürte ein bisschen Hoffnung aufkeimen: Von nun an würde alles gut werden. Ravi Singh und Sheela Sharma würden heiraten. Samir würde sicherstellen, dass ich in den Palast eingeführt wurde. Hari würde in eine Scheidung einwilligen. Ich würde den Bauunternehmer bezahlen, und er würde mein Haus fertigstellen. Wir würden aus unserem gemieteten Zimmer ausziehen. Und mein wahrhaft unabhängiges Leben würde beginnen.

Von diesen Gedanken getröstet, bemalte ich Sheelas Hände mit einem Muster aus großen Rosen und parfümierte sie mit reinem Rosenöl, um Gefühle des Herzens zu erwecken. Normalerweise sparte ich das kostbare Öl für Hochzeiten auf, aber heute Abend wollte ich, dass Ravi sich von Sheela angezogen fühlte wie eine Biene von einem *Chameli*.

Nachdem Radha und ich mit den Mädchen fertig waren, schlossen sie sich ihren Eltern und anderen Partygästen auf dem Rasen an, während wir unsere *Tiffins* zusammensammelten. Auf dem Weg durch den langen Flur zur Küche konnten wir durch die bodentiefen Fenster die hintere Terrasse ein halbes Stockwerk unter uns sehen. Fackeln leuchteten an den Rändern des samtigen Rasens unten. Diener mit roten Turbanen und in weißen Mänteln boten den Gästen Getränke und Vorspeisen auf Silbertabletts an. Goldene Ringe blitzten an den Fingern der Herren auf, während sie ihre Gläser erhoben, die mit Eis und *Sharab* gefüllt waren. Die mit Gold und Silber durchwirkten *Pallus* der Frauen fielen wie schimmernde Wasserfälle über ihre Schultern.

Radha verlangsamte den Schritt, um die Pracht zu bewundern. Ich war früher schon bei solchen Anlässen dabei gewesen, aber jetzt wurde mir bewusst, dass dies die eleganteste Party war, bei der sie je zugegen gewesen war. Es würde nicht schaden, sie das ein bisschen genießen zu lassen. Ich stellte meine *Tiffins* ab und gab ihr ein Zeichen, es mir nachzutun. Dann legte ich einen Arm um ihre Schultern und führte sie näher zu den Fenstern, wo ich mit meinem Kinn auf den Herrn direkt unter uns deutete.

»Siehst du den Kerl mit der Brille? Erkennst du ihn?«

»Ja! Von dem Foto. Tante Kantas Ehemann?«

Ich nickte. Manu Agarwal, in einem eleganten Anzug mit Krawatte, unterhielt sich mit einem grauhaarigen Mann mit einer Nehru-Mütze und einer Wollweste über seiner *Kurta*, einer üblichen Aufmachung auf dieser Party. Die Nacht war mild und die Fenster geöffnet; wir konnten ihre Unterhaltung mit anhören.

Der ältere Mann winkte mit seinem Glas Scotch. »Sie müssen nur mit meinem Freund, Mr. Ismail, im Verkehrsministerium sprechen. Er wird Ihnen all die Genehmigungen und Lizenzen für die Busstrecken geben, die Sie haben wollen. Unverzüglich.«

Kantas Mann rückte seine Brille zurecht. »Der Maharadscha wird erfreut sein.«

»*Zaroor*. Ich brauche nur darum zu bitten, und schon geschieht es. Das heißt …«

Der Mann mit der Mütze strich sich den Schnurrbart über der Lippe glatt. »Vielleicht könnte der Maharadscha darüber nachdenken, seine Busstrecke bis nach Udaipur auszuweiten? Eine wunderschöne Stadt – falls Sie je dort gewesen sind. Eine Investition von, sagen wir, einem halben *Lakh* würde Ihrem Projekt den Weg frei machen, sozusagen.« Er nahm einen Schluck aus seinem Kristallglas und beobachtete Manu über den Rand hinweg.

Ich flüsterte meiner Schwester ins Ohr: »Bestechung. So werden Straßen, Tankstellen, Brücken – selbst Kinos – errichtet. Vor der Unabhängigkeit war dieser Mann ein Schuster. Er ist Analphabet, aber mit Zahlen kennt er sich aus.«

Sie lächelte. »Jiji, warum ist Tante Kanta nicht mit ihrem Ehemann hier?«

Mir war ebenfalls aufgefallen, dass Kanta nicht auf der Party war. »Vielleicht zieht sie heute Abend die Gesellschaft ihrer *Saas* vor.«

Radha gluckste.

Wir gingen zum nächsten Fenster weiter. Zwei plumpe Matronen in leuchtender Seide, beides Kundinnen von mir, drängten sich mit Parvati zusammen, deren rosa Satinsari mehr gekostet haben musste, als ich als Jahresmiete bezahlte. Die Damen sprachen aufgeregt miteinander und gestikulierten lebhaft, wobei ihre Ohrringe mit jedem Nicken und jedem Schütteln ihres Kopfes tanzten. Immer mal wieder sahen sie sich um, ob auch niemand mithörte.

»Der Fahrer des Maharadschas ist also zum Haus deines Freundes gefahren und hat einfach den Rolls von Seiner Hoheit dort stehen lassen?«, fragte Parvati ungläubig.

Die Frau mit dem perlenbestickten Schultertuch nickte. »Aber mein Freund hatte sich den Wagen gar nicht ausleihen wollen. Das brauchte er nicht. Ihm gehören vier Kinos in Jodhpur – er verdient so viel Geld damit!«

»Das liegt daran, dass Seine Hoheit den Wagen gar nicht

*verliehen* hat«, warf die dritte Frau ein. »Der Palast hat ihm eine Botschaft geschickt: *Bezahle.*«

»Was hat dein Freund dann gemacht?«, erkundigte sich Parvati.

»Er hat dem Maharadscha von Bikaner zehntausend Rupien bezahlt.«

»*Hai Ram!*«, rief Parvati aus.

»Die Maharadschas sind alle pleite, das kann ich dir sagen. All das Geld, das sie für Poloponys, Tigerjagden und schicke Autos ausgeben!«

Parvati, die aus dem tigerjagenden, polospielenden Adel stammte, hob das Kinn.

»Der Maharadscha von Bharatpur ist der Einzige, der wirklich verrückt geworden ist. Er hat zweiundzwanzig Rolls-Royce gekauft. Die meisten davon benutzt er, um Siedlungsabfall zu transportieren. Was gar nicht schlecht ist, meint ihr nicht auch?«, sagte sie.

Die Matrone mit dem Schultertuch schniefte. »Ich hoffe einfach nur, dass ich den Wagen von *unserem* Maharadscha nicht so bald vor meinem Tor sehen werde.«

Parvati kicherte. »Ich bin mir sicher, dass Seine Hoheit klug genug ist, den Bankrott zu umgehen.« Ihre Lippen zuckten. »Entweder das oder er kandidiert fürs Parlament.«

Die Damen brachen in Gelächter aus.

Radha sah mich fragend an.

»Politik und Immobilien. Die beiden beliebtesten Karriereaussichten unter königlichen Personen«, erklärte ich.

Ich führte Radha zum nächsten Fenster. Ihr stockte der Atem, denn was wir sahen, wirkte wie ein Treffen der königlichen Familie. Der Maharadscha von Jaipur ließ sich anhand des Fotos in Kantas Haus leicht identifizieren – der lange broschierte Mantel, weiße Gamaschen, geschmückter Kopfputz. Er hielt sich wie der Sportsmann, der er war – Brust raus, die Beine fest auf den Boden gepflanzt, starke Waden –, und schien mehr Raum einzunehmen als seine Begleiter, einschließlich zweier *Nawabs*, deren muslimischer Kopfputz und kunstvoll mit Juwelen geschmückte Mäntel denen des Maharadschas Konkurrenz machten. Samir stand auch in dieser Gruppe und gestikulierte angeregt mit einem Glas Scotch in der Hand. Wie es aussah, erzählte er eine Geschichte. Als er geendet hatte, brach die Gruppe in Gelächter aus.

Der Maharadscha wandte sich an Samir, der sich zur Bühne auf dem Rasen umdrehte und jemanden herbeiwinkte. Ravi, in einem gelben Seiden-*Dhoti* und mit goldener Krone als Othello verkleidet, kam in unser Blickfeld gelaufen. Gesicht, Hals und den nackten Oberkörper hatte er mit dunkelblauer Theaterschminke bemalt. Im Laufen zeichneten sich seine Brustmuskeln ab.

»Wer ist das?«, flüsterte Radha und zeigte auf ihn.

Ich zog sanft ihren Finger herunter. »Das ist Ravi, der Sohn von Parvati und Samir. Ein stattlicher Othello, meinst du nicht auch?«

Sie lächelte glücklich. »Das war Pitajis Lieblingsstück.«

Das hatte ich vergessen. »*Accha?*«

»Das und *Der Widerspenstigen Zähmung*. Er hat mich beide laut vorlesen lassen. Immer und immer wieder. Bis ich sie auswendig kannte … beinahe.«

»Hat es dir gefallen?«

Sie grinste schelmisch. »Ich *liebe* es über alles!«, erwiderte sie im Singsang des britischen Englischs, wobei sie die Mädchen von der Hennaparty nachmachte.

Ich lachte mit ihr zusammen, und in dem Moment sahen Samir und Ravi zu unserem Fenster hoch. Ich zog Radha in den Flur zurück. »Zeit für uns, diese *Tiffins* sauber zu machen.«

Als wir um die Ecke bogen, kam Samir von der Veranda aus herein. »Ich hatte mir doch gedacht, dass ich euch da oben gesehen habe!«

Ich lächelte und stellte Radha vor, die ihre Last für ein *Namaste* abstellte. »Guten Abend, Sahib. Sie haben ein wunderbares Haus.«

Falls er sich von dieser schrecklichen Nacht mit Joyce Harris an sie erinnerte, zeigte er es nicht. Samir legte eine Hand auf seine Brust, und seine Mundwinkel kräuselten sich in einer herzlichen Begrüßung. »Bist du gekommen, um mir das Herz zu brechen?«

Ich zog eine Augenbraue hoch vor Überraschung, dass Samir mit einem so jungen Mädchen flirtete. »Beachte ihn gar nicht, Radha.«

Samir tat so, als wäre er beleidigt. »Da verschaffe ich Lakshmi eine Audienz mit dem Palast, und zum Dank behandelt sie mich so?«

Ich blinzelte, nicht sicher, ob ich mich nicht verhört hatte. »*Kya?*«

»Du hast morgen eine Verabredung mit der Maharani.«

Radha drehte sich zu mir um und bedeckte den Mund mit beiden Händen. »Oh, Jiji! Eine Maharani! Wir werden den Palast sehen!«

Ich legte ihr eine Hand auf die Schulter, womit ich mich genauso sehr beruhigen wollte wie sie. *Es ist endlich so weit!*

Samir lachte und zeigte zur Decke. »Nehmt euer Abendessen mit aufs Dach. Von dort oben könnt ihr die heutige Aufführung sehen und mir sagen, wie gut sich mein Sohn auf der Bühne macht. Er hält sich selbst für einen richtigen Schauspieler.«

»Oh, Jiji! Können wir? Es ist *Othello*!«, fragte Radha mich mit hoffnungsvollem Gesicht.

Ich hatte nicht vorgehabt hierzubleiben, aber sie hatte sich heute so gut benommen. Ich lächelte sie an. »Zuerst die Küche, dann das Theater.«

Sie entschuldigte sich höflich und ging mit den *Tiffins* weiter den Korridor hinunter, wobei sie versuchte, nicht zu rennen. Ich wusste, dass sie es kaum erwarten konnte, Malik die Neuigkeiten zu erzählen. Sie redeten inzwischen über alles und jeden miteinander.

Samir blickte Radha hinterher. »Hübsches Mädchen.«

Er zeigte auf die offene Tür zur Bibliothek und folgte mir hinein.

Dieser Raum mit den roten Ledersesseln und seinen eingebauten Bücherregalen, die mit Bänden in Englisch, Hindi und Latein vollgestopft waren, war Samirs Lieblingszimmer. Das Feuer im Kamin hatte man schon für den Abend entfacht.

»Und noch mehr gute Nachrichten. Gupta hat sich einverstanden erklärt, Naraya zu engagieren, und Naraya hat einer Verlängerung deiner Zahlungsfrist zugestimmt. Bist du jetzt glücklich?«

Ich hätte ihn vor Freude umarmen und ihm die Füße küssen können, aber ich begnügte mich mit einem großzügigen Lächeln. »Danke, Samir. Das bedeutet mir eine Menge.«

»Gut.« Das Flackern des Kaminfeuers spiegelte sich in seinen Augen. »Ich bin gespannt darauf, wie du mit dem Palastauftrag umgehen wirst.«

»Hast du irgendeine Ahnung davon, was die junge Königin quält?«

»Ich weiß nur, dass sie aufgeheitert werden muss. Du schaffst das schon. Ich vertraue dir.« Er griff in seine Anzugtasche. »In der Zwischenzeit ...«

Samir nahm meine Hand und legte eine goldene Taschenuhr hinein. Sie war wunderschön, so groß wie eine Betelnuss –

viel kleiner und filigraner als die anderen viktorianischen Uhren aus seiner Sammlung. Auf dem Deckel war eine Hand eingraviert, die eine Lotusblüte hielt, ähnlich der, welche die Göttin Lakshmi trug.

»Öffne sie«, sagte er und verschränkte die Arme.

Der Deckel verdeckte eine Szene, in der eine indische Frau die Hände einer anderen hielt. Während das Uhrwerk seinen Dienst tat, bewegte sich die Hand von einer der Frauen auf und ab. Da bemerkte ich, dass sie einen winzigen Stift hielt.

Ich schnappte nach Luft. »Eine Hennakünstlerin?«

»*Hahn.* Eine bezaubernde. So wie du.« Er ließ die nächste Hülle aufschnappen, um das Zifferblatt zu enthüllen. »Zifferblatt aus weißer Emaille. Goldene Zeiger. Ankerwerk mit fünfzehn Lagersteinen und goldenen Abdeckungen.«

»Sie ist vorzüglich.« Ich gab ihm die Uhr zurück.

»Ich habe sie anfertigen lassen.« Er drehte sie um, sodass ich die Keshi-Perlen auf der Rückseite sehen konnte, die ein kursives *L* bildeten. Er legte die Uhr wieder in meine Hand, schloss meine Finger darum und nahm meine Hand in seine Hände. »Für dich.«

Niemand hatte mir je etwas so Schönes geschenkt. Ich räusperte mich, um ihm zu danken, aber die Stimme versagte mir. Ein Geschenk von Samir. Was würde Parvati sagen, wenn sie das herausfand?

Ich hörte ein Rascheln und nahm aus dem Augenwinkel ein leuchtendes Aufblitzen von rosa Satin wahr. Die Tür zur Bibliothek der Singhs stand halb offen. War jemand über den Flur gegangen, oder hatte er in der offenen Tür gestanden und uns beobachtet?

Ich versuchte, ihm meine Hand zu entziehen. »Ich wüsste nicht, was ich damit anfangen sollte.«

»Das, was die anderen tun. Die Zeit ablesen.« Er ließ meine

Hand los. »Maharani Indira erwartet dich morgen früh um Punkt zehn Uhr.«

»Sie ist bezaubernd, aber …«

»Versteck sie in deinem Unterrock, zusammen mit unserem Familiensilber.«

In der Pause sang Sheela Sharma mit hoher, klarer Stimme eine Ballade über die Hingabe einer Frau an die Liebe. Es hätte sich um Desdemonas Schwanengesang handeln können. Vom Dach aus, wo ich zusammen mit Radha und Malik und den Hausangestellten saß, hatte ich einen guten Blick auf das bewundernde Publikum unter mir. Und obwohl Mr. Pandey mir erzählt hatte, wie schwierig es war, Sheela zu unterrichten, konnte ich sehen, dass sich seine Arbeit gelohnt hatte. Ihre Darbietung war fehlerlos. Ravi wiederum erwies sich als überzeugender Othello.

Ich jedoch war abgelenkt und plante im Geiste mein Treffen mit der verwitweten Maharani. Was sollte ich mitnehmen? Was sollte ich sagen? Was anziehen? War von meiner Kleidung irgendetwas für einen Besuch im Palast angemessen? Ich widerstand dem Impuls, in meinem Notizbuch nachzusehen (auf dem dunklen Dach hätte ich ohnehin nichts erkennen können), und versuchte, mich daran zu erinnern, welche Termine ich morgen verschieben musste, um Ihrer Hoheit einen Besuch abstatten zu können. Mein Magen flatterte dermaßen, dass ich die knusprigen *Aloo Tikki*, den sahnigen Spinat und das *Paneer*-Curry auf meinem Teller kaum anrührte.

Nach dem letzten Vorhang hielt Ravi, der mit seinem blauen Körper, auf dem die Theaterschminke im Bühnenlicht schimmerte, einfach sensationell aussah, eine Rede. Er dankte dem Maharadscha und den *Nawabs*, dass sie das weihnachtliche Zusammensein mit ihrem Besuch beehrten, verbeugte sich für ein *Namaste* vor Seiner Hoheit und schenkte jedem der beiden *Nawabs* ein *Salam*. Ravi schien sich in Gegenwart der königlichen Menschen, die ihm anerkennend zunickten, absolut wohlzufühlen.

Ich gab Radha und Malik ein Zeichen, unsere Teller zum Waschplatz zu bringen und unsere Sachen zusammenzusammeln, damit wir aufbrechen konnten. Dann ging ich zur Küche, um mich nach Lala zu erkundigen. Den ganzen Abend lang hatte ich nach Parvatis Dienerin Ausschau gehalten, weil ich wissen wollte, worüber sie beim letzten Mal mit mir hatte reden wollen, konnte sie aber nirgendwo entdecken.

Die Chefköchin erzählte mir, dass Lala und ihre Nichte nicht mehr für die Singhs arbeiteten.

Ich packte gerade unsere letzten Sachen im Salon der Singhs zusammen, als Malik neben mich trat.

»Tante Boss, Memsahib möchte dich in der Bibliothek sprechen.«

Ich lächelte. Natürlich! Parvati wollte mir für meine Hennaarbeit danken. Sie war mit ihren Gästen so beschäftigt gewesen, dass ich sie den ganzen Abend lang kaum zu Gesicht bekommen hatte.

Als ich in der Bibliothek ankam, wanderte Parvati vor dem Kamin auf und ab wie eine ruhelose Löwin. Bei jeder Umdrehung raschelte ihr Sari wütend, ihr *Pallu* drohte, Feuer zu fangen. Sie hielt den Rücken kerzengerade, den üppigen Busen herausgestreckt.

Als sie mich sah, blitzten ihre Augen auf. »Wie kann ich darauf vertrauen, dass du eine gute Heirat für Ravi arrangierst, wenn deine eigene Schwester hinter meinem Rücken mit ihm herumspielt?« Das leuchtend rote *Bindi* auf ihrer Stirn funkelte mich anklagend an.

»Was … w-wie? Meine *Schwester*?« Mit Ravi? Was war das für ein Unsinn? Radha kannte den Jungen noch nicht einmal!

Parvati krümmte einen Finger, und Radha trat aus dem Schatten heraus. Ihr Gesicht war gerötet, ihr Mund vor Wut zusammengekniffen. Waren das Striemen auf ihrer Wange? Bei näherem Hinsehen erwiesen sie sich als blaue Farbkleckse. Auf ihrem Arm fanden sich die gleichen Streifen. Mir hämmerte das Herz in der Brust. »Radha, was ist passiert?«

»Ich werde nicht zulassen, dass meine Familie in einen Skandal verwickelt wird. Ich muss an die Zukunft meines Sohnes denken.« Parvati fing wieder an, auf und ab zu gehen.

Ich wartete darauf, dass Radha etwas sagte, aber ihr Blick fokussierte sich auf einen Punkt ganz weit weg, nicht in diesem Raum, so wie damals im Hof der Sharmas. Es war, als wäre ihr Geist irgendwo anders.

Parvati zischte: »Sie war mit Ravis Theaterschminke bedeckt. Was sollte ich dann anderes glauben als das Offensichtliche?«

Theaterschminke? Vor meinem inneren Auge lief der Abend vor mir ab: Radha und ich mit den Mädchen im Salon, wir beide vor den Fenstern hinten im Haus, beim Abendessen auf dem Dach, wobei wir dem Theaterstück zuschauten. Ich sah mir die blauen Flecken an meiner Schwester genauer an. Wann hätte sie Zeit gehabt, mit Ravi zusammen zu sein? Es musste doch sicher irgendeine andere Erklärung geben!

»Was hat Ravi zu alldem gesagt?«

Parvati zögerte. »Er braucht überhaupt nichts zu sagen.«

Mir stockte der Atem. »Haben Sie ihn gefragt?«

Sie zeigte mit dem Zeigefinger auf mich. »Du weißt genauso gut wie ich, dass Männer sich nicht beherrschen können. Es liegt an uns Frauen, ihnen aus dem Weg zu gehen.

Wenn deine Schwester vernünftig erzogen worden wäre, würde sie das sicher wissen.«

Ich stupste meine Schwester gegen den Arm und sagte leise: »Geh. Mach dein Gesicht sauber.«

Radha funkelte mich einen Augenblick an, ging hinaus und schlug die Tür hinter sich zu.

Ich schluckte und nahm mir Zeit zum Nachdenken. »Parvati-*ji*. Bitte. Setzen Sie sich«, sagte ich. »Ich bin mir sicher, dass da ein Missverständnis vorliegt. Radha ist erst dreizehn. Viel zu jung, um …«

Parvatis Schritte verlangsamten sich.

»Ihr Ravi, solch ein reifer Junge – tatsächlich, junger Mann –, kann gar nicht an einem Mädchen wie meiner Schwester interessiert sein. Er ist völlig von Sheela bezaubert. Haben Sie gesehen, wie perfekt sie auf der Bühne zusammengepasst haben? Was für ein stattliches Paar sie doch abgeben werden, wenn sie verheiratet sind.« Ich deutete auf das Sofa. »Bitte, *Ji*.«

Sie setzte sich abrupt mit einem schweren Seufzer auf die Ledercouch. »Wenn mein verstorbener Vater heute bei uns wäre, wüsste er, was zu tun ist. Alle haben auf ihn gehört. Aber ich kann Samir nicht dazu bringen, dass …« Ihre Stimme brach. Sie sah mich mit feuchten Augen an. »Was hast du vorhin mit Samir zusammen in der Bibliothek gemacht?«

Parvati *war* also an der Tür zur Bibliothek gewesen.

Ich faltete die Hände. »Er hat mir erzählt, wie großzügig Sie gewesen sind, mich dem Palast zu empfehlen. Ich stehe wirklich in Ihrer Schuld. Ohne Ihre Beziehungen zur königlichen Familie …« Ich ließ die Andeutung im Raum schweben.

Sie schaute weg. Ich log, und sie wusste, dass ich log, aber das spielte keine Rolle. Das Gesicht zu wahren war wichtiger als die Wahrheit. Wenn sie ihren Teil des Handels eingehalten und in meinem Namen mit dem Palast gesprochen hätte, hätte ich Samir nicht darum bitten müssen, sich einzuschalten. Aber sie konnte genauso wenig zugeben, dass sie ihr Versprechen nicht gehalten hatte, wie ich zugeben konnte, Samir um Hilfe gebeten zu haben.

Sie zog einen Flunsch, rückte ein Kissen auf dem Sofa gerade und strich die Seide mit den winzigen aufgestickten Perlen glatt. »Ich habe euch beide vorher schon mal miteinander reden sehen – auf der Veranda. Was könntest du mit Samir nur gemein haben?« Langsam hob sie den Blick. In ihren Augen nahm ich etwas wahr, das ich noch nie gesehen hatte: Beklemmung. Als ob sie sich fragte, was für Geheimnisse ihr Ehemann vor ihr hatte. Und vielleicht auch, welche Geheimnisse ich vor ihr hatte. Alles, was sie über mich wusste, war, dass ich von den Ehefrauen von Samirs Geschäftspartnern in Agra wärmstens empfohlen worden war.

Ich zeigte meine offenen Handflächen, wie zum Beweis, dass ich nichts zu verbergen hatte. »Er fragt mich gerne, was ich auf Ihre Körper gemalt habe und wo. Ich sage ihm immer, dass er das selbst herausfinden müsse.«

Sie gestattete sich den Anflug eines Lächelns, wobei sie möglicherweise an einen lustvollen Nachmittag mit ihrem Ehemann dachte. Dann berührte sie die Diamanten an ihrem Ohrläppchen. »Wie kommt es, dass ich nichts von deiner Schwester wusste?« Die gleiche Frage, die Kanta und meine Näherin mir gestellt hatten.

Ich seufzte. »Parvati-*ji*, warum sollte ich meine Kundinnen mit den trivialen Einzelheiten meines Lebens langweilen? Aber wo Sie schon fragen: Meine Eltern sind beide vor Kurzem gestorben, und ich habe Radha bei mir aufgenommen. Sie arbeitet jetzt mit mir zusammen, wird aber im kommenden Semester zur staatlichen Schule gehen.«

Parvati zupfte an einem losen Faden eines der Kissen. Wenn sie weiter so daran zog, würden sich Hunderte von Perlen, nicht größer als Mohnsamen, über dem Fußboden verteilen.

Ich lächelte mit mehr Zuversicht, als ich empfand. »Ich bin mir sicher, dass nichts Unziemliches geschehen ist, aber ich werde mit Radha sprechen.« Ich konnte sehen, wie Parvatis Zorn allmählich verrauchte, auch wenn sie immer noch wütend aussah. Es war Zeit, meine Referenzen ins Spiel zu bringen. »Habe ich Sie in den vergangenen zehn Jahren je im Stich gelassen? Und was ist mit Ihrem Wunder? Ihrem Govind?«

Beim Namen ihres Sohnes hellte Parvatis Gesicht sich auf.

»Es ist wichtig, dass ich Ihr Vertrauen zurückgewinne, *Ji*. Sie haben im Laufe der Jahre so viel für mich getan. Mich den Spitzen der Gesellschaft vorgestellt.«

Sie schloss die Augen und presste die Fingerspitzen gegen die Lider. Um das Gesicht zu wahren, musste sie noch eine letzte spitze Bemerkung machen. »Wenn ich sie jemals wieder zusammen erwischen sollte, wird es das letzte Mal sein, dass wir beide etwas miteinander zu tun haben.« Auf ihre indirekte Art warnte sie damit auch mich: *Halte dich von meinem Ehemann fern.*

Mir pochte das Blut in den Schläfen, und mir war flau im Magen, aber ich hob betont gelassen das Kinn, um anzudeuten, dass sie ihre Drohung niemals wahr machen musste.

Nachdem sie jetzt ihre Würde zurückgewonnen hatte, erhob sie sich, warf ihren *Pallu* über die Schulter und verließ den Raum. Allein in der Bibliothek ließ ich mich aufs Sofa fallen. Meine Bluse war schweißdurchtränkt. Mit einem Zipfel meines Saris wischte ich mir die Stirn und den Nacken. Ich hatte Parvati schon einmal wütend gesehen, aber noch nie so zornig wie heute, und noch nie zuvor war ich die Zielscheibe ihrer Wut gewesen. Es fiel mir schwer zu glauben, dass ein einfaches Dorfmädchen wie Radha, die nicht in der gleichen Liga wie Sheela Sharma spielte, Ravis Aufmerksamkeit auf sich gezogen haben konnte. Falls es überhaupt so passiert war.

Mein Ruf hing von Parvati Singhs Wort ab. Ohne ihre Billigung würde ich keine Aufträge für Hennaarbeiten, die Gestaltung von *Mandalas* oder Heiratsvermittlungen bekommen; mein Einkommen käme dann nur noch von den empfängnisverhütenden Beuteln, mit denen ich Samir versorgte – und selbst die waren jetzt in Gefahr geraten.

Mein Magen krampfte sich zusammen. Ich musste hier raus – sofort.

Radha und Malik warteten auf der vorderen Veranda auf mich. Malik wirkte besorgt, Radha nervös. Ich rauschte an ihnen vorbei, sog die kühle Nachtluft ein und sprang die Treppe zu den Gartentoren hinunter.

»Jiji«, sagte Radha hinter mir und rannte, um mit mir Schritt zu halten. »Ich habe nichts getan. Malik und ich kamen gerade aus der Küche, als Ravi mich angesprochen hat. Frag Malik. Er wird es dir bestätigen.«

Ich stoppte so abrupt, dass Malik, der hinter mir lief, auf meinen Sari trat. »Stimmt das?«

Er nickte. »Ravi Sahib hat uns gesehen, als wir unsere Teller zum Waschplatz bringen wollten. Er hat uns gefragt, ob wir uns amüsierten. Wir sagten ihm, dass seine Vorführung erstklassig gewesen war. Dann hat Radha …« Malik brach ab.

»Ich habe ihm gesagt, dass Othello ein General gewesen ist, kein König, und dass er die Krone lieber abnehmen sollte.«

»Radha!«

Ihre pfauenblauen Augen blickten trotzig. »Nun, das ist doch die Wahrheit. Jedenfalls schien er sich nicht daran zu stören. Er hat gelacht.«

»Er hat wirklich gelacht, Tante Boss. Er hat ihr gesagt, dass er alles tun würde, solange sie nur seine – wie hieß sie noch gleich? – wäre?«

»Desdemona.«

»Dann hat er …« Malik sah Radha unsicher an.

»Fahre fort.«

»Er hat sie berührt.« Malik zeigte auf Radhas Arm.

»Und mein Gesicht«, ergänzte Radha.

Also kein Unfall – es war schlimmer, als ich es mir vorgestellt hatte. Wie konnte ich sicher sein, dass sie Ravi nicht mit einem Blick oder einem Lächeln ermutigt hatte? Aber andererseits hatte ich Radha noch niemals flirten sehen. Malik und sie neckten einander, aber so wie Bruder und Schwester.

In meinen Schläfen pochte das Blut, Kopfschmerzen kündigten sich an. »Wir reden später.«

Radha zog die Augenbrauen hoch, als könnte sie nicht glauben, dass ich ihren Bericht so gut aufnahm. Sie warf Malik einen Blick zu.

Ehrlich gesagt wusste ich nicht, was ich tun sollte. Ich kannte Malik als ehrliche Haut, aber würde er für Radha lügen? Wenn Radha und er mir die Wahrheit sagten, war meine Schwester unschuldig. Und wenn sie unschuldig war, wie konnte Parvati dann voreilig solch unsinnige Schlüsse ziehen? Es war lächerlich.

Andererseits gab es so vieles, was Radha offensichtlich nicht wusste. Zum Beispiel, wie man Burschen wie Ravi – selbstbewusst, welterfahren, ein bisschen arrogant – auf Abstand hielt. Sie musste nur den Blick senken, den Mund halten und weggehen.

Als wir beim Jhori-Basar anhielten, um Malik aussteigen zu lassen, wies ich ihn an, wegen unseres Termins im Palast früh am nächsten Morgen zu mir zu kommen. Vor ein paar

Wochen noch hätte diese Nachricht ihn wie einen Derwisch tanzen lassen, aber jetzt entlockte sie ihm nur ein Nicken. Er drückte Radhas Hand, bevor er verschwand.

Auf dem restlichen Heimweg fasste sich Radha mit beiden Händen an ihren Bauch und unterdrückte ein Stöhnen. Zu Hause füllte ich einen Topf zur Hälfte mit Milch und brachte ihn zur Kochstelle draußen, wobei ich mir über die Ereignisse des Abends den Kopf zerbrach. Mit der heißen Milch ging ich wieder nach oben, wo ich Radha vornübergebeugt auf der Liege sitzend vorfand. Ich rührte Gelbwurz in die Milch und fügte ein bisschen Zucker hinzu.

Radha wiegte sich vor und zurück. »Jiji, sag bitte etwas. Irgendetwas. Ich habe nichts Böses getan. Ich will nicht mehr das Pechmädchen sein.« Sie hickste. »Ich kann doch nichts dafür, wenn er mit mir spricht oder mein Gesicht berührt. Ich schwöre bei dem heiligen Wasser des Ganges, dass es nicht mein Fehler war.«

»Schh«, machte ich und reichte ihr das Glas. »Du hast heute Abend zu üppig gegessen. Das wird deinen Magen beruhigen.« Sie nippte an der Milch und legte ihre andere Hand auf ihren Bauch.

Vorsichtig, um sie nicht anzustoßen und womöglich die Milch zu verschütten, setzte ich mich neben sie.

»So wie Parvati Singh heute Abend mit mir gesprochen hat, hat noch nie eine Kundin mit mir gesprochen. Wenn Parvati mir ihre Unterstützung entzieht, laufe ich Gefahr, alles zu verlieren – *wir* laufen Gefahr, alles zu verlieren. Verstehst du, was ich sage? Sie ist diejenige, der all die anderen Damen folgen. Wenn ich Parvati verliere, können wir uns von dem Dach über unseren Köpfen, dem *Atta* in unseren Bäuchen und dem feinen Baumwollsari verabschieden, den du heute Abend getragen hast.«

Ich nahm Radha das leere Glas aus der Hand und stellte es auf den Fußboden. Dann nahm ich ihre Hände in meine. »Ich hätte nicht auf Samirs Angebot eingehen und mit euch das Theaterstück anschauen sollen. Wir gehören nicht dorthin. Wir hätten unsere Arbeit tun und dann gehen sollen.«

Ihr klappte der Kiefer herunter. »Du hörst mir nicht zu! Jiji, *er* hat nach meinem Arm gegriffen! *Er* hat *mich* angesprochen!«

Ich fuhr fort, als hätte sie nichts gesagt, und rieb ihr den Rücken, wobei ich mit der Hand kleine Kreise zog. »Du hattest niemanden, der dir die Dinge beigebracht hat, die ein Mädchen deines Alters wissen sollte. Bis du alt genug dafür gewesen bist, war Pitaji nicht mehr wirklich da, oder? Und Maa war meinetwegen zu aufgebracht, um sich um dich zu kümmern. Du warst allein. Und das war nicht gut. Du bist meine Schwester, Radha, aber ich kenne dich nicht besonders gut …«

»Frag mich irgendwas! Ich sage es dir. Alles! Du hast mich nie gefragt, in welchem Monat ich geboren wurde. Oktober. Was esse ich am liebsten? *Gujar ka halwa*. Ich liebe Saris, in die kleine Spiegel eingenäht sind. Und ich liebe Babys mit *Kajal*. Meine Lieblingsfarbe ist das Grün von Mangoblättern. Und ich liebe den Geschmack von Guaven, wenn sie kurz vor der Reife stehen und das Fleisch sauer genug ist, dass es mir das Wasser im Mund zusammenzieht.«

Sie hatte recht, und das schmerzte. Ich hatte nicht versucht, sie kennenzulernen. Nicht wirklich. Ihr nahe zu sein ließ mich meine Schuldgefühle stärker spüren, und dazu war ich nicht bereit gewesen. Ich wollte nicht an den Schrecken erinnert werden, den sie mit einem Vater, der besiegt und ein Säufer gewesen war, und einer Mutter, die entweder nachtragend oder gleichgültig war, durchgemacht haben musste.

Meiner Sünde wegen war meine Schwester allein in Ajar aufgewachsen. Seit ihrer Ankunft in Jaipur hatte ich mich in Arbeit vergraben, meinem unerschütterlichen Begleiter. Ich machte meine Arbeit gut; sie hieß mich willkommen, und ich glänzte in ihrer Umarmung. Radha, die intelligent, aber naiv war, mutig, aber töricht, hilfsbereit, aber gedankenlos, war viel schwerer zu kontrollieren.

Ich stieß einen langen Seufzer aus. »Es ist nicht so einfach, Radha. Ich kann dir nicht vertrauen. Noch nicht. Nicht in den Häusern der Frauen, bei denen ich so hart arbeiten musste, um sie für mich einzunehmen. Nicht, wenn ich so viele Schulden abzuzahlen habe. Wir stehen so nah davor, Radha, alles zu bekommen.«

»Du stellst dich wieder auf deren Seite! Du hältst mich auch für das Pechmädchen, genauso wie …«

»Nein, das tue ich nicht. Ich glaube dir. Ich glaube nicht, dass du irgendetwas falsch gemacht hast. Darum geht es nicht.« Ich wischte ihre Wangen mit meinen Daumen ab und strich über ihre Augenbrauen. »Aber ich kann dich morgen nicht zum Palast mitnehmen. Ich kann das Risiko nicht eingehen, dass dort so etwas wie heute Abend passiert.« Während ich das sagte, spürte ich, wie mich Erleichterung überkam. Seit dem ersten Vorfall bei den Sharmas war ich bei jedem Kundinnentermin angespannt, weil ich Angst hatte, dass Radha irgendetwas Unangemessenes sagen oder tun würde. Wenn sie nicht mehr dabei war, wäre ich nicht mehr so nervös.

»Aber, Jiji, Malik kommt …«

»Er begleitet mich schon seit langer Zeit, Radha.« Ich rieb ihren schlanken Arm und fuhr mit meinen Fingern durch ihr dickes Haar. »Morgen gehst du zu Kantas Haus und sagst ihr, warum wir den Termin verschieben müssen. Sie wird Verständnis dafür haben. Danach kommst du direkt wieder nach Hause, *accha*? Ich werde dir eine Liste mit Aufgaben geben.«

»Neeein!« Sie wandte sich schluchzend von mir ab. Ich wusste, wie es sich anfühlte, jung und machtlos zu sein. Als ich fünfzehn war und Maa mir mitteilte, dass ich Hari heiraten musste, war sie sich sicher gewesen – genau wie ich jetzt –, dass sie das Richtige tat. Eigentlich hatte sie warten wollen, bis ich achtzehn war, so alt war sie bei ihrer eigenen Hochzeit gewesen, aber Haris Anfrage war genau zum richtigen Zeitpunkt gekommen: Es gab kaum genug Geld in Pitajis Haus, um zwei Menschen zu ernähren, geschweige denn drei. Ich hatte geweint und geweint, sie angebettelt, dass ich bleiben durfte. Hatte versprochen, weniger zu essen, bei irgendjemandem im Haus als Dienerin zu arbeiten. Auch sie hatte geweint. Sie hatte gesagt, dass es keine andere Möglichkeit gebe; es war ehrenhafter, zu heiraten, als eine Dienerin zu sein. Also tat ich das, was meine Eltern angeordnet hatten, und die Zeit hatte gezeigt, wie unglücklich ich am Ende geworden war. Machte ich Radha genauso unglücklich?

Ich rieb mir die Stirn, die sich anfühlte, als befände sich mein Kopf in einem Schraubstock. »In ein paar Wochen fängst du mit der Schule an und wirst all das hier vergessen. Du wirst viel zu beschäftigt mit Lernen sein. Du wirst schon sehen.«

Sie entzog mir ihren Arm.

# TEIL ZWEI

# SIEBEN

Jaipur, Rajasthan, Indien
21. Dezember, 1955

Am nächsten Morgen machten wir uns auf den Weg zum Palast. Es war ein kühler Dezembertag, und Radha, Malik und ich saßen in Wolltücher eingewickelt zusammengekuschelt in einer *Tonga*, die mit unseren Sachen beladen war. So gerne ich auch ausgeruht und erfrischt für mein erstes Treffen mit einem Mitglied der königlichen Familie gewesen wäre, hatte ich doch nicht einen Moment geschlafen. Alle paar Minuten war ich wieder aufgestanden, um noch einen weiteren Artikel in unsere Taschen zu stecken. Ich hatte keine Ahnung, was die junge Maharani quälte, also hatte ich praktisch alle Lotionen und Kostbarkeiten aus meinem Sortiment eingepackt, einschließlich der Kaffernlimettenblätter, die ich aus Thailand bestellt hatte. Es hing so viel davon ab, dass ich einen guten Eindruck auf die ältere Maharani machte, die Torhüterin für die Damen des Palastes.

Die rosafarbene Altstadt von Jaipur war heute Morgen ein Ameisenhaufen. Unser Fuhrwerk kam an einem Korbflechter vorbei, der flach gedrücktes Gras verarbeitete. Ein Schmied mit Turban, der Roheisen zu einem Hammer formte, sah auf, als wir an ihm vorbeifuhren. Ich beobachtete eine Frau am Straßenrand, wie sie kunstvoll Ringelblumen zu fröhlichen *Malas* auffädelte.

Eine Frau in einem grellen, hellgrünen Sari fiel mir ins Auge. Sie sah aus, als ginge es ihr nicht gut. Ihre Haut wies einen ungesunden Gelbton auf. Ihr Kopf war nicht bedeckt, ihr Haar ölig. Ich hatte genug arme Prostituierte in Agra gesehen, um sie zu erkennen. Der billige Sari dieser Frau verriet sie. Der Mann neben ihr hatte seinen Arm um ihre Schultern gelegt. Er schien sie die Straße entlangzuführen – oder zwang er sie dazu?

Mein Herz setzte für einen Schlag aus.

Das war Hari.

Seine Kleider waren sauberer als in der Nacht, als er mir Radha übergeben hatte, aber es war unverkennbar er.

War die Prostituierte Haris neue Ernährerin? Beaufsichtigte er jetzt Freudenmädchen, um damit Essen und Unterkunft zu bezahlen? Angeekelt wandte ich mich ab und zwang mich dazu, mich auf meine Aufgabe im Palast zu konzentrieren. Nichts anderes war jetzt wichtig.

Als wir vor den Palasttoren ankamen, wies ich den *Tonga-Walla* an, Radha zu Kantas Adresse zu bringen. Meine Schwester sah in dem Fuhrwerk klein und verängstigt aus. Ihre Augen waren geschwollen – ich war mir nicht sicher, ob das vom Weinen kam oder weil sie in der Morgendämmerung aufgestanden war, um mir bei den Vorbereitungen für diesen Morgen zu helfen, vielleicht von beidem. Vergangene Nacht hatte ich ihren Schluchzern zugehört und ihren Versuchen, sie zu unterdrücken. Sie war immer noch wütend auf mich, aber sie hatte es zugelassen, dass ich sie in den Arm nahm. Ich hatte ihr den Rücken gerieben, und schließlich war sie eingeschlafen.

Als der *Tonga* abfuhr, blieben Malik und ich einen Augenblick stehen, um den Palast der Maharanis in uns aufzunehmen. Im Vergleich zum Palast des Maharadschas mit seiner langen, gewundenen Auffahrt, die mit *Peepal*-Bäumen und riesigen Hibiskussträuchern gesäumt war, wirkte die Residenz der Maharanis in der Nachbarschaft der rosafarbenen Innenstadt erstaunlich bescheiden. Die hohen Eisentore wurden von Steinelefanten mit erhobenen Rüsseln flankiert. Hinter den Toren befand sich eine ringförmige Auffahrt, kaum groß genug für drei Autos. Heute wurde nur eine Flagge im Wachhäuschen präsentiert, was bedeutete, dass der Maharadscha nicht in der Stadt war. Wenn Seine Hoheit in Jaipur war, hing an jedem der Paläste eine Fahne in Viertelgröße; er allein wurde als ein Mann und ein Viertel betrachtet.

Wir packten unsere schweren *Tiffins* und gingen zum Wachhäuschen. Malik winkte mir zu. *Genieße es, Tante Boss!* Ich lächelte ihn nervös an, während ich noch einmal meine mentale Checkliste durchging: Jasmin und Nelkenöl, das *Bawchi*-Kokosnuss-Haartonikum, *Neem* und Geranienlotionen, Senföl, Hennapaste mit zusätzlichem Zitronensaft, ein *Khus-Khus*-Fächer, den ich über Nacht hatte einweichen lassen (um das Henna rasch zu trocknen und die Luft zu parfümieren), ein Tee aus *Tulsi*-Blättern, weiße Paste aus gemahlenem Sandelholz (für eine Anwendung auf ihrer Stirn, falls sie unter Kopfschmerzen leiden sollte), frisches Schilfrohr, kühles mit Jasmin aromatisiertes Wasser und einige süße und salzige Esswaren, die die Stimmung der Maharani aufhellen oder ihr Verlangen steigern sollten.

Eine Wache in einem roten Turban und einer makellosen weißen Weste, die mit goldenen Knöpfen geschlossen war, saß hinter einem vergitterten Fenster. Der lange graue Schnurrbart des Mannes tanzte von einer Seite zur anderen, als er mich fragte, was ich im Palast wollte. Als ich ihm sagte, dass wir einen Termin mit der Maharani hätten, runzelte er die Stirn und starrte an mir vorbei, um Malik zu taxieren. »Die ältere oder die jüngere?«

Ich holte tief Luft. »Die ältere. Maharani Indira.« Meine Stimme zitterte. Wenn sie mich akzeptierte, würde ich dafür engagiert werden, mich um die Ehefrau des Maharadschas zu kümmern. Wenn ich die ältere Hoheit nicht zufriedenstellte, konnten wir mit unseren Sachen wieder nach Hause zurückkehren, ohne auch nur einen *Tiffin* geöffnet zu haben.

Die Wache bat uns zu warten. Zum zehnten Mal warf ich einen Blick auf die Taschenuhr, die Samir mir geschenkt hatte – ich wollte nicht zu spät kommen. Nach ein paar Minuten erschien ein anderer Bediensteter. Er führte uns durch eine Tür mit Rundbogen und eine Reihe von Gängen, die mit persischen Teppichen, Tischen aus Silber und Darstellungen von Rajputen-Speeren, -Schilden und -Schwertern gesäumt war. Unser Führer marschierte schnell, und wir hatten Mühe, mit ihm Schritt zu halten, so beladen, wie wir waren. Ich war außer Atem, sowohl wegen der Eile als auch von der Aufregung, zum ersten Mal einer Maharani gegenüberzustehen. Wir betraten einen Säulengang, der von üppigen Gärten flankiert war. Den Rasen schmückten Büsche, die in Form von Elefanten geschnitten waren. Lebendige Pfauen stolzierten um runde Brunnen herum. In Steinschalen sprossen Geißblatt, Duftwicke und Jasmin. Wir gingen einen überdachten Übergang vor einem dreistöckigen Gebäude entlang, in dem die Damen untergebracht waren, wie ich annahm. Die jüngere Königin, Maharani Latika, hatte versucht, *Purdah* abzuschaffen, aber die jahrhundertealte Tradition hatte sich als schwer zu überwinden erwiesen, und die Frauen im Palast lebten weiterhin von den Männern getrennt.

Wir passierten einen Bogen in blauem, grünem und rotem Emaille mit Goldrand – ein Pfau bei der Balz. Wie Radha all das lieben würde! Aber ich hatte ihr verboten mitzukommen, und das bereitete mir jetzt ein schlechtes Gewissen. Ich warf einen Blick zu Malik hinüber, der ebenfalls an sie dachte, wie ich wusste. Er sah nach links, rechts, oben, unten, wie ein Badminton-Birdie. Er sog die Einzelheiten regelrecht in sich auf, um ihr später davon zu erzählen.

Jetzt betraten wir etwas, das nach einem Warteraum aussah. Ich erkannte die eleganten Linien der französischen Chaiselongue von den Häusern meiner Damen. Gegenüber befand sich eine Reihe von Damaststühlen, deren Armlehnen mit goldenen Quasten endeten. Auf dem Tisch in der Mitte, der fast genauso groß war wie das Zimmer, das ich als mein Zuhause bezeichnete, befanden sich Ringelblumen in einer Vase aus geschliffenem Glas. Kronleuchter blitzten an der Decke. Und an den Wänden Rajputen-Geschichte: Porträts von früheren Maharanis mit Hermelincapes oder in Reitkleidung, bereit für die Jagd.

Der Bedienstete gab uns ein Zeichen, uns zu setzen. Er klopfte an eine Doppeltür, die dreimal so hoch war wie er selbst, jeder Türflügel kunstvoll mit Szenen aus dem Leben in Rajasthan dekoriert: Schäfer, Bauer und Schuhmacher bei der Arbeit.

Malik sah mich an und zog die Augenbrauen hoch. Mit den Lippen formte er: »*Pallu*«. Ich verstand den Hinweis und drapierte das bestickte Ende meines besten Seidensaris – der cremefarbene, den ich vergangenen Abend auf der Weihnachtsparty der Singhs getragen hatte – über meine Haare. Unser Führer verschwand kurz durch die Tür, dann kehrte er zurück und hielt die Tür auf. Wir hatten ausgemacht, dass Malik mit unseren Sachen im Wartezimmer warten würde, während ich mich allein mit der Maharani traf. Jetzt grinste er und wackelte anerkennend mit dem Kopf, um mich zu ermutigen.

Ich ging durch die Tür. Sie schloss sich mit einem kaum wahrnehmbaren Klicken hinter mir. Ich fand mich in einem wunderschön ausgestatteten Wohnzimmer wieder. Auf der Decke hoch über uns war das Werben von Ram und Sita dargestellt. Mir gegenüber standen drei Damastsofas. Auf dem mittleren davon saß eine beleibte Frau von ungefähr fünfzig Jahren in smaragdgrüne Seide gewandet. Ihre Bluse war mit einem goldenen *Boteh*-Motiv bedruckt. Sie legte Patiencen, die Karten vor ihr auf einem polierten Mahagonitisch ausgebreitet. Dichtes, grau meliertes Haar, das zu einem Pagenkopf geschnitten war, streifte ihre Schultern und ihre diamantene *Kundan*-Halskette.

Es war das erste Mal, dass ich vor einem Mitglied der königlichen Familie stand, und ich spürte ein Kratzen im Hals. Würde ich jetzt vor der Maharani husten müssen? Ich schluckte und unterdrückte den Drang, mich zu räuspern. Mit zitternden Händen zupfte ich meinen Sari zurecht, um noch mehr von meinen Haaren zu bedecken, und ging auf sie zu, meine Hände zu einem *Namaste* zusammengelegt. Als ich das Sofa erreichte, beugte ich mich hinunter, um erst ihre Füße und dann meine eigene Stirn zu berühren. Sie winkte mich mit einem Schnipsen ihrer juwelengeschmückten Finger beiseite.

Sie hatte gerade eine Karte aus dem Stapel gezogen und suchte nach einer Stelle zum Anlegen. Schließlich entschied sie sich, sie mit der Vorderseite nach unten auf den Tisch zu legen.

»Sehen Sie«, sagte sie, »ich bin immer auf der Suche nach dem König, aber er entzieht sich mir.« Ihre Stimme klang tief und heiser.

Ein hohes Pfeifen ließ mich gerader stehen. In einem aufwendigen silbernen Käfig hinter dem Sofa verdrehte ein hellgrüner Sittich den Kopf, um mich zuerst mit dem einen, dann mit dem anderen Auge zu fixieren. Die Käfigtür war offen.

Die Maharani, die mich noch nicht direkt angesehen hatte, machte eine nachlässige Bewegung zum Käfig hin. »Darf ich vorstellen: Madho Singh.«

Der Vogel sagte »*Namaste! Bonjour!* Willkommen!« und pfiff wieder, wobei er die schwarze Zunge in seinem roten Schnabel rollte. Um seinen Hals zogen sich schillernde Ringe in Schwarz und Hellrosa, als trüge er eine Kette wie die Maharani. Seine oberen Federn hatten die Farbe eines Sommerhimmels.

Ich hatte schon von sprechenden Alexandersittichen gehört, aber noch nie einen gesehen. Er war wunderschön. »Eure Hoheit haben den Sittich nach dem verstorbenen Maharadscha benannt?«

Zum ersten Mal sah sie mir mit ihren dunklen Augen ins Gesicht und hob eine Augenbraue. »Bedauerlicherweise haben die beiden sich nie getroffen. Mein Ehemann ist vor dreiunddreißig Jahren verstorben, und der kleine Madho Singh ist erst fünfzehn.« Sie musterte mich kühl von oben bis unten. »Setzen Sie sich bitte.«

Ich setzte mich auf das benachbarte Sofa, wobei ich meinen Sari über den Knien glatt strich, um mich zu beruhigen.

Ein weiterer Bediensteter, der in der Tür gestanden haben musste, trat leise vor.

»Tee«, ordnete die Maharani an.

Er verbeugte sich und verließ das Zimmer. Sie zog eine weitere Karte aus dem Stapel. »Sind Sie schon einmal beim Elefantenfestival gewesen?«

»Das Vergnügen hatte ich noch nicht, Eure Hoheit.«

»Früher hat das immer Riesenspaß gemacht. Von überallher kamen die Rajputen, um Polo auf ihren prachtvollen Elefanten zu spielen. Alles war bemalt: Stoßzähne, Torsos, Füße. Sie haben selbst die Nägel bemalt.« Mit einer ausholenden Armbewegung deutete sie an, wie umfassend die Verzierungen gewesen waren. »Bevor Maharani Latika meinen Stiefsohn geheiratet hat, habe ich immer den Preis für den am besten dekorierten Elefanten vergeben. Das eine Jahr haben sie mir als Zeichen der Anerkennung den kleinen Madho Singh geschenkt.«

Der Sittich pfiff wieder und kreischte: »*Namaste! Bonjour!* Willkommen!«

Die Maharani blickte zur Tür, die einen Spalt offen stand – und sah Malik, der hindurchspähte. Ich versteifte mich. Wie oft hatte ich ihm gesagt, dass er draußen warten sollte? Hatte ich ihm nicht klargemacht, wie entscheidend die ältere Königin für unsere Zukunft war?

Sie winkte ihn mit einem gekrümmten Zeigefinger herbei, und er betrat den Raum behutsam, wobei er sich nach der Quelle des Tons umsah. Ich war dankbar dafür, dass ich ihm an dem Tag, an dem Parvati zum ersten Mal von einem Termin im Palast gesprochen hatte, das langärmelige gelbe Hemd und die weiße Hose gekauft hatte. Heute Morgen hatte ich ihm bei Mrs. Iyengar die Haare gewaschen und geölt und seinen Hals und seine Ohren geschrubbt, bis sie rot waren. Heute trug er sogar Sandalen, die ihm passten.

Die Maharani musterte ihn neugierig, während er den Vogel anschaute und sie überhaupt nicht beachtete. »Möchtest du meinem Schatz Hallo sagen?«

Madho Singh flog von seiner Sitzstange auf und landete bei der Maharani auf der Rückenlehne. »Schatz«, erwiderte der Sittich artig.

Malik schenkte dem Vogel mit seiner feingliedrigen Hand ein *Salam*. »Guten Morgen«, sagte er in seinem besten Englisch, wobei er nicht ein einziges Mal den Blick von dem Sittich abwandte.

Der Vogel wiederholte: »*Namaste! Bonjour!* Willkommen!«

Malik lächelte. »Kluger Vogel.«

»Kluger Vogel«, wiederholte Madho Singh.

Die Maharani, die Malik die ganze Zeit interessiert angesehen hatte, fragte: »Wie alt bist du?«

Er schien ein bisschen darüber nachdenken zu müssen. Zuerst sah er an die Decke, dann wieder hinunter zur Maharani. »Ich ziehe es vor, acht Jahre alt zu sein.«

Die Winkel ihres mit Lippenstift geschminkten Mundes zuckten, dann machte sich ein großzügiges Lächeln darauf breit. »Wie unglaublich charmant.« Ihr Lachen begann in ihrem Brustkorb und sprudelte bis in ihre Kehle hoch, sodass ihre Armreife klirrten und die Falten ihres Saris raschelten. Sie sah von Malik wieder zu mir. »Ihr Sohn?«

Ich schüttelte den Kopf.

Sie wandte sich an Malik. »Junger Mann, welche Süßigkeit isst du am liebsten?«

Der Vogel plapperte ihr nach: »Welche Süßigkeit isst du am liebsten?«

Malik verzog das Gesicht und sah wieder zur Decke. »*Rabri*«, erwiderte er.

»Wundervoll! Wir müssen Küchenmeister sagen, dass er dir sofort *Rabri* machen soll.«

Mir wurde heiß, und ich rutschte abrupt an die Sofakante. »Eure Hoheit. Wir sind gekommen, um Ihren Auftrag zu erfüllen, und nicht umgekehrt.« *Rabri* zuzubereiten war mühsam und zeitaufwendig, es erforderte permanente Aufmerksamkeit, während die Milch zwei Stunden lang auf niedriger Flamme kochte und die Flüssigkeit verdunstete, sodass nur noch der Rahm übrig blieb. Es war unverschämt, den Palast darum zu bitten!

Die Maharani öffnete die Augen weiter. »Aber es wäre das größte Vergnügen für Madho Singh. Nicht wahr?«

Der Vogel blinzelte. »Ich liebe Süßigkeiten.«

Malik sah mich rasch an, den Anflug eines Lächelns auf den Lippen, als wollte er mich fragen, was für ein Spiel wir gerade spielten und ob er vielleicht mitmachen durfte.

Ich protestierte. »Eure Hoheit, *Rabri* zuzubereiten dauert sehr lange …«

»Genau.« Sie wandte sich zur Tür, und ein weiterer Bediensteter trat hervor. Sie wies ihn an, Malik in die Küche zu bringen und nicht zurückzukehren, bis der Junge seine Portion *Rabri* bekommen hatte. »Pass auf, dass Küchenmeister den Jungen nicht in irgendeine der anderen Küchen schickt. Und nimm Madho Singh mit.« Zu mir gewandt sagte sie: »Er liebt Süßigkeiten.«

Maliks Augen waren riesig, als er zu mir blickte. Ich hob eine Schulter leicht an. Wer war ich, mit einer Maharani zu streiten? Als hätte er die Maharani vollkommen verstanden, flog der Sittich vom Diwan auf und setzte sich auf die Schulter des Bediensteten in seiner weißen Jacke.

»Ich liebe Süßigkeiten«, wiederholte Madho Singh, während Malik Vogel und Diener zur Tür hinaus folgte.

Ich wandte mich wieder an die ältere Königin, die vergeblich versuchte, ein Lachen zu unterdrücken. »Küchenmeister ist abscheulich«, sagte sie. »Er würzt das Essen nie so, wie ich es mag. Er war der Liebling meines verstorbenen Ehemanns und stößt sich jetzt daran, dass er *mir* dienen muss. Es wird ihn ärgern, wenn er sich über einem heißen

Herd abrackern muss, um noch einen weiteren Mund zu stopfen.«

Meine Schultern entspannten sich. So wie auch meine Damen hatten die Maharanis die Kunst entwickelt, mit Tricks zu gewinnen, ohne gegen die Regeln zu verstoßen.

Die Maharani deckte eine Karo-Sechs auf und legte sie auf eine Kreuz-Sieben. »Nun ... Sie kennen also Parvati Singh. Ihr Vater und meine Mutter waren Cousins.« Sie sah mich mit einem anmutigen Lächeln an. »Ihren Ehemann finde ich unwiderstehlich. Vielleicht weil Samir die passendsten Geschenke schickt. Wussten Sie das?«

»Nein, Eure Hoheit«, erwiderte ich verwundert.

»Das sollten Sie aber«, sagte sie mit durchtriebenem Gesichtsausdruck. »Ich glaube, dass Sie ihn beliefern.«

*Die Beutel?* Unmöglich!

»Meine Haare sind nie dichter gewesen.« Sie schüttelte den Kopf; ihre Haare flogen anmutig von einer Seite zur anderen. Samir kaufte jeden Monat einen Behälter mit meinem *Rawchi*-Haaröl, aber ich hatte angenommen, dass es für seine Geliebte war.

Ich lächelte. »Es ist wunderschön, Eure Hoheit.«

»Wenn Samir behauptet, dass Sie Wunder wirken können, glaube ich ihm also.« Sie warf einen scharfsinnigen Blick in meine Richtung. »Glauben Sie, dass Sie Wunder wirken können?«

»Ich habe diesen Ruf.«

»Lassen Sie mich Ihren Kopf sehen.«

Überrascht von ihrer Bitte zögerte ich. Aber als sie mir mit einem Finger Zeichen gab, den *Pallu* wegzunehmen, enthüllte ich meinen Kopf. Ihre dunklen Augen nahmen meine Haare (frisch gewaschen und eingeölt), den Jasminzweig, den ich in meinen Dutt gesteckt hatte, und meine nackten Ohrläppchen in sich auf. Sie machte eine weitere Bewegung mit ihrem Finger, und ich drehte mich herum, sodass sie den Hinterkopf betrachten konnte. Als ich sie wieder ansah, nickte sie einmal.

»Ich mag wohlgeformte Köpfe«, bemerkte sie.

Ein Diener betrat den Raum mit einem silbernen Teeservice. Das Porzellan war mit einem Muster dekoriert, das an das von Parvati erinnerte. Auf einem goldgerahmten Teller befand sich papierdünnes Teegebäck mit Pistaziensplittern und Lavendelstiften in der Mitte. Der Diener schenkte den Tee ein. Die Maharani klopfte mit einem Fingernagel auf den Tisch, um anzudeuten, dass er ihren Tee neben die Karten stellen sollte. Allerdings ergriff sie ihre Tasse nicht.

»Mein verstorbener Ehemann mochte Tee sehr gerne. Er hat fünf oder sechs Tassen am Tag mit haufenweise Zucker getrunken. All der Zucker hätte ihn eigentlich zu einem liebenswerten Mann machen müssen.« Sie legte eine Pause ein. »Hat es aber nicht.«

Die Unverblümtheit Ihrer Hoheit hatte ich nicht erwartet, aber seltsamerweise fand ich sie angenehm. Vielleicht sind alle Mitglieder der Königsfamilie exzentrisch, überlegte ich und erlaubte mir ausnahmsweise, mich an das Sofa anzulehnen. Gemächlich nahm ich einen Schluck Tee, der sahnig, süß und mit Zimt und Kardamom gewürzt war.

»Er war selbstsüchtig bis zum Ende«, fuhr Ihre Hoheit fort. »Seinen Konkubinen schenkte er fünfundsechzig Kinder, weil, nun ja, wen kümmern schon die illegitimen Sprösslinge? Bei seinen fünf Ehefrauen, mich eingeschlossen, hat er sehr darauf geachtet, ihnen keine zu schenken. Und wissen Sie auch, warum?« Sie hielt eine Karte zwischen Zeige- und Mittelfinger mitten in der Luft, so wie ein Mann eine Zigarette hielt, und wartete auf eine Antwort.

Ich schüttelte höflich den Kopf.

»Sein Astrologe hatte ihm geraten, seinen eigenen Nachkommen nicht zu trauen. Statt einen legitimen Sohn zu produzieren, hat er einen Jungen aus einer Rajputen-Familie adoptiert, der jetzt unser Maharadscha ist.« Sie klatschte die Karte mit der Vorderseite nach unten auf den Tisch. »Ich lebe in einem Palast mit einem Maharadscha, der nicht mein leiblicher Sohn ist, und einer Maharani, die meine *Stief*schwiegertochter ist.«

Ich hörte nicht zum ersten Mal davon, dass ein indischer Palast auf den Rat eines Astrologen hin einen Kronprinzen adoptierte. In manchen königlichen Familien war das gängige Praxis.

Sie legte kurz die Hand um ihre Teetasse, ließ sie aber auf dem Tisch stehen. »Der derzeitige Maharadscha liebt seine dritte Ehefrau. Latika ist wunderschön herausgeputzt, teuer erzogen, intelligent. Der Sohn, den sie ihm geschenkt hat, hätte der Kronprinz sein *müssen*.«

Sie legte den Buben, den sie vom Stapel gezogen hatte, auf eine Königin.

»Das einzige Problem war, dass *er* auch auf den Rat *seines* Astrologen gehört hat, der ihn davor warnte, dass sein eigener Sohn ihn stürzen würde. Also hat der Maharadscha seinen Sohn ins Internat nach England geschickt, ohne seiner Frau davon zu erzählen. Das hat er seinem obersten Berater überlassen. Maharani Latika hat weder gegessen noch geschlafen, seit ihr der Sohn genommen wurde. Sie spricht nicht. Sie verlässt das Bett nicht mehr.«

Mit einem Kopfschütteln sagte sie: »Der Junge ist erst acht Jahre alt, genauso alt, wie Ihr Assistent zu sein bevorzugt. Aber es ist ihr nicht gestattet, ihn zu sehen.«

Ich verstand das Trauma, das Mütter erlitten, wenn sie ihre Kinder an Fieber oder Unterernährung verloren. Ich hatte das bei der Arbeit mit meiner *Saas* oft genug erlebt. Aber wenn einer Frau ohne ihr Wissen das Kind weggenommen wurde, musste das eine andere Art von Qual sein.

Maharani Indira hatte das Ende des Kartenstapels erreicht. »Die Bürger von Jaipur mögen vielleicht denken, dass wir Maharanis Macht haben, aber das könnte nicht weiter von der Wahrheit entfernt sein.«

Sie nahm den Stapel der verworfenen Karten auf und begann, sie eine nach der anderen umzudrehen.

»Jetzt kommen wir zu Ihnen, Lakshmi Shastri. Die junge Königin mag zwar nicht meine leibliche Schwiegertochter sein, aber ich bin für sie verantwortlich. Ihre Lebensgeister müssen wiederhergestellt werden, sodass sie ihre königlichen Aufgaben wieder übernehmen kann. Und sie muss wieder eine gesunde Ehefrau für den Maharadscha sein.« Sie zog eine Augenbraue hoch. »Sie hat keine Wahl und muss ihr Schicksal und das ihres Sohnes akzeptieren. *Que sera, sera.*« Maharani Indiras Hände hielten inne. »Zumindest hat sie die Mutterschaft erlebt.«

Die Frau, die vor mir saß, hatte ebenfalls Kummer erlitten. Wenn es nicht unangemessen gewesen wäre, hätte ich ihr die Süßigkeit aus Cashewkernen mit Kardamom in meiner Tasche, die ich heute Morgen zubereitet hatte, angeboten, um ihre Trauer zu lindern.

Ich wartete einen Moment. »Wie kann ich Ihnen helfen, Eure Hoheit?«

»Machen Sie Maharani Latika wieder gesund. Befreien Sie sie von ihrem Kummer, Samir hat mir praktisch garantiert, dass Sie das können.«

Samirs Vertrauen in mich war ermutigend. Aber der Gedanke daran, dass ich bei einer Adeligen versagen könnte – solch einer Person des öffentlichen Lebens –, ließ mich erschauern. Ich befeuchtete mir die Lippen. »Eure Hoheit, Heilung braucht ihre Zeit. So wie auch meine Anwendungen. Ich muss zuerst Maharani Latika sehen, um festzustellen, wie ich ihr helfen kann und wie lange es dauern könnte. Ich fühle mich geehrt, dass Mr. Singh solches Vertrauen in mich hat, aber gestatten Sie mir bitte zuerst, mir ein Bild von der Situation zu verschaffen.«

Sie musterte mich mit ernstem Blick. Ich sah ihr in die Augen und wartete.

Nach ein paar Minuten sammelte sie die Karten auf dem Tisch ein, als hätte sie eine Entscheidung getroffen. »Dann verschaffen Sie sich ein Bild«, befahl sie mit jetzt wieder munterer Stimme. »Und kommen Sie wieder zu mir, wenn Sie damit fertig sind.«

Ich war erleichtert, dass meine Aufgabe hier darin bestand, eine Frau in Nöten zu besänftigen, wie ich das schon so viele Male getan hatte. Der Erfolg würde süß schmecken und mein Ruf sich über die Stadtmauern hinaus verbreiten. Eine Niederlage hingegen wäre fatal. Mein Geschäft würde sich von solch einer Schmach nicht wieder erholen. Ich würde alle Kräuter aus dem Repertoire meiner *Saas* einsetzen müssen, um die junge Königin zu heilen.

Trotz des aromatischen Tees war mein Mund trocken. »Es wird mir ein Vergnügen sein, Eure Hoheit.«

Zufrieden nickte sie einmal. Sie sah ihren Bediensteten an, der vortrat. »Bringen Sie Mrs. Shastri zu Ihrer Hoheit.« Dann berührte sie wieder ihre Teetasse und sagte zu ihm: »Und teilen Sie Küchenmeister mit, dass er mir nie wieder kalten Tee servieren soll! Wie kann er das einer Maharani gegenüber nur wagen?«

Ich stand vom Sofa auf und beugte mich auf unsicheren Beinen hinunter, um ihre Füße zu berühren.

Als ich noch ein Mädchen war, machte meine Mutter sich immer lautstark Sorgen, wenn mein Vater zu verkatert zum Unterrichten war: *Was sollen wir essen, wenn er seine Arbeit verliert? Bücher?* Ich hatte in der Hütte des alten Munchi vor ihren Sorgen Zuflucht gesucht, wo ich seine *Peepal*-Blättergerippe bemalte. Ich konnte mich darin verlieren, indem ich das Muster auf dem *Chunni* eines Milchmädchens oder die winzigen Federn eines Beos malte. Es beruhigte mich. Später, als Hari mich beschimpfte, weil ich ihm keine Kinder schenkte, zog ich mich wiederum in meine Kunst zurück, aber diesmal zeichnete ich im Geiste, stellte mir den Pinsel in der Hand vor, selbst wenn er mich in den Bauch boxte oder in den Rücken trat. Mich auf Einzelheiten wie den Marienkäfer zu konzentrieren, der meinen Arm hochkrabbelte, oder das Paisleymuster auf meinem Sari und alles andere auszublenden verdrängte Anspannung, Schmerz und Sorge.

Jetzt, wo ich zu den Gemächern der jungen Maharani geführt wurde, beschäftigte ich meinen Geist damit, die emaillierten Muster um die Türöffnungen zu studieren, die Gitterrahmen vor den Fenstern, die dekorativen Mosaike auf den Marmorfußböden und Wänden, die in die Seidenteppiche eingewebten Geschichten. Vor Jahrhunderten hatten die Prinzen von Jaipur ihre besten Steinschnitzer, Färber, Schmuckmacher, Maler und Weber aus fernen Ländern eingeladen – Persien, Ägypten, Afrika, der Türkei –, um ihre Talente zu präsentieren. Bis ich beim Schlafzimmer Ihrer Hoheit Latika ankam, hatte meine Anspannung nachgelassen; mein Geist war ruhiger geworden.

Links von der Tür saß ein Guru mit überschlagenen Beinen auf einer gepolsterten Matte und wiegte sich vor und zurück, wobei er einen Perlenstrang durch seine Finger gleiten ließ. Ein oranges *Bindi* aus gemahlenem Kurkuma führte von seiner Augenbraue bis zu seinem Haaransatz. Die Falten seiner weißen Tunika legten sich um seinen beachtlichen Bauch. Vor ihm kräuselte sich Rauch von einem Weihrauchkegel träge zur Decke hoch.

Maharani Latika ruhte auf cremefarbenen Seidenkissen auf einem Bett mit vier Pfosten. Sie war keine Witwe, trotzdem trug sie einen weißen Sari aus feinem Musselin und eine weiße Bluse. Drei Hofdamen in Seidensaris kümmerten sich um sie. Diejenige, die die Haare der Königin kämmte, war offensichtlich ihre Garderobiere. Eine andere Dame fächelte ihr Luft zu, während die dritte laut aus einem Gedichtband vorlas. Ich erkannte das Gedicht als eines von Tagore wieder. *Dunkel? Wie dunkel sie auch sein mag, ich habe ihre dunklen Gazellenaugen gesehen.* Die Hofdamen blickten auf, als ich den Raum betrat, fuhren aber mit ihren Tätigkeiten fort. Ich legte meine Hände zu einem *Namaste* zusammen und ging zum Bett, wobei ich die Luft über den Füßen der Maharani berührte und jegliche abgünstige Energie zu meiner Stirn hochleitete. Aber ihre teilnahmslosen Augen starrten geradeaus, als ob sie mich nicht gesehen hätte. Ich grüßte die Damen mit den Händen, und sie quittierten es mit einem Nicken.

Ob absichtlich oder nicht, das Zimmer war dunkel, weshalb ich den Träger bat, meine Taschen neben dem Fenster abzustellen, wo ich besser sehen konnte. Der Träger brachte mir einen gepolsterten Hocker. Ich packte die Dinge aus, die ich brauchen würde, und reinigte dann meine Hände mit dem Jasminwasser aus einem meiner Behälter. Danach ölte ich sie ein. Vorsichtig hob ich die Hand der Königin an. Ihre Haut war trocken und kühl. Sie rührte sich. Aus dem Augenwinkel sah ich, wie sie mir den Kopf zuwandte, und auch wenn ich es bisher vermieden hatte, ihr in die Augen zu sehen, jetzt tat ich es. Ich hatte von ihrer Schönheit gehört, die den Maharadscha auf den ersten Blick verzaubert hatte. Ihre Augen, rund und glänzend mit mahagonifarbenen Pupillen, wirkten nackt und konnten ihre große Traurigkeit nicht verbergen. Die zarte Haut rund um die Lider war dunkler als der restliche Teint, als wäre sie versengt worden. Ihre Hoheit trug keine Juwelen. Das rote Zinnoberpulver, das sich über ihren Scheitel zog, war ihr einziger Schmuck. Eine ihrer Dienerinnen musste es aufgetragen haben.

Ihr Blick fiel auf ihre Hand, die ich gerade hielt. Sie fächerte ihre Finger auf und inspizierte sie, als hätte sie sie noch nie zuvor gesehen. Ihre Nägel waren sehr gepflegt und rund gefeilt, die Nagelhäute zurückgeschoben. Sie stieß einen tiefen Seufzer aus und zog sich wieder in ihre eigene Traumwelt zurück. Jetzt konnte ich mit meiner Arbeit beginnen.

Eines Morgens, nachdem ich bei Hari und seiner Mutter eingezogen war, hatte ich drei rosaviolette Eier in der Nähe der Stelle gesehen, wo ich am Flussufer Kleidung wusch. Ich hörte ein schrilles *Kink-a-joo! Kink-a-joo!* und sah unter einem Busch einen Rotohrbülbül, der mich beobachtete und den Kopf neigte – erst zur einen Seite, dann zur anderen. Er ging ein paar Schritte und zog einen Flügel auf dem Boden nach. Ich fing den Vogel, rannte nach Hause zurück zu meiner *Saas*, die sagte, dass er verletzt worden sein musste, bevor er zu seinem Nest hochfliegen konnte, um Eier zu legen. Zu Hause fertigte meine Schwiegermutter einen Wickel an, um den Flügel ruhigzustellen. Es vergingen zwei Wochen, bis der Flügel geheilt war, woraufhin mich meine *Saas* anwies, den Vogel dorthin zurückzubringen, wo ich ihn gefunden hatte. Als ich das tat, suchte der Bülbül vergeblich nach seinen Eiern, die längst verschwunden waren. Seine Nachkommen hatte ich nicht retten können; ich würde auch Maharani Latikas Sohn nicht wieder nach Hause holen können, aber ich konnte ihr dabei helfen, dass ihre Wunden im Laufe der Zeit heilten.

Ich fing an, indem ich ihr sanft Hände und Füße massierte, sodass sie sich an meine Berührung gewöhnen konnte. Mit meinen Damen arbeitete ich schon lange, und sie vertrauten mir, aber Maharani Latika kannte mich nicht, hatte nicht einmal auf mich reagiert, es war also schwierig für sie, sich so zu entspannen, wie sie es in den Händen ihrer Garderobiere konnte. Mit der Mixtur, die ich heute Morgen angefertigt hatte – Sesam- und Kokosöl sowie Auszüge von *Brahmi*- und Thymianblättern –, streichelte ich über den Bereich zwischen ihrem Daumen und Zeigefinger. Ich rieb die Stelle an ihrem Handgelenk, wo der Puls zu fühlen war. Auf die gleiche Art bearbeitete ich das Gewölbe ihrer Füße, wobei ich die Spalte zwischen den mittleren und großen Zehen drückte, um die Spannung zu lösen. Die Adlige, die aus dem Gedichtband vorlas, gab mit ihrem hypnotischen Rhythmus das Tempo vor.

Nach einer Weile merkte ich, wie der Körper der Maharani langsam weicher wurde und ihr Atem tiefer. Die nächste Stunde lang fuhr ich damit fort, ihre Arme und Beine und den Rücken hinunter bis zu ihren Händen und Füßen mit meinen Ölen zu massieren. Ich dehnte ihre Sehnen, lockerte ihre Gliedmaßen, öffnete ihre Meridiane. Wenn ihre Muskeln sich sträubten, richtete ich meine Aufmerksamkeit auf Druckpunkte, um die Spannung zu lösen. Während ich arbeitete, konzentrierte ich mich darauf, meine Energie auf sie zu übertragen. Alles andere blendete ich aus.

Als ich spürte, wie ihre Arme schlaff wurden, riskierte ich einen Blick auf Ihre Hoheit. Sie war eingeschlafen. Es würde nicht von Dauer sein, aber für einen ersten Besuch war dies genug, mehr konnte sie nicht vertragen.

Nachdem ich meine Sachen zusammengesucht hatte, eskortierte mich ein Diener durch eine weitere Flucht von Gängen zu einem Raum aus Glas, der voller Orchideen war. Die Luft hier war feucht, die Temperatur viel höher als im klimatisierten Palast. Ich fühlte, wie sich eine feine Schweißschicht über meiner Oberlippe sammelte.

Die ältere Maharani schnitt mit einer silbernen Schere abgestorbene Blätter von einer Pflanze ab. Unter ihrer Seidenbluse hatten sich halbmondförmige Schweißflecken gebildet.

Ohne sich umzudrehen, sagte Maharani Indira: »Je schneller Latika sich erholt, desto schneller kann ich mich wieder um meine Babys kümmern.« Von einem Tisch in der Nähe nahm sie sich ein Glas, das mit Eis und einer klaren Flüssigkeit gefüllt war, und schüttelte es. »Gin Tonic. Möchten Sie auch einen, Mrs. Shastri?«

Ich war versucht, das Angebot anzunehmen, hatte aber noch nie zuvor Alkohol getrunken. »Nein danke.«

Sie sah mich mit einem Lächeln an. »Sind Sie sich sicher? Die Briten haben uns ein paar wunderbare Sachen hinterlassen, und das hier ist mit Abstand die wunderbarste.« Sie nahm einen Schluck. »Ganz besonders, weil es die Malaria fernhält.«

Sie ging zur nächsten Blume weiter und drehte die Blätter um, um sie zu inspizieren. Offenbar zufrieden mit dem Ergebnis nahm sie noch einen großen Schluck von ihrem Cocktail. »Kommen Sie, ich stelle Ihnen meine Lieblinge vor.«

Ich trat näher.

Sie zeigte auf eine gelbe Blüte mit grünen Streifen und einem ausgebreiteten Flügel auf jeder Seite ihres Blütenkelchs. Auf den Flügeln waren schwarze Punkte. »Das ist ein Frauenschuh. Aber ich nenne sie *Titli*, weil sie wie ein Schmetterling aussieht. Und diese blaue Vanda da drüben habe ich Sita genannt.« Sie strich zärtlich mit dem Finger über ein Blütenblatt. Das Treibhaus schien für die Maharani quasi ihr Kindergarten zu sein. »Gerüchten zufolge hat Lady Sita sich während ihres Exils immer blaue Orchideen ins Haar geflochten. Sie ist wirklich eine seltene Spezies.«

Maharani Indira durchquerte den Raum und strich mit ihren Fingern über winzige rosa Blüten – alles in allem zwanzig Stück –, die einem einzigen Stängel entsprossen. »Das hier war ein Geschenk der Prinzessin von Thailand. Ich hatte sie eigentlich nach meinem verstorbenen Ehemann benennen wollen, bis mir die Prinzessin erzählt hat, dass sie den Stängel nicht zum Wachsen hat bringen können, und ich dachte, das klingt so gar nicht nach meinem Ehemann!« Erheitert von ihrem schlüpfrigen Witz, lachte sie tief und kehlig. Offensichtlich hatte die verwitwete Maharani innerhalb ihrer eng gesteckten Grenzen einen Zufluchtsort gefunden. Die Armen waren nicht die Einzigen, die von ihrer Kaste eingesperrt wurden.

»Ich habe ein Geheimnis, mit dem ich alles zum Wachsen bringe.« Sie verschüttete ein paar Tropfen ihres Drinks um den Fuß der Pflanze. Ihre Lippen verzogen sich zu einem verschwörerischen Lächeln, während sie mich von der Seite her ansah. »Chup-chup.«

Ich musste einfach lachen.

Sie nippte an ihrem Glas. »Also, Mrs. Shastri, sagen Sie mir, wann ich mich wieder Vollzeit um meine Orchideen kümmern kann?«

Ich hatte darüber nachgedacht, während ich mich um die jüngere Königin bemüht hatte. »Bitte, Eure Hoheit. Bevor meine Arbeit ihr wirklich helfen kann, muss Maharani Latika mir vertrauen. Wenn ich zwei, drei Wochen lang jeden Tag zur gleichen Zeit mit ihr arbeiten könnte, würden wir, glaube ich, Fortschritte machen.«

»Und haben Sie heute irgendwelche Fortschritte gemacht?«

»Ich denke schon. Ich habe mit den Vorbereitungen für ein Hennamuster begonnen, das ich jeden Tag ergänzen werde. Bis es vollständig ist, wird sich Ihre Hoheit viel besser fühlen, wie ich glaube.«

Sie nickte und schürzte die Lippen. »Was kostet diese Wiederherstellung?«

Ich legte die Hände vor meinem Sari zusammen. »Was immer Ihnen angemessen erscheint, Eure Hoheit.«

Die ältere Maharani sah mich an. »Jeden Morgen, wenn Sie mit Ihrer Hoheit fertig sind, möchte ich von Ihnen einen Bericht haben. Wenn Sie Fortschritte sehen, werden wir fortfahren. Wenn nicht, werden wir etwas anderes versuchen. Wenn Sie heute gehen, geben Sie dies dem Schatzmeister.« Sie reichte mir ein Stück Papier. »Jeden Tag, den Sie herkommen, soll er Ihnen fünfhundert Rupien auszahlen.«

Ich fühlte mich, als würde ich gleich in Ohnmacht fallen. In einer Stunde hatte ich das verdient, was ich sonst in einer geschäftigen Woche mit Hennaterminen einnahm. Für zwei Wochen wären das siebentausend Rupien! Die Feuchtigkeit ließ mich nicht atmen, und meine Stirn glänzte vor Schweiß. Ich musste hier raus.

»Vielen Dank, Eure Hoheit.«

Sie entließ mich mit einem Nicken und drehte sich zu einer Pflanze vor sich um, um sie zu untersuchen. Als ich den Raum verließ, hörte ich, wie sie sagte: »Lässt du dich wieder hängen, Winston? Schenke ich dir nicht genug Aufmerksamkeit, Liebling?«

Malik wartete am Palasttor auf mich. Er eilte auf mich zu, um mir meine *Tiffins* abzunehmen.

»Du lächelst, Tante Boss. Erfolg?«

»Das kann man schon sagen. Und der Palastkoch? Hast du deine Zeit mit ihm genossen?«

»Um ehrlich zu sein, Tante Boss, abgesehen von Tamarindenbonbons mache ich mir nicht viel aus Süßigkeiten. Aber Madho Singh schon. Der Vogel hat das meiste von meinem *Rabri* gefressen. Möglicherweise ist ihm heute Abend schlecht.« Er schlenkerte mit den *Tiffins*, während wir zur nächsten Straße gingen, um eine gewöhnliche Riksha anzuhalten. Ich schüttelte den Kopf. Was würde es schon nützen, wenn ich mit ihm schimpfte?

»Und was hast du jetzt gemacht, während du beim Koch gewesen bist?«

»Ich bin nicht bei ihm geblieben. Ich habe Besorgungen erledigt, Bestellungen angenommen, Sachen ausgeliefert.«

Ich blieb abrupt stehen. »Malik! Du hast absichtlich die Befehle Ihrer Hoheit missachtet?«

Malik drehte sich zu mir um. Er grinste. »Keine Sorge, Tante Boss. Als der Diener ihm gesagt hat, dass er *Rabri* für mich machen solle, hat der Koch so ausgesehen, als wollte er mich mit seinem Messer halbieren.« Er pfiff nach einer Riksha. »Also habe ich mich gefragt, wie kann ich ihn genauso glücklich machen, wie ich Tante Boss jeden Tag glücklich mache.« Er lachte, als er sah, wie ich die Augenbrauen hochzog. »Ich habe ihn gefragt, wie viel der Palast für das Speiseöl bezahlt. Als er mir den Betrag genannt hat, meinte ich: ›*Baap re Baap!* Die nehmen Sie aus.‹«

Ich schloss die Augen. Was hatte Malik jetzt vor?

»Entspann dich, Tante Boss.« Er gestikulierte mit der Hand, als wollte er eine Glühbirne einschrauben. *Es ist nichts passiert.* »Ich besorge ihm Öl zu einem viel günstigeren Preis als die Mistkerle, die dem Palast zu viel berechnen, und der Koch steckt sich die Differenz ein.« Er zeigte auf einen der

Behälter in seiner Hand. »Er ist so erfreut, dass er mir versprochen hat, mir jeden Tag eine besondere Leckerei zuzubereiten, egal, ob ich ihn darum bitte oder nicht. Heute waren es *Puris* und *Choles*. Morgen *Bhaji*! Radha und du müsst nie wieder kochen.«

Er rannte voraus, um unsere Sachen in die wartende Rikscha zu packen, und ich folgte ihm, verblüfft und auch ein bisschen ehrfürchtig vor meinem kleinen Freund.

Die Nachricht von meinen Besuchen im Palast verbreitete sich wie *Ghee* auf einem heißen *Chapatti*. Es reichte schon, dass der Mangoverkäufer uns an den Palasttoren erspäht und seiner Frau davon erzählt hatte, die es ihrem Nachbarn erzählte, der seinem Schwager davon berichtete, der es an seinen Arzt weitergab, der seiner Wäscherin davon erzählte, welche die Bügelwäsche zum Haus von einer meiner Damen brachte. Es dauerte nicht lange, und meine Dienste wurden von neuen Kunden für jede Feier und jede Zeremonie angefordert: Verlobung, sieben Monate Schwangerschaft, Geburt, Baby isst zum ersten Mal feste Nahrung, Baby bekommt seinen ersten Haarschnitt, Junge wird volljährig, erstes Betreten eines neu gebauten Hauses, die Geburt von Hanuman, der Feuerkult für die Göttin Durga, die Große Nacht des Shiva, Beförderung, Aufnahme in die Universität, eine Zeremonie für eine sichere Reise, eine Zeremonie für eine sichere Ankunft. In Indien herrschte kein Mangel an Riten und Ritualen, und wir drei waren von morgens bis zum späten Abend beschäftigt. Radha stellte die Hennapaste her und half mir dabei, die Snacks zuzubereiten. Ich kümmerte mich morgens um Maharani Latika und nachmittags und abends um meine Damen. Malik lief kreuz und quer durch die Stadt und lieferte meine Cremes, Öle und Lotionen aus, deren Verkäufe sich verdreifacht hatten. Es war eine gute Zeit für uns; ich hätte sie mehr genießen sollen, aber das konnte ich nicht – nicht, bis Maharani Latika ihre königlichen Pflichten wiederaufnahm.

Viele von unseren neuen Kunden gierten nach Klatsch. *Ist Maharani Latika so wunderschön, wie es immer heißt?* *Erzählen Sie uns von den Sofas, auf denen zehn Menschen Platz haben!* *Stimmt es, dass die silbernen Urnen im Palast mannshoch sind?* *Wird im Speisezimmer Fleisch serviert?*

Selbst die Damen, um die ich mich schon seit Jahren kümmerte, konnten es nicht lassen, ein oder zwei Fragen mit einzuflechten. *Stammen alle Saris der Maharani aus Paris? Wie sieht ihr Georgette-Muster aus?*

Meine Lieblingsdamen wie Mrs. Patel, die sich von Reichtum oder einem Titel nicht beeindrucken ließen, blieben uninteressiert. Als ruhige und gelassene Matrone über sechzig, die für das Hotel ihres Ehemanns die Buchhaltung erledigte, sagte Mrs. Patel: »Ich hoffe, dass du dich ausruhst, Lakshmi. Zeiten wie diese können sehr unruhig sein«, bevor sie in geselliges Schweigen verfiel.

Malik blieb diskret. Ich hatte ihm erklärt, wie er die Fragen von Pförtnern, Dienern und *Tonga-Wallas* beantworten sollte. Bei Rajputen-Familien durfte er die Gemälde von Maharanis auf königlichen Jagden beschreiben, aber nicht bei Brahmanen (Vegetarier). Er durfte über die duftenden Gärten sprechen, aber nicht über die Einzelheiten der europäischen Installationen im königlichen Klo (zu vulgär). Er durfte erzählen, dass das Palastorchester vierzig Musiker umfasste, sollte aber nicht enthüllen, dass jeder der drei Köche – bengalisch, rajputanisch und englisch – eine eigene Küche und seinen eigenen Assistenten hatte (zu protzig).

Radha sprach praktisch kein Wort, während sie ihre Arbeiten erledigte. Wenn sie damit fertig war, ging sie zu Kanta. Da das neue Schulsemester noch nicht begonnen hatte, hatte Kanta vorgeschlagen, dass meine Schwester ihr nachmittags vorlesen sollte. Eine glänzende Idee, fand ich. Ich hatte angenommen, dass sie, wenn ich spätabends in unserem Zuhause ankam, mir gerne von ihrem Tag erzählen würde – tatsächlich freute ich mich sogar darauf –, aber sie lag einfach mit dem Rücken zu mir auf der Liege und schmökerte in einem Buch, das Kanta ihr geliehen hatte.

Ich fragte immer, was sie gerade las. Ihre Antworten waren kurz angebunden. »Ein Buch.« Wenn ich sie fragte, welches Buch, antwortete sie mir: »Das kennst du nicht.« Ich sagte: »Teste mich«, woraufhin sie vielleicht erwiderte: »Ein Roman von einer der Brontë-Schwestern.«

Sie wusste ganz genau, dass ich alle drei kannte. Waren wir nicht vom selben Vater aufgezogen worden, der uns im Alter von drei Jahren beigebracht hatte, englische Texte laut vorzulesen? Mag sein, dass wir nur die Worte formulieren konnten, ohne deren Bedeutung zu erfassen, aber dank seiner Methoden fingen wir im frühen Alter an, Literatur zu lesen.

Ich konnte nicht glauben, dass sie immer noch sauer auf mich war, weil ich sie nicht mit in den Palast nahm. Es war zum Verzweifeln. Ich war die ältere Schwester, die Ernährerin. Also legte ich die Regeln fest, und sie hatte sie ohne zu fragen zu befolgen, so wie eine brave jüngere Schwester das tat. Aber ich begrub meinen Ärger. Mit der Zeit würde sie darüber hinwegkommen. Mit der Zeit würde sie lernen, zu akzeptieren, was sie nicht ändern konnte.

Da musste man sich nur mich ansehen: Trotz meines Widerstands hatte ich mein Schicksal nicht abwenden können; schließlich war ich mit Hari verheiratet worden.

Während meines nächsten Termins mit Mrs. Sharma gratulierte sie mir zu dem Palastauftrag. Davon ermutigt sagte ich, dass ich über die Eheschließung von Sheela und Ravi sprechen wollte, die ich vorgeschlagen hatte. (Samir hatte bereits damit begonnen, mit Mr. Sharma ein gemeinsames Angebot für den Vertrag mit dem Rambagh-Palast zu besprechen, es war also nur natürlich, dass ich dieses Thema anschnitt.) Mrs. Sharma kam mir auf halbem Wege entgegen; sie konnte das Lächeln nicht verbergen, das das Muttermal seitlich auf ihrer Wange hochschob, und spielte ihr eigenes Blatt aus. Statt ihr eine Mitgift zu geben, wollte die Sharma-Familie ein Haus für Sheela und Ravi errichten, vorausgesetzt, dass die Ehe zustande kam. Sheela zog es vor, nicht mit der Familie ihres zukünftigen Ehemannes zusammenzuwohnen, wie es sonst üblich war. Mrs. Sharma sagte: »Eine Familie hat diese Forderung nicht akzeptiert, und wir mussten ihr Angebot zurückweisen.«

Ich konnte verstehen, warum Jaipurer Familien Sheelas Forderung unvertretbar fanden – es war hier die Norm, dass die Familien zusammen auf einem Anwesen lebten. Selbst Kanta und Manu, die einen modernen und westlichen Lebensstil pflegten, wohnten mit Manus verwitweter Mutter zusammen. Parvati würde wie eine Tigerin darum kämpfen, dass ihr erstgeborener Sohn bei ihr wohnte. Sie würde argumentieren, dass es reichlich Platz im Herrenhaus der Singhs gab; Ravi und Sheela könnten ihren eigenen Flügel haben.

Wenn ich die Provision für die Heiratsvermittlung bekommen wollte – und das wollte ich –, war es meine Aufgabe, eine Lösung zu finden, die beide Parteien zufriedenstellte. Sicherlich ein Ärgernis, aber ich war kurz davor, dieses Abkommen zu besiegeln. Ich würde jetzt nicht aufgeben. Bei weniger reichen Familien war üblicherweise die Höhe der Mitgift der

Knackpunkt: wie viel Geld, wie viel Gold, wie viele Seidensaris. Aber die Singhs und die Sharmas würden nicht über Geld feilschen; ihre Ansprüche zu befriedigen erforderte Raffinesse, Kreativität und mehr als nur eine kleine Prise Glück.

Eine Woche nachdem ich meine täglichen Besuche im Palast aufgenommen hatte, ging ich zu unserem regelmäßigen Termin zu Kanta. Radha war schon dort und saß in einem Sessel. Mit einem Finger markierte sie die Seite in dem Buch, welches sie offenbar gerade zusammen lasen, bevor sie es zuschlug.

Kanta sprang vom Sofa auf. »Lakshmi, ich kann es kaum erwarten, es dir zu erzählen!«, rief sie atemlos. Ihre Augen leuchteten vor Freude. »Ich bin schwanger!« Sie umarmte mich. »Und das habe ich nur dir und deinem Hennazauber und deinen verwegenen Mustern zu verdanken, und ich bin mir sicher, dass du auch irgendetwas Unartiges in deinen Süßigkeiten versteckt hast.«

»Kanta, das ist wunderbar!«, sagte ich lächelnd und wandte mich zu Radha um. »Hast du das gehört?«

Radha zog die Augenbrauen hoch. Mit überlegenem Gehabe erwiderte sie: »Tante hat es mir bereits erzählt.«

»Saasuji hat es schon vor mir gewusst«, erzählte Kanta. »Mir wurde plötzlich immer schlecht, wenn ich ein Buch aufschlug. Sie sagte, dass es bei ihr während ihrer Schwangerschaft mit Manu genauso war. Stell dir das nur vor! Meine Schwiegermutter und ich habe endlich etwas gemeinsam außer meinen Ehemann!« Sie gluckste.

Ihre Fröhlichkeit war ansteckend; ich musste ebenfalls lachen.

Kanta legte einen Arm um Radhas Schultern. »Deshalb ist es so wunderbar, dass Radha mir vorliest. Ich selbst kann es jetzt nicht mehr!«, gackerte sie.

Wir gingen zu Kantas Schlafzimmer, wo sie ihren Sari auszog. »Saasuji glaubt, dass das Baby sehen kann, was ich anhabe. Wenn es sie glücklich macht, mich in Saris zu sehen, okay.« Sie legte sich auf ihren Diwan. »Lass uns ein weiteres Baby-*Mandala* auf meinen Bauch malen, damit ich auf jeden Fall einen gut aussehenden Jungen wie Manu bekomme.«

Meine Schwester war uns ins Schlafzimmer gefolgt und setzte sich ganz selbstverständlich auf das Bett, als wäre sie dort zu Hause.

»Radha, lies bitte weiter vor, während Lakshmi ihren Zauber wirkt.«

Eher bereit, Kantas Bitte zu erhören als meine, lächelte Radha selbstgefällig und schlug das Buch wieder auf. Ich warf einen Blick auf den Deckel. *Daisy Miller.* Meine Damen hatten davon schon gesprochen, ich selbst hatte es aber noch nicht gelesen. Der Roman handelte von einer amerikanischen Teenagerin, die eine Tour durch Europa unternahm. Wie großzügig von Kanta, Radha dabei zu helfen, ihre Englischkenntnisse auszubauen – und ihr Wissen über die Welt. Es war für mich eine große Erleichterung, dass sie Zeit für meine Schwester hatte, wenn ich arbeitete. Und dafür war ich Kanta sehr dankbar.

»Oh, Lakshmi! Morgen nehme ich Radha mit in diesen amerikanischen Film, von dem ich dir erzählt habe. *Manche mögen's heiß.* Mit Miss Marilyn Monroe in der Hauptrolle!« Kanta schnatterte fröhlich weiter wie ein Ceylonnektarvogel. »Und nächsten Monat wird *Mr. & Mrs. '55* noch einmal gezeigt – beim ersten Mal war er so erfolgreich! Den werden wir uns auch ansehen. Du hast doch nichts dagegen, Lakshmi, oder?«

Wie konnte ich ihr das abschlagen, wenn sie meine Schwester so großzügig bemutterte? Radha wartete begierig auf meine Antwort, auch wenn sie Gleichgültigkeit vortäuschte. Ich spürte ein vages Gefühl von Unbehagen, erwiderte aber: »Natürlich nicht. Das ist sehr nett von dir, Kanta.«

Radha schenkte mir ein kleines Lächeln.

Meine Schwester brauchte eine Freundin, und Kanta ebenfalls. Ihnen zu gestatten, mehr Zeit miteinander zu verbringen, war meine Art, Radha um Vergebung dafür zu bitten, dass ich so wenig Zeit mit ihr verbrachte. Zumindest redete ich mir das ein.

# ACHT

## 5. Januar 1956

Im Laufe der zweiten Woche meiner täglichen Besuche bei Maharani Latika spürte ich, dass sich etwas veränderte. Und als ich am Ende der Woche ankam, sah mich die junge Königin zum ersten Mal direkt an. Die dunkle Farbe um ihre Lider herum hatte sich aufgehellt. Ihre Augen waren nicht länger blutunterlaufen. Ich erkundigte mich nach ihrer Gesundheit. Sie antwortete nicht, fuhr aber fort, mich zu mustern.

»Ihre Hoheit hat diese Nacht volle sechs Stunden geschlafen!«, bemerkte die Adlige, die der jungen Königin vorlas.

Ich konnte meine Begeisterung kaum verbergen und öffnete den *Tiffin* mit den Zitronenscheiben, die ich in der vergangenen Nacht kandiert hatte. »Vielleicht wäre eine kleine Feier angebracht?«, fragte ich. Von meiner *Saas* wusste ich, dass Frauen, die einen schweren Verlust erlitten hatten, Heilmittel brauchten, die reich an Früchten und Blumenessenzen waren. Zitrone förderte Energie und Hitze im Magen; die kandierten Früchte würden den Appetit Ihrer Hoheit anregen. »Wenn Sie mir erlauben, Eure Hoheit?«

Maharani Latika zog ihre Augenbrauen hoch und blickte ihre Damen Rat suchend an.

Die Hofdame wies einen der Bediensteten an, den *Tiffin* in die Küche zu bringen. Essen, das außerhalb des Palastes zubereitet wurde, war verdächtig und musste von einem Assistenten des Kochs gekostet werden, bevor die Maharani davon aß. Wenn heute alles gut ging, konnte ich ihr in ein paar Tagen sahnigen *Rasmalai* servieren, selbst gemachten Quark mit Zucker, Kardamom und Rosenblättern. Die Wangen der Maharani waren hohl geworden; wochenlang hatte sie alles verweigert außer *Dal*, das so dünn wie Wasser war. Indem ich ihr Nahrungsmittel zukommen ließ, die den Appetit anregten, würde ich hoffentlich das *Vata*-Ungleichgewicht in ihrem Körper ausgleichen können. Wenn wir zu schwereren Speisen wie Quark und Gewürzen wie Kardamom übergehen konnten, würde ihre Depression schneller verschwinden.

Heute interessierte Ihre Hoheit sich für das Henna und sah mir beim Malen zu. Jeden Tag ergänzte ich das Muster vom Vortag. Zuerst hatte ich ihre Fingernägel, ihre Fingerspitzen und ihre Handgelenke mit fester Hennapaste bemalt. Das Gleiche hatte ich mit ihren Zehen und ihren Fußsohlen getan. Am nächsten Tag malte ich ineinander verflochtene Zweige über alle Finger, Daumen und Zehen. Am Tag danach: ein komplexes Muster aus Blättern auf beiden Hand- und Fußrücken. Jetzt malte ich winzige Punkte um die Ränder der Blätter herum. Mein Ziel war es, an ihren Händen und Füßen jeden Zentimeter Haut mit Henna zu bemalen; je mehr Henna ich auftrug, desto stärker würden die beruhigenden Eigenschaften der Paste ihren Körper und Geist entspannen und Ihrer Hoheit erlauben, sich zu erholen.

Als der Diener mit den kandierten Zitronen zurückkehrte, die jetzt auf einem kaiserblauen Porzellanteller arrangiert waren, nahm die Hofdame sie ihm ab. Sie bot den Teller der jungen Königin an. Ihre Hoheit zögerte, bevor sie eine Zitronenscheibe nahm. Alle Blicke ruhten auf ihr. Selbst der Guru sah mit geschürzten Lippen von seinem Gebet auf, als wollte er die Süßigkeit gleich aufsaugen.

Die Maharani nahm einen winzigen Bissen, kaute und schluckte. Sie schloss die Augen und nahm einen weiteren Bissen. Die Anspannung im Raum ließ nach; Schultern senkten sich, als alle einen kollektiven Seufzer ausstießen.

Die Hofdame fuhr mit dem Vorlesen fort. »Wenn sich Sturmwolken am Himmel auftürmen und Junischauer herunterregnen, zieht der feuchte Ostwind über der Heide auf, um zwischen den Bambusstäben seine Sackpfeifen zu blasen. Die zahlreichen Blumen tauchen ganz plötzlich auf, niemand weiß, woher, und tanzen in wilder Freude über das Gras.«

Am folgenden Tag trug Ihre Hoheit einen auberginefarbenen Seidensari. Ihre Damen hatten ein passendes purpurnes *Bindi* auf ihre Stirn gemalt. Die Säume ihrer Bluse schmückten handgestickte goldene und grüne Blüten. Ihr Haar schimmerte von dem *Bawchi*-Kokosöl, das ich ihrer Garderobiere am Vortag hinterlassen hatte. Im letzten Moment hatte ich noch einen Tropfen Pfefferminze hinzugefügt, die jetzt die Luft zusammen mit dem Sandelholzräucherwerk des Gurus parfümierte.

Die Damen und ich lächelten einander an.

»Guten Morgen.«

Wir alle drehten uns zu Ihrer Hoheit um und starrten sie an, denn sie war es, die diese Begrüßung ausgesprochen hatte. Es kam als Krächzen heraus; sie hatte seit einem Monat kein Wort mehr gesagt. Sie räusperte sich, und einer ihrer Bediensteten eilte mit einem Glas Wasser zu ihr.

Nachdem sie ein paar Schlucke getrunken hatte, versuchte Maharani Latika es erneut. »Guten Morgen.«

Ihre Stimme war immer noch kratzig. Ihre Hoheit legte die Hand auf ihren Brustkorb und schloss die Augen. Ich dachte, dass sie gleich in Tränen ausbrechen würde, doch dann erschien langsam ein schüchternes Lächeln auf ihrem Gesicht. Sie öffnete die Augen und klopfte sich auf die Brust, versuchte zu lachen, als würde der Klang ihrer heiseren Stimme sie amüsieren.

»*Hai* Bhagwan. Es *ist* ein sehr guter Morgen, Eure Hoheit«, sagte der Guru.

An jenem Abend, nachdem ich auf der Toilette im Hinterhof der Iyengars gewesen war, stieg ich die Stufen zu unserem Zimmer hoch, als ich zufällig mit anhörte, wie Radha und Malik sich in unserem Zimmer miteinander unterhielten. Die Tür stand halb offen. Da Radha dieser Tage kaum mehr als ein paar Worte mit mir wechselte, waren Unterhaltungen zwischen den beiden die einzige Möglichkeit für mich, zu erfahren, was in ihrem Leben so vor sich ging. Ich blieb auf dem Absatz stehen, um zuzuhören.

»Marilyn Monroe ist so ganz anders als die indischen Frauen, Malik.« Radha klang verträumt. »Ihre Haut ist weiß wie die Blütenblätter der *Champa*-Blume, und ihr Haar ist flauschig – wie die Zuckerwatte, die sie im Kino verkaufen.«

»Gopal sagt, dass ihre Kleider so eng sind, dass er ihr einfach auf die Brüste starren muss. Auf der Kinoleinwand sehen sie aus wie Berge«, erwiderte Malik.

»Dein Freund ist frech.«

Je mehr Zeit meine Schwester mit Kanta verbrachte, desto hochmütiger klang Radha, als ob sie ausprobieren wollte, ob urbane Kultiviertheit zu ihr passte. Es war kaum zu glauben, dass es sich um dasselbe Mädchen mit dem staubigen Unterrock, den schmutzigen Fingernägeln und den ungekämmten Haaren handelte, das ich vor nicht mal zwei Monaten kennengelernt hatte. Es machte mich etwas nervös, wie sehr sie sich veränderte. Wuchs sie zu schnell heran? Andererseits, wenn ich sie in einem eleganten *Shalwar Kamiz* mit ihren glänzenden, zu einem ordentlichen Knoten aufgesteckten Haaren sah, glühte ich da nicht vor Stolz? Meine ganz eigene Pygmalion-Skulptur?

»War der Film lustig?«, erkundigte sich Malik.

»Ich glaube, ja. Tante Kanta hat mir die Sachen erklärt, die ich nicht verstanden habe. Miss Monroe hat das beste Lächeln.« Eine Pause. »Glaubst du, dass Amerikaner mehr Zähne haben als wir?«

»Ich weiß es nicht. Vielleicht lächeln sie einfach nur mehr.«

»Hmm. Sie haben auf jeden Fall bessere Zähne als die *Angreji.*«

»Alle haben bessere Zähne als die Engländer!«

Sie lachten.

Nach einer Pause fuhr Radha fort: »Das ist der erste Film, den ich in Farbe gesehen habe.«

»Du hattest doch gesagt, dass dies dein allererster Film überhaupt ist.«

»*Arré!* Musst du dich wirklich an alles erinnern, was ich dir erzähle?«

Malik kicherte.

»Obwohl«, sinnierte Radha, »vielleicht sehen ihre Zähne nur weißer aus, weil ihre Lippen so rot sind.«

Einen Moment lang hörte ich nur das Klappern der Edelstahlteller. Dann: »Radha, schmeckt Lippenstift nach irgendetwas?«

»Woher sollte ich das wissen?«

»Ich habe dich gesehen. Als ich Besorgungen gemacht habe.

Du standst am Poloplatz vom Jaipur Club. Du hast Lippenstift getragen.«

»Du hast mir hinterherspioniert?« Radhas Stimme klang scharf.

»*Au!*« Sie musste ihn ins Ohrläppchen gekniffen haben. »Nein! Ich habe zu viel zu tun, um dir nachzuspionieren!«

Nach einer Pause sagte Radha: »Tante Kanta wollte, dass ich ihn ausprobiere. Sie lässt mich oft ihre Sachen ausprobieren.«

Ich spürte, wie sich mein Brustkorb zusammenzog. Kanta ermutigte meine dreizehnjährige Schwester dazu, Lippenstift aufzulegen?

»Du weißt, was Gopal über Lippenstift sagt, Radha? Die Mädchen in Bombay werden schon mit welchem auf den Lippen geboren. Das spart ihnen Zeit, wenn sie Filmstars werden.«

Ich hörte Maliks heiseres Kichern und Radhas tiefes Lachen. Sie klang glücklich.

Im Jaipur Club spielte die Elite Polo und Tennis und schlürfte Cocktails auf der Veranda. Es war nicht die Art von Ort, wohin ich je eingeladen worden war. Kanta und Manu gehörten dem Club an, aber sie gingen selten dorthin, denn Manu spielte weder Tennis noch Polo. Wenn Kanta meine Schwester dorthin mitgenommen hatte, hätte sie das doch sicher erwähnt. Ich wollte Kanta nicht damit konfrontieren, dass sie Radha zu sehr verwöhnte; das würde mich undankbar und kleinlich wirken lassen. Es würde so aussehen, als wäre ich eifersüchtig auf die Freude, die Kanta in das Leben meiner Schwester brachte.

Aber ich wollte nicht, dass Radha oberflächliche Dinge so wichtig wurden. Ich wollte, dass sie die höhere Bildung bekam, die mir versagt geblieben war. Darauf zu hoffen, dass sie wie Kanta im Ausland studieren konnte, war müßig, aber es lag in meiner Macht, zusätzlich zum Unterricht an einer staatlichen Schule Tutoren zu engagieren, damit sie die schwierigen Aufnahmeprüfungen für ein lokales College bestand.

Ich holte tief Luft; in einer Woche fing die Schule an, und Radhas Kopf würde sich dann mit mathematischen Gleichungen und wissenschaftlichen Theorien beschäftigen statt mit der Frage, welche Zahnpastamarke Marilyn Monroe verwendete.

Nach zwei Wochen Behandlung gewannen die Wangen von Maharani Latika allmählich wieder an Farbe. Heute hatte ihre Garderobiere einen roten Georgettesari ausgewählt, der mit feinen Silberfäden durchwirkt war. Der rubinrote Ton ihres Lippenstifts passte perfekt zum schwarzen Haar Ihrer Hoheit, das in der Art eines Filmstars zurechtgemacht war. Ein silbernes *Maang Tikka* in der Mitte ihres Haarschopfs endete in einem tropfenförmigen Rubin. Die Verwandlung war atemberaubend. Diese Frau hatte keinerlei Ähnlichkeit mit der niedergeschlagenen Königin, die mir zuerst begegnet war, sondern strahlte Gesundheit und Wohlbefinden aus. Die Leckereien, die ich ihr gegeben hatte, ebenso wie die Öle, mit denen ich sie massiert hatte, hatten Wunder gewirkt, was ihre Stimmung anbetraf.

Es wurde Zeit, mein Hennamuster abzuschließen. In das Zentrum ihrer linken Handfläche malte ich ihren Namen in Hindi: *Latika*. Auf ihre rechte Handfläche schrieb ich mit Henna den Namen ihres Sohns: *Madhup*. Als ich ihre Hände hob, sodass sie sehen konnte, was ich getan hatte, schnappte sie nach Luft.

»Wenn Sie an Ihren Sohn denken, Eure Hoheit, müssen Sie nur Ihre Handflächen zusammenlegen, um ihm nah zu sein.« Es war riskant, das wusste ich. Sie daran zu erinnern, was sie verloren hatte, konnte ins Auge gehen und eine weitere Depression auslösen. Aber jedes Mal, wenn ich in diesen vergangenen zwei Wochen ihren Körper gepflegt hatte, hatte ich die Härte ihrer Muskeln, die Entschlossenheit in ihren Sehnen, die Stärke des Blutstroms in ihren Adern gespürt. Sie war eine Frau, die trotz Rückschlägen immer nach vorne blicken würde, und ich hatte den Heilungsprozess in Gang gesetzt, um sie dorthin zu führen.

Ihre Augen wurden feucht, und eine Träne rollte über ihre Wange. Eine ihrer Damen betupfte ihr das Gesicht mit einem bestickten Taschentuch.

»Lakshmi«, sagte sie. Mittlerweile klang ihre Stimme wieder kräftiger.

Ich war mir nicht bewusst gewesen, dass sie meinen Namen kannte. »Eure Hoheit?«

»Danke.«

Die Hitze, die in mir aufwallte, war Erleichterung – und Stolz –, dass es mir mit all meinen Fähigkeiten gelungen war, ihre geschundene Seele zu beruhigen. Ich traute mich nicht zu sprechen, sondern senkte den Blick und neigte meinen Kopf leicht, um ihre Dankbarkeit zu erwidern.

»Maharani Indira hat gesagt, dass Sie eine jüngere Schwester haben.«

Überrascht, dass die zwei Königinnen miteinander sprachen, ganz zu schweigen davon, dass sie von meinem Privatleben wussten, nickte ich. »Ja. Radha. Sie ist dreizehn.«

»Geht sie zur Schule?«

»Ab nächster Woche wird sie zur staatlichen Schule in der Nähe unserer Unterkunft gehen.«

Die Maharani sah mich an und räusperte sich. »Würden Sie es in Erwägung ziehen, dass sie meine Schule besucht?«

Einen Augenblick lang vergaß ich meine Manieren und starrte sie an. Die Maharani-Mädchenschule war die prestigeträchtigste in ganz Rajasthan. Maharani Latika hatte sie gegründet, um junge Damen in der Kunst der Anmut und Selbstgenügsamkeit zu unterrichten. Meine Kundinnen konnten es sich leisten, ihre Töchter dorthin zu schicken, aber selbst jetzt, wo mein Geschäft gewachsen war, hätte ich die Schulgebühren niemals aufbringen können.

Als hätte sie meine Gedanken gelesen, winkte Ihre Hoheit ab und sagte: »Machen Sie sich keine Sorgen wegen der Gebühren.«

Ich starrte sie immer noch an. Ein Platz an der Schule der Maharani bedeutete, dass Radha eine viel bessere Zukunft haben würde, als ich sie mir je für sie hätte vorstellen können. Er bedeutete, dass sie vielleicht im Ausland würde studieren können – so wie Kanta – und die weite Welt sehen würde, etwas, wovon ich nur träumen konnte. Gestern wäre mir ein solcher Gedanke noch vollkommen absurd erschienen!

Die Königin sah auf ihre geöffneten Handflächen, seufzte und führte sie zu einem *Namaste* zusammen, wobei sie es gerade noch schaffte, das feuchte Henna nicht zu verschmieren. »Ich bin Ihnen dankbar für das, was Sie für mich getan haben.«

Ich war sprachlos. Und unendlich erleichtert. Was wie eine kaum zu bewältigende Aufgabe ausgesehen hatte, trug jetzt schließlich Früchte. Ich senkte den Kopf und erwiderte ihr *Namaste*.

Als ich meine Stimme wieder unter Kontrolle hatte, sagte ich: »Mögen Sie immer Rot tragen, Eure Hoheit.«

Ich vervollständigte den traditionellen Segen nicht: *Und mögen Eure Söhne den Namen Eures Mannes weitertragen.*

Ihr einziger Sohn, Madhup, würde niemals Kronprinz werden, und zu diesem Zeitpunkt wäre es freundlicher gewesen, ihr zu wünschen, dass sie niemals Witwe werden würde.

Die ältere Maharani hatte mich für meinen täglichen Statusbericht zu sich gerufen. Ein Assistent führte mich zu dem Salon, wo sie zum ersten Mal mit mir gesprochen hatte, nur dass sie diesmal mit drei anderen eleganten und juwelengeschmückten Damen an einem Kartentisch saß. Sie spielten gerade Bridge. Ich legte meine Hände zu einem *Namaste* zusammen, zuerst für Ihre Hoheit und dann für ihre Gefährtinnen.

Madho Singh pfiff und kreischte: »*Namaste! Bonjour!* Willkommen!« Er flog von seinem Käfig herunter und ließ sich auf der Stuhllehne seiner Herrin nieder.

Maharani Indira sagte zu der Frau, die ihr gegenübersaß: »Nalani, du hast vor ein paar Monaten Helen Keller in Bombay getroffen, aber die Frau, die wahre Wunder wirkt, steht zu deiner Rechten.«

Die Nalani genannte Frau musterte mich über ihre halbmondförmigen Brillengläser hinweg. »Stimmt das?«

Ihre Hoheit studierte ihre Karten. »Meine Damen, darf ich euch Lakshmi Shastri vorstellen, die unsere junge Maharani aus den Tiefen des Trübsinns wieder herausgeholt hat?«

Ich lächelte. »Es freut mich, Ihnen zu Diensten sein zu können, Eure Hoheit.«

»Ich glaube, Gori, dass du nächsten Monat den französischen Finanzminister zu Gast hast. Wie schön wäre es doch, wenn Lakshmi seiner Frau die Hände mit Henna bemalte! Und, Anu, wirst du nicht bald dein drittes Enkelkind begrüßen? Lakshmi ist genau die richtige Frau, um dein Mandala zu gestalten. Sie wirkt ihren Zauber, und bevor du zwinkern kannst, wirst du einen Enkel*sohn* haben.«

»Das wäre *wirklich* ein Wunder«, erwiderte Anu kichernd.

Die Maharani lächelte mich wohlwollend an. Ich bedankte mich für ihr Lob, indem ich mit einer Hand meine Stirn berührte.

Sie wandte ihre Aufmerksamkeit wieder ihren Karten zu. »Ich möchte, dass Sie Latika für den nächsten Monat weiterhin mehrmals die Woche besuchen. Wenn der Maharadscha es ihr erlaubt, wieder mit ihrem Sohn zu sprechen, wird sie sicherlich einen Rückfall erleiden und Ihre Unterstützung begrüßen.« Dann entließ Ihre Hoheit mich mit einem Nicken.

Während ich zur Tür ging, hörte ich sie sagen: »Ich habe aber auch immer ein Glück, meine Damen, ich soll nächste Woche die Feierlichkeiten für das Wüstenfestival eröffnen. Gori, du musst mich diesmal begleiten. Warum soll immer ich diejenige sein, die beim Schnurrbartwettbewerb den Preisrichter spielen muss?«

»Du weißt doch, wie es immer heißt – je länger der Schnurrbart, desto länger der *Lingam*.«

Ihr Lachen verfolgte mich zur Tür hinaus und den Korridor hinunter.

Malik und ich saßen in einer *Tonga* – auf dem Weg zu unserem nächsten Termin. Ich erzählte ihm von den neuen Aufträgen, die wir für die Freundinnen von Maharani Indira ausführen würden, als das Fuhrwerk abrupt stoppte. Das Pferd bäumte sich auf und wieherte. Ich griff mit einer Hand nach Malik und mit der anderen nach der Plane der Tonga, damit wir nicht hinausfielen. Was war passiert? Waren wir in ein Schlagloch geraten? Gegen einen Stein gestoßen? Einen streunenden Hund? Dann sah ich Hari. Rechts von uns griff er nach dem Holzstab, den er gerade in die Speichen unseres Fuhrwerks gestoßen hatte. Der Fahrer gestikulierte wild und beschimpfte ihn lautstark. Die Automobilisten hinter uns hupten. Menschen drehten sich um und starrten uns an. Selbst das weiße Kalb am Straßenrand hörte auf, weggeworfene Kartoffelschalen zu kauen, und blickte auf.

Malik zupfte mich am Arm. »Lass uns aussteigen.«

Er schnappte sich unsere *Tiffins* und sprang hinunter, aber ich war wie gelähmt.

Malik warf dem Fahrer mehrere Rupien zu, drängte mich vom Fuhrwerk herunter, nahm die *Tiffins* und zog mich in eine Gasse. Meine Glieder fühlten sich schwer an, als würde ich durch Öl schwimmen. *Würde ich wirklich sieben Leben lang an Hari gebunden sein?*

Als wir sicher außer Blickweite waren, drehte Malik sich um und ließ die *Tiffins* los, nicht aber meinen Arm.

Hari näherte sich uns und ließ den Stab in den bloßen Schmutz fallen.

Malik spuckte auf den Boden. »Kannst du dich nicht verabreden wie jeder andere?«

Ihn ignorierend, sagte Hari zu mir: »Du bist nie zu Hause. Ich brauche dich.«

»Geld?«

»Ja, aber ...«

»Ich dachte, du hättest jemand anderen gefunden, der dir dabei hilft.«

Er runzelte verwirrt die Stirn.

»Das *Nautch*-Mädchen. Hast du auch all ihr Geld ausgegeben?«

Er winkte ab. »Ach, die. Sie ...« Er hielt inne und schüttelte den Kopf. »Pass auf. Ich brauche hierbei deine Hilfe.« Er trat zur Seite. Hinter ihm stand ein Mädchen, kleiner und jünger als Malik. Sie trug ein zerrissenes, ungewaschenes Kleid.

Keine Schuhe. Ihr lief die Nase. Hari drehte sie sanft um. Ich sah eine klaffende Wunde an ihrer rechten Wade, aus der gelber Eiter herausquoll.

»Ich habe Maas Wickel draufgelegt, aber die Entzündung wurde nur noch schlimmer«, sagte er.

Ich sah mir die Wunde genauer an, trat aber nicht näher. »Wer ist das?« Dann sah ich überrascht zu Hari auf. »Und was weißt *du* über Umschläge?«

Er seufzte. »Nachdem du gegangen bist, brauchte Maa Hilfe. Zuerst wollte ich ihr nicht helfen, aber als sie krank wurde, hat sie mich angefleht, mich um die Frauen zu kümmern, die zu ihr kamen. Sie hat mir das Gleiche beigebracht wie dir.« Er leckte sich die aufgesprungenen Lippen. »Hier in Jaipur brauchen die Menschen ebenfalls Hilfe.« Vorsichtig zog er dem Mädchen den Daumen aus dem Mund. »Sie ist die Tochter von einem der *Nautch*-Mädchen.«

Vor dreizehn Jahren hatte ich Hari als jemanden gekannt, der bedenkenlos alles tat und sagte, nur um zu bekommen, was er haben wollte. Im ersten Jahr unserer Ehe gab es jedoch eine Zeit, wo ich ihm alles glaubte. Hari brachte mir Hirtentäschel, das er am Flussufer gesammelt hatte. (»Sich mal, Lakshmi. Herzförmig, nur für dich.«) Und einmal getrocknete *Rudraksha*-Samen. (»Was für eine schöne Halskette sie ergeben werden!«) In Zeiten wie diesen rührte er mein Herz. Später erfuhr ich, dass das Hirtentäschel aus *Saas'* Vorräten stammte (sie verwendete es, um Malaria zu behandeln), und der Guru, der durch unser Dorf gereist war, hatte seine Gebetsperlen (aus den begehrten blauen Samen) zurückgelassen.

Ich würde mich nicht wieder zum Narren halten lassen.

»Wie viel diesmal, Hari?«

»Siehst du es nicht? Sie braucht …«

»*Wie viel?*«

»Sie ist ein Kind, Lakshmi.«

»Ich habe dir bereits Hunderte von Rupien gegeben. Hast du eine Ahnung, wie lange ich dafür habe arbeiten müssen? Wie viel?«

Hari bewegte den Unterkiefer von einer Seite zur anderen und verstärkte seinen Griff um die Schultern des Mädchens. Sie wandte sich zu ihm um. Er schüttelte den Kopf, als hätte ich ihn enttäuscht.

Plötzlich überfiel mich ein schlechtes Gewissen. Wenn er die Wahrheit sagte, war es falsch von mir, dem Mädchen nicht zu helfen. Auch wenn ich es schwer glauben konnte, dass Hari sich geändert hatte, dass er jetzt Saasujis Arbeit fortsetzte, schuldete ich es doch dem Mädchen, etwas zu unternehmen. Meine Schwiegermutter hätte es getan, das wusste ich.

Ich sah Malik an, und er ließ meinen Arm los. Ich ging zu dem Mädchen und hockte mich hin, um die Wunde zu untersuchen. Der Riss war tief. Die Haut um die Wunde herum war rot, rosa und purpur gefleckt. Viele Male hatte ich Haris Mutter dabei zugesehen, wie sie mit einem sterilen Faden und einer sehr feinen Nadel Wunden nähte, aber ich selbst hatte das nie gemacht. Ich hätte versuchen können, das Gleiche für dieses kleine Mädchen zu tun, aber ich war unsicher. Vielleicht hätte das alles noch schlimmer gemacht; ich fürchtete, dass sie ihr Bein verlieren könnte.

»Sie muss genäht werden«, sagte ich. »Und sie braucht Desinfektionsmittel. Außerdem musst du die Wunde danach abdecken.«

Hari lachte freudlos auf. »Jetzt, wo du für den Palast arbeitest, bist du dir dafür zu fein, ihr selbst zu helfen?«

Mir wurde heiß. Ein Jahrzehnt lang hatte ich nur die Reichen behandelt und ihnen bei ihren kleineren, eher emotionalen Problemen geholfen. Wenn ich bei Hari geblieben wäre, hätte Saasuji mir zweifellos auch die komplizierteren Verfahren beigebracht, die nur sie selbst anwendete. Ich zitterte, als ich mir vorstellte, wie meine Schwiegermutter mich genauso entsetzt anschaute wie jetzt Hari.

Er begriff, dass er einen wunden Punkt berührt hatte. »Selbst Radha bewegt sich jetzt in solch feinen Kreisen.« Bevor ich ihn fragen konnte, was er damit meinte, fügte er hinzu: »Wie viel hat dir der Schatzmeister des Palastes gegeben?«

Ich sah wieder das arme Mädchen an. Ein unschuldiges Kind. Es war nicht sein Fehler, dass es arm war. Ich nahm tausend Rupien aus der Zahlung des Schatzmeisters und hielt sie Hari hin. »Du musst sie direkt ins Krankenhaus bringen. Und Medikamente kaufen.«

Als er nach dem Geld griff, zog ich meine Hand zurück. »Die Scheidung, Hari. Das ist mein Preis.«

Er kniff die Augen zu und zuckte dann die Schultern, als wäre es ihm gleichgültig. Ich ließ ihn das Geld aus meiner Hand nehmen und sah zu, wie er es einsteckte.

»Ich werde Malik mit den Papieren zu dir schicken«, sagte ich.

Für einen langen Moment sahen wir einander an. Schließlich nickte er.

Er nahm das Mädchen an der Hand und verließ die Gasse. Während sie um die Ecke bogen, drehte das Mädchen den Kopf, um mich anzustarren.

»*Hai Ram*«, sagte ich. Ich hatte das Geld nicht einmal lang genug besessen, dass es sich real anfühlte. Jetzt hatte ich sogar noch weniger, um den Bauunternehmer zu bezahlen.

»*Goonda!*«, sagte Malik.

Vielleicht war Hari ein schlechter Mensch. Vielleicht auch

nicht. Ich kannte den Hari von vor langer Zeit. Hatte er sich jetzt geändert? Ich war skeptisch.

Ich legte meine Hände auf Maliks Schultern und zwang ihn dazu, mich anzusehen. »Sag mir, dass du *niemals* ein Gangster werden wirst. Versprich es mir.«

Malik antwortete mir nicht. Er nahm die *Tiffins* auf und ging.

Ich kam früher als sonst nach Hause. Hari zu treffen hatte mich erschüttert, aber ich versuchte, nicht mehr darüber nachzudenken. Stattdessen konzentrierte ich mich auf die Neuigkeiten, die ich Radha erzählen wollte. Die Maharani-Mädchenschule. Wie begeistert sie sein würde, zusammen mit den jungen Damen aus der Elite von Jaipur Shakespeare zu lesen!

Von Mrs. Iyengars Tor aus beobachtete ich Radha draußen an der Kochstelle, wie sie Grahammehl aus einem Sack auf einen Stahlteller schüttete. Sie arbeitete geschwind und siebte das Mehl durch, um die Steinchen zu entfernen. Sie war immer noch schroff und wies mich mit einer raschen Kopfbewegung ab. Oder sie ignorierte mich völlig und vergrub ihr Gesicht in einem von Kantas Romanen. Aber jetzt würden sich die Dinge ändern. Jetzt, wo ich ihr das bieten konnte, was keine von uns erwartet hatte – sogar etwas Besseres, als Kanta ihr anbieten konnte.

Ich ging zu Radha und wünschte ihr einen guten Abend.

Ihr Blick schnellte zu mir, aber sie sagte nichts. Sie schüttete Mehl vom Teller in einen Topf mit zerlassenem *Ghee,* und bald erfüllte der intensive Geruch von warmer Butter und Mehl die Luft.

Ich hockte mich neben sie. Zum ersten Mal wurde mir bewusst, dass ihre Ohrläppchen nicht durchstochen worden waren, als sie noch ein Baby war. Maa und Pitaji hatten sich wahrscheinlich das Gold für die Ringe nicht leisten können. Ich würde das nachholen.

»Wenn ich das nächste Mal zum Palast gehe, Radha, möchte ich dich gerne mitnehmen.«

Meine Schwester blinzelte überrascht, fuhr aber fort, das Mehl zu rühren. Ich wartete auf eine Antwort. Es kam keine.

»Du bist so fleißig bei deiner Arbeit gewesen. Du mahlst das Henna feiner, als ich es je könnte …«

»Ich kann nicht.«

»Kannst was nicht?«

»Mit dir zum Palast gehen.«

»Natürlich kannst du das. Kanta wird dich für einen Nachmittag entschuldigen …«

»Sie ist den ganzen Tag in ihrem Haus eingesperrt«, erwiderte Radha rundheraus. »Und ihre *Saas* ist schwierig.« Sie begann, Zucker aus einem Sack in den heißen Topf zu schütten. »Sie braucht mich.« Ich hörte, was sie nicht aussprach: *Du nicht.*

Das versetzte mir einen Stich. Wie konnte dieses Mädchen, das vor zwei Wochen noch die ganze Nacht geweint hatte, weil ich sie nicht mit zum Palast nehmen wollte, jetzt so tun, als wäre es ihr gleichgültig? Hatte ich den falschen Zeitpunkt erwischt, um es ihr mitzuteilen? Vielleicht hätte ich warten sollen, bis sie mit dem Kochen fertig war. Seit dem Feuer an Mrs. Iyengars Kochstelle gleich nach ihrer Ankunft versuchte sie immer, besonders vorsichtig zu sein.

Ich hob das Schälchen mit zerstoßenem Kardamom an, um ihn in die Zuckermischung zu geben.

Radha packte mich am Handgelenk. »Noch nicht.«

Verlegen stellte ich das Schälchen wieder hin. Ich hätte mich nicht einmischen sollen. Ihre *Laddus* waren viel besser als meine.

Sie wendete einen Spachtel voll Teig. Er bräunte schön.

Das Schweigen zwischen uns zog sich in die Länge.

»Ich habe eine Überraschung für dich. Maharani Latika hat dir ein Stipendium in ihrer Schule angeboten. Stell dir das mal vor, Radha! Statt auf eine staatliche Schule wirst du zu einer Privatschule gehen. Wo all die Mädchen von Parvatis Weihnachtsparty hingehen. Nächste Woche geht es los.«

Sie fuhr fort, den Teig zu rühren.

»Radha?«

»Ich werde Tante davon erzählen, wenn ich morgen zu ihr gehe. Sie wird sich freuen.«

Vielleicht war sie zu müde, um es richtig zu begreifen. Hatte ich sie zu hart arbeiten lassen?

»Du wirst eine Aufnahmeprüfung ablegen müssen, aber ich weiß, dass du sie mit Leichtigkeit bestehen wirst. Du weißt jetzt schon so viel über Bücher, Radha, und dein Englisch ist so gut ...«

»Ich werde hingehen, wenn du das willst.«

»Ich dachte, du würdest dich freuen ...«

Sie hob den Blick und sah mich fest an. »Du möchtest, dass ich mich bei dir bedanke? In Ordnung. Danke. Jetzt muss ich mit diesen Leckereien weitermachen, sonst wirst du dich über mich aufregen, weil ich meine Arbeit nicht erledige.«

Ich blinzelte. Meine Schwester, die zu mir aufgesehen hatte, die mich vor so kurzer Zeit zum ersten Mal Jiji genannt hatte, benahm sich, als würde es sie nicht länger interessieren, was ich sagte oder für sie tat. Hätte ich mich freuen sollen, dass sie sich von mir löste, unabhängig wurde, ihre eigenen Entscheidungen traf? Aber das tat ich nicht. Ich vermisste die andere Radha, die, die sich auf unserer Liege an mich geklammert, hilflos geweint und mir von Maa und Pitaji und ihrem Leben in Ajar erzählt hatte.

Vorsichtig stand ich auf und strich meinen Sari glatt. Ich sah ihr zu, wie sie gemahlene Nelken zum Teig hinzufügte. Als ich wieder ohne Zittern in meiner Stimme sprechen konnte, sagte ich: »Wenn du deine Meinung änderst, was den Palast angeht ...«

»Werde ich nicht. Lass die *Tiffins* hier. Ich wasche sie aus, bevor ich hochkomme«, erwiderte sie und griff nach dem Kardamom. Die scharfen Kanten ihrer Worte schnitten jede weitere Diskussion ab.

# NEUN

## 12. Februar 1956

Die Maharani-Mädchenschule bestand aus drei Gebäuden mit je zwei Stockwerken. Ich stand auf der anderen Straßenseite vor der Schule und beobachtete, wie Autos reihenweise durch die Tore eine gepflasterte Auffahrt hinunter-, um den runden Hof herum und wieder zurück auf die Straße fuhren. Fahrer in kakifarbenen Hemden und Faltenhosen hielten die Türen für junge Memsahibs auf, die zum Mittagessen nach Hause fuhren. Ein paar Tagesschüler gingen zum Essen zu lokalen Imbissständen. Die Internatsschüler aßen in der Schulkantine.

Die jüngeren Mädchen im Alter von acht bis zwölf Jahren trugen hellblaue Röcke und Blusen mit halblangen Ärmeln und einer roten Schärpe. Schülerinnen in Radhas Alter und älter trugen ein blaues *Kamiz*, einen weißen *Shalwar* und einen kastanienbraunen *Chunni*. Jedes Mädchen trug eine kastanienbraune Strickjacke – Jaipur im Februar war frisch. Ich hatte gehört, dass die Maharani an jedem Detail ihrer Schule beteiligt gewesen war – von der Uniform über die Ernennung von Miss Geneviève als Schulleiterin (sie war im Schweizer Internat die Tutorin für Ihre Hoheit gewesen) bis hin zum

Speiseplan fürs Mittagessen (nichts Frittiertes, jede Menge Obst und Gemüse, kein Zucker).

Es war Radhas erste Woche an der Maharani-Mädchenschule, und ich wollte sie zum Mittagessen ausführen. Ich war gerade so beschäftigt, dass ich kaum Gelegenheit hatte, sie zu fragen, wie es ihr gefiel und wie der Unterricht so war. Mein Herz schwoll an, als ich sah, wie sie die Treppe vor dem Hauptgebäude hinuntersprang. Ihr Teint war rosig, ihre Uniform elegant und ordentlich. (Als ich ihr heute Morgen angeboten hatte, mit Malik und mir in der Rikscha mitzufahren, hatte sie die Nase gerümpft. Sie wolle nicht nach dem Schweiß des Riksha-*Wallas* riechen oder ihre Kleider zerknittern, hatte sie gesagt.)

Als Radha die letzte Stufe hinunterkam, schnitt Sheela Sharma ihr den Weg ab, wodurch meine Schwester abrupt stehen bleiben musste. Ohne sich zu entschuldigen, verschwand Sheela auf der Rückbank des Sedans ihrer Familie. Radha kniff den Mund zusammen.

Ich hielt den Atem an.

Zu meiner Erleichterung setzte Radha ihren Weg zum Wachhäuschen fort, um sich dort fürs Mittagessen abzumelden. Der Pförtner nahm sich Zeit, um auf seinem Klemmbrett nach Radhas Namen zu suchen. Sie wirkte nervös, blickte die Straße hinunter und kaute auf ihrer Lippe herum.

Ich rief nach ihr. Sie drehte sich erschrocken um und schien nicht erfreut, mich zu sehen. Allmählich lernte ich, das locker zu nehmen. Ich trug keine *Tiffins*, keine Taschen – nur eine Handtasche.

Sie warf einen weiteren Blick die Straße hinunter. Dann ließ sie die Schultern sinken.

»Wie elegant du in deiner Uniform aussiehst!«, bemerkte ich strahlend.

Sie sah verlegen an ihrer Kleidung hinunter, als hätte ich einen Fleck darauf gefunden.

Ich hakte mich bei ihr ein und führte sie zu den *Chaat*-Läden am anderen Ende der Straße. »Lass uns zusammen zu Mittag essen.« Ich hielt an, um den langen *Chunni* zurechtzurücken, damit er gleichmäßig über ihre Schultern fiel. »Wie gefällt es dir in der Schule?«

»Gut.«

»Komm mit.« Wir schlenderten weiter. »Dies ist deine erste Großstadtschule – nicht so wie Pitajis kleiner Schuppen. Es muss doch ein paar Überraschungen geben? Hast du schon ein Mädchen getroffen, mit dem du dich gerne anfreunden möchtest?«

Sie wackelte mit dem Kopf und zuckte gleichzeitig die Schultern. *Ja. Nein. Vielleicht.*

Zwei Mädchen in der gleichen Uniform wie Radha überholten uns und lächelten meine Schwester an, aber sie war zu zerstreut, um den Gruß zu erwidern.

Ich drückte ihren Arm. »Es muss wunderbar sein. So viele neue Erfahrungen.« Mit geübtem Auge beurteilte ich die Angebote bei jedem *Chaat*-Verkäufer, an dem wir vorbeikamen: *Samosas, Choles, Pakoras, Dal Batti.*

»Wie wäre es mit *Sev Puri*? Es dauert so lange, *Puris* zu Hause zuzubereiten, und hier können wie sie frisch vom Herd bestellen.« Ich sah sie um ihre Zustimmung heischend an.

Sie hob die Augenbrauen. »Du hältst doch nichts von Essen von Straßenverkäufern.«

Da hatte sie recht, aber ich sagte ihr, ich würde heute eine Ausnahme machen, worauf sie ein leichtes Nicken zustande brachte. Wir setzten uns an einen kleinen Tisch vor den Imbissstand.

»Erzähle mir von deinen Lehrern.«

Sie seufzte, während sie mit dem Finger eine Furche im Holztisch entlangfuhr. »Die Hindilehrerin ist klein und dünn und hat Schuppen in den Haaren. Die Art, wie sie sich den Hals reinigt, würdest du nicht mögen.«

»Radha! Spricht man so über die Menschen, die einem Lesen und Schreiben beibringen?«

Sie sah mir in die Augen, als wollte sie fragen: *Hast du den ganzen langen Weg gemacht, um mit mir zu schimpfen?*

Ich legte meine Hand auf ihre. »Pitaji wäre so stolz auf dich.«

»Er wäre mit der staatlichen Schule zufrieden gewesen.«

Es stimmte, dass unser Vater kostenlose Bildung für alle Kasten unterstützt hatte. Aber die Maharani-Mädchenschule – die Mädchen, die sie dort kennenlernen würde, die Chancen! Selbst er wäre davon begeistert gewesen.

Unser Tee kam in kleinen Gläsern an, das Kartoffel-und-Chutney-*Puri* in Zeitungspapier eingewickelt. Sie musste hungrig sein, denn sie nahm einen großen Bissen. Automatisch legte ich ihr eine Hand auf den Unterarm, um sie daran zu erinnern, dass sie wie eine Dame essen sollte. Sie sah sich um, ob irgendeines der Mädchen aus ihrer Klasse gesehen hatte, wie ich sie korrigierte. Sofort wünschte ich mir, ich hätte es unterlassen.

Ich nippte an meinem Tee. »Und was ist mit deinen anderen Lehrern?«

»In Geschichte haben wir Mrs. Channa. Sie ist gemein. Ein Mädchen in meiner Klasse hat mit ihrer Freundin gesprochen. Mrs. Channa mochte das nicht, also musste Sonya sich mit den Armen unter den Knien hinhocken und an ihren Ohren ziehen. Wie ein Hahn.«

Manche Strafen in der Schule änderten sich nie. Meine Lippen zuckten. »Sieht so aus, als hätte Mrs. Channa versucht, ein Zeichen zu setzen.«

Radha zog die Schultern hoch, als sei es ihr so oder so völlig egal. Ich dachte daran, wie fröhlich meine Schwester immer in Gegenwart von Malik und Kanta war. Warum konnte sie bei mir nicht genauso sein?

Ich zog ein schmales Ziegenlederetui aus meiner Handtasche. »Da du so gerne liest, dachte ich, du könntest es vielleicht auch einmal mit Schreiben versuchen. Das sollte sich dir dafür als nützlich erweisen.«

Einen Moment lang sah sie das Etui an, dann mich. Mir wurde bewusst, dass sie vielleicht noch nie zuvor ein Geschenk bekommen hatte. Sie zog ihr Schultaschentuch heraus und wischte sich das Fett von den Händen. Langsam öffnete sie das Etui und nahm den marmorierten orangen Füllfederhalter vorsichtig aus seinem blauen Samtbett, als hätte sie Angst, ihn zu zerbrechen. Sie fuhr mit den Fingern über den glatten Körper und schraubte die Kappe ab. Sie untersuchte die Gravur auf der goldenen Spitze: *Wilson 1st Quality Fine.*

Radhas Lippen waren schon auf halbem Wege zu einem Lächeln. Dann blinzelte sie plötzlich. Sie ließ den Stift zurück ins Etui gleiten und klappte es zu. »Das hättest du nicht tun sollen.«

»Gefällt er dir nicht?«, fragte ich verdutzt.

»Wenn ich ihn verliere, wirst du böse sein.« Eine weitere Zurechtweisung.

Sie nahm noch einen großen Bissen *Puri* und Kartoffeln und forderte mich heraus, ihre Tischmanieren zu korrigieren.

Ich presste die Lippen zusammen und schob ihr das Etui zu. »Es gehört dir, *Choti Behen.*« Die Worte *kleine Schwester* entschlüpften mir einfach, das war so nicht geplant. Ich war daran gewöhnt, dass Malik sie *Choti Behen* nannte, weil er sich als ihr Beschützer fühlte, als wäre er ihr älterer Bruder. Dies war das erste Mal, dass ich sie so nannte.

Sie hielt beim Kauen inne. Schluckte mühsam. »Danke, Jiji.«

Schnell aß sie den Rest ihres *Puris* auf. Sie müsse zurück zur Schule, um vor der nächsten Unterrichtsstunde ihren Rückstand bei der Lektüre aufzuholen, sagte sie. »Ich hätte das heute Morgen schaffen können, aber ich musste noch das Henna für dich mahlen.«

»Radha, wenn deine Hausaufgaben darunter leiden, brauchst du die Hennapaste nicht mehr herzustellen. Ich komme schon zurecht.«

»Können wir jetzt gehen?« Ungeduldig stand sie von ihrem Hocker auf.

Als wir am Schultor ankamen, meldete sie sich beim Wachmann an, ging über den Hof und die Treppe hoch und verschwand im Hauptgebäude. Sie hatte sich nicht einmal verabschiedet.

Gedankenverloren überquerte ich die Straße. Erst hatte sie gar nicht zur Maharani-Mädchenschule gehen wollen, und jetzt wollte sie unbedingt früher vom Mittagessen zurückkehren, damit sie gute Noten erzielte. Wie schwer sie sich doch einschätzen ließ.

»Ich wünschte mir, ich könnte meine Tochter an eine solche Schule schicken.«

Vor Schreck sprang ich zur Seite. Mein Bauunternehmer, Naraya, war plötzlich sehr nah hinter mir aufgetaucht. Er war ein massiger Mann mit einem hervorstehenden Bauch, und seine *Kurta* war voluminös, was ihn noch größer erscheinen ließ. Gerade reinigte er sich die Zähne mit einem Zahnstocher.

Ich trat einen Schritt zurück. »Sie haben mich erschreckt, Mr. Naraya.«

»Tatsächlich? Tut mir leid, Mrs. Shastri.« Auch wenn er mich ruhig anblickte, lag doch ein bedrohlicher Unterton in seiner Stimme. »Haben Sie bemerkt, dass wir diese extravaganten westlichen Installationen eingebaut haben, die Ihnen so gut gefallen? Unglücklicherweise ist uns das Geld für die Toilette ausgegangen. Und für die Fensterläden.« Er zog ein Stück Papier aus seiner *Kurta* und kam wieder näher. »Sie haben die Rechnung nicht bezahlt.« Ich roch die billigen *Beedis* und das Curry, das er zu Mittag gegessen hatte.

Gerade als ich das Blatt von ihm entgegennehmen wollte, zog er es zurück. »Natürlich musste ich den Betrag verdoppeln.«

*Wie bitte?* Samir hatte mir doch einen zweimonatigen Zahlungsaufschub verschafft! Ich schnappte mir die Rechnung und überflog sie. »Zehntausend Rupien? Was ist mit …«

»Ihrem Zahlungsaufschub? Die zwei Monate sind …«, er kratzte sich am Hals, »… vor zwei Tagen abgelaufen. Der Betrag verdoppelt sich, wenn Sie eine Rate nicht rechtzeitig zahlen. Das steht im Vertrag.«

Ich war mit dem Palast und unseren neuen Auftraggeberinnen, damit, Radha auf die Schule vorzubereiten, und natürlich mit Arbeit, Arbeit, Arbeit so beschäftigt gewesen, dass ich vergessen hatte, den Tag in meinem Notizbuch zu markieren.

»Ich habe Ihnen bereits zwei zusätzliche Monate zugestanden.« Er stocherte in seinen Zähnen herum. »Wenn ich das Geld heute nicht bekomme, kann ich das Haus in Besitz nehmen. Das steht ebenfalls im Vertrag. Und meine Tochter und ihr neuer Ehemann brauchen ein Haus.«

*Hai Ram!* Ich hatte das Geld immer noch nicht. Die meisten Einnahmen vom Palast waren für die Dinge für Maharani Latika (Parvati hatte mir die Vermittlungsgebühr für die Ehe noch nicht bezahlt), Radhas Uniform und Bücher, die erhöhte

Miete an Mrs. Iyengar für meine Schwester und mich und natürlich an Hari draufgegangen. Naraya hatte die Installation der Toilette absichtlich zurückgestellt. Ohne eine vernünftige Toilette konnte ich nicht einziehen.

Ich versuchte zu lächeln, aber heraus kam eine Grimasse. »Ich brauche ein bisschen mehr Zeit.«

Sein Gesicht mit den Buddhawangen wirkte liebenswürdig, aber seine Stimme war grimmig. »Die Mitgift meiner Tochter kann nicht warten. Sonst wird sie *vor* der Hochzeit Mutter.«

Ich zog die Augenbrauen hoch. »Sie ist schwanger?«

Er bleckte seine fleckigen Zähne, als ob ich gerade einen Witz gemacht hätte. »Ich habe sie einmal rausgeworfen. Aber meine Schwester hat mich angefleht, sie wieder aufzunehmen. Schließlich habe ich einen alten Narren gefunden, der sie mir abnimmt. Aber man wird es ihr bald ansehen.«

»Der Bräutigam weiß es nicht?«

Mr. Naraya lachte so laut, dass sein Bauch unter der *Kurta* schwabbelte. »Bin ich verrückt?«

Ich wich zurück.

»Sie sehen nicht gut aus, Mrs. Shastri. Wie wär's, ich fahre Sie dorthin, wo Sie Ihr Geld aufbewahren?«

Ich umklammerte meine Handtasche, als befände sich mein Geld darin. »Nein. Ich treffe Sie um drei Uhr heute Nachmittag. Gleich vor dem Tor zum Johri-Basar. Mit dem Geld.«

Er zeigte mit seinem Zahnstocher auf mich. »Sehen Sie, wie einfach das war?«

Ich hatte keine andere Wahl, als Samir zu fragen. Er hatte mir schon einmal ein Darlehen angeboten, und ich wusste, dass er das Geld erübrigen konnte, aber ich hasste es, darum bitten zu müssen. So fest entschlossen, wie ich war, ein eigenes Haus zu besitzen – mein Traum von einem unabhängigen Leben –, verabscheute ich Schulden, insbesondere, wenn ich sie bei Freunden hatte. Und ganz besonders, wenn ich sie bei Samir hatte. Unser Arrangement beruhte ausschließlich auf den Beuteln; nach Parvatis Weihnachtsparty wollte ich jede weitere persönliche Verwicklung mit ihm vermeiden.

Ich blickte auf meine Taschenuhr: ein Uhr dreißig. Zu dieser Tageszeit würde Samir höchstwahrscheinlich in seinem Büro sein, sofern er nicht mit einem Kunden zum Mittagessen gegangen war.

Ich winkte eine Rikscha heran.

Als ich am Bürogebäude mit den hohen weißen Kolonnaden ankam, verlor ich beinah die Nerven. Meine Hände fühlten sich klamm an. Ich wollte umkehren. Aber wo sonst konnte ich das Geld herbekommen? Banken? Wann hatten sie jemals Geld an eine Frau ohne Ehemann verliehen?

Dann ein erschreckender Gedanke: Wie unterschied ich mich jetzt noch von Hari, wo ich um Geld bettelte, um Zeit?

Ich stieg aus der Rikscha aus, bevor ich es mir anders überlegen konnte.


»Das ist wirklich eine Überraschung«, sagte Samir. Er deutete auf den Stuhl vor seinem Schreibtisch. Sein umglastes Büro lag auf einer Seite eines großen, offenen Raumes, in dem fünf Bauzeichner an ihren Schreibtischen arbeiteten. »Tee?«

Ich schüttelte den Kopf. »Es ist dringend. Sonst wäre ich nicht hergekommen.« Ich befeuchtete mir die Lippen. »Die Rechnung des Bauunternehmers. Ich habe die Frist verpasst.«

Er zögerte nicht. »Wie viel?«

Ich reichte ihm die Rechnung. »Ich zahle es dir mit Zinsen zurück.«

Samir pfiff, als er die Rechnung las, dann sah er mich an. Er trat an den Bürosafe hinter sich, öffnete ihn mit der Kombination und entnahm ihm ein Bündel Geldscheine. Er steckte sie in einen Umschlag, den er mir reichte, und setzte sich dann wieder.

Ich wollte mich entschuldigen. *Es tut mir leid, Samir. Ich habe geglaubt, ich könnte es allein schaffen.* Doch stattdessen blieb ich noch einen Moment auf meinem Stuhl sitzen und sagte: »Möchtest du eine ... Quittung?«

Um seine Augen bildeten sich kleine Fältchen. Er unterdrückte ein Lächeln und stand auf.

Zeit zu gehen, dachte ich. Ich nickte ihm zum Dank zu, eilte dann durch die Bürotüren hinaus, den dicken Umschlag in meiner Hand. Ich gestattete mir einen Seufzer der Erleichterung. Samir hatte es mir so leicht gemacht, ihn zu fragen.

Als ich aus dem Gebäude herauskam, stieß ich beinah mit Parvati zusammen.

Ich erstarrte. Ausnahmsweise fiel mir kein Small Talk ein. Keine Lüge, mit der ich erklären konnte, was ich hier tat.

Im vergangenen Dezember auf der Weihnachtsparty hatte sie mich praktisch gewarnt, dass ich ihrem Ehemann fernbleiben solle. Und doch stand ich hier, vor der Tür zu seinem Büro. Ich spürte, wie ich rot anlief. *Es ist nicht, was Sie denken*, wollte ich sagen. *Es ist nicht das, wonach es aussieht.* Hatte Radha nicht genau das gesagt, als Parvati sie mit der blauen Theaterschminke auf der Haut gefunden hatte?

Parvatis Blick landete auf dem Kuvert in meiner Hand. Ihre Augenbrauen schossen in die Höhe.

Ich legte die Hände zum Gruß zusammen, in einer immer noch den Umschlag, und stotterte: »Samir Sahib ... hat bestellt – ich habe ihn beliefert ... Sie sind für seine Kunden.«

Das entsprach teilweise der Wahrheit. Er kaufte einmal im Monat das Haartonikum für Maharani Indira, nur eben nicht heute. Aber mir fiel nichts anderes ein.

In einer halben Stunde musste ich mich mit meinem Bauunternehmer treffen. Ich konnte es mir nicht leisten, mein Haus zu verlieren! Nervös eilte ich an ihr vorbei, um eine Rikscha herbeizurufen.

Am folgenden Tag schickte Parvati mir eine Nachricht, um ihren nächsten Termin abzusagen.

# TEIL *DREI*

# ZEHN

Jaipur, Rajasthan, Indien
15. März 1956

Bis zum März war unser Hennageschäft so gewachsen, dass ich Neukundinnen auf eine Warteliste setzen musste. Wir drei waren rund um die Uhr beschäftigt. Radha mischte Hennapaste an, bevor sie zur Schule ging. Malik und ich packten die *Tiffins* und fuhren quer durch Jaipur zu unseren Terminen. Nach der Schule ging Radha zu Kanta. Wenn sie abends zu Mrs. Iyengar zurückkehrte, half sie mir, die Köstlichkeiten für die Damen zuzubereiten. Am Ende des Tages waren wir alle so erschöpft, dass wir nur dann redeten, wenn es notwendig war.

*Hast du die Limetten bekommen, die wir für das Haartonikum brauchen?*

*Wie läuft es mit deinen Mathematikhausaufgaben?*

*Wurde uns das Geld für das ranzige* Bawchi-Öl *erstattet?*

Ich beendete außerdem die Arbeiten am Haus in Rajnagar. Mit dem Geld aus Samirs Kredit hatte ich Naraya ausgezahlt und einen anderen Bauunternehmer engagiert, um die Toilette zu vollenden. Es gab noch keinen Strom, aber wir konnten uns auch mit Laternen behelfen. Nicht mehr lange und wir würden einziehen.

Eines schönen Morgens, als es noch angenehm kühl war, brachte ich ein paar *Tiffins* für unseren ersten Tagestermin die Treppe hinunter. Radha und Malik waren vor mir hinuntergegangen. Als ich die Hoftür erreichte, hörte ich sie draußen miteinander reden.

»Nein, das *bist* du gewesen. Ich habe dich so deutlich gesehen, wie ich dich jetzt vor mir sehe.« Malik klang, als würde er mit jemandem reden, der viel jünger war und dem er etwas erklären musste.

»Und *wenn* ich es gewesen bin? Ich schulde dir keinerlei Erklärung, Malik.«

»Wer hat das behauptet? Sei bitte vorsichtig, *accha*?«

In letzter Zeit hatten sie angefangen, miteinander zu zanken wie reizbare Geschwister. Ich führte das auf zu viel Arbeit und zu wenig Schlaf zurück.

Ich trat durch das Tor. »Vorsichtig womit?«

Radha warf Malik einen hitzigen Blick zu, bevor sie sich auf den Weg zur Schule machte.

Er sah mir nicht in die Augen. Stattdessen sagte er: »Bin gleich wieder da. Ich habe die *Khus-Khus*-Fächer vergessen.«

Ich besuchte Maharani Latika jetzt einmal die Woche, mehr der Entspannung wegen als der Genesung. Die Trauerphase der jungen Königin war praktisch vorbei. Sie nahm immer mehr an den alltäglichen Abläufen in ihrer Schule teil.

Eines Tages, als Malik und ich am Palast ankamen, fuhr gerade ein glänzender Bentley zum Tor hinaus.

Maharani Latika lehnte sich aus dem Fenster auf der Fahrerseite. Sie trug eine dunkle Sonnenbrille und einen weißen Chiffonschal. Ihre Hofdame saß auf dem Beifahrersitz.

»Ich habe darauf gehofft, Sie zu erwischen!« Ein strahlendes Lächeln erschien auf ihren Lippen. »Ich muss für heute leider absagen, aber der Schatzmeister wird Sie bezahlen. Ich habe beschlossen, den jungen Damen Foxtrott beizubringen. Warum kommen Sie nicht mit und sehen Ihrer Schwester dabei zu?«

Ich war hin- und hergerissen. Einerseits wollte ich Radha unglaublich gerne wie eine feine Dame tanzen sehen, aber würde Radha das auch wollen? Oder würde sie glauben, dass ich ihr hinterherspionierte?

Ich lehnte höflich ab und beschloss, stattdessen Kanta zu besuchen. Ich wollte sehen, wie es mit ihrer Schwangerschaft voranging, und um ehrlich zu sein, wollte ich auch mit ihr über Radha sprechen. Sosehr ich mir auch eingeredet hatte, dass meine Schwester ihre Ablehnung mir gegenüber überwinden würde, war ich doch nicht davon überzeugt. Kanta, die Radha altersmäßig näherstand, würde besser wissen, wie ich mit ihr umgehen sollte.

Als ich ankam, entspannte sich Kanta in ihrem Wohnzimmer auf der Couch und hörte Radio. Sie freute sich, mich zu sehen, und bestellte Tee. Dann erzählte sie mir, dass sie Blut entdeckt und der Arzt ihr geraten habe, sich für den Rest der Schwangerschaft hinzulegen. Sie zog ihren Sari von der Schulter und entblößte ihren Bauch, um stolz die kleine Schwellung zu präsentieren.

»Lach mich nicht aus, Lakshmi, aber ich habe angefangen, mit Saasuji zusammen das *Puja*-Ritual zu praktizieren!« Kanta kicherte, als sie meinen Gesichtsausdruck sah. »Ich würde alles tun, um meinem Baby Glück zu bringen.«

Ich lächelte und hob kapitulierend die Hände.

Ihr Diener Baju betrat den Raum mit dem Tablett, wobei sein Schnurrbart zuckte. Manus Mutter, Kantas Schwiegermutter, erschien gleich hinter ihm und beschwerte sich, das

*Lassi,* das er für sie zubereitet hatte, sei zu dickflüssig. Baju reichte mir eine Tasse Tee und Kanta ein Glas Rosenmilch sowie einen Teller mit Augenbohnen.

»Die bringen Glück«, sagte ihre *Saas* mit einem Nicken in Kantas Richtung.

Vor sich hin grummelnd, verließ Baju den Raum.

**Kantas Schwiegermutter machte es** sich bequem und erzählte mir, dass Kanta ohne ihre Hilfe gar nicht wüsste, wie man ein Baby aufzieht. »Sie wusste nicht einmal, dass Babys von Rosenmilch rosa Wangen bekommen!«

Kanta verbarg ihr Lächeln hinter ihrem Glas.

Schließlich ging ihre *Saas.* Sie wolle nicht, dass Baju das *Subji* zu scharf würzte, wie sie sagte. »Zu viel Hitze und das Baby kommt wütend heraus.«

Als sie außer Hörweite war, stellte ich meine Tasse ab. Es war mir peinlich, mit meiner Freundin über Radha zu sprechen, und ich schämte mich, dass ich meine eigene Schwester weder verstand noch mit ihr umgehen konnte.

»Kanta … du und Radha – ihr steht euch so nah. Ich habe darauf gehofft, dass du mir helfen könntest, wie …«

Bevor ich meinen Satz beenden konnte, platzte Radha ins Zimmer, gefolgt von Malik, Kantas *Saas* und Baju. Noch in ihrer Schuluniform hielt meine Schwester die Hand über das linke Auge. Sie wirkte verdrießlich.

Ich stand vom Sofa auf. »Was ist passiert? Warum bist du nicht in der Schule?«

Radha erstarrte. Mit mir hatte sie nicht gerechnet. Sie ließ ihre Hand sinken. Ihr linkes Auge war geschwollen, und die Haut darum herum verfärbte sich zu einem intensiven Violett.

Ich keuchte auf und rannte zu meiner Schwester.

»*Hai Ram!*«, rief Kanta vom Sofa.

»Bist du noch anderswo verletzt?« Ich legte meine Hände

auf Radhas Schultern und suchte nach anderen Wunden. »Baju, bring mir Eis.«

Kantas *Saas* fragte: »Sollen wir die Polizei rufen?«

»Nein!«, rief Radha zu laut, wobei sie die Fäuste ballte.

»Radha!«, schimpfte ich mit ihr, weil sie so unfreundlich zu einer älteren Person gesprochen hatte.

Baju brachte den Eisbeutel. Ich presste ihn auf Radhas geschwollenes Auge, bis sie ihn mir aus der Hand riss und selbst übernahm. Sie ging weiter ins Zimmer hinein und ließ sich auf einen Sessel plumpsen, wobei sie den Eisbeutel immer noch auf ihr Auge drückte. »Diese blöde Sheela Sharma!«

Mein Herz setzte einen Moment aus. Was kam jetzt?

»Sheela Sharma hat dich *überfallen*?« Das kam von Saasuji, deren nächste Bemerkung an Kanta gerichtet war: »Ich habe dir doch gesagt, dass das Sharma-Mädchen schlechte Manieren hat. Und jetzt müssen wir auch noch hören, dass sie eine *Goonda* ist!«

Kanta sagte nichts. Ihre Augen waren schreckgeweitet.

Radha erwiderte ungeduldig: »Sie hat mich nicht überfallen. Sie hat mich mit dem Ellbogen gestoßen, als wir Foxtrott tanzten.«

»Foxtrott?« Saasuji sprach das englische Wort mit starkem Akzent aus. Ihr Ton ließ vermuten, dass westliche Tänze in ihren Augen eine schlimmere Verfehlung darstellten als ein Überfall. »Siehst du, was für Sachen sie in der Schule unterrichten? Diese fremden Sitten – völlig unangemessen für Mädchen aus Rajasthan.« Sie schnaufte.

»*Baap re Baap*, Saasuji!« Kanta wandte sich an Radha. »Ist das in der Schule passiert? War es ein Unfall?«, wollte sie wissen.

»Ja. Nein.« Radha senkte ihren Blick auf den Teppich. »Ich weiß, dass es Absicht war.«

»Warum?«

»Sie mag mich nicht.« Meine Schwester zögerte. »Die Maharani hat uns für den Tanz als Paar eingeteilt – Sheela und mich. Sheela hat mir die ganze Zeit gesagt, dass ich nie zu tanzen lernen würde – meine Füße wären zu groß. Dann hat sie mir den Ellbogen ins Auge gestoßen und gesagt: *Kala kaloota baingan loota. Du bist so dunkel wie eine Aubergine.*«

Kanta sah mich an. »Wir sollten Mrs. Sharma anrufen.«

Radha klatschte mit ihrer freien Hand auf die Armlehne ihres Sessels, was uns alle zusammenschrecken ließ. »Nein! Ich bin keine Petze. Es ist nur ... ich bin nicht wie sie in einem großen, schicken Haus aufgewachsen. Ich passe zu keiner von ihnen. Ich bin tollpatschig. Ich trage nicht die richtigen Kleider. Ich trage nicht die richtigen Schuhe. Ich bin anders, und sie wissen es.«

Sie warf mir einen nervösen Blick zu, sah meinen erschrockenen Gesichtsausdruck. Sie hatte mir nie erzählt, dass sie sich ausgeschlossen fühlte. Und ich war nie auf den Gedanken gekommen, dass die privilegierteren Mädchen auf ihr herumhacken könnten.

Kanta runzelte die Stirn. »Ist das der Grund, warum Sheela das getan hat? Weil du nicht wie sie bist?«

Radha sah mich aus dem Augenwinkel an. Kleinlaut erwiderte sie: »Vielleicht erinnert sie sich daran, dass ich einmal versucht habe, sie mit Steinen zu bewerfen.«

Kanta suchte bei mir nach Bestätigung.

Ich schüttelte den Kopf. »Das war nur dummes Zeug. Niemand wurde verletzt.«

»Es ist schön und gut, dass niemand verletzt wurde! Junge Frauen sollten einander nicht mit Steinen bewerfen«, sagte Kanta.

»Mein Kopf.« Radha presste ihre freie Hand auf die Stirn.

Kantas *Saas* starrte Baju an, der sich an der Tür herum-
drückte. »Warum stehst du immer noch dort herum, du Narr?
Geh Aspirin und Wasser holen.«

Bajus Schnurrbart zuckte, während er den Raum verließ,
so wie immer, wenn er gekränkt war.

»Nun, hierfür gibt es eine einfache Lösung.« Kanta wandte
sich dem Tisch neben dem Sofa zu und griff zum Telefon. Bevor ich sie davon abhalten konnte, plauderte sie mit ihrem
Schneider und teilte ihm mit, dass sie am nächsten Nachmittag mit Radha vorbeikommen würde, damit er Maß für ein
paar englische Kleider nahm. Dann rief sie ihren Friseur an
und machte einen Termin aus, um Radha einen eleganten Pagenschnitt zu verpassen.

Als sie den Hörer wieder auflegte, lächelte sie. Sie sah erst
Radha an und dann mich. »Schimpf nicht mit mir, Lakshmi.
Für ein modernes Mädchen ist es wichtig, nun, äh, modern
auszusehen.«

Radha sprang auf und warf die Arme um Kantas Hals.

Ich wandte mich ab. Kanta wusste immer genau, was sie
sagen und tun musste, um sie glücklich zu machen, während
ich anscheinend keine Ahnung hatte.

# ELF

20. April 1956

Ich hatte keine große Lust auf eine Einzugszeremonie für mein neues Haus. Aber Malik fragte immer wieder danach, und schließlich gab ich nach. Maliks Vorliebe für Rituale wie das hinduistische *Griha Pravesh* kam nicht überraschend. Viele Muslime, von denen die meisten schon seit Jahrhunderten in Indien lebten und sich nach der Teilung entschlossen hatten, hierzubleiben, befolgten hinduistische Gebräuche genauso wie ihre eigenen. Schließlich waren Feiern freudvolle Anlässe, und niemand wurde ausgeschlossen.

Am Eingang zu meinem neuen Haus in Rajnagar errichtete Malik zwei Bambuspfosten und spannte eine Girlande aus Mangoblättern zwischen ihnen auf. Üblicherweise galten sie als Fruchtbarkeitssymbole, doch da ich eine Frau war, die aufgrund der Umstände keine Kinder zu erwarten hatte, war mir nicht ganz wohl dabei. Aber ich war immer noch aufgeregt, dass ich dieses Haus endlich als mein Zuhause bezeichnen konnte. Vielleicht wollte Malik, der mich fast genauso gut kannte wie ich mich selbst, mir eigentlich dabei helfen, *das* zu feiern. Diese Wände gehörten mir. Die Fenster, der Mosaikfußboden, die Erde im Hof. Ich hatte sogar das Gefühl, auf die Sterne über meinem Dach Anspruch erheben zu können.

Malik hatte sich auch dafür eingesetzt, dass ein *Pandit* das Haus für die Zeremonie reinigte. Sofern wir nicht all unsere Habseligkeiten an dem vom Priester ausgewählten Glück verheißenden Tag (was sich als der zwanzigste April herausstellte) hinüberschafften, würden wir Pech heraufbeschwören.

»Ich werde einen *Pandit* für uns finden, billig-billig, Tante Boss«, versprach er mir.

»Und ich werde das Essen kochen«, fügte Radha hinzu. Sie konnte es nicht erwarten, dass wir Mrs. Iyengars Haus hinter uns ließen. Vor fünf Monaten, als sie in Jaipur angekommen war, war sie damit zufrieden gewesen, auf dem Steinfußboden meines Zimmers zu schlafen, aber je mehr Zeit sie mit Kanta und in der Maharani-Mädchenschule verbrachte, desto mehr missfiel ihr unsere bescheidene Unterkunft.

Radha und Malik packten unsere Besitztümer in zwei Metallkoffer und etliche Vinyl- und Stofftaschen. Sie schrubbten die Fenster unseres neuen Hauses mit Zeitungspapier, staubten die eingebauten Regale ab, polierten den Terrazzofußboden, bis er glänzte, und fegten den Hof. Auf der festgestampften Erde legten sie Laken und Decken aus, auf denen unsere Gäste sitzen sollten. Jetzt durfte niemand mehr das Haus betreten, bis es gereinigt worden war.

Wie er versprochen hatte, brachte Malik einen Zwanzig-Rupien-Priester mit, einen winzigen Mann mit kahlem Schädel, dessen magere Arme und Beine aus seiner safrangelben Robe herausstachen wie die Keime an einer Kartoffel. Er trug Brillengläser so dick wie die Flaschen mit buntem Wasser, die an Straßenständen verkauft wurden. (Sehen alle Priester wie Gandhi-*ji* aus, fragte ich mich, oder ist es Gandhi-*ji*, der allmählich allen *Pandits* ähnelt?) Weil ich mir immer noch keine Fensterläden leisten konnte (eine Voraussetzung für *Griha Pravesh*) war dem *Pandit* unwohl dabei, die Zeremonie durchzuführen, bis Malik ihm die Sache mit weiteren fünf Rupien versüßte.

Die Assistenten des Priesters begannen, ihre Sachen für die Zeremonie auszuladen: eine Statue von Ganesha, mehrere Silberteller, drei silberne Schüsseln, Sandelholzräucherwerk, frisch geschnittene Blumen (natürlich rote, weil sie Glück bringen sollten, und ich war mir sicher, dass sie sie unterwegs in einem Park gepflückt hatten, so wie das viele Frauen morgens auf dem Weg zum Tempel machten), Blätter des Kampferlorbeerbaums, eine rote Kerze, roter Baumwollfaden, Sesamkörner, ganze Weizenkörner, ein Tontopf mit einer Paste aus rotem Zinnober und Wasser, ein silberner Topf voll *Ghee*, Glocken und eine hölzerne Gebetskette, aufgefädelt auf einem roten Faden.

Malik fügte die frischen Süßigkeiten hinzu, die er heute Morgen im Laden an der Ecke gekauft hatte.

Zuerst errichtete der *Pandit* einen Altar für Ganesha. Ab und zu konsultierte er ein abgegriffenes Buch voller Beschwörungen, obwohl er die Worte anscheinend auswendig kannte. »Der Stoßzahn, den er hält, symbolisiert den Dienst; der Elefantentreiberstock stößt uns auf unserem Weg an; das Seil erinnert uns an das, was uns bindet; seinen Begünstigten gewährt er alle seine Wohltaten.«

Die ersten Gäste trafen ein. Da es Tradition war, alle Nachbarn mit einer Schachtel Süßigkeiten zur Zeremonie einzuladen (egal, ob man sie kannte oder nicht), hatte Malik an jedermanns Türschwelle eine Schachtel hinterlassen. Sie kamen als Erste an, gespannt darauf, uns kennenzulernen und einen ersten Blick auf das neue Haus in der Straße zu werfen.

Radha und ich freuten uns beide, Mr. und Mrs. Pandey aus

unserer bisherigen Unterkunft bei Mrs. Iyengar willkommen heißen zu dürfen. Ich vermutete, dass Radha genauso wie ich ein bisschen für Sheela Sharmas stattlichen Musiklehrer schwärmte.

Mr. und Mrs. Iyengar kamen ebenfalls. Meine bisherige Vermieterin inspizierte demonstrativ das Gelände und rümpfte ihre Stupsnase. »Der Hof macht solch ein kleines Haus natürlich erträglicher.«

Ich lächelte über den Tadel. Heute würde nichts und niemand mir die Laune verderben.

Meinen Damen gegenüber hatte ich diese Feier nicht erwähnt. Es wäre nicht angemessen gewesen, sie in mein Zuhause einzuladen – es war so viel bescheidener als ihre Häuser. Aber Radha musste es Kanta gegenüber erwähnt haben, denn ich sah, wie meine Schwester aufsprang, um Kanta und Manu zu begrüßen und sie in den Hof zu führen. Radha ist niemals so begeistert, wenn ich hereinkomme, dachte ich mit einem Anflug von Neid. Die Kluft zwischen uns war größer geworden, seit sie an der Maharani-Mädchenschule angefangen hatte.

Unter Kantas Augen lagen dunkle Schatten, aber sie wirkte dennoch fröhlich, als Manu ihr dabei half, sich auf einer Decke niederzulassen. »Wie geht es dir?«, fragte ich sie. Wir hatten uns schon seit Wochen nicht mehr gesehen, weil sie sich nicht wohl genug fühlte, um an unseren regelmäßigen Terminen festzuhalten.

»Abgesehen von Lesen und mit dem Auto zu fahren, was ich beides liebend gerne sehr, sehr schnell mache, ist alles in Ordnung. Oh, und auch Schlafen und Essen sind ein Problem!«, erwiderte sie.

Während die Gäste es sich gemütlich machten und ihre leisen Unterhaltungen fortsetzten, begann der Priester, Lorbeerblätter in den Topf mit *Ghee* zu werfen. Dann entzündete er sie mit einem Streichholz und fächelte die Flamme an. Ohne bei seinen Wiederholungen des *Om Ganapati Namah* auch nur einmal zu stocken, zeigte er auf den frischen Räucherkegel, und einer seiner Assistenten eilte herbei, um ihn zu entzünden. Die unerwartete Kombination von brennendem Kampfer, *Ghee* und Sandelholz roch gleichzeitig nach Moschus, süß, bitter und intensiv – die Düfte von vergangenen, längst vergessenen Zeremonien.

Ich dachte an meine Hochzeit vor Jahren zurück, das hastige Ritual, der *Pandit*, der sich beschwerte, dass der ihm angebotene Lohn kaum reichte, um das *Ghee* zu bezahlen. Keine *Chura*-Zeremonie, in der mir meine Onkel Armreife über die Hände streiften und mir Geld gaben, da ich keine Onkel hatte. Pitaji konnte sich nur mit Mühe auf den Beinen halten, seine Augen waren vom Alkohol blutunterlaufen. Maa vertrieb Fliegen von den mageren Platten mit *Pilao, Samosas, Subjis* und Süßigkeiten.

Mein Gesicht hinter meinem roten Hochzeitssari versteckt, hatte ich geweint und geweint, erstaunt darüber, dass ich immer noch Tränen hatte, nachdem ich fünf Tage hintereinander mit Maa gestritten hatte: *Brauchte Maa nicht meine Hilfe beim Unterrichten, wenn Pitaji abwesend war? War fünfzehn denn wirklich schon zu alt, um noch zu Hause zu bleiben? Wer würde die Kichererbsen rösten und mahlen, wenn ich fort war? Wer würde Wasser von der Quelle holen?*

Maa blieb freundlich, aber unerbittlich. Sie war dazu erzogen worden, ihren Eltern und ihrem Ehemann zu gehorchen, sich ihnen nicht zu widersetzen, sie nicht infrage zu stellen oder ihnen zu widersprechen. Sie erklärte mir, dass Pitajis Bücher mir zu viele Flausen in den Kopf gesetzt hätten. Mir die unnütze Idee vermittelt hätten, dass ich meine eigenen

Entscheidungen treffen könnte. Als Tochter war es meine Aufgabe, den Mann zu heiraten, den meine Eltern für mich ausgewählt hatten, so wie es bei ihr gewesen war. Sie konnte die jahrhundertealte Tradition genauso wenig ändern wie ich.

Abgesehen davon gab es nicht genug Geld, um mich noch länger im Haus zu halten. Ich sah auf Maas Hals. Ihre Kette, die sie immer getragen hatte, war fort, und der Verlust würde immer daran erinnern, was Maa geopfert hatte. Ich wusste, dass es der Wahrheit entsprach.

Aber ich wusste auch, dass ich *Jaaya* werden würde, sobald ich verheiratet war – mein Ehemann würde in Form von zukünftigen Kindern in meinem Schoß geboren werden. Und wenn einmal Kinder da waren, gab es kein *ich* oder *mich* mehr, nur *wir* und *sie*. So oft hatte ich meine Namensschwester, die Göttin Lakshmi, angefleht, mich zu erhören: *Ich hungere nach dem Wissen von drei Swaraswatis! Lass mich die weite Welt sehen, bevor ich in ein kleines Leben eingesperrt werde.* Aber jedes Mal hatte sie nur entschuldigend ihre feingliedrigen Hände hochgehalten: *So ist es immer gewesen.*

Es wäre so viel schöner gewesen, wenn meine Eltern bei der heutigen Zeremonie hätten dabei sein können. Ich hätte sie auf den Ehrenplatz gesetzt – dem *Pandit* gegenüber – und sie meinen Gästen vorgestellt, ihnen mit eigenen Händen üppiges *Burfi* zu essen gegeben, ihre Gesichter mit *Khus-Khus*-Fächern gekühlt …

Das Rascheln neben mir brachte mich wieder in die Gegenwart der Zeremonie zurück. Radha hielt sich einen *Chunni* vor die Nase, als ob der Duft vom Altar zu stark wäre. Sie stand auf und schlängelte sich zur Toilette durch – schon zum dritten Mal in einer Stunde.

Malik trat zu ihr, als sie herauskam, flüsterte ihr etwas ins Ohr und rannte dann zum *Mutki*, um ihr etwas zu trinken zu holen. Es war erst April, aber sie fächerte sich Luft ins Gesicht, als wäre die Hitze unerträglich. Malik reichte ihr den Becher, sie nahm einen Schluck Wasser und wurde blass. Ich gab mir selbst die Schuld. Das Packen und Saubermachen in den vergangenen Tagen, die Schule, die Arbeiten für unser Hennageschäft – es war einfach zu viel für sie gewesen.

Als sie an ihren Platz zurückkehrte, bemerkte ich, dass sie sich das Gesicht gewaschen hatte – die Strähnen auf ihrer Stirn waren feucht und ihre Wangen rosig. Sie sah so ganz anders aus als das staubige, hohlwangige Mädchen, das vor gerade einmal fünf Monaten zu mir gekommen war. Jetzt sah ihr Gesicht so reif aus wie eine Mango im Juni. Selbst ihre Haltung hatte sich verändert – sie hielt sich aufrecht, die Schultern zurück, den Hals gereckt. Ihre Schritte waren sicherer geworden. Der Pagenschnitt passte zu ihrem ovalen Gesicht. Ihre dörfliche Ausdrucksweise war nicht mehr so präsent – Doppelwörter wie *klein-klein* und *weit-weit* ließ sie inzwischen weg. Letztens hatte sie ein Wort verwendet – wie hieß das noch? Glazial? –, und ich hatte sie fragen müssen, was es bedeutet. Es erfüllte mich mit Stolz, wie leicht sie lernte.

Pandit-*ji* schüttete Sesamsamen, Weizenkörner und rote Paste in das kleine Feuer und löschte es damit. Rauch kräuselte sich zum offenen Himmel empor. Er wickelte Bananenblätter um den warmen Topf und drehte sich zu mir um, um ihn mir zu reichen. Aber ich nickte Radha zu. Ich wusste, dass es ihr gefallen würde, die Trägerin zu sein. Sie biss sich auf die Unterlippe und lächelte schüchtern, während sie den Topf auf Kopfhöhe hob. Dann stand sie vorsichtig auf und ging in das leere Haus, um es zu desinfizieren und zu reinigen.

Sie trug eines der Kleider, die Kanta für sie bestellt hatte, aus Chiffon, der leichter als eine Feder war, und mit einem eng anliegenden Mieder. »Es ist eine genaue Kopie von dem, was Madhubala in *Mr. & Mrs. '55* getragen hat. Ich habe den Schneider gebeten, goldene Ketten in die Taille einzuweben, genau wie bei dem Kleid in dem Film«, hatte Kanta gesagt.

Radhas Brüste drückten gegen den Stoff. Sie zog hin und wieder eine Grimasse, als wäre die Bindung zu eng geschnürt. Ihre Hüften, die bei unserer ersten Begegnung so schmal wie die eines Knaben gewesen waren, wiegten sich beim Gehen. Ich musterte die Gesichter der Gäste und war schockiert, wie die Männer sie anschauten, ihre Blicke folgten den Bewegungen ihres Gesäßes. Sie war doch erst dreizehn! Aber ich musste zugeben, dass sie viel älter wirkte.

Ich sah zu, wie die heiligen Assistenten den Hauptraum und den Hof dreimal mit rotem Faden umrundeten, angefangen im Osten, während der *Pandit* heiliges Wasser in dem Bereich versprengte. Dann versenkte er einen Tonbehälter mit Getreide und roten Blüten in dem Loch, das Malik in der südwestlichen Ecke des Hofs gegraben hatte. Jetzt, wo wir die Götter gespeist und sie gebeten hatten, über unser Haus zu wachen und uns vor bösen Absichten zu schützen, waren das Haus und seine Einwohner vor Unheil bewahrt.

Bis die Einzugszeremonie beendet war, durften sich keinerlei Habseligkeiten von uns im Haus befinden, also hatte der Fahrer des Kamelwagens geduldig mit unseren Taschen und Koffern vor dem Haus gewartet. Nachdem die anderen Gäste gegangen waren, trugen Malik und seine Freunde (die ebenfalls eingeladen gewesen waren) alles ins Haus. Malik sah müde aus, und ich sagte ihm, er solle nach Hause gehen; Radha und ich würden aufräumen. Er freute sich, dass die Zeremonie so erfolgreich gewesen war (der *Pandit* war drei Stunden lang geblieben), und verließ uns mit seinen Kumpels (und den restlichen Süßigkeiten). Begierig darauf, mich einzurichten, fing ich an, den ersten Koffer auszupacken und unsere Kleider in die eingebauten Regale zu legen. Radha bat ich, die Küche zu übernehmen. Sie beugte sich über den anderen Koffer, drehte sich jedoch plötzlich um und rannte aus dem Zimmer. Ich hörte sie auf der Toilette würgen. Als sie zurückkehrte, fragte ich sie, ob sie irgendetwas gegessen hatte, das sie nicht vertrug.

Sie schüttelte den Kopf und ging auf den *Charpoy* zu. »Wenn ich mich einfach für ein paar Minuten hinlegen könnte …« Binnen Sekunden war sie eingeschlafen. Das arme Ding. Ihre Tage waren jetzt so ausgefüllt, dass sie oft beim Abendessen einnickte. Ich entschied mich, unsere Kleider fertig einzuräumen. Danach fing ich an, mich um die Küche zu kümmern, und holte unsere Töpfe, Edelstahlteller, Tassen und Gläser aus dem Koffer. Die Taschen mit den Kleinigkeiten würden bis morgen warten müssen. Zufrieden sah ich mich im Raum um.

Radha rührte sich immer noch nicht. Ich ging zur Liege in der Ecke des Zimmers, um meine schlafende Schwester zu bewundern. Das Madhubala-Kleid dehnte sich über ihren gerundeten Hüften. Ihr Haar glänzte vom Kokosöl. Ihre Haut schimmerte. Sie sah nicht krank aus; sie wirkte friedlich, zufrieden. Vielleicht sollte ich ihr etwas Ingwer-Honig-Wasser zubereiten. Es wirkte immer Wunder bei Frauen, die in der frühen Phase ihrer Schwangerschaft unter Übelkeit litten.

Das Wort begann als Kribbeln in meinem Ohr, wanderte meine Kehle hinunter und schlängelte sich um mein Rückgrat. Radha war übel. Ihre Brüste waren empfindlich. Sie war ständig müde. Ich erinnerte mich daran, dass sie schon ihre Periode hatte. Konnte es sein, dass sie *schwanger* war?

Mit wem war sie zusammen gewesen? Sie ging auf eine *Mädchen*schule – sie kannte keine Jungen. Malik war zu jung.

Da war noch Manu, Kantas Ehemann, aber ich konnte mir nicht vorstellen, dass er sie missbrauchen würde. Mr. Iyengar? Baju? Wer?

Die Antwort drückte auf mein Herz wie ein tausend Pfund schwerer Zebubulle.

Auf dem Pink City Basar stank die Luft nach ranzigem Speiseöl, verrottendem Gemüse und Dieselabgasen.

Ich fand Malik auf einer niedrigen Mauer gegenüber von seinem bevorzugten Chaat-Stand sitzend, wie er sich mit seinen Freunden eine Red and White teilte. (Englische Zigaretten waren teurer als indische *Beedis*, und seit er angefangen hatte, zum Palast zu gehen, war Maliks Geschmack kultivierter geworden.)

Er beschrieb gerade seinen Freunden irgendein Gericht, das Küchenmeister bei seinem letzten Besuch im Palast der Maharani für ihn zubereitet hatte. Als er mich bemerkte, hielt er mitten im Satz inne.

Ich muss wie ein Gepard auf der Jagd ausgesehen haben – wild, gefährlich. Strähnen hatten sich aus meinem Knoten gelöst. Mein Sari war vom Auspacken, Hinunterbeugen, Hocken und Einräumen zerknittert. Meine Augen blitzten vor Zorn.

Malik sprang von der Wand hinunter und gab seine fast aufgerauchte Zigarette einem anderen Straßenkind. »Tante Boss?«

»Kannst du mich zu Hari bringen?«

Wir liefen kreuz und quer durch enge Straßen, wobei Malik mal an einem Teestand, mal an einer *Paan*-Bude anhielt, um die Besitzer zu fragen, ob sie Hari gesehen hatten. Die Chai-*Wallas* und ihre Kunden starrten mich an. Ich starrte zurück. Wir eilten an einer Frau auf dem Flüchtlingsmarkt vorbei, die sich mit ihrem Geschäft am Straßenrand niedergelassen hatte. Sie saß auf einem Baumwolltuch, ihre Werkzeuge für die Schuhreparatur ordentlich neben sich aufgereiht. Sie warf einen Blick auf meine Sandalen und sagte: »*Ji*, Ihre Riemen lösen sich.«

Wir erreichten ein unscheinbares Gebäude, das so wie alle anderen vor Jahrzehnten einmal rosa verputzt worden war. Das Erdgeschoss war von Läden belegt. In einem flickte ein Mann einen großen Reifenschlauch. In einem anderen verhandelte ein Schneider mit einem Kunden, während seine beiden männlichen Assistenten über winzige Nähmaschinen gebeugt im schwachen Licht einer nackten Glühbirne arbeiteten. Als Nächstes kam ein geschäftiger *Lassi*-Verkäufer. Männer lungerten redend und lachend vor seinem Laden herum, wobei sie achtlos ihre leeren Tonbecher in den Graben neben der Straße warfen.

Malik bog in einen dunklen Durchgang ab. Ich folgte ihm. Wir stiegen eine Treppenflucht zu einem engen, schwach beleuchteten Absatz hinauf. Malik bewegte sich leise, wobei er durch die Tür eines jeden Raums spähte. Schließlich drehte er sich zu mir um und winkte mir zu.

In dem Zimmer spielten zwei junge Männer auf dem Holzfußboden Karten. Sie sahen auf, als ich hereinkam. Es gab keine Fenster, und die Luft roch übel. Die Wände waren uneben, wo der Putz abgeplatzt war. Das einzige Möbelstück im Zimmer war ein *Charpoy*, auf dem gerade ein dritter Mann schlief. Hari. Die Riemen der Liege dehnten sich so sehr, dass sein Körper nur wenige Zentimeter über dem rauen Holzfußboden hing.

Ich spürte einen scharfen Schmerz in meinem Brustkorb, just bevor ich mich auf ihn stürzte. Die ganze Wut, die ich bei unserer ersten Begegnung in Jaipur nicht hatte aufbringen können, brach sich jetzt Bahn. Ich boxte seine Arme. Ich schlug ihn auf die Ohren. Ich hämmerte auf seine Schultern. Wenn ich ihm mit bloßen Händen den Schädel hätte brechen können, hätte ich es getan.

Hari legte seine Arme um den Kopf, um sich zu schützen, drehte sich auf den Rücken und schrie: »*Arré!*«

»*Maderchod!*«, kreischte ich. »*Salla kutta!*« Obszönitäten, die ich bisher nur von Männern gehört hatte.

Die anderen waren mitten im Spiel erstarrt. Malik schrie sie an, dass sie gehen sollten, und fuchtelte mit den Armen, als wollte er Tauben verscheuchen. Sie standen auf und gingen durch die offene Tür, ließen ihre Karten zurück. Sie drehten sich um, wollten gaffen, aber Malik rannte auf sie zu. Er folgte ihnen nach draußen und zog die Tür hinter sich zu.

Hari gelang es, sich umzudrehen und aufzusetzen. Er versuchte, meine Arme zu packen, aber meine Wut verlieh mir die Kraft von Shiva. Ich befreite einen Arm aus seinem Griff und ohrfeigte ihn wieder und wieder.

Ich schrie so laut, wie meine Lungen es zuließen; es war mir völlig egal, was die Nachbarn oder die *Lassi*-Trinker dachten. »Sie ist ein Kind! Sie ist wie deine Schwester! Würdest du das deiner *Schwester* antun? Bastard! Eselsarsch! Du nutzloses Stück Scheiße!«

Hari krabbelte aus dem Bett, verlor das Gleichgewicht und kippte im Hinfallen die Liege um. Er kroch rückwärts zur Wand, ich folgte ihm, trat ihn, prügelte und schlug ihn. Ich spürte ein dumpfes Pochen in meinen Händen und sah mich im Raum um, ob es noch etwas anderes gab, womit ich ihn schlagen könnte. In dem Moment stand Hari auf, packte mich und drückte mich gegen die Wand.

»Stopp!«, rief er, während er mir die Arme an meine Seiten drückte. »Bist du verrückt geworden?«

Ich sah Angst in seinen Augen.

»Was ist denn in dich gefahren?« Auf seiner Stirn und seinen Wangen erschienen rote Rinnsale von Blut.

Er hielt mich so fest, dass ich meine Arme nicht befreien konnte, egal, wie sehr ich es auch versuchte. Wir keuchten wie Hunde, die um ein Stück Fleisch kämpften. Ich spie ihn an, bevor er damit rechnete, und die Spucke lief ihm die Wange hinunter.

Er schlug mich mit solcher Kraft, dass mir ein Zahn die Innenseite meiner Wange aufriss und ich Blut schmeckte.

»Buss!«, knurrte er. *Es reicht!*

Ich konnte den Gedanken an Radhas Fleisch an seiner Haut, seinen schweißigen Gestank auf ihr nicht ertragen. Radha, dreizehn. Immer noch ein Kind, kaum alt genug, um zu wissen, was Männer von einer Frau erwarteten. Ich war dafür verantwortlich. Wenn ich wie eine gute Ehefrau bei ihm geblieben wäre, hätte Hari Radha niemals für sich beansprucht. Er hätte sie nicht beschmutzt. Jetzt trug sie sein Kind.

Ich ließ mich an der Wand hinunterrutschen, zog die Knie an mein Kinn, legte meine Arme darum und wiegte mich vor und zurück. Ich schloss die Augen. Ich wehklagte. Was für ein Durcheinander hatte ich nur aus meinem Leben gemacht, dem Leben meiner Eltern, dem meiner Schwester! Wenn ich nicht so selbstsüchtig gewesen wäre, wäre das nicht passiert. Meine Schwester wäre nicht besudelt worden. Meine Schwiegermutter wäre nicht gestorben, ohne von mir getröstet zu werden. Meine Eltern wären nicht gedemütigt worden. Und wofür? Damit ich mein eigenes Leben haben konnte? Wie egoistisch war ich doch nur gewesen!

Malik öffnete die Tür und stand dort, klein und erschrocken. »Tante Boss?«

Als ich nicht antwortete, kam er zu mir und rüttelte mich

an den Schultern. »Tante Boss. Ich bin es.« Er wiederholte es so lange, bis ich die Augen öffnete und sah, wie erschrocken er war. Seine Großspurigkeit war verschwunden, er hatte die Schultern vor Angst hochgezogen. Warum hatte ich ihn an diesen erbärmlichen Ort gebracht?

»Bitte«, sagte ich, »geh nach Hause.«

Sein Blick wurde hart, und er schüttelte den Kopf. Nein. Dann verließ er das Zimmer und schloss die Tür hinter sich. Ich hätte es wissen müssen, dass er mich nicht so einfach verlassen würde wie ich meine Familie. Er würde die ganze Nacht bei mir bleiben, wenn es nötig war.

Hari stellte den *Charpoy* wieder auf, strich ihn glatt und setzte sich, wobei er mich die ganze Zeit nicht aus den Augen ließ. »Warum bist du hier?«

Seine Stirn blutete immer noch. Seine Haare waren lang geworden und hingen ihm zottelig um die Ohren herum. Er hatte auch seinen Bart wachsen lassen, ein spärlicher, lückenhafter Flaum, der ihn wie einen Nomaden aus Kaschmir aussehen ließ. Seine Kleider waren billig, aber sauber, seine Sandalen neu.

Wen von uns traf die größere Schuld für das, was ich jetzt fragen wollte? »Wie lange liegst du schon mit Radha zusammen?«

Er richtete sich weiter auf. Seine Käferaugen weiteten sich. »Wie kommst du denn *darauf*?«

»*Wie lange?*«

»Ich würde niemals ... Sie ist doch noch ein Kind!«

»Ich habe dir geglaubt, als ich dich mit dem kleinen Mädchen gesehen habe. Ich dachte, du würdest den Frauen hier helfen. Aber du hast damals gelogen, und jetzt lügst du immer noch!«

»Ich habe deine Schwester niemals angerührt!« Er wandte

den Blick ab und rieb dann seine Hände aneinander. »Sie hat sich selbst angeboten, aber ...«

»Sich selbst *angeboten*?«

Haris Unterlippe verfärbte sich langsam violett; er berührte sie vorsichtig mit der Zunge. »Als sie zu mir in mein Dorf kam, sagte sie, dass sie mir Geld geben würde, wenn ich sie zu dir brächte. Ich habe ihr nicht geglaubt. Also hat sie gesagt, dass ich dann mit ihr tun dürfte, was ich will.« Er reckte trotzig sein Kinn. »Ich hätte es tun *können* – *habe* es aber nicht. Ich *wollte* es nicht.«

»Und wie ist sie dann schwanger geworden?«

Ihm blieb ungläubig der Mund offen stehen.

»Nicht mehr lange und man wird es sehen.«

Er schüttelte den Kopf. »Nein!«

»Ja!«

Er stand auf und kam zu mir herüber, hockte sich hin und packte meine Arme. »Lakshmi, ich war es nicht.« Wenn er gelogen hätte, hätte er die Narbe auf seinem Kinn versteckt.

Ich kramte in meinem Gedächtnis: Radha bei unserer ersten Begegnung, mit ihrem unordentlichen Zopf; Radha, wie sie mich zu Hause mit *Dal Batti* und *Subji* begrüßte; Radha auf dem Hof beim Gießen der Kamelien und des Jasmins, wie sie es Mrs. Iyengar versprochen hatte; Radha und Malik, wie sie auf dem Fußboden unseres Zimmers Astragaloi spielten.

Um die Zeit herum, wo ich im Palast zu arbeiten angefangen hatte, verwischten sich meine Erinnerungen; seit dem Tag hatte ich Radha seltener gesehen und immer nur kurz. Wenn sie nicht in der Schule oder bei Kanta gewesen war, wo war sie *dann* gewesen?

Ich runzelte die Stirn. »Als sie hier ankam, hatte sie Blutergüsse.«

Hari kehrte zum *Charpoy* zurück und setzte sich hin. Er legte einen Finger auf seine Stirn, von der jetzt Blut tropfte, und zuckte zusammen. »Wir haben nicht den Zug genommen. Ich habe mit deinem Geld Schulden bezahlt. Wir sind auf Lastern und Viehwagen mitgefahren.« Er schluckte. »Eine Nacht sind wir auf einem Lastwagen voller Schafe mitgefahren. Als der Fahrer anhielt, um sich zu erleichtern, habe ich das Gleiche gemacht. Als ich zum Laster zurückkehrte, versuchte er gerade …« Hari warf einen schnellen Blick zu mir herüber, bevor er wieder wegschaute. »Aber ich habe ihn daran gehindert. Nichts ist passiert. Radha war in Sicherheit.«

Ich bedeckte die Augen mit der Hand. Alles mein Fehler. Draußen hörte ich die Männer lachen und schwatzen.

Für einen langen Moment sagte keiner von uns beiden ein Wort.

Dann: »Wirst du ihr Kind wegmachen? So wie unsere?«, fragte er.

Ich zog meine Hand weg und sah ihn an. »*Was?*«

»Du hast unsere Kinder weggemacht. Warum?« Seine Lippen zitterten.

Ich schluckte hart. »Welche Kinder?«

Seine Augen füllten sich mit Tränen. »Maa wusste die ganze Zeit, was du getan hast.« Er presste seine Handflächen zusammen. »Wie konntest du nur?«

»Du redest Unsinn.«

»Unsere Kinder waren Geschenke von Bhagwan.«

Ich musste sehr an mich halten, um nicht zu schreien. *Geschenke von Gott?*

Tagsüber hatte ich die Tonika, Brühen, Samen und Gebräue genommen, die *Saas* mir verabreichte, um meine Fruchtbarkeit zu steigern. Aber während sie und mein Ehemann schliefen, hatte ich den Trank zubereitet, dank dem ich in den zwei

Jahren unserer Ehe kinderlos geblieben war. In dem Moment, wo meine Brüste empfindlich wurden und ich kein Essen bei mir behalten konnte, trank ich den Baumwollwurzelrinden-tee von meiner *Saas*. Erleichtert fühlte ich mich erst, wenn die Blutung einsetzte – wenn ich wusste, dass meine Schwanger-schaft vorbei war.

Seine Mutter war diejenige, die mir die Augen geöffnet hatte. Wie sollte ich ihm das erklären?

Tag ein, Tag aus arbeitete ich mit ihr zusammen, um die Frauen zu kurieren – die meisten waren immer noch Kinder, zwanzig Jahre alt oder jünger, die Körper schwach von zu vielen Geburten, die oft schwer gewesen waren. Ihre Tage wa-ren von Sorgen ausgefüllt, wie sie ihre Brut ernähren sollten; in der Nacht beteten sie, dass ihre Ehemänner zu erschöpft von der Arbeit nach Hause kamen, um ihren Problemen noch weitere hinzuzufügen. Eines Tages brachte Saasuji mir bei, wie man den empfängnisverhütenden Tee zubereitet. Und mir wurde bewusst, dass Baumwollwurzelrinde das Leben einer Frau verändern konnte: Sie konnte sich selbst entscheiden.

Das war es, was ich wollte: ein Leben, das mich auf eine Art erfüllte, wie Kinder es nicht konnten. Von dem Tag an sammelte ich all das Wissen, das meine Schwiegermutter mir vermitteln konnte. *Lass sie die Teigrolle sein, die eine* Cha-patti-*Kugel formt.* Praktisch über Nacht wurde meine Welt groß und voller Möglichkeiten.

Hari stand auf und begann, auf und ab zu gehen. »Ich hatte geglaubt, dass du mich wegen eines anderen Mannes verlassen hättest. Ich dachte … alles Mögliche. Ich machte mir Sorgen, dass du verletzt worden wärst. Du hättest irgendwo in einem Graben liegen können. Du hättest krank sein können oder verletzt. Und ich habe überall nach dir gesucht. Ich konnte nicht schlafen. Ich konnte nicht arbeiten. Und Maa.« Er sah mich mit schmerzerfüllten Augen an. »Sie war nie wieder dieselbe. Nicht, nachdem du gegangen bist.«

Ich schloss die Augen. Meine Schwiegermutter war mir so präsent, als stünde sie hier im Raum mit uns, ordentlich und gepflegt in ihrem Witwensari und mit den runden Brillengläsern. Immer sanft, immer freundlich. *Es tut mir leid, Saasuji.*

Ich wischte mir grob über Augen und Nase. »Du hattest deine Mutter nicht verdient«, sagte ich zu Hari.

Auf einmal wurde sein Blick hitzig. »Meine Mutter hat sich immer auf deine Seite gestellt. Als uns klar wurde, dass du für immer gegangen warst, ging sie zu ihrem Krug und stellte fest, dass du all das Geld und ihre Kräuterschale mitgenommen hattest. Ich dachte, dass sie wütend sein würde, aber sie sagte: ›Shabash‹. Sie hat geglaubt, dass ich nicht gehört hätte, wie sie dir gratuliert, aber ich habe sie gehört. Meine Maa hat sich für *dich* entschieden!«

Seine Tränen waren echt; er wischte sie mit den Handflächen ab. Ich war nie auf den Gedanken gekommen, dass seine Mutter *gehofft* hatte, dass ich das Geld verwenden würde. Wir hatten nie über die Schläge gesprochen, die ich von Hari wegen meiner Unfruchtbarkeit einstecken musste. Hari hatte mir nur selten ins Gesicht geschlagen, und mein Sari verdeckte die Blutergüsse an meinem Körper. Erst jetzt erinnerte ich mich daran, dass sie immer darauf bestand, dass ich den Wickel zubereitete, wenn sie Frauen mit geschwollenen Gesichtern behandelt hatte. Hatte sie mir zeigen wollen, wie ich mich selbst heilen konnte?

»Jedes Mal, wenn meine Blutung eingesetzt hatte, hast du dafür gesorgt, dass ich mich voller Hämatome auf dem Fußboden gekrümmt habe.« Wie verängstigt ich gewesen war! »Ich dachte mir, dass du eines Tages zu weit gehen würdest.«

Er zuckte zusammen. »Ich habe ... Ich habe versucht, es wiedergutzumachen.«

Wenn das nicht eine Überraschung war. »Wie? Indem du mir durch die Stadt folgst und mein Geld nimmst?«

Er setzte zum Sprechen an, hielt dann aber inne. Vorsichtig berührte er seine Stirn und befühlte die Beule darauf. »Ich helfe Frauen, die Hilfe brauchen.«

»Den Freudenmädchen?«

Er hörte die Skepsis in meiner Stimme und schüttelte den Kopf. »Du glaubst mir nicht. Das ist schon in Ordnung. Vor zehn Jahren hätte ich mir selbst auch nicht geglaubt. Nur ... nachdem du gegangen warst, hat Maa mir das beigebracht, was sie auch dir beigebracht hatte. Und ich habe endlich verstanden, warum diese Frauen sie aufgesucht haben. Sie war ihre letzte Hoffnung.«

Er sah das Erstaunen in meiner Miene und seufzte.

»Weißt du, ich wusste über ihre Beutel Bescheid. Es machte mich wütend, dass Männern ihre Kinder vorenthalten wurden. Dann hast du angefangen, ihr zu helfen. Und dann eine Nacht – du wusstest es nicht –, aber ich habe gesehen, wie du ihren Tee getrunken hast. Ich war so ... wütend ... und beschämt, dass *du meine* Kinder nicht haben wolltest. Dann bist du ... gegangen, und Maa wurde krank.«

Er hielt inne und fuhr sich mit einer Hand über die Augen. »Dann suchte eine Frau bei ihr Hilfe. Sie ... blutete aus ihrem Schoß.« Er blickte weg. »Ihr Ehemann hatte einen ... einen Besenstiel dort hineingestoßen, weil sie über den Witz eines anderen Mannes gelacht hatte. Sie hatte so viel Blut verloren ... Sie war halb tot. Maa sagte mir, was ich tun solle, wo ich die Kräuter ernten solle, die wir brauchten, wie ich die Schmerzen der Frau lindern konnte.«

Mein Atem war flach geworden. Ich konnte die Szene, die

Hari beschrieb, so deutlich vor mir sehen. Ich hatte ähnliche miterlebt, während ich mit seiner Mutter zusammengearbeitet hatte. Die Dringlichkeit. Die Schreie der Frauen. Ihre grausamen Verletzungen.

Hari rieb die Hände aneinander. »Sie erholte sich wieder. Aber dann kam die Infektion. Ich habe Maas Anweisungen genau befolgt. Aber die Frau ist trotzdem gestorben.« Er schluckte. »Sie war erst sechzehn, Lakshmi. Ich musste dann an dich denken. Ich wollte es nicht, aber ich dachte daran, wie ich dir wehgetan hatte. Wie oft ... und ich ... schämte mich. Nach und nach fing ich an, Maa zu helfen. Den Frauen. Den Kindern. Ich habe so viel ... Schmerz, Elend und Hunger gesehen.« Er fuhr sich mit der Hand durchs Haar.

Ich lehnte mich mit dem Kopf gegen die Wand. Ich wollte ihm nicht glauben. Damit ich die Wahrheit in seinen Worten hören konnte, schloss ich die Augen.

»Als ich dann hierherkam, bin ich ins Vergnügungsviertel gegangen. Ich war einsam. Besonders nachdem mir klar geworden war, dass Radha mich angelogen hatte über das, was in deinem Brief stand.«

Verdutzt schaute ich ihn an.

»Als ich mich geweigert habe, Radha dabei zu helfen, nach Jaipur zu kommen, zeigte sie mir deinen Brief und behauptete, du hättest geschrieben, dass du mich gerne wiedersehen möchtest. Ich war so glücklich.«

Meine Augenbrauen schossen in die Höhe, sowohl wegen dieser absurden Behauptung als auch wegen Radhas Unverfrorenheit. Sie hatte Hari hinters Licht geführt, damit er nach mir suchte. Sie hatte darauf spekuliert, dass Hari Analphabet war.

»Schließlich fand sie einen Weg, um mich zu überreden.« Er schüttelte den Kopf, als konnte er gar nicht glauben, dass er sich von einem jungen Mädchen hatte übertölpeln lassen. »Jedenfalls, als ich erst mal das Vergnügungsviertel hier kennengelernt hatte, traf ich Frauen, die Hilfe brauchten – Maas Art der Hilfe. Jetzt meine Art der Hilfe. Ich habe dein Geld verwendet, um zu tun, was ich konnte. Aber ich brauche mehr – richtige Medizin. Für Verletzungen, bei denen Kräuter nicht mehr helfen.« Jetzt klang er ernst. »Manche sind von den Männern verletzt worden, die sie … bedienen. Gebrochene Knochen. Manche haben wiederkehrende Entzündungen in ihren … privaten Zonen.«

»Warum hast du mir das nicht früher erzählt?«

»Ich habe es versucht. Aber du wolltest mir nicht zuhören, und …« Er sah auf den Fußboden. »Ich konnte es dir nicht verübeln. Ich …« Wieder rieb er seine Hände aneinander. »Ich verstehe jetzt vieles, was ich früher nicht verstanden habe.«

Mein Herz zog sich zusammen. Hari versuchte es. Er korrigierte seine Fehler. Er führte die Arbeit seiner Mutter auf eine Weise fort, wie ich es nicht geschafft hatte. Sie hätte das gutgeheißen. Ich konnte dem jüngeren Hari nicht vergeben, dem, der sich als mein Besitzer gefühlt hatte, dem ich bleibende Narben zu verdanken hatte. Doch ich hatte mich verändert, war stärker geworden. War es so schwer zu glauben, dass auch Hari sich verändert hatte und weicher geworden war? Konnte ich nicht allmählich Frieden schließen mit diesem Hari, demjenigen, dem seine Mutter ihren Segen gegeben hätte? Ich dachte an das kleine Mädchen mit dem Riss im Bein und wie sehr ich mir gewünscht hatte, dass Hari das Kind verschwinden ließ. Dafür wäre Saasuji weit weniger stolz auf mich gewesen.

»Das kleine Mädchen – wie geht es seinem Bein?«, fragte ich ihn jetzt.

»Gut. Sie haben die Wunde im Krankenhaus genäht.«

Ich nickte.

Um mich abzustützen, drückte ich meine Handflächen gegen die Wand und stand auf. Meine Knochen fühlten sich wund an, als wäre ich tagelang oder sogar wochenlang marschiert.

Hari sah zu, wie ich meine Haare hinter die Ohren strich. Er lächelte.

»Ich hatte schon lange, bevor wir verheiratet waren, ein Auge auf dich geworfen.«

Ich starrte ihn an.

»Ich bin meilenweit von meinem Dorf bis zum Fluss gelaufen, um den Frauen dabei zuzusehen, wie sie Kleider wuschen, und ihrem Tratsch zuzuhören. Mein Vater war schon lange tot und meine Maa damit beschäftigt, sich um ihre Frauen zu kümmern. Ich habe dich manchmal am gegenüberliegenden Ufer gesehen, auf dem Weg zum Dorfofen, um Erbsen zu rösten. Du sahst immer so aus, als hätte man dir eine wichtige Mission anvertraut. So jung. So ernsthaft.« Er lächelte. »Ich sagte meiner Mutter, dass ich nur dich nehmen wollte, wenn die Zeit gekommen war. Sie ist einmal mit mir zum Fluss gegangen. Wir haben dich aus der Entfernung beobachtet. Schließlich nahm sie meine Hand und tätschelte sie. ›Ja, *Bheta*, ja‹, sagte sie.«

Zu wenig, dachte ich mit einem Kopfschütteln. *Zu spät*.

»Ich will mein Versprechen halten, Lakshmi. Das, das ich Maa gegenüber gegeben habe. Ich tue hier Gutes. Wenn nur …« Er fing an, auf und ab zu gehen. »Wir brauchen Medikamente für das Fieber der Kinder. Und mehrere der jüngeren *Nautch*-Mädchen werden bald ein Kind zur Welt bringen.«

Was er mir erzählte, war die Wahrheit – ich hatte es mit eigenen Augen gesehen. Aber meine Geldbörse war nicht bodenlos. Auch ich hatte Schulden zu begleichen.

Die Tür öffnete sich. Malik betrat das Zimmer. Sein Ohr war rot, weil er es gegen die Tür gepresst hatte.

»Tante Boss«, sagte er, »ich weiß, wie wir ihm helfen können.«

Die Straßenlampen schienen in mein Haus in Rajnagar hinein. Ich sah Radhas Körper zusammengerollt auf der Liege, unsere Metallkoffer, ein Durcheinander von Taschen voller Kleinkram. Ich tastete in der Dunkelheit umher, wobei es mir egal war, wie viele Geräusche ich machte, wühlte mich durch unsere Habseligkeiten, wobei ich mir wünschte, ich hätte das Geld für einen Stromanschluss gehabt.

»Jiji?«

»Streichhölzer. Wo hast du sie hingetan?«

Ich kippte einen Sack aus, und sein Inhalt fiel heraus. In Zeitungspapier gewickelte Kräuterpäckchen, Löffel, Zahnstocher. *Die Erzählungen von Krishna*, die Radha mitgebracht hatte.

Radha stützte sich auf einen Ellbogen. »Wie spät ist es?«

»Streichhölzer! Habe ich vergessen, sie letzte Woche auf Maliks Liste zu setzen?«

Sie stemmte sich von der Liege hoch und griff in die Vinyltasche an der Tür. »Hier.« Sie gähnte.

Ich nahm ihr die Streichholzschachtel aus der Hand. Meine Finger zitterten, während ich ein Streichholz entzündete. Ich leerte den Inhalt einer anderen Tasche auf den Boden aus und studierte die Etiketten auf den Flaschen und Päckchen.

»Wonach suchst du?« Sie rieb sich die Augen.

Ich brach meine Suche ab, um sie anzusehen.

Sie blinzelte, jetzt wach.

Mein Dutt hatte sich aufgelöst. Die verknoteten Haare fielen mir über das Gesicht. Mein Sari war feucht und roch nach

Erbrochenem; auf dem Weg nach Hause hatte ich ein halbes Dutzend Mal würgen müssen.

Mein Finger begannen zu brennen. Ich wedelte mit dem Streichholz, um die Flamme zu löschen. »Ich habe Hari getroffen.«

In der Dunkelheit leuchtete das Weiß in Radhas Augäpfeln noch heller.

»Warum?«

»Radha, ich wusste nicht …«

Ich hatte Angst, dass ich wieder in Tränen ausbrechen würde. Ich hatte auf dem Fußboden gekauert. Jetzt stand ich auf und griff nach ihren Händen. Sie zuckte zusammen und zog sich in die Dunkelheit zurück.

»Setz dich.« Ich zeigte auf die Liege. »Bitte.«

Vorsichtig ließ sie sich auf der Kante des *Charpoys* nieder und knetete ihre Hände im Schoß. Ich kniete mich vor ihr auf den Fußboden.

»Radha, wer auch immer dir das angetan hat, es ist nicht deine Schuld! Wenn ich das gewusst hätte … dass Maa nach mir noch ein Kind bekommen hat, dass ich eine Schwester habe, dass du allein warst … Ich wäre nicht gegangen. Ich hätte …«

Ich war mir nicht sicher, was ich dann getan hätte.

Sie runzelte die Stirn.

»Daran zu denken, dass du dich Hari *angeboten* hast – das ist abstoßend. Es war mein Fehler. Bitte vergib mir.«

Ich setzte mich neben sie.

Bang rückte sie von mir ab.

»Ich hätte dich beschützen müssen. Aber das habe ich nicht. Ich habe es zugelassen. Er …«

»Jiji, du machst mir Angst.« Sie sah aus, als würde sie gleich zu weinen anfangen. »Wovon sprichst du?«

Mein Blick fiel auf ihren Bauch. Sie folgte meinem Blick die Länge ihres zerknitterten Kleides hinunter, runzelte die Stirn und blickte wieder auf. *Sie wusste es nicht?* Natürlich wusste sie es nicht! Sie war noch ein Kind!

»Deine Brüste sind empfindlich?«

Sie zog die Augenbrauen hoch.

»Du musst ständig pinkeln? Dir ist übel?«

Ihr stand der Mund offen.

»Wie lang ist deine letzte Blutung her?«

Sie sah an mir vorbei, auf den Fußboden, atmete durch den Mund. Sie schaute auf ihren Bauch. Dann wurde ihr Blick mild, als würde sie sich an etwas Angenehmes erinnern.

»Überlass es mir, Radha. Wenn du nicht weiter als im vierten Monat bist, ist es sicher. Hilf mir, die Baumwollwurzelrinde zu finden.« Ich stand vom Fußboden auf, fasste meine Haare zusammen und wand sie im Nacken zu einem Knoten. »Erinnerst du dich an Mrs. Harris? Sie hatte meinen Tee getrunken.«

Sie verzog das Gesicht.

»Aber jetzt geht es ihr wieder gut! Dir wird es auch wieder gut gehen. Wer immer das auch getan hat ... Sag mir, dass es nicht Mr. Pandey gewesen ist?«

Sie schüttelte den Kopf und zog den zerknitterten Chiffon über ihren Schenkeln glatt.

Ich konnte ihren Gesichtsausdruck nicht deuten; sie musste unter Schock stehen.

»Versuch, dich daran zu erinnern, wo wir die Baumwollwurzelrinde hingetan haben.«

»Jiji.«

»Vielleicht in der karierten Tasche?« Ich eilte zu der Tasche und leerte sie auf den inzwischen mit Sachen übersäten Fußboden aus.

»Jiji.«

Ich brauchte mehr Licht. Wo waren die Streichhölzer jetzt hingeraten? Ich sank auf alle viere, um das Chaos zu durchsuchen. Schob einen Stapel Bücher beiseite. Eine Rolle Faden klapperte auf den Fußboden.

»Was, wenn ich das Baby behalte?«

Ich starrte auf den Faden, der sich über den Terrazzo abrollte. *Was hatte sie gerade gesagt?*

Ich weiß nicht, wie viel Zeit vergangen war, bis ich mich wieder bewegen konnte. Langsam drehte ich mich zu ihr um.

Sie biss sich auf die Lippe und mied meinen Blick.

»Du *brauchst* es nicht zu behalten«, sagte ich. »Hast du denn nichts von mir gelernt?«

Sie senkte das Kinn und blickte auf ihren Schoß. Ich konnte die glatten Kanten ihrer Schuld spüren. *Sie war dazu bereit gewesen. Sie hatte sich dort von einem Mann anfassen lassen, vielleicht mehr als einmal. Sie hatte es gewollt.* Während ich arbeitete. Während sie in meinem Haus wohnte. Was für eine Närrin war ich doch gewesen!

Ich hatte Mitgefühl mit ihr gehabt. Mir gesagt, dass sie Zeit brauchte, um mir zu vergeben. Sie würde schon einlenken. Sie würde es schon noch zu schätzen wissen, was ich ihr ermöglichte: ein Zuhause, genug *Chapattis*, damit sie nie wieder Hunger leiden musste, die Maharani-Mädchenschule und die Chance auf ein besseres Leben, besser, als wir beide uns je hätten vorstellen können.

Ich stand auf und streckte die Hand nach ihr aus. Ohne nachzudenken, griff ich nach dem Rock ihres Kleides. Sie duckte sich und versuchte zu fliehen. Ich schnappte nach ihrem Knoten und krallte mich in ihr Haar. Sie kreischte. Ich gab ihr eine Ohrfeige. Sie stolperte und stürzte.

Mein Herz hämmerte gegen meine Rippen. Ich sah zu, wie

sie ächzte und keuchte. Ausgestreckt lag sie auf dem Fußboden mitten zwischen den ganzen Sachen, ihre Beine auf einer Seite angezogen. Ihre Lippe blutete, ihr Gesicht war vor Schmerz verzogen.

Ich stand über ihr. »Was hat er getan, dein *Devdas*? Dir versprochen, dich bis in alle Ewigkeit zu lieben?«

»Stopp!«

»Dir Geschenke gemacht?«

»So war das nicht!«

»Oder hast du dich selbst im Gegenzug für irgendetwas *angeboten* – so wie bei Hari?«

Rote Flecken erschienen auf ihren Wangen. »Was für eine Wahl hatte ich denn? Ich musste zu dir gelangen, und allein konnte ich das nicht. Was also, wenn ich ihn benutzt habe, um nach Jaipur zu kommen? Du hast einen Weg zur Flucht gewählt und ich einen anderen! Ich habe dir das nicht vorgeworfen, warum machst du dann mir Vorwürfe?«

»Was auch immer dein Freund zu dir gesagt hat, es stimmt nicht. Und wenn du glaubst, dass er es anerkennen wird …«

»Das wird er!«

»Oh, wie konntest du nur so dumm sein? Hör mir zu, Radha. Dieses Kind hat keine Zukunft!«

»Das hat es!«

»Ich kenne die Welt, Radha. Du nicht. Wenn du glaubst, dass der Vater dich heiraten wird, träumst du nur!«

Sie senkte den Kopf. Jetzt weinte sie. »Er liebt mich.«

Ich wischte die Hände an meinem Sari ab und ging zum Primus-Kocher, wo ein mit Wasser gefüllter Topf für den morgigen Tee bereitstand. Ich sah mich um und erspähte ein verirrtes Streichholz auf dem Fußboden, nahm es auf und rieb den Kopf an der steinernen Tischplatte, um es dann an den Kocher zu halten. Die blaue Flamme erleuchtete den Raum.

»Komm, hilf mir, Radha.« Ich zwang meine Stimme zu einem schmeichelnden Tonfall, so wie Tausende Male zuvor bei meinen Damen, um sie in eine gute Stimmung zu versetzen. Den Griff des Topfes fasste ich mit beiden Händen, damit sie nicht sehen konnte, wie stark ich zitterte. »Morgen kann wieder alles so sein, wie es gewesen ist. Zurück zur Normalität.« Meine nervöse Stimme strafte meine Worte Lügen.

»Du machst dir Sorgen, was deine Damen denken werden.«

Ich versteifte mich.

»Deine respektablen Memsahibs, die nicht wissen, was du außerhalb ihrer Salons tust«, höhnte sie. »Wie du Babys verschwinden lässt.« Sie klang so ganz anders, diese Radha, deren Worte scharf wie eine Dolchklinge waren.

Ich drehte mich zu ihr um.

»Was würden sie sagen, wenn sie wüssten, dass du deine eigenen Babys weggemacht hast?«

Ich schwieg betroffen. »Hari hat es mir erzählt. Und nach Joyce Harris habe ich mir alles zusammengereimt. Was du getan hast, damit du selbst keine bekommst.«

Mir fiel das Atmen schwer. »Hier geht es nicht um mich! Hier … hier geht es um dich. Du bist dreizehn! Ein Mädchen mit der Chance, mehr zu schaffen, mehr zu sein …«

»Du redest von dir selbst, nicht von mir! Ich *bin* nicht du.«

Ich presste eine Hand auf meine Brust. »Nein, wir reden von dir – ein Mädchen mit einem Kind und ohne Ehemann«, keuchte ich.

Sie reckte das Kinn. »Wir werden heiraten.«

Sie war überreizt. Hatte Wahnvorstellungen. Ich griff nach dem Rand der Tischplatte, um mich aufrechtzuhalten. »Morgen um diese Zeit, Radha, wirst du dich nicht einmal daran erinnern, dass du den Tee getrunken hast. Du wirst wieder ganz sein – und rein. Morgen fangen wir neu an.«

»Du hörst mir nicht zu. Du hörst mir nie zu! Ich werde es dem Vater erzählen, und wir werden heiraten. Wir werden das Baby behalten.«

»Und wenn er sich weigert, Radha? Was wirst du dann machen? Denk mal darüber nach. Wer wird dein Kind einkleiden und ihm *Dal* zu essen geben, wenn du wieder in der Schule bist?«

Ihre Augen weiteten sich. Unfassbar, dass sie nicht einmal jetzt an diese Möglichkeit gedacht hatte. »Ich werde nicht zur Schule zurückkehren. Ich werde arbeiten. So wie du.«

Ich schüttelte den Kopf. »Du glaubst, dass das so einfach ist? Dieses Haus hat mich dreizehn Jahre harte Arbeit und *Ja, Ji* und *Nein, Ji* und *Was Sie nicht sagen, Ji* gekostet. Du brauchst das nicht, wenn du zu dieser Schule gehst. Du hast noch viele Jahre vor dir, in denen du ein Kind bekommen kannst, wenn du erst mit der Schule fertig bist. Hör mir zu, Radha. Bitte. Die Maharani-Mädchenschule ist eine Auszeichnung – nur wenige werden dort zugelassen –, und du kannst sie kostenlos besuchen. Du kannst etwas Besseres sein als eine Hennakünstlerin. Besser als ich. Du kannst ein sinnvolles Leben führen.« Das Wasser stand kurz vorm Kochen. »Nur – hilf mir bitte, die Baumwollwurzelrinde zu finden.«

Ihre Stimme zitterte. »Er hat gesagt, dass ich für dich nichts weiter als eine billige Arbeitskraft bin. Dass dein Geschäft erst, seit ich hier bin, richtig in Schwung gekommen ist. Du hast mir selbst gesagt, dass du wegen meines Hennas jetzt mehr Termine annimmst. Wenn das stimmt, warum vertraust du mir dann nicht, dass ich für mich selbst denken kann?«

Sie stellte sich vor mich, ihr Gesicht Zentimeter von meinem entfernt. Das Blut auf ihrer Lippe glänzte. »Du hast mir auf der Weihnachtsparty nicht vertraut, und jetzt vertraust du mir auch nicht«, sagte sie. »Es ist völlig egal, wie hart ich arbeite, wie viel ich tue. Du wirst mir nie vertrauen!«

Mehr als ihre Worte war es ihr Tonfall, seine Bitterkeit, der schlimmer war als all die Beleidigungen, die ich mir je von meinen Damen hatte anhören müssen. Was hatte ich diesem Mädchen je getan, als ihr ein Haus, zu essen und Kleider zu geben! Mein Herz zog sich zusammen.

Ich zeigte mit einem Finger auf ihre Brust. »Du wirst jeden Tropfen davon trinken, bevor der Morgen graut.«

»Das werde ich nicht. Ich werde dir beweisen, dass du falschliegst!«

Sie rannte so geschwind davon, wie ein Kolibri flog. Als sie an mir vorbeilief, streifte ihr Chiffonrock die Haare an meinem Arm, und ich versuchte, sie zu packen. Aber ich bewegte mich zu langsam, als wäre ich unter Wasser, und so schaffte ich es nur, den empfindlichen Stoff von ihrem Kleid herunterzureißen. Ich hörte noch das Klatschen ihrer nackten Füße auf dem Hof, und dann war sie verschwunden.

Ich starrte in das blaue Flackern der Gasflamme, hörte, wie das Wasser kochte, das ich jetzt nicht mehr brauchen würde. Ich schaltete den Kocher aus.

Dann ging ich durchs Zimmer und ließ mich auf den *Charpoy* fallen. Es musste schon nach drei Uhr morgens sein.

Dies war ein Tag, der mit einer Freudenfeier hätte enden sollen, voller Hoffnung auf die Zukunft. Stattdessen fühlte ich eine Leere, so weit und so tief wie der Ganges.

Jetzt, wo meine Eltern nicht mehr miterleben konnten, welch langen Weg ich dafür hatte zurücklegen müssen, erschien mir der Kampf um den Bau meines Hauses sinnlos. Stattdessen war mir Radha geschickt worden, damit ich auf sie aufpasste, und ich hatte auch ihre Zukunft ruiniert.

Wohin ging sie zu dieser nachtschlafenden Zeit? Doch sicher nicht zu ihrem Liebhaber? Wer war es überhaupt? Wenn nicht der Milchmann, Mr. Iyengar oder Mr. Pandey, wer dann?

Die Lehrer in der Maharani-Mädchenschule waren Frauen. Es konnte doch nicht der zahnlose alte Pförtner gewesen sein? Unmöglich!

Ein Schreck durchfuhr mich. Konnte es *Samir* sein? Er hatte ihre Schönheit bewundert. Aber … Nein. Radha passte nicht in sein Beuteschema; sie war keine Witwe, und sie war viel zu jung, oder?

Wohin auch immer Radha jetzt wollte, sie würde gehen müssen. Alle einschließlich der *Tonga-Wallas* und der Rikscha-*Wallas* lagen im Bett. Radha hatte kein Geld für den Zug oder selbst für den Bus. Würde sie auf der Straße schlafen, so wie damals, als sie mit Hari nach Jaipur gekommen war? Sie ging doch sicherlich nicht zu Hari, oder?

Kanta würde es wissen. Ich sollte sie anrufen. Aber wie? In meinem gemieteten Zimmer hatte ich mit ihrer Erlaubnis Mrs. Iyengars Telefon benutzt, aber hier konnte ich mir keinen Telefonanschluss leisten. Die Post, wo ich manchmal eine fürstliche Summe bezahlte, um das Telefon benutzen zu können, war geschlossen.

Wenn Radha bis zum Morgen nicht wieder zurückgekehrt war, würde ich Malik mit einer Nachricht zu Kanta schicken. Ich seufzte. Eine weitere Peinlichkeit. Mädchen aus guten Familien liefen nicht von zu Hause weg. Vermutlich hatten die Klatschmäuler genau das vor dreizehn Jahren auch über mich gesagt.

Am nächsten Morgen war noch immer nichts von Radha zu sehen. Ich hatte die ganze Nacht nicht geschlafen. Vor meinem geistigen Auge sah ich sie draußen durch die Straßen laufen, allein. Ich sah mich selbst in Radhas Alter, zu schüchtern, um Jungen oder Männer anzuschauen, geschweige denn mit ihnen zu reden. Dafür hatte Maa schon gesorgt: *Männer pflücken selbst unreifes Obst, wenn es vor ihnen hängt.* Wann hatte meine Schwester aufgehört, solche Warnungen zu beachten? Oder war Maa nach meinem Weglaufen zu entmutigt gewesen, um Radha das Gleiche beizubringen wie mir? Da ich trotz ihrer Warnungen meine Pflichten vergessen hatte, hatte sie möglicherweise das Gefühl gehabt, dass sie bei meiner Schwester auch keinen Erfolg haben würde.

Ich versuchte, mir eine Vergangenheit vorzustellen, in der ich bei Hari geblieben wäre, mir gestattet hätte, Kinder zu bekommen, und dabei zugesehen hätte, wie Radha mit ihnen zusammen aufwuchs. Wäre das wirklich so schlecht gewesen? Radha wäre in Sicherheit gewesen. Sie wäre nicht in dieser unbekannten Großstadt gelandet, wo an jeder Ecke Lustmolche lauerten.

Als Malik in der Morgendämmerung zur Arbeit erschien, schickte ich ihn sofort zu Kanta. Mich selbst beschäftigte ich damit, die *Tiffins* zu befüllen, die wir für den heutigen Tag brauchten. Weniger als eine Stunde später hörte ich draußen ein Auto und rannte ans Fenster. Vor meinem Haus hielt ein großer grauer Sedan. Am Steuer saß Baju. Er stieg aus und öffnete die hintere Tür. Auch Malik stieg aus und wandte sich um, um Kanta aus dem Wagen zu helfen.

Binnen Sekunden war ich zur Tür raus und durch mein Tor gelaufen. Als sie mich sah, rief Kanta: »Lakshmi!« Ihr Gesicht war aschfahl.

Mein Herz hämmerte in der Brust. *Oh Bhagwan, lass Radha in Sicherheit sein! Lass nicht zu, dass ihr irgendetwas passiert!*

»Sie ist bei mir. Es geht ihr gut. Aber ich bin wirklich die schlimmste Tante, die es gibt! Wie ist es nur möglich, dass ich das nicht bemerkt habe oder zumindest …«

Kaum hatte ich sie »gut« sagen hören, entspannte sich mein Körper. Radha war wohlauf.

Kanta sprach laut genug, um die Aufmerksamkeit meiner Nachbarin zu erregen, die ihr Haus verlassen hatte und jetzt so tat, als würde sie einen dürren Zitronenschössling in ihrem Hof gießen.

»Kanta«, sagte ich scharf. »Komm herein und trink Tee mit mir.«

Einsichtig schloss Kanta den Mund und gestattete Malik und mir, sie hineinzugeleiten. Baju kehrte zum Wagen zurück.

Sobald ich die Tür hinter uns geschlossen hatte, fing Kanta an zu wehklagen, die Arme um ihren Bauch geschlungen. »Wenn ich doch nur gewusst hätte, was das mit ihr macht! Aber ich dachte, wenn ich sie mit der westlichen Lebensart vertraut mache, würde sie das besser vorbereiten – weißt du, auf das moderne Leben, das Dasein als Frau. Und ich habe das für Bildung gehalten! Ich war so beeindruckt von meinem fortschrittlichen Denken! Dachte, du würdest dich auch freuen. Ich hätte nie … Mir war nicht klar …«

Mit zittrigen Fingern entzündete ich die Kerosinlampe. »Was hat Radha dir erzählt?«

»Alles.« Kanta fing an zu röcheln, als wäre die Luft auf einmal zu dünn geworden. »Es ist schrecklich.«

Ich bemerkte jetzt, dass sie eine Weile geweint haben musste. Ihre Augen waren geschwollen. Ihre Haut fahl. Ich führte sie an den Schultern zum *Charpoy* und setzte mich neben sie.

Malik schenkte ein Glas Wasser aus dem *Mutki* ein und

reichte es Kanta. Dann ging er zum Primus-Kocher und entzündete ihn, um Tee zu kochen.

In der Luft lag immer noch der schale Geruch von der Einzugszeremonie am Vortag. Aber ich wagte es nicht, die Fenster zu öffnen, für den Fall, dass meine Nachbarn mithörten. Kanta hatte einen sogar noch beklemmenderen Geruch mit sich gebracht – den von Angst.

»Sie … ich … Oh, Bhagwan! Wo soll ich nur anfangen?« Sie presste die Hand an die Stirn. »Diese Romane von mir, die englischen Romane, die sie mir vorliest. Ich dachte, sie würden ihr beim Englischlernen helfen. Sie würde daraus Dinge über die große, weite Welt lernen. Und sie könnte diese Snobs an ihrer Schule übertrumpfen. Und die Filme, in die ich sie mitgenommen habe! Oh Gott! Ich wusste nicht, dass sie eine Geschichte aus einem Buch oder Film mit ihrem eigenen Leben verwechseln könnte.«

Ich schloss die Augen. Radhas Fantasie, die vor wenigen Monaten noch fest eingesperrt gewesen war, war jetzt freigesetzt worden. Ohne Eltern, die ihre Träume von Romantik zerstörten, hatte ihre Vorstellungskraft es ihr ermöglicht, diese Träume in Tatsachen zu verwandeln.

Kanta war älter als Radha und hätte es besser wissen müssen, aber letztendlich war ich diejenige, die für meine Schwester verantwortlich war. Was für eine Art von Betreuerin war ich nur gewesen?

Kanta klagte immer noch. »All dieses Gerede von Liebe und Romantik. Für englische Mädchen in Ordnung, aber nicht für indische.« Sie klang wie ihre *Saas*. »Ich hätte merken müssen, wie jung sie noch ist, wie leicht zu beeindrucken. Sie nimmt sich alles zu Herzen, saugt es auf wie ein Schwamm! Und sie lernt so schnell – es hat mir geschmeichelt, ihre Lehrerin zu sein. Wir hatten Spaß miteinander …«

Ich wandte mich von Kanta ab; ich konnte nicht zulassen, dass sie sah, wie ich zusammenbrach. Ich blickte hinunter auf die Karte meines Lebens im Terrazzo, während meine Tränen meine Sicht verschwimmen ließen. Das Muster veränderte sich. Die Formen verwandelten sich in etwas, das ich nicht mehr wiedererkennen konnte.

Kanta unterdrückte einen weiteren Schluchzer. »Oh, Lakshmi! Ich kann es gar nicht glauben, dass unsere Radha ein Kind unter dem Herzen trägt! Sie hat mir nicht erzählt, wer der Vater ist. Sie will, dass du dabei bist, wenn sie das preisgibt.«

*Radha wollte es in der Öffentlichkeit bekennen.* Wie der Monsun, der so heftig war, dass er die Friese an unseren Tempeln aushöhlte, war meine Schwester dabei, die Festung zu zerstören, die ich errichtet hatte. Es war unbestreitbar: Mein Leben, wie ich es gestaltet hatte, würde sich jetzt ändern. Sorgfältig ausgearbeitete Pläne würden sich jetzt auflösen. Der Raum drehte sich um mich. Ich verlor das Gleichgewicht und griff nach dem Fensterbrett, um nicht zu stürzen.

Malik rannte zu mir, um mich aufzufangen, aber Kanta war schneller. Sie ließ mich sanft auf den Fußboden gleiten.

»Ich habe ihren Kopf mit *Bukwas* gefüllt! Ich und meine Bücher und meine Filme und meine Magazine und meine Vorstellungen. Meine Schwangerschaft hat mich verrückt werden lassen! Nur so kann ich das erklären. Ich dachte, dass das alles was Gutes sei. Und jetzt ist es Radha, die den Preis dafür bezahlt. Und du, Lakshmi.«

Sie weinte lauter, und ich fragte mich zerstreut, ob meine Nachbarn davon ausgehen würden, dass es einen Todesfall in der Familie gegeben hatte.

»Es tut mir leid«, sagte sie. »Es tut mir so sehr leid.«

Sie schlang die Arme um meinen Hals, und ihre heißen Tränen tropften auf meine Brust, aber mein Körper fühlte sich schlaff an, wie ein nasses Handtuch. Ich konnte ihr keinen Trost spenden.

# ZWÖLF

## 21. April 1956

Kanta und ich saßen nebeneinander auf dem Sofa in ihrem Salon. Radha stand vor uns, als stünde sie vor einem britischen Gericht. Sie trug ein Kleid, das sie sich von Kanta geliehen hatte; das Madhubala-Kleid war ruiniert.

Meine Schwester blickte nervös auf den Teppich, dann zu uns, dann auf die Fotos von Gandhi-*ji* und Kantas neu gefundener Göttin Saraswati an der Wand.

»Erzähl schon, *Bheti*«, ermutigte Kanta sie.

Radha leckte sich über den Riss in ihrer Lippe, die Wunde, die ich ihr in der vergangenen Nacht zugefügt hatte. »Auf meinem Weg von der Schule zu Tantes Haus bin ich jeden Tag am Jaipur Club vorbeigekommen. Ihr wisst schon, der Poloplatz am Rande der Straße?«

Ich setzte zu sprechen an, aber Kanta legte mir eine Hand auf den Arm, um mich zum Schweigen zu bringen.

Radha kaute auf der Innenfläche ihrer Wange. »Ich habe ihn in den Ferien Polo spielen sehen, und eines Tages hat er mich gesehen, als er gerade sein Pferd in den Stall brachte. Er hielt an, und wir begannen, miteinander zu reden. Er hat mir erzählt, dass er an seiner Schule gerade an einem Shakespeare-

Stück arbeitet, und hat mich gefragt, ob ich mit ihm proben könnte. Das haben wir dann auch getan. Manchmal eine halbe Stunde lang, manchmal eine Stunde.«

Ich umklammerte das Sofagestell und versuchte, meine Ungeduld zu zügeln.

»Und eines Tages hat er mir gesagt, dass ich wie Madhubala aussehe.« Sie errötete und wandte den Blick ab. »Er sagte, dass er noch nie ein hübscheres Mädchen gesehen hätte und sich wünschte, all seine Zeit mit mir zusammen verbringen zu können. Er würde den ganzen Tag lang nur an mich denken.« Der Blick meiner Schwester wanderte kurz zu mir, dann zurück zum Fußboden. »Es war genauso wie in den Filmen.«

Kanta stöhnte. Mein Herz hämmerte.

Radha faltete die Hände vor ihrem Körper. »Ich mochte ihn. Er hat sich für die Weihnachtsfeier entschuldigt. Wie seine Mutter mit mir gesprochen hat. Ich habe ihm erzählt, dass ich deswegen so viele Probleme mit dir bekommen habe, Jiji.«

Der Raum kam auf mich zu. Mein Blickfeld verengte sich.

»Er hat gesagt, dass du eifersüchtig auf mich wärst.« Sie musterte mich unter gesenkten Lidern. »Weil du niemanden in deinem Leben hast und ich schon.«

Mir wurde eiskalt. Radhas Stimme klang schwach, wie aus weiter Ferne.

Sie sprach von Ravi Singh.


Als ich wieder zu mir kam, lag mein Kopf in Kantas Schoß, und sie presste den Zipfel meines Saris an meine Stirn. Es fühlte sich kühl an, und ich begriff schnell, warum: Sie hatte Eis darin eingewickelt. Radha saß im Sessel gegenüber und rieb ihre Hände nervös am Polster.

Beim Versuch, mich aufzusetzen, drehte sich alles. Kanta

drückte meine Schultern wieder aufs Sofa. Ich beobachtete das langsame Tack-Tack-Tack des Deckenventilators. In meinem Kopf schwirrte immer noch alles durcheinander. Ravi Singh war der Vater des Babys meiner Schwester.

»Ausgerechnet ... *Parvatis Sohn?*«

Radha wirkte erschrocken und dennoch trotzig. Sie suchte bei Kanta nach Unterstützung. »Deshalb brauche ich dich hier, Tante. Ich wusste, dass sie es nicht verstehen würde, aber du verstehst mich, nicht wahr?«

Kanta runzelte besorgt die Stirn. Sie öffnete den Mund, um etwas zu sagen, aber es kam nichts heraus. Sie wandte den Blick ab.

Meine Schwester flehte: »Mach es ihr begreiflich, Tante. Er liebt mich. Er sorgt sich um mich. Er will dieses Baby genauso gerne haben wie ich ...«

*Hai Ram!* Bis jetzt hatte ich gehofft, dass wir die Schwangerschaft geheim halten könnten, wenn ich sie nur dazu überreden konnte, meine Beutel zu verwenden. »Er weiß über das Baby Bescheid? Jetzt schon?«

Radha sprach mit mir, als würde sie einem Kind etwas erklären: »Er weiß es nicht ... noch nicht. Aber wenn ich es ihm sage, wird er ganz begeistert sein. Er hat mir gesagt, dass ich das einzige Mädchen bin, für das er sich je interessiert hat.«

»Das ist lächerlich! Er ist siebzehn! Du bist dreizehn!«, rief ich.

Radha verengte die Augen. »Du hast mir gesagt, dass ich mit dem Einsetzen meiner Monatsblutung zur Frau geworden bin.«

»Ich meinte damit nicht, dass du dann schon dazu *bereit* bist, Kinder zu bekommen!«

»In unserem Dorf bekommen Mädchen schon mit dreizehn Kinder. Warum ich nicht? Sie haben ganze Familien, bevor sie zwanzig sind. Ich hatte nie eine Familie. Nicht wirklich, wo Maa die ganze Zeit traurig war und Pitaji betrunken. Und du – du bist von Hari weggelaufen, und Gott weiß, wo du gewesen bist, bis ich dich gefunden habe!«

Bei der Erwähnung von Haris Namen blickte ich hilflos zu Kanta. Als Kanta heute Morgen zu mir gekommen war, hatte ich ihr alles über meine Vergangenheit erzählt – Hari, die Schläge, alles. Ich hatte ihr mehr erzählt, als ich je in meinem ganzen Leben irgendjemandem erzählt hatte. Auch wenn es sie erschütterte, akzeptierte sie es, ohne über mich ein Urteil zu fällen.

Radha hickste. »Ravi und ich werden heiraten, sobald er von diesem Kind erfährt. Das ist *sein* Baby!«

»Lakshmi«, flüsterte Kanta und hob die Hand an ihren Mund. »Was wird passieren, wenn Parvati das herausfindet?«

Genau das fragte ich mich auch.

Radha sah erst mich, dann Kanta an. »Warum macht ihr euch Gedanken über seine Mutter? Ravi ist der Vater. Er ist der Einzige, auf den es ankommt!«

Mir war gar nicht richtig klar gewesen, wie naiv Radha war, wie sehr sie in ihrer Fantasiewelt lebte. Wie wenig ich von ihren Gefühlen wusste. Wie wenig ich wissen *wollte.*

Ich *wollte* nicht mit ihr über die Dinge reden müssen, über die sie sich Gedanken machte. Wie etwa Liebe. *Woran merkt man, dass man verliebt ist? Wie fühlt es sich an?* Was wusste ich denn schon über die Liebe? Ich hatte sie nie erlebt. Es war mir zuwider, zugeben zu müssen, dass ich ihre Fragen nicht hätte beantworten können. Ich hatte gehofft, dass Kanta das tun würde.

Vorsichtig setzte ich mich auf dem Sofa auf. Schmerz schoss in meine Schläfen. »Radha, es tut mir leid. Es ist mein Fehler. Ich hätte mehr mit dir reden sollen … Aber hör mir jetzt zu. Du kannst Ravi Singh nicht heiraten.«

»Nein, nein, nein. Ich werde nicht zuhören!« Jetzt weinte sie, den Mund zu einer Grimasse verzogen. »Erst sagst du mir, dass ich nicht zum Palast mitkommen darf. Dann steckst du mich in eine Schule, wo sie sich über meine Haare, meinen Akzent, meine Kleidung lustig machen. Was habe ich dir je getan? Warum kannst *du* alles in deinem Leben tun, was du willst, während *ich* alles tun muss, was du mir befiehlst?«

Offenbar war sie immer noch wütend darüber, dass ich sie vom Palast ferngehalten hatte. Und ich hatte geglaubt, wir wären darüber hinweg. Jetzt besaß sie Kleider im Bombaystil. Einen eleganten Haarschnitt. Sie lernte westliche Tänze und wie man eine englische Teeparty für acht Personen veranstaltete – Dinge, die ich ihr niemals hätte beibringen können.

Vielleicht war es die Fassungslosigkeit in meinem Gesicht, die Radha dazu veranlasste, aus ihrem Sessel aufzuspringen und sich neben mich plumpsen zu lassen. Sie griff nach meinen Händen. Ihre waren vom Wegwischen der Tränen feucht.

»Jiji, ist Ravi nicht alles, was du dir von einem Ehemann für mich wünschen würdest? Er ist so attraktiv wie ein Filmstar. Er ist gebildet. Er ist talentiert.« Das klang wie die Liste, die ich angelegt hatte, als ich zum ersten Mal ein Mädchen für Ravi vorgeschlagen hatte.

*Oh, du dummes Mädchen*, wollte ich schreien. Stattdessen bemühte ich mich, meine Stimme ruhig zu halten. »Radha, Parvati Singh wird niemals zulassen, dass ihr Sohn dich heiratet. Sie wird ihn nicht heiraten lassen, bevor er seinen Universitätsabschluss hat.«

Sie drückte meine Hände fester. »Tante sagt, dass die Liebe an den Orten erblüht, wo man sie am wenigsten erwartet.« Sie flehte Kanta an. »Hat Mr. Rochester Jane Eyre nicht auch geliebt, Tante, obwohl sie kein Geld hatte? Und Lady Chatterley!

Trotz all ihres Reichtums hat sie einen armen Wildhüter geliebt. Und du, Tante, hast Manu aus Liebe geheiratet, nicht des Geldes wegen. Warum könnt ihr nicht glauben, dass Ravi und ich aus Liebe heiraten können?«

Kanta zuckte zusammen und schloss die Augen. »*Hai Ram!*«

Ich seufzte. »Weil Parvati Singh keine Liebesheirat zulassen wird.«

Radha stieß meine Hände beiseite. Ihre Stimme brodelte vor Wut. »Meine Gefühle sind dir völlig egal. Oder Ravis.«

Ich hatte genug gehört. »Kanta, erzähl es ihr.«

»Wenn ich das gewusst hätte …«

»Sag es ihr!«

Kantas Mund verzog sich voller Traurigkeit. Sie sah Radha an.

»*Bheti*«, sagte sie. »Ich würde alles tun, um dir das zu ersparen. Aber sobald Sheela Sharma achtzehn wird, wird sie Ravi Singh heiraten. Das haben die Sharmas vor zwei Tagen auf einem festlichen Abendessen verkündet.«

Meine Schwester war schockiert. Sie tastete hinter sich nach dem Sessel und setzte sich, als sie ihn gefunden hatte.

»Manu und ich waren dort. Und Ravi ebenfalls«, fügte Kanta hinzu.

»Aber … er hat mir erzählt, dass seine Eltern niemals seine Hochzeit ohne seine Zustimmung arrangieren würden!«

»Sie haben ihn gefragt«, erwiderte Kanta, »und er hat zugestimmt.«

Radhas Augen füllten sich mit Tränen.

»*Bheti*, hat er tatsächlich gesagt, dass er dich heiraten würde?«, fragte Kanta freundlich, aber meine Schwester reagierte nicht. Von einem Moment auf den anderen hatte sie sich in sich selbst zurückgezogen. Sie wirkte so verloren, dass ich sie gerne getröstet hätte, aber ich wusste, dass sie das nicht zulassen würde.

»Ravi ist nicht der, für den du ihn hältst«, sagte ich so freundlich, wie ich konnte.

»Du sagst immer nur Dinge, die mir wehtun. Das machst du immer. Als hättest du nie gewollt, dass ich dich finde. Nie gewollt, dass ich bei dir lebe.« Sie richtete ihre rot umränderten Augen auf Kanta. »Deshalb will ich eine Familie haben, Tante! Sie ist nicht meine Familie. Nicht wirklich. Nicht auf die Art, auf die es ankommt! Du und Onkel sind für mich mehr wie eine Familie, als sie es ist!«

Ihre Worte trafen mich wie ein Hammerschlag. Kanta sah mich mitfühlend an.

Eine Weile lang sagte niemand etwas. Schließlich stieß Kanta einen langen Seufzer aus und stand auf. Sie setzte sich auf die Armlehne von Radhas Sessel und hob ihr Kinn mit zwei Fingern an. »Hör auf Lakshmi. Sie ist deine *Jiji*. Sie hat alles für dich getan, was sie konnte, damit du eine gute Zukunft hast – die beste. Du kannst nicht so mit ihr reden. Nicht in meinem Haus.«

Ich sah Kanta dankbar an. So wie sie hatte sich noch nie jemand für mich eingesetzt. Dann wandte ich mich meiner Schwester zu. »Radha, ich habe diese Hochzeit arrangiert. Ich tat es, damit …«

»*Du* hast mir das angetan?«

»Ich habe dir *gar nichts* angetan. Ich wusste nicht einmal, dass du …«

Radha blinzelte. »Warte! Ravis Hochzeit ist noch Jahre entfernt! Es kann sich so viel ändern! Und so wie deine Damen auf dich hören … Vielleicht, wenn du mit Ravis Mutter sprichst, Jiji …« Sie wollte verzweifelt ihre Zukunft ändern, so wie ich mit fünfzehn.«

Ich schüttelte den Kopf. »Parvati hat die Zukunft ihres Sohnes schon geplant, bevor er seinen ersten Zahn bekommen hat. Mit ihr und Samir war es genauso und mit allen anderen Generationen der Singhs.«

Kanta keuchte. »Was, wenn … wenn er das Baby nicht anerkennt …«

»Radha braucht es nicht zu bekommen.«

»Nein! Ich werde gar nichts tun, was diesem Baby schaden könnte! Das kannst du mit anderen Frauen machen, aber nicht mit mir!«

Das Entsetzen in Kantas Gesicht verriet mir, dass damit ein weiteres Geheimnis gelüftet war.

Ich drehte mich zu ihr um. »Kanta, erzähl mir nicht, dass du noch keine Frauen kennengelernt hast, die abgetrieben haben. Die sich verliebt haben und nicht über die Konsequenzen nachgedacht haben. Zum Beispiel an der Universität? In England?«

Kanta bedeckte den Mund mit der Hand, starrte zuerst mich an, dann auf den Fußboden.

Radha wartete, ihre Augen flehten meine Freundin an, ihr zur Seite zu springen. In dem Schweigen war das Tack-Tack-Tack des Deckenventilators übermäßig laut. Nach einer Pause drückte Kanta sanft die Schulter meiner Schwester und nickte. »Sie haben später geheiratet, meistens jemand anderen. Und andere Kinder bekommen.«

Radha schüttelte den Kopf. »Nein!«

»Lakshmi tut das Richtige.«

Aber das war nicht das, was Radha hören wollte. Sie kniff die Augen zusammen. Ich konnte mir vorstellen, was sie gerade dachte. *Was hat Jiji je anderes getan, als mit mir zu schimpfen und mir das vorzuenthalten, was ich haben will?*

Kanta legte eine Hand auf Radhas feuchte Wange. »Zieh

nicht so ein Gesicht. Du bist viel zu hübsch dafür. Lakshmi hat mir erzählt, dass sie bis vor fünf Monaten noch gar nicht gewusst hat, dass es dich gibt. Sie war geschockt, als du aufgetaucht bist, aber es wäre ihr nie in den Sinn gekommen, dich wegzuschicken. Sieh mich an, Radha. Deine Schwester hat ein sehr starkes Verantwortungsgefühl, was ich an ihr bewundere. Du regst dich vielleicht über sie auf, aber sie hat dich bei sich aufgenommen. Sie schickt dich auf eine ausgezeichnete Schule. Du bist so kultiviert geworden, dass man leicht vergessen kann, dass du erst dreizehn bist.« Sie zupfte an Radhas Kleid. »Lakshmi hat kein leichtes Leben gehabt.« Kanta sah zu mir herüber. »Ich kann verstehen, warum sie ihren Ehemann verlassen hat. Ich möchte auch, dass du weißt, dass ich weder über dich noch über deine Schwester ein Urteil fälle wegen dem, was passiert ist. Sie hat versucht, dir beizubringen, wie die Welt funktioniert. Sie ist stark – ich habe sie mit dir zusammen gesehen. Aber das ist ihre Pflicht als deine ältere Schwester. Wohingegen *ich*«, und hier seufzte sie, »eine sehr unartige Tante gewesen bin.«

Radha setzte sich aufrechter hin und ballte die Fäuste. »Aber ich habe dich liebend gern als Tante gehabt! Niemand hätte das besser machen können!«

»Ich habe dich sehr gern«, erwiderte sie. »Aber ich bin keine verantwortungsbewusste *Jiji*. Ich habe dich diese Bücher vorlesen lassen, als du noch gar nicht reif für sie warst.« Sie zog eine Grimasse. »Ich kann immer noch nicht glauben, wie gedankenlos das von mir war. Ich langweilte mich und wollte Gesellschaft haben, und du warst mir eine fantastische Gesellschaft.«

»Ich liebe diese Bücher!«, protestierte Radha. »Wo sonst hätte ich die Chance gehabt, sie zu lesen?« Sie sah mich an. »Sie verbringt nie Zeit mit mir. Sie macht nichts außer arbeiten!«

Jede von Radhas Anschuldigungen fühlte sich wie ein Schlag ins Gesicht an.

»Sie muss sich selbst ernähren.« Kanta ergriff Radhas Hand. »Und dich. Und Malik. Sie ist tapfer, und sie ist kämpferisch. Ihr beiden seid euch sehr ähnlich, weißt du?«

Ähnlich? Ich hätte nie gedacht, dass Radha und ich außer unseren wasserfarbenen Augen irgendetwas gemein haben könnten.

»Ich bin ein Glückspilz, Radha«, fuhr Kanta fort. »Ich musste mich nie selbst ernähren. Musste mir nie Sorgen um Geld machen. Selbst jetzt hilft mein Vater uns noch aus, wenn Manus Beamtengehalt nicht für unsere Ausgaben reicht. Meine Situation ist ganz anders als deine.« Sie seufzte. »Sosehr ich mir auch wünschte, dass es bei dir anders aussähe, das tut es leider nicht. Du musst an Geld denken – wie du die Miete zahlst, dir ein neues Paar Schuhe leisten kannst, Essen. So wie deine Schwester das immer getan hat. Ich übernehme die Verantwortung für das, was ich getan habe, Radha. Deine Schwester trifft keine Schuld. Und dich ebenso wenig.«

Radha ließ Kantas Hand los. »Erst arrangiert Jiji Ravis Hochzeit mit einer anderen! Und dann sagst du mir, dass ich mein Baby umbringen soll?«

Kanta lehnte sich zurück. »Ich will, dass du ein schönes Leben hast, Radha.« Kanta rieb sanft den Rücken meiner Schwester. »*Wir alle* stehen auf deiner Seite. Aber du bist viel zu jung, um Mutter zu sein. Dein Leben hat gerade erst begonnen, *Bheti*. Du kannst doch so viel mehr erreichen. Mehr und mehr Frauen …«

»Halt!« Radha schluchzte. Sie kniff die Augen zusammen, wodurch noch mehr Tränen herausströmten. Ihre Wangen erröteten.

Müde stand Kanta auf. »Belassen wir es erst mal dabei, Lakshmi.«

Der Deckenventilator wurde langsamer und hielt dann ganz an.

Kanta schnaubte. »*Baap re Baap!* Das ist heute schon das dritte Mal, dass der Strom ausfällt. Es ist erst April, und trotzdem ist es schon brütend heiß.« Sie wischte sich mit dem Sari den Schweiß vom Nacken. »Wir werden uns etwas überlegen. Aber erst mal müssen wir uns beratschlagen – du, ich, Radha und Manu.« Sie blickte mich an. »Radha kann bei mir bleiben, bis wir eine Lösung gefunden haben.« Sie sah keine von uns an, als sie das sagte, vermutlich, um uns die Peinlichkeit zu ersparen, die große Kluft zwischen uns einzugestehen.

Kanta zog ihren *Pallu* über die Schultern und steckte ihn in ihren Unterrock. »Vielleicht würde uns etwas Tee alle abkühlen?«

Ich dachte an die Weihnachtsparty auf dem Grundstück der Singhs zurück, wo alles angefangen hatte. Wo Ravi und Radha einander kennengelernt hatten. Wo Samir mir von dem Palastauftrag erzählt hatte. Am Anfang des Abends war ich voller Hoffnung gewesen; Radha und ich würden einander als Schwestern verstehen lernen. Sie würde lernen, wie es in der Großstadt zuging, und ich half ihr dabei. Aber diese Nacht hatte völlig anders geendet, mit gegenseitigen Schuldzuweisungen und verletzten Gefühlen.

Ich brauchte keinen Tee, ich musste den Kopf frei kriegen. Also entschuldigte ich mich und ging, wobei ich die Erleichterung auf Kantas Gesicht bemerkte.

# DREIZEHN

Ich hatte Malik gebeten, alle unsere heutigen Termine abzusagen. Es gab nichts, wo ich hingemusst hätte. Nachdem ich Kantas Haus verlassen hatte, lief ich herum. Stundenlang. Ohne ein Ziel. Ich grübelte und grübelte über all das, was in meinem Leben schiefgegangen war. Ich hatte als Haris Ehefrau versagt. Hatte als Tochter meiner Eltern versagt. Hatte als Radhas Schwester versagt. Hatte sogar darin versagt, mein Haus fertigzustellen. Der Hof bestand aus nackter Erde; der hintere Zaun war unvollständig. Die ausgefranste Liege immer noch ausgefranst. Alles, was ich je gewollt hatte, war Arbeit, die mich ernährte. Was würde damit jetzt passieren?

Ich stellte mir die Konsequenzen von Radhas Schwangerschaft vor. Das Flüstern hinter meinem Rücken. Gerüchte, die bei den Bediensteten begannen und sich dann wie ein Buschfeuer bis zu meinen Damen hin verbreiteten. Die nervösen Blicke, die kaum versteckte Verachtung, die unverhohlenen Beschimpfungen. Ich würde mich nirgendwo mehr mit erhobenem Haupte sehen lassen können. Möglicherweise würden sich selbst Ladenbesitzer auf dem Flüchtlingsmarkt weigern, mich zu bedienen. Von Stunde zu Stunde wurde ich immer mutloser und fragte mich, wie ich Samir den Kredit zurückzahlen sollte, wenn mich meine Damen im Stich ließen.

Zur Abendessenszeit fand ich mich in GulabNagar wieder, dem Vergnügungsviertel. So wie in Agra gab es auch hier ein Haus für jeden Geschmack und für jeden Geldbeutel. Zuerst kamen die baufälligen Baracken. Prostituierte mit unordentlichen Haaren und selbst genähten Unterröcken lehnten sich an die Wände oder saßen auf Stühlen in offenen Türen: zehn- oder zwölfjährige Dorfmädchen, sowohl Ausreißerinnen als auch Waisen, für nur zwei bis drei Rupien. Vielleicht war dies der Ort, wo Hari seine Zeit verbrachte. Und den Mädchen auf eine Art half, wo ich auch versagt hatte.

Auf die Baracken folgten die gediegenen Bungalows, die vor Alter und Vernachlässigung bröckelten. Hier waren die Frauen etwas älter, abgehärtet, die Augen mit Khol geschminkt. Sie berechneten zwanzig bis dreißig Rupien für eine Nacht. Als ich an ihnen vorbeiging, starrten sie mich an – meine Kleidung, meine Haare, meine Sandalen – und wandten sich ab. Eine weitere Wohltäterin, die zu ihnen geschickt wurde, um sie oder ihre Kinder vor einem Leben als Gefallene zu erretten.

Wohl kaum, dachte ich, als ich ein junges Mädchen mit dickem Make-up vor einem roten Bungalow erblickte. Ihr billiger oranger Sari konnte ihren geschwollenen Bauch nicht verbergen. Als ich näher kam, verschwand sie in einer Tür. War es – *aber das konnte doch nicht sein* – Lalas Nichte? Offenbar litt ich unter Halluzinationen. Aber ich fragte mich jetzt, was mit den beiden Dienerinnen geschehen war, die Parvati entlassen hatte.

Schon bald erreichte ich das andere Ende des Viertels, wo die Grundstücke der reichen Kurtisanen lagen – viele von ihnen Musliminnen. So wie meine alten Freundinnen Hazi und Nasreen waren diese Frauen in den alten Künsten der Musik, der Poesie und des Tanzes ausgebildet. Sie bedienten nur *Nawabs*, Mitglieder der Königsfamilien und erfolgreiche Geschäftsleute. Sie öffneten ihre Häuser nie vor dem Abend und niemals für die Öffentlichkeit. Eine einzige Nacht mit ihnen konnte tausend Rupien kosten. Sie hätten keine Hilfe von jemandem wie Hari gebraucht; sie konnten sich Ärzte leisten, Spezialisten. Sie konnten es sich auch leisten, meine Haaröle zu kaufen, meine Cremes, die die Haut heller machten, und natürlich meine Kräuterbeutel, die Malik monatlich auslieferte.

Ich ging weiter. Eine halbe Stunde später erreichte ich das europäische Viertel, das so genannt wurde, weil dort die Franzosen, Deutschen und Skandinavier Seite an Seite mit wohlhabenden Indern wohnten. Samir war hier zu finden, wenn er sich nicht gerade in seinem Büro oder im Jaipur Club aufhielt. Vielleicht war das die ganze Zeit unbewusst mein Ziel gewesen.

Ich sah mich nach dem gepflegten, weißen Bungalow um. Das Grundstück war zu klein, um einen Pförtner einzustellen. Ich ließ mich selbst in einen winzigen Hof ein, der von magentafarbenen Rosen umgeben war. Ihr berauschender Duft war jetzt am Abend am stärksten.

Die Stufen, die zur Veranda hochführten, waren breit und zierlich. Als ich klopfte, hörte ich, wie sich einer der Fensterläden über mir öffnete. Ich trat zurück und sah hinauf. Eine attraktive junge Frau in einem Georgettesari öffnete das Fenster im ersten Stock. Ich lächelte und legte meine Hände zum Gruß zusammen.

Sie zögerte. »Ich komme herunter.«

Gleich darauf war sie an der Tür: Samirs Geliebte Geeta.

Alle von Samirs Frauen hatten die gleichen Gemeinsamkeiten. Sie waren Witwen eines gewissen Alters, ordentlich frisiert, gepflegt. Frauen, die sich das Gesicht puderten.

Samir hätte einen Garten als langweilig betrachtet, in dem nur eine einzige Art von Blumen wuchs, und seine Frauen unterschieden sich in Körpergröße, Brustumfang, der Form ihrer Nasen, dem Bogen ihrer Lippen. Geeta, eine Witwe Anfang dreißig, war mit Augen so groß wie Betelnüsse gesegnet. Die schmale Nase und ihr zierlicher Mund, hübsch, aber nicht außergewöhnlich, lenkten die Aufmerksamkeit nur noch mehr auf ihre Augen. Sie hielt ein Buch in einer Hand.

»Es tut mir leid, Sie zu dieser Uhrzeit zu stören.«

Sie blickte an mir vorbei auf die Straße, sah sich in alle Richtungen um. »Kommen Sie herein«, sagte sie und öffnete die Tür weiter, um mich einzulassen.

»Ich muss mit Samir Sahib sprechen«, sagte ich zu ihr.

»Hinterlassen Sie es bei mir.«

Sie dachte, ich hätte Beutel mitgebracht.

»Ich bin nicht deswegen gekommen.« Ich lächelte. »Ich muss mit ihm sprechen.«

Es entstand eine Pause. »Er ist nicht hier.«

»Erwarten Sie ihn?«

Eine weitere Pause. »Später.«

»Darf ich auf ihn warten?«

Sie legte das Buch auf einen Tisch im Eingangsbereich. Hörte ich da einen Seufzer? »Natürlich. Bitte.« Sie wies zum Salon.

In dem Moment, wo ich das Zimmer betrat, fühlte ich mich, als würde ich in Ohnmacht fallen. Das Blut rauschte in meinem Kopf. Meine Beine schmerzten. Ich lehnte mich Halt suchend an den Türrahmen.

Geeta griff nach meinen Arm. »*Hai Ram!*« Sie wirkte besorgt. »Geht es Ihnen wirklich gut?«

Mir wurde bewusst, dass ich den ganzen Tag lang nichts gegessen hatte und in Kantas Haus in Ohnmacht gefallen war.

Ich befühlte die Beule an meiner Stirn. »Ich würde vielleicht einen Saft nehmen. *Nimbu Pani*, falls Sie das haben.« Ich ließ mich auf einen französischen Bergère-Sessel sinken.

»Natürlich.«

Dankbar lächelte ich und lehnte den Kopf gegen die Rückenlehne des Sessels.

Auf dem Kaminsims tickte eine Uhr und trillerte dann leise. Sie war mit smaragdgrünem Emaille verziert und viel feiner als die schweren englischen Uhren, die viele meiner Damen bevorzugten.

»Sie ist französisch«, bemerkte Geeta, während sie ein Glas mit gezuckertem Zitronenwasser auf dem Tisch neben mir abstellte. »Mein verstorbener Ehemann war frankophil. Die Engländer waren Jitesh nie gut genug gewesen. Am Ende hat er recht behalten.« Sie lächelte, wobei sie charmante Grübchen enthüllte, und ich begriff, weshalb Samir sich zu ihr hingezogen fühlte. Sie setzte sich auf das Sofa.

Ich nahm einen Schluck von meinem Getränk und stürzte dann den Rest hinunter; mir war gar nicht bewusst gewesen, wie durstig ich war.

»Noch ein Glas?« Sie stand auf, aber ich schüttelte den Kopf.

»Vielen Dank, nein. Ich fühle mich ein bisschen ... Wenn es nicht zu viel Mühe wäre ... Vielleicht könnte ich mich irgendwo hinlegen, *Ji*?«

»Sind Sie krank?« Sie nahm mir das Glas aus der Hand. »Ich kann nach jemandem schicken, wenn Sie wollen.«

»*Nahee-nahee*. Ich arbeite zu viel ... und vergesse dabei, etwas zu essen.«

Ich konnte sehen, dass sie nicht glücklich darüber war, aber sie führte mich nach oben in ein Zimmer, bei dem es sich offenbar um ein Gästezimmer handelte. Es gab keine Fotos darin, keine Bilder oder Bücher. Die Wände waren in einem blassen Gelb gestrichen. Das Mobiliar, ein schmales Bett mit einem kunstvollen Kopfteil und eine Frisierkommode, war im Empirestil. Ich legte mich auf das Bett und schloss die Augen. Im Gegensatz zur harten Jute meiner Liege gab die gefederte Matratze nach, und ich schlief ein.

Ich erwachte von einem scharfen Klicken. Als ich die Augen öffnete, sah ich, wie Samir die Tür schloss. Er setzte sich neben mich auf das Bett und legte eine Hand auf meinen Arm. »Was ist passiert? Bist du verletzt?«, fragte er mich mit gerunzelter Stirn.

Ich wusste nicht, wo ich war oder wie ich hierhergelangt war. Das Zimmer war dunkel. Träumte ich?

»Wie spät ist es?«, fragte ich schlaftrunken und schloss die Augen erneut.

Er drehte sich zur Nachttischlampe um und warf einen Blick auf seine Taschenuhr. »Viertel nach zwölf.«

Ich seufzte.

»Was für ein Notfall liegt an?«

Zögernd öffnete ich die Augen. Er strich das Haar aus meiner Stirn, um die Beule zu begutachten. Sein Gesicht war nur Zentimeter von meinem entfernt. Ich konnte den kupferfarbenen Rand seiner Iriden erkennen, die olivfarbenen Zentren. Wie lang seine Wimpern nur waren! Und die fedrigen Linien in seinen Augenwinkeln – die sich jetzt, wo er gerade die Stirn runzelte, vertieften. Ich griff danach, um sie mit meinen Fingern glatt zu streichen, und ließ meine Hand dort verweilen. Ich liebkoste seine Wange, die Haut weich, aber die Barthaare kratzig an meinen Fingerspitzen. Mit dem Daumen fuhr ich seine Unterlippe entlang.

Er musterte mich mit einem verblüfften Lächeln.

Ich erwiderte es. Bei ihm hatte ich mich immer sicher gefühlt. Er war mein Trost, ließ die großen Probleme verschwinden. So wie damals, als der Besitzer des Rajnagar-Grundstücks nicht an eine Frau verkaufen wollte und Samir ihn dazu überredet hatte. Und als er mir Geld für Kräuter geliehen hatte, als ich nach Jaipur kam. Er war immer auf meiner Seite.

Ich öffnete seine Lippen mit meinem Daumen und fühlte das feuchte Fleisch dahinter. Er streichelte meinen Daumen mit seiner Zunge, ohne den Augenkontakt zu unterbrechen. Als ich den Atem anhielt, schlossen sich seine Lippen darum herum und er saugte daran. Mein Bauch zog sich zusammen. Ich legte meine flache Hand auf seine Brust, spürte den *Tacka-tacka-tacka*-Rhythmus seines Herzens. Die zwei oberen Knöpfe seines Hemdes waren geöffnet. Ich ließ meine Finger durch die Öffnung gleiten und fuhr mit meinen Fingernägeln über seine Brust, wobei ich spürte, wie sein Herz schneller schlug.

Er rückte näher heran und strich mit seinen Lippen über den tiefen Ausschnitt meiner Bluse. Meine Brüste schwollen an. Mein Rücken wölbte sich. Meine Haut wurde warm.

Ich küsste ihn. Er erwiderte den Kuss.

Ich zog ihm das Hemd aus der Hose und vergrub meine Fingernägel in seinem muskulösen Rücken. Er öffnete meine Bluse, ließ einen Finger am Gummiband meines BHs entlanggleiten, bis er die Häkchen auf der Rückseite gefunden hatte.

Seine Zunge war warm und feucht an meinen Nippeln und jagte einen Stromstoß zwischen meine Beine. Mein gesamter Körper summte – das weiche Fleisch in meinen Achselhöhlen, mein Bauchnabel, die empfindliche Stelle auf der Innenseite meiner Schenkel. Ich drückte Samir hoch, bis er sich aufsetzte.

Zog ihm das Hemd über den Kopf und küsste seine Brustwarzen. Er stöhnte. *So fühlte sich das also an. So fühlte es sich also für* sie *an.*

Wir drehten uns auf den Laken um, und ich setzte mich rittlings auf ihn. Während ich den Reißverschluss seiner Hose herunterzog, streichelte ich ihn. Er stöhnte und suchte nach meinen Lippen, küsste mich hart, seine Zunge erkundete meinen Mund, meine Zunge, meinen Hals, die Unterseite meiner Brüste. Er löste die Kordel in meinem Unterrock, sodass die Falten herausfielen und mein Sari sich um uns herum abwickelte. Mein Notizbuch und meine Tasche, meine Taschenuhr fielen herunter. Samir fegte alles vom Bett und zog seine Hose aus. Seine Schenkel pressten sich gegen meine. Ich zog mit den Zähnen an seinen Lippen, inhalierte seinen Kardamomatem. Er drehte mich auf die Seite und drückte sich von hinten gegen mich, sein Bauch an meinem Hintern, seine Lippen an meinem Ohrläppchen, meiner Schulter. Seine Hand streichelte die warme Haut zwischen meinen Beinen, wiegte mich vor und zurück, vor und zurück, wie Wasser, das über das Flussufer schwappt. Als er in mich eindrang, konnte ich nicht mehr länger denken, spürte nur noch meine Lust. Ich fühlte mich nicht länger an meinen Körper gebunden – oder an das Bett. Ich empfand gleichzeitig alles und nichts.

Ich schreckte hoch, mir nicht bewusst, dass ich wieder eingeschlafen war. Samir zog sich gerade an.

In der vergangenen Stunde hatte ich alles außer dem Verlangen ausgesperrt. Was ich ihm hatte mitteilen wollen, war noch ungesagt.

Als er bemerkte, dass ich ihn beobachtete, lächelte er und zog mich auf die Füße. Er half mir in meinen Unterrock und BH und schloss die Häkchen vorne an meiner Bluse.

Was ich ihm jetzt sagen musste, konnte alles zwischen uns verändern. Wo sollte ich nur anfangen?

Er hob meinen jetzt zerknitterten Sari vom Bett auf, ordnete ihn und begann, ihn in meinen Unterrock zu stecken. Seine Bewegungen waren sicher, präzise, als hätte er das schon tausendmal getan – zweifellos hatte er das auch. Er zog den *Pallu* über meiner Schulter glatt und trat einen Schritt zurück, um seine Arbeit zu begutachten.

Er lächelte und beugte sich für einen Kuss zu mir.

Ich legte ihm die Hand auf die Brust, um ihn davon abzuhalten. »Samir.«

Er neigte verwirrt den Kopf.

»Es gibt da etwas …«

Er zog die Augenbrauen hoch.

Als ich nicht weitersprach, suchte er in seiner Hosentasche nach dem Zigarettenetui und zündete sich eine Red and White an. Ich sah zu, wie er einen Zug inhalierte und den Rauch ausstieß. Dann setzte er sich auf das Bett und breitete seine Hände in einer Geste aus, die mir sagte, dass er zuhörte.

Ich räusperte mich. »Dein Sohn und meine Schwester … haben …« Ich warf einen Blick auf die zerknüllten Laken auf dem Bett, und er folgte meinem Blick. »Sie … haben Zeit miteinander verbracht … so wie wir gerade.«

Er schaute auf das Bett und wandte sich dann mit zusammengekniffenen Augen mir zu. Er lächelte zögernd; offenbar glaubte er, dass ich einen Scherz machte.

»Sie haben sich auf der Weihnachtsparty kennengelernt.« Ich presste die Lippen zusammen. »Sie ist schwanger.«

»Was? Wer?«

»Meine Schwester, Radha, ist schwanger.«

»*Schwanger?*«

»Radha ist schwanger. Ravi ist der Vater.«

»Deine Schwester ist erst …«

»Dreizehn.«

»Aber – woher willst du wissen, dass es von Ravi ist?«

Die Frage war berechtigt, auch wenn es mich ärgerte, dass ausgerechnet Samir sie stellte.

Radha war so heimlichtuerisch gewesen, dass ich mich das auch schon gefragt hatte. Aber ich hatte ebenfalls gesehen, wie ihr Gesicht aufleuchtete, wenn sie über Ravi sprach; das reichte mir als Antwort. Dennoch. Dass ich an meiner Schwester zweifelte, war die eine Sache, dass Samir das tat, eine andere.

»Ich glaube ihr. Aber du solltest deinen Sohn fragen.«

»Nein, nein, nein, nein, nein!« Er stand auf, schüttelte den Kopf und deutete mit der brennenden Zigarette auf mich. »Wir haben schon mal Probleme mit Dienstmädchen gehabt.«

*Dienstmädchen.* Das Wort hing in der Luft. War Radha das in Samirs Augen? Oder ich?

*Wir haben schon mal Probleme mit Dienstmädchen gehabt.* Dies war also nicht das erste Mal?

Ich spürte die Worte in meinem Mund, bevor ich ihnen eine Stimme verleihen konnte. »Hat Parvati deshalb Lalas Nichte entlassen? *Und* Lala?«

Er warf mir einen verstohlenen Blick zu, bevor er wegschaute.

*Hai Ram!* Ich zitterte vor Wut. »So löst du also deine Probleme? Aus den Augen, aus dem Sinn? Während dein Sohn weiterhin … Ich habe Radha zuerst nicht geglaubt! Aber sie hat die Wahrheit gesagt. Ich …«

»*Du* bist diejenige, die es hat geschehen lassen.« Er runzelte die Stirn. »Sie ist *deine* Schwester.«

»Und dein Sohn? Wer ist für ihn verantwortlich?«

Er wandte sich ab, studierte den Teppich, rauchte. »Kannst

du es nicht wegmachen? Ich meine, bezahlen wir dich nicht genau dafür? Damit du dich um diese Art von Problemen kümmerst?«

Gerade eben noch hatte ich mir vorgestellt, wie Samir mir zu Hilfe eilte. Ich hatte uns vor mir gesehen, wie wir dieses Problem miteinander besprachen. Was war ich doch nur für eine Närrin! Natürlich hatte ich bereits vorgeschlagen, die Schwangerschaft abzubrechen. Aber wenn es von Samir kam, klang es herzlos. Hatte ich so in den Ohren meiner Schwester geklungen?

Ich blickte auf meine Hände hinunter und rieb sie aneinander. »Ich habe ihr meine Beutel angeboten, aber sie hat Nein gesagt. Sie glaubt, dass Ravi sie heiraten wird.«

»Unsinn! Das weiß er besser.«

»Wirklich?« Ich sah ihn stirnrunzelnd an. »*So wie der König, so auch seine Untertanen?*« Sobald ich das Sprichwort ausgesprochen hatte, wusste ich, dass es stimmte. Es hatte auch in Samirs Vergangenheit Dienstmädchen gegeben.

Er wich meinem Blick aus. Von seiner Zigarette fiel Asche auf sein Hemd, aber er bemerkte es nicht. Er zeigte auf das Bett. »Darum ging es dir hierbei also nur?«

»Hierbei?«

»Was wir gerade getan haben!«

»Nein!« Ich massierte mir die Schläfen. »Glaubst du, ich wäre in das Haus deiner Mätresse gekommen, um ... hierfür ... damit du – was? Ravi dazu bringst, meine Schwester zu heiraten? Mich für mein Schweigen bezahlst?«

Er senkte den Blick und stieß einen gequälten Seufzer aus. »Lakshmi, das ist alles solch ein Schock. Ich ... Eine Heirat steht außer Frage.«

Genau das hatte ich Radha auch gesagt. Ich setzte mich langsam auf den Hocker vor dem Frisiertisch.

»Hast du mit Ravi gesprochen?«

Ich sah zu ihm auf. »Ich denke mal, das ist deine Aufgabe.«

Samir kratzte sich am Hals. »Wo ist deine Schwester jetzt?«

»Bei Freunden.«

Sein Gesicht entspannte sich etwas. Er drückte seine Zigarette im Kristallaschenbecher auf dem Nachttisch aus. »Die Sharmas ...«

»Die Sharmas.« Wie ironisch. Ich hatte die Eheschließung zwischen Sheela und Ravi besiegelt, indem ich eine Lösung vorgeschlagen hatte, mit der alle Beteiligten einverstanden waren. Samir würde ein separates Haus für Sheela und Ravi entwerfen, und Mr. Sharma würde es fern des Haupthauses auf dem Grundstück der Singhs errichten. Und die ganze Zeit, während ich mir den Kopf zerbrach und Pläne schmiedete, hatten Ravi und meine Schwester ... Wie konnte ich es Samir vorwerfen, dass er mir die Schuld gab, wenn ich sie mir selbst gab?

Samir zündete sich eine weitere Zigarette an und inhalierte tief. Er setzte sich wieder aufs Bett, mit dem Gesicht zu mir. »In Ordnung. Was schlägst du jetzt vor?«

»Radha wird einer Abtreibung nicht zustimmen, aber möglicherweise erklärt sie sich mit einer Adoption einverstanden. Ein Waisenhaus kommt nicht infrage. Wir beide wissen, dass diese Orte kaum besser sind als ein Gefängnis.«

Nur wenige indische Familien adoptierten Kinder; die meisten Kinder blieben in Heimen, bis sie volljährig wurden. Wenn Ehepaare das Eingeständnis, keine Kinder bekommen zu können, nicht für beschämend halten würden, hätte es vielleicht anders ausgesehen. »Aber es gibt *eine* Familie, für die eine Adoption eine Möglichkeit ist, das Gesicht zu wahren, statt es zu verlieren.« Ich presste meine Hände zusammen und führte sie an meine Lippen. »Der Palast ist auf der Suche nach einem neuen Kronprinzen, den sie adoptieren können.«

»Du meinst …«

»Der Maharadscha hat seinen leiblichen Sohn nach England verbannt, weil sein Astrologe ihm gesagt hat, dass er den zukünftigen Herrscher *adoptieren* soll. Radhas Baby wäre ein perfekter Kandidat für eine Adoption, weil Ravis Sohn von Parvatis Seite aus königliches Blut in seinen Adern haben wird. Sie werden gut für ihn sorgen, ihn an die besten Schulen schicken, ihm alles geben. Ein Waisenhaus kann ihm gar nichts geben. Willst du nicht dieses Leben für das Kind deines Sohnes statt der Alternative?«

Er verzog das Gesicht.

»Maharani Indira ist sehr von dir angetan, Samir. Sie vertraut dir. Ein Wort in ihr Ohr ist sogar besser, als wenn du mit dem Maharadscha sprichst. Sie wird es so aussehen lassen, als käme die Idee von ihr.«

»Ravi ist mein Sohn. Was du von mir verlangst, wird ihn bloßstellen …«

»Er ist der Vater von Radhas Baby.« Ich starrte ihn an. Ich hatte meine Stimme gar nicht erheben wollen.

Samirs Nasenflügel zitterten vor Wut; ich wusste nicht, ob sie mir, Ravi oder der Wahrheit galt.

»Ich will auch, dass die Sache vertraulich bleibt, Samir. Aber wir brauchen einen Bluttest von Ravi, um die Vaterschaft und die Blutlinie zu bestätigen. Dann hast du auch die Gewissheit, dass Radha die Wahrheit sagt.«

Ich drehte mich auf meinem Hocker um und beobachtete ihn im Frisierspiegel, während ich meine Haare flocht. Er dachte an die Sharmas, dessen war ich mir sicher – ob er das Geheimnis vor ihnen bewahren konnte, wie der Ruf der Singhs Schaden nehmen würde, wenn ihm das nicht gelang.

Und der Vertrag mit dem Rambagh-Palast? Wenn seine Kunden von dem illegitimen Baby erfuhren – oder wenn

Mitglieder des Jaipur Clubs davon erfuhren –, könnte das seinen Lebensunterhalt und seinen Platz in der Gesellschaft gefährden. Ein Jahrzehnt lang war Samir mein Freund und Geschäftspartner gewesen. Immer unbekümmert, fröhlich. Meine Stimmung hob sich, wann immer ich ihn sah. Und doch fragte ich mich jetzt, wie gut ich ihn wirklich kannte. Sah ich jetzt den wahren Samir im Spiegel, denjenigen, dem sein sozialer Status wichtiger war als die Lektionen, die er seinem Sohn erteilte – *beziehungsweise eben nicht erteilte*?

Er räusperte sich. »Wenn sie einer Abtreibung nicht zustimmt, wieso glaubst du dann, dass sie einer Adoption zustimmen wird?«

»Mag sein, dass sie das nicht tut«, erwiderte ich schulterzuckend. »Aber als ihre Erziehungsberechtigte kann ich die Sache erzwingen.« Ich sah ihm im Spiegel in die Augen. »Und das werde ich.«

Ich drehte meine Haare oben auf dem Kopf zu einem Knoten zusammen und begann, ihn mit Haarnadeln zu fixieren.

Samir hatte sich wieder eine Zigarette angezündet. »Sie sind sehr vorsichtig mit diesen königlichen Adoptionen. Alle Erziehungsberechtigten müssen den Vertrag unterschreiben. Ich werde es Parvati erzählen müssen.«

Bei der Erwähnung ihres Namens zuckte ich zusammen und ritzte mir mit einer Haarnadel die Kopfhaut. Ich holte tief Luft. »Tue, was du tun musst.«

Er breitete seine Handflächen aus. »Wegen des Bab...« Die Art, wie er den Mund verzog, verriet mir, dass er allein schon das Wort widerlich fand. »Wir werden Ravi früher als geplant nach England schicken müssen. Je weiter er von einem Skandal entfernt ist, desto besser. Dieser eine Fehler könnte sonst zu schnell für den Rest seines Lebens als Makel an ihm haften bleiben.«

»Und Radhas Ruf?«, gab ich zurück. »Würde das nicht auch an ihr als Makel hängen bleiben?« Inzwischen kochte ich vor Wut. *Dieser* Samir stieß mich ab, der, dem die Zukunft meiner Schwester völlig egal war.

Sofort änderte sich seine Miene, jetzt wirkte er zerknirscht. Er wollte, dass die Frauen in seinem Leben ihn liebten, ihn bewunderten, zu ihm aufsahen. »Lakshmi, es … es tut mir leid. Das ist solch ein Schock für mich. Ich hatte keine Ahnung, dass sie … Natürlich, sie ist jung, deine Schwester …«

Er legte mir die Hand auf den Arm – um mich zu trösten? Zornig stieß ich sie weg. Vor Überraschung stand ihm der Mund offen, als ob ich ihm eine Ohrfeige verpasst hätte.

Ich erhob mich von der Bank, voller Abscheu vor ihm und vor mir selbst. Wie leicht hatte ich es ihm und seinen Freunden in den vergangenen zehn Jahren doch gemacht, ihren Frauen untreu zu sein und sie zu betrügen! Ich hatte ihnen dabei geholfen, die Schwangerschaften ihrer Mätressen so einfach loszuwerden wie die Flusen in ihren Hosentaschen. Vor mir selbst gerechtfertigt hatte ich es, indem ich es als geschäftliche Transaktion betrachtete. Für mich war jeder Verkauf nichts anderes gewesen als eine weitere Schicht Putz oder ein weiteres Stück Terrazzo für mein Haus. Bei den Beuteln für die Kurtisanen lag es etwas anders. Die hatte ich wenigstens für Frauen gemacht, die dafür erzogen worden waren, Prostituierte zu werden. Die sich ihren Lebensunterhalt mit ihrem Körper verdienen mussten, ohne Unterbrechungen durch Schwangerschaften.

Meine Haut kribbelte. Ich erinnerte mich an all die Stellen, wo Samir mich berührt, mich geküsst, mich liebkost hatte, und ich schauderte. Auf einmal wollte ich so weit weg wie möglich sein und griff nach meinem Notizbuch und meiner Tasche.

»Schau mal, ich weiß, dass es falsch von mir war … Bitte, Lakshmi, geh jetzt nicht einfach so …«

Nie wieder würde ich Samir ansehen können, ohne Abscheu und Scham zu empfinden. Ich hielt es ja kaum in meiner eigenen Haut aus. Als ich zur Tür ging, folgte er mir.

»Was, wenn … Was, wenn es ein Mädchen wird?«

Darauf wusste ich keine Antwort. Ich ging einfach weiter.

Mit Sicherheit würde er sich über das Geschehene nicht allzu sehr den Kopf zerbrechen. Sein Leben würde weitergehen wie vorher auch. Bei seinem nächsten Besuch bei der älteren Maharani würde sie ihn mit einem Lächeln begrüßen, und er würde sie mit einem Scherz und einem geschenkten *Bawchi*-Haaröl bezaubern. Sein Sohn Ravi, der offenbar ganz nach seinem Vater kam, würde weiterhin mit jungen Mädchen schlafen, die zu unschuldig waren, um zu erkennen, dass er sich gar nicht wirklich für sie interessierte.

Als ich das Zimmer verließ, trat Geeta aus dem Schatten heraus, und ich erschrak. Ich hatte sie und die Laken, die Samir und ich in ihrem Haus befleckt hatten, völlig vergessen. Sie stand so dicht neben mir, dass ich ihre Wimpern sehen konnte, feucht und verklebt.

Als sie sprach, zitterte ihre Stimme. »Sie werden nicht wieder hierherkommen.« Es war keine Bitte.

»Nein«, erwiderte ich. Ich ging um sie herum, den Korridor entlang und hinaus in die Nacht.

# VIERZEHN

## 28. April 1956

Ich wusste, dass Kanta gegen mein Geschäft mit der Baumwollwurzelrinde war und in ihrem tiefsten Herzen wollte, dass Radha das Kind zur Welt brachte. Mehr noch, sie fühlte sich für Radhas missliche Lage verantwortlich und wollte helfen, indem sie sie aus Jaipur wegbrachte, um das Baby zu bekommen.

Deshalb protestierte ich nicht, als Kanta mich bat, Radha mit sich nach Shimla nehmen zu dürfen, wo sie jeden Sommer hinfuhr, um der Hitze und dem Staub Jaipurs zu entkommen. Dieses Jahr entschied sie sich, bereits Anfang Mai abzureisen, viel früher als geplant.

In der folgenden Woche erreichten mich zwei Briefe.

*2. Mai 1956*

*Lakshmi,*

*Maharani Indira will dich sehen. Ich habe die Möglichkeit einer königlichen Adoption ihr gegenüber zur Sprache gebracht, überlasse aber dir die Einzelheiten. Wenn sie dem zustimmt, wird der Palast verlangen, dass ein königlicher Arzt den Fortschritt der Schwangerschaft überwacht und darauf achtet, dass die Gesundheit der Mutter in keiner Weise beeinträchtigt wird. Du hast mir erzählt, dass Mrs. Kanta Agarwal Radha mit nach Shimla nehmen wird, damit sie dort das Baby bekommt, und ich habe daran gedacht, Kumar darum zu bitten, dort als Stellvertreter für den königlichen Arzt zu fungieren. Wärst du damit einverstanden? Der königliche Arzt hat Ravi Blut abgenommen. Das des Babys muss dazu passen.*

*Ich habe ein paar Anrufe in Ravis Namen durchgeführt. Schon diese Woche reist er nach England ab. Er wird dort sein Studium in Eton abschließen.*

*Samir*

Der zweite Brief war von Hari. Es waren die Scheidungspapiere, die ich ihm geschickt hatte – bereits von ihm unterschrieben. Ich zeigte sie Malik.

»Er wird dich nie wieder behelligen, Tante Boss.« Er grinste. »Dafür habe ich schon gesorgt.«

Mehr bekam ich leider nicht aus ihm heraus.

Vor der Tür zu Maharani Indiras Salon deutete Malik auf meinen Sari, damit ich meinen Kopf bedeckte. Dann erschreckte er mich, indem er mich in die Wangen kniff. »Damit du Farbe bekommst«, sagte er. Er wusste, dass ich wegen meiner Unterredung mit Ihrer Hoheit angespannt war, und das war seine Art, mich zu ermutigen. Meine Augen waren geschwollen, und dunkle Schatten lagen darunter. In der vergangenen Woche hatte ich kaum geschlafen, krank vor Sorge darüber, was die Maharani bezüglich Radhas Baby beschließen würde. Ich hatte meine Haare eine Woche lang nicht eingeölt, und die widerspenstigen Strähnen ließen sich kaum zähmen.

Bestimmt zum zehnten Mal griff ich nun in meinen Unterrock, um einen Blick auf meine Uhr zu werfen, bis mir wieder einfiel, dass ich sie zu Hause nicht hatte finden können. Der Diener rief mich herein. Maharani Indira saß auf demselben Sofa in der gleichen Haltung wie bei unserem ersten Zusammentreffen. Die jüngere Maharani hatte sich vollständig erholt, und meine Dienste im Palast waren nicht länger erforderlich. Ich hatte beide Maharanis seit mehreren Wochen nicht mehr gesehen.

Genau wie damals legte Ihre Hoheit heute wieder Patiencen, die Karten in Reihen auf dem niedrigen Mahagonitisch angeordnet. Heute trug sie einen Sari aus ringelblumengelber Seide und eine dazu passende Bluse, die mit graubraunen großen und kleinen Blättern gemustert war. Ihren Hals schmückten fünf Perlenstränge, die in der Mitte vom größten Amethyst zusammengefasst wurden, den ich je gesehen hatte.

Madho Singh befand sich in seinem Käfig und gab leise Geräusche von sich, die sich sehr nach Schimpfen anhörten. Die Käfigtür stand offen.

Ich grüßte Ihre Hoheit mit einem *Namaste* und griff nach ihren Füßen. Sie zeigte auf das Sofa neben sich. Heute lief es mit ihren Karten deutlich besser. Die meisten lagen mit der Vorderseite nach oben in ordentlichen Reihen, ein gutes Zeichen.

»Madho Singh ist heute sehr unartig gewesen«, sagte sie. »Er hat Karten gestohlen, als wir Bridge gespielt haben.« Sie drehte sich zu ihm um. »*Badmash.*«

Der Sittich lief nervös mit gesenktem Kopf auf seiner Stange hin und her. »Unartiger Vogel.« Er klang unglücklich, dehnte jede Silbe aus, als wollte er die Tiefe seines Bedauerns betonen.

Die Maharani sah mich an, wies aber mit dem Kinn auf den Vogel. »Er ist genauso eigen wie sein Namensvetter. Mein verstorbener Ehemann hat darauf bestanden, Wasser aus dem Ganges zu König Edwards Krönung mitzunehmen, damit er nicht in ›dreckigem englischen Wasser‹ baden müsse, wie er es ausdrückte.« Sie legte eine Kreuz-Zehn auf einen Buben. »Und um alles noch schlimmer zu machen, hat er das Wasser in diesen grotesken silbernen Urnen transportiert. Ich wusste, dass die Engländer sich über ihn lustig machen würden, aber hat er auf mich gehört?« Sie warf dem Sittich einen bösen Blick zu.

»Unartiger Vogel«, wiederholte Madho Singh, als wäre er auch für diesen Blödsinn verantwortlich.

Dann wandte sie sich mir zu. »Sie sehen nicht gut aus, meine Liebe«, sagte sie mit etwas, das wie echtes Mitgefühl wirkte. »Sie müssen besser auf sich aufpassen.«

»Mir geht es gut, Eure Hoheit. Nur ein bisschen müde.«

Rechts von ihrem Kartenspiel stand eine Kristallschüssel voller gesalzener Pistazien auf dem Tisch. Die Maharani wählte ein paar aus und rollte sie auf ihrer Handfläche. Dann warf sie den Kopf zurück, schnippte sich gekonnt eine Pistazie in den Mund und kaute, wobei sie mich musterte. Sie zumindest wirkte ausgeruht und erfrischt. Ich hatte gehört, dass sie vor Kurzem aus Paris zurückgekehrt war.

»Sie haben in einer sehr kurzen Zeit eine erstaunliche Leistung vollbracht, Mrs. Shastri. Der Maharadscha ist beeindruckt. Latika hat sich wieder erholt und ist zielstrebig und voller Energie. Fast jeden Tag verlässt sie den Palast, um Ämter auszuüben, Babys zu küssen oder Bänder zu zerschneiden. Sie hat staatliche Zentren für die Unglücklichen eingeweiht.

Und ich ...« Sie warf sich eine zweite Pistazie in den Mund und kaute. »... bin so frei wie ein *Oiseau*.« Sie kicherte.

»Ich bin Ihnen gerne behilflich.«

»Bevor Samir vorschlug, dass Sie mit der Maharani arbeiten, hatte Ihre Hoheit darüber nachgedacht, Latika nach Österreich zu einem Spezialisten zu schicken. Wie peinlich das gewesen wäre! Ich denke, Sie werden mir zustimmen, dass eine Familie ihre dreckige Wäsche am besten selbst wäscht, nicht wahr?«

*Bilkul*, dachte ich, schwieg aber.

Ein Diener brachte das Teeservice und schenkte ein. Bei meinen vorigen Besuchen hatte sie mit dem Trinken gewartet, bis der Tee sich abgekühlt hatte, aber heute nahm Ihre Hoheit direkt einen Schluck. Ich hatte nichts gegessen, und mein Körper begrüßte den Chai, der mit Noten von Vanille und Safran durchdrungen war.

»Und somit kommen wir zu einem weiteren Stück dreckiger Wäsche. Samir Singh hat mir erzählt, dass es da ein uneheliches Baby gibt, das im Oktober kommen soll. Ein Baby von königlichem Geblüt. Das möglicherweise für eine Adoption als Kronprinz infrage kommt.«

Sie wartete ein paar Sekunden, bevor sie fortfuhr. »Wie können wir seiner Abstammung sicher sein? Ein Bluttest wird es beweisen, versicherte er mir. Als ich ihn nach mehr Einzelheiten fragte, sagte er, dass ich darüber mit Ihnen reden müsse, meine Liebe. Warum setzt sich Samir für eine Frau ein, die wir nur als Hennakünstlerin kennen?«

Ich spürte, wie mein Nacken vor Hitze errötete.

»Ich glaube allmählich, dass Ihre Talente über Ihre Kunst hinausgehen.« Ihr Blick fiel demonstrativ auf meinen Bauch.

Ich stellte Tasse und Untertasse auf den Tisch. »Das Baby ist nicht meines, Eure Hoheit. Es ist von meiner jüngeren

Schwester, die noch minderjährig ist. Ich bin ihre Erziehungsberechtigte. Wegen meiner Unaufmerksamkeit hat sie unbe-
aufsichtigt Zeit mit dem älteren Sohn der Singhs verbracht,
Ravi.«

»Ah.«

»Das Baby wird Rajputenblut und feine Züge haben, Eure
Hoheit. Alle involvierten Erziehungsberechtigten sind einverstanden.«

Aus den Tiefen ihres Saris förderte die Maharani ein fei-
nes Leinentaschentuch zutage und wischte sich das Salz der
Pistazien von den Fingern. Anschließend verschwand das Taschentuch wieder in den Falten ihres Saris.

»Ich verstehe«, sagte sie und griff nach ihrer Teetasse.

»Sie kennen die Singhs gut. Sie kennen ihre Vergangenheit
und ihren Stammbaum, Eure Hoheit«, sagte ich. »Die Shastris sind Brahmanen. Meine Schwester Radha geht dank eines
großzügigen Stipendiums von Maharani Latika zur Maharani-Mädchenschule.«

»Und wie macht sie sich?«

»Klassenbeste, Eure Hoheit.«

Sie seufzte. »Wie schade.«

Ich war mir nicht sicher, was sie meinte. »Eure Hoheit?«

»Ich hatte eher gehofft, dass es Ihres wäre.« Sie lächelte
und zuckte dann charmant die Schultern. »Nun gut. Ich habe
bereits mit Seiner Hoheit gesprochen. Da Samir zu seinen Fa-
voriten gehört, hat der Maharadscha seine Berater konsultiert
und der Übereinkunft zugestimmt – natürlich vorbehaltlich
dieser Unterredung und des Vaterschaftstests.«

Ich stieß einen langen, langsamen Atemzug aus.

Sie setzte Tasse und Untertasse wieder ab und winkte den
Diener herbei, der diskret gewartet hatte. Er stellte ein Sil-
bertablett vor sie auf den Tisch. Zusätzlich zu einem Stapel

Papiere und einem Federhalter befand sich auf dem Tablett eine silberne Schüssel, gefüllt mit einer rotgoldenen Flüssigkeit, ein kleiner Silberlöffel und zwei Stoffservietten.

Die Maharani griff nach einer Halbbrille, die sie an einer Kette um den Hals trug. Sie setzte sie auf und wirkte sofort ernster, was wohl auch ihre Absicht war. Bevor sie mir die Papiere reichte, überflog sie sie kurz, obwohl ich wusste, dass sie sie vorher schon Zeile für Zeile genau geprüft haben musste.

Ich hatte noch nie zuvor königliche Adoptionspapiere gesehen, und ich hätte auch nicht erwartet, das je zu tun. Der Vertrag enthielt Formulierungen wie: »die Rechtsverhältnisse des Kindes«, »dauerhafte Übertragung der elterlichen Verantwortung« und »verbotener Zugang zur leiblichen Familie«. Eine Klausel auf Seite drei spezifizierte die erforderlichen körperlichen Eigenschaften: Geburtsgewicht, Größe, Pulsfrequenz und, natürlich, das Geschlecht des Kindes, das selbstverständlich männlich sein musste. Samir hatte mich gefragt, was passieren würde, wenn Radha ein Mädchen bekam. Vermutlich konnte er die Frage ebenso wenig beantworten wie ich selbst, aber ich weigerte mich, darüber nachzudenken. Das mochte vielleicht kurzsichtig von mir sein, aber ich wusste, dass Samir diese Möglichkeit genauso wenig in Betracht ziehen wollte, da er das Thema schnell hatte fallen lassen.

Es gab eine lange Klausel, in der die Rolle des königlichen Arztes genau dargelegt wurde. Insbesondere musste er bestätigen, dass die Geschlechtsorgane des Babys gesund waren und seine geschlechtliche Identität unzweideutig. Letzteres diente dazu, ein zukünftiges *Hijra*- oder Hermaphroditenkind in der königlichen Familie zu verhindern, wie mir klar wurde.

Seite vier machte deutlich, dass der Vertrag für null und nichtig erklärt werden würde, wenn eine der vorherigen Bedingungen nicht zur Zufriedenheit des Palastes erfüllt wurde, und dass die königliche Familie von Jaipur schadlos gehalten und von allen finanziellen Verpflichtungen befreit würde, wobei diese Verpflichtungen auf Seite sechs präzisiert wurden.

Zusätzlich zu den Kosten für die Entbindung würde die leibliche Mutter oder ihr Vormund dreißigtausend Rupien erhalten. Die Zahlen verschwammen vor meinen Augen. *Dreißigtausend Rupien.* Ich war nicht einmal auf den Gedanken gekommen, dass mir eine Entschädigung angeboten werden würde. Dreißigtausend Rupien reichten aus, um Radha ein Studium zu ermöglichen; sie konnte an einer Universität im Ausland studieren. Ich las weiter: Wenn der Vertrag aus irgendeinem Grund annulliert wurde, würde ich als ihre Erziehungsberechtigte die Krankenhausrechnungen begleichen müssen. Ich biss mir auf die Lippe. Diese Möglichkeit würde ich ebenso wenig in Erwägung ziehen, weil ich es mir schlicht nicht leisten konnte.

»Ich muss das fragen, Mrs. Shastri.« Die Brille Ihrer Hoheit war ihr halb die Nase hinuntergerutscht. Mit dem Kinn wies sie auf die Papiere in meiner Hand. »Vertrauen Sie uns nicht, dass wir Ihnen einen fairen Vertrag anbieten?«

Meine Stirn fühlte sich feucht und klamm an, aber ich widerstand dem Drang, sie mir mit meinem Sari abzuwischen. Ich tat das, was für Radha am besten war, aber dieses formelle Dokument machte den Verzicht auf ihr Baby noch viele realer, als wenn ich nur darüber sprach.

»Wenn es Eurer Hoheit recht ist«, sagte ich mit aller Demut, die ich aufbringen konnte, »mir wurde noch nie zuvor die Verantwortung übertragen, solch wichtige Papiere zu unterschreiben. Ich hoffe, dass es Sie nicht kränkt, wenn ich den Einzelheiten die gebührende Aufmerksamkeit schenke.«

»Wie Sie wollen.« Sie begann mit einer neuen Patience, während ich fortfuhr, die Papiere zu lesen.

Bis ich mit der Lektüre fertig war, hatte Maharani Indira mit ihrem dritten Kartenspiel begonnen. Ich ordnete die Papiere und legte sie auf den Beistelltisch, wobei ich sie so perfekt wie möglich an der Tischkante ausrichtete. Das Teegeschirr war längst abgeräumt worden. Die Maharani schob ihre Karten zu einem Stapel zusammen.

»Zufrieden?« Sie lächelte.

»Ja, vielen Dank.«

Sie rückte ihre Brille zurecht, schraubte den Federhalter auf und unterschrieb die Papiere rasch an den drei dafür vorgesehenen Stellen. Dann reichte sie mir den Stift. Meine ersten beiden Unterschriften gingen mir leicht von der Hand, als würde ich nichts anderes machen, als mit Henna zu malen – nichts, das für immer ändern würde, wer dieses Kind werden, was für eine Art von Leben es führen und wie sich seine Zukunft gestalten würde.

Über der letzten Unterschriftszeile allerdings blieb meine Hand, die so sehr daran gewöhnt war, über Haut zu gleiten, in der Luft stehen. Statt dass mich Erleichterung überkam, wie ich erwartet hatte, wurde ich von Anspannung ergriffen: Ich gab gerade ein Leben weg – eine lebendige, atmende Person, so willkürlich, wie ich meine alten Saris an die Bettlerinnen in Choti Chuppar verschenkt hatte.

Ich schickte Radhas Sohn für immer fort. Er würde seine Mutter nie kennenlernen. Er würde in einem königlichen Haushalt ohne leibliche Verwandte aufwachsen. Radhas Sohn – *mein Neffe* – würde von zwei Königinnen betreut werden, die beide ihren Grund hatten, ihn zu verabscheuen. Maharani Latika würde ihm nie vergeben, dass er ihren Sohn verdrängt hatte, und Maharani Indira würde wieder einmal dazu gezwungen sein, ein Kind in ihre Familie aufzunehmen, das nicht mit ihr verwandt war. Wenn dieser Junge aus einem Albtraum erwachte, würde seine Mutter ihn nicht mit Liebkosungen trösten, bis er wieder einschlief, würde ihm keine süßen Worte ins Ohr flüstern, ihm keine Schlaflieder singen, wie mein Vater es getan hatte.

Wenn dieser Junge versuchte, seine ersten Schritte zu machen, und dabei hinfiel, würde seine königliche Mutter ihn nicht mit Hunderten von Küssen überhäufen oder seine Wange streicheln. Der einzige Ersatz für die Liebe einer Mutter würden hingebungsvolle Ammen, Kindermädchen und Gouvernanten sein. Darauf konnten wir zwar hoffen, aber eine Garantie gab es nicht.

Wie hatte mir das vor nur einer Woche noch als beste Lösung erscheinen können?

Das Zimmer war kühl; ich konnte das leise Brummen der Klimaanlage hören. Und trotzdem schwitzte ich. In meinen Schläfen kündigte sich leichtes Kopfweh an, das bald zu heftigen pochenden Schmerzen explodieren würde. Als ich mir mit der Zunge über die Lippen fuhr, waren sie so rau wie Sand.

»Könnte ich bitte etwas Wasser haben, Eure Hoheit?« Es war unverschämt, darum zu bitten, aber ich hätte sonst nicht weitermachen können.

Ihre Hoheit sah mich neugierig an, gab aber ihrem Bediensteten ein Zeichen. Er schenkte mir Wasser aus einem Kristallkrug ein und reichte mir das Glas. Während ich trank, musste ich aus irgendeinem Grund an Samir in der Nacht denken, als ich ihm von Radhas Baby erzählt hatte. Der Ausdruck von Angst, Wut und Scham auf seinem Gesicht. Ich dachte an Waisenhäuser und Jungen und Mädchen mit einsamen Augen und verhärmten Gesichtern. In einem Palast heranzuwachsen war dem doch sicher vorzuziehen, oder? Es gab keine andere Möglichkeit für mich oder Samir oder Ravi oder Radha. Bevor ich es mir anders überlegen konnte, kritzelte ich meinen Namen hin und schob den Stapel Papiere weit von mir fort.

Die Maharani nahm die Brille ab und klopfte auf das Kissen neben sich. »Kommen Sie her, Mrs. Shastri. Wir werden den Vertrag besiegeln.« Sie drehte ihren Kopf ganz leicht zum Sittich. »Du darfst dich uns anschließen.«

Ihr Tonfall zeigte an, dass Madho Singh vergeben worden war. Er verließ seinen Käfig und landete auf dem Beistelltisch.

Ihre Hoheit löffelte sich die rotgoldene Flüssigkeit auf die rechte Handfläche, hob die Hand an ihre Lippen und saugte sie gekonnt ein. Madho Singh beugte den Hals, um ihr zuzusehen. Erwartungsvoll und nervös hüpfte er von einem Bein auf das andere. Ich nahm an, dass er schon viele solcher Zeremonien miterlebt hatte.

Die Maharani wischte sich die Hand an einer sauberen Serviette ab, schüttete einen weiteren Löffel von der Flüssigkeit in ihre Hand und hielt sie mir hin. »Trinken Sie«, befahl sie.

Ich gehorchte und schlürfte die Flüssigkeit unelegant aus ihrer Hand. Sie war geruchlos und leicht süßlich. Ich zog die Augenbrauen hoch, wagte es aber nicht, sie zu fragen.

»Flüssiges Opium.« Sie lächelte mit funkelnden Augen. »Wenn es für die Maharadschas gut genug ist, um einen Vertrag zu besiegeln, ist es auch für uns gut genug.«

Einen weiteren, sehr viel kleineren Löffel voll gab sie Madho Singh, der die Flüssigkeit mit seiner schwarzen Zunge aufleckte, bis sie komplett verschwunden war. Er flatterte mit den Flügeln und krähte: »*Namaste! Bonjour!* Willkommen!«

Mich befiel eine seltsame Ruhe. Meine Kopfschmerzen ließen allmählich nach.

»Noch etwas«, sagte Ihre Hoheit und lehnte sich wieder gegen die Polster zurück.

»Ja?«

»Ein Mann namens Hari Shastri.«

Mein Herz fing zu rasen an, und nein, das lag sicher nicht am Opium.

»Küchenmeister hat mir von einem Cousin-Bruder von sich mit Namen Shastri erzählt – ein Wohltäter, wie ich höre. Er hilft den Frauen von GulabNagar – eine Erleichterung, da wir keine Ärzte finden können, die sich um sie kümmern wollen. Auf Küchenmeisters Bitte hin – eigentlich eher Plädoyer – habe ich mich bereit erklärt, Mr. Shastris Anstrengungen zu finanzieren. Schließlich hat jeder das Recht, seinen Lebensunterhalt zu verdienen, *n'est-ce pas?*« Sie grinste. »Und Küchenmeister hat praktisch über Nacht gelernt, mein Essen genau so zu würzen, wie ich es mag. Ein ausgezeichneter Handel!«

Das war es also, womit Malik nicht hatte herausrücken wollen. Er hatte den Küchenmeister des Palastes (vermutlich mit dem Versprechen von billigem Nachschub für die Küche) bestochen, damit dieser die Maharani dazu überredete, Hari zu unterstützen. So hatte er keinen Grund mehr, mich um Geld zu bitten.

Die Maharani verzog den Mund. »Shastri ist ein Name, dem man in Rajasthan nicht häufig begegnet. Er ist nicht zufälligerweise ein Verwandter von Ihnen?«

Ich sah ihr gerade in die Augen, ohne zu blinzeln. »Nein, Eure Hoheit.«

Sie musterte mich einen langen Moment, bevor sie weitersprach. »Wie ich es mir dachte.«

# FÜNFZEHN

## 6. Mai 1956

Wir entschieden, dass Kanta Radha die Nachricht von dem Adoptionsvertrag überbringen sollte, und ich war erleichtert, als ich erfuhr, dass Radha sich damit einverstanden erklärt hatte. Wenn ich meine Schwester darauf angesprochen hätte, hätte sie mir wohl kaum zugehört. Kanta und ich waren zudem übereingekommen, Radha nicht zu erzählen, dass der Palast von Jaipur ihr Kind adoptieren würde. Ich machte mir Sorgen, dass sie sonst nach ihrer Rückkehr anfangen würde, vor den Palasttoren herumzulungern, um einen Blick auf ihr Baby zu erhaschen. (Samir hatte mir erzählt, dass Radha vor ihrer Abreise nach Shimla oft vor dem Singh-Gelände gesehen worden war, in der Hoffnung, mit Ravi sprechen zu können.)

*6. Mai 1956*

*Sehr geehrter Dr. Kumar,*

*wieder einmal arbeiten wir unter schwierigen Bedingungen zusammen, wie es scheint. Vielleicht erinnern Sie sich an unsere Unterhaltung vom vergangenen Dezember –*

in einer anderen angespannten Situation –, als Sie daran zweifelten, ob meine Kräuter irgendeinen medizinischen Nutzen hätten. Wie es aussieht, braucht meine Schwester jetzt eher etwas von Ihrer Art Medizin als von meiner.

Mr. Singh hat mir gesagt, dass Sie in Shimla als stellvertretender Arzt im Namen des Palastes von Jaipur agieren, Radhas Schwangerschaft überwachen und regelmäßige Fortschrittsberichte an die königliche Familie schicken werden. Ich wünschte mir nur, ich könnte mit Ihnen persönlich sprechen, statt Ihnen nur zu schreiben, aber ich hoffe, dass ich bei der Geburt dabei sein kann. Ich weiß, dass Sie ermessen können, wie heikel ihre Situation und wie notwendig Geheimhaltung ist – selbst, oder ganz besonders, vor Radha. Ich ziehe es vor, ihr nicht zu verraten, wer das Baby adoptiert, sofern es nicht absolut notwendig ist.

Radha ist dreizehn Jahre alt. Sie hat niemals die Pocken, Masern oder Mumps gehabt. Sie ist gegen keinerlei Medikamente oder Kräuter allergisch, aber sie hat eine Vorliebe für frittiertes Essen (vielleicht können Sie sie davon überzeugen, dass das Baby ihre Vorliebe dafür möglicherweise nicht teilt). Sie hat einen festen Schlaf, und ich versichere Ihnen, dass Sie sich während ihrer restlichen Schwangerschaft genug ausruhen kann. Ihre Persönlichkeit ist allgemein fröhlich, und sie hat einen ruhelosen und neugierigen Geist. Sie liest liebend gerne, eine Gewohnheit, die ihre Fantasie entwickelt, ihr aber auch ein paar (sehr) weltliche Ideen vermittelt hat.

Bis Radha in Shimla ankommt, werden Sie diesen Brief erhalten haben. Sie wird von meiner lieben Freundin Kanta Agarwal begleitet, die sich darauf freut, Sie kennenzulernen und ebenfalls Ihre ausgezeichnete Betreu-

*ung zu genießen. Kantas Baby wird einen Monat früher erwartet als das meiner Schwester, ein glücklicher Umstand, und die beiden stehen sich sehr nahe, was mich tröstet. Kanta kennt sich in den Ausläufern des Himalayas und in Shimla aus – ihre Familie hat schon früher die Ferien in der kühleren Bergluft verbracht, wenn der Staub des Sommers in Jaipur bei ihr Asthma auslöst. Manu Agarwal, Kantas Ehemann, wird alle paar Wochen zu Besuch vorbeikommen.*

*Ich wäre Ihnen dankbar, Dr. Kumar, wenn Sie Radha so behandelten, als wäre sie Ihre eigene Schwester. Ich stehe in Ihrer Schuld.*

*Bis wir uns wiedersehen, zögern Sie bitte nicht, mich per Post oder telefonisch über Mr. Singh zu kontaktieren, sollten Sie Fragen haben.*

*Hochachtungsvoll,*
*Lakshmi Shastri*

# SECHZEHN

## 23. Juli 1956

Ich ging die Post durch. Ein weiterer Brief von Kanta. Einer von Dr. Kumar, dessen Briefe immer länger wurden und häufiger eintrafen. Von Radha war wieder nichts dabei, auch wenn ich die Hoffnung nie aufgab. Zu meiner Überraschung vermisste ich sie. Vermisste es, sie mit übergeschlagenen Beinen auf der Liege sitzen zu sehen, die Stirn konzentriert gerunzelt in *Jane Eyre* versunken. Oder wie sie an der Kochstelle *Laddus* zubereitete, sich fröhlich mit Malik unterhaltend. Ich wollte ihr alles Mögliche erzählen. *Mrs. Patel hat einen neuen Schäferhundwelpen. Mrs. Pandey hat einen Job gefunden und verkauft jetzt Nähmaschinen.*

Ironischerweise war Radha es, die Kantas wöchentliche Briefe niederschrieb; Kanta wurde immer noch schwindelig, wenn sie Worte auf einer Seite sah. Wenn ich Kantas Briefe las, konnte ich mir also immer vorstellen, wie meine Freundin sie in raschem Tempo von einem Diwan aus diktierte und kicherte, während Radhas Stift übers Papier sauste, um mit ihr Schritt zu halten. Dann konnte ich mir fast schon einreden, dass der Brief von Radha stammte.

*Liebe Lakshmi,*

*ich würde Radha häufiger in die Shimla Mall mitneh-
men, doch sie würde einfach nur mein Geld ausgeben!
Ich will, dass sie die wunderschöne Tudor-Architektur
um uns herum bewundert, aber sie fühlt sich von Baby-
plunder angezogen wie ein Kaninchen vom Gras. Gestern hat sie Himachali-Topas mit nach Hause gebracht –
so groß, dass die Kappe das Baby tragen wird statt anders
herum. (Sie lacht!)*

*Bhagwan sei Dank hat sich meine Allergie beruhigt, so
wie immer, wenn ich nach Shimla reise. Wenn ich den
Sommer über in Jaipur geblieben wäre, könnte ich jetzt
nicht mehr atmen. Der Arzt im Lady Bradley Hospital, Dr. Kumar (famoser Kerl, genau wie du es mir versprochen hast), hat gesagt, dass ich mich schonen solle,
weil ich immer noch Schmierblutungen habe. Während
Radha also wie eine Bergziege auf die Hügel klettert,
muss ich auf dem Sofa liegen bleiben wie ein Himalaya-
Bär. (Allmählich sehe ich auch aus wie einer, mit all der
Rosenmilch, die ich trinken musste!)*

*Du würdest dich freuen, wie rosig die Wangen deiner
Schwester sind (sie wird rot, während ich ihr dies dik-
tiere). Selbst ihr Teint ist heller. Letzte Woche hat Dr. Kumar gesagt, dass ihr Baby ein Alleskönner ist – er wird
auf dem Cricketplatz sowohl beim Schlagen als auch im
Werfen gut sein. Radha meint, dies erklärt, was er die
ganze Nacht in ihrem Bauch getrieben und sie damit
vom Schlafen abgehalten hat. (Ich hoffe, es war richtig
von mir,* Gray's Anatomie *mitzubringen, damit sie sehen*

*kann, wie sich Babys in uns entwickeln. Wenn du nicht einverstanden bist, lege ich es weg.) Alle paar Tage bringt Radha einen Arm voller Bücher aus der Shimla-Bücherei mit – meistens Bücher, welche die Briten zurückgelassen haben. Inzwischen ist ihr English ziemlich gut geworden, und ich glaube, deine Prophezeiung, dass Radha eines Tages vielleicht Autorin oder Lehrerin werden könnte, scheint realistischer denn je zu sein. (Sie schüttelt den Kopf.)*

*Nun, Uma hat uns gerade unsere Rosenmilch gebracht (erzähle meiner* Saas *nicht, dass ich das Zeug inzwischen sogar mag), für mich heißt es jetzt also ins Bett gehen. Radha möchte dir auch Auf Wiedersehen sagen.*

*Herzlichst,*
*Kanta*

*PS: Baju ist zu einem Briefeschreiber gegangen und hat ihm eine Nachricht diktiert, in der er mich anbettelt, ihm eine Fahrkarte nach Shimla zu schicken. Er droht damit, zu gehen, weil Saasuji ihn in den Wahnsinn treibt. Siehst du? Ich bin nicht die Einzige, die ihren Klauen entkommen will!*

Ich gab den Brief an Malik weiter und öffnete den anderen Umschlag.

*Meine liebe Mrs. Shastri,*

*in Ihren Briefen haben Sie erwähnt, wie gerne Radha liest. Sie haben nicht übertrieben! Letzten Dienstag bin ich ihr über den Weg gelaufen, als sie gerade die Shimla-Bücherei verließ – sie hat die halbe Bücherei in ihrer Tasche mitgeschleppt und wollte sie mir gerne zeigen. Wenn ich mich richtig erinnere, hatte sie ein Buch mit Gedichten von Elizabeth Barrett Browning, die* Canterbury Tales, *Shelleys* Frankenstein *und Thurbers* Fabeln. *Ich staune über ihren vielfältigen Geschmack! Mir wird bewusst, dass ich lediglich ein beauftragter Arzt bin, der sich vorübergehend um Ihre Schwester kümmert, nicht dazu qualifiziert, Empfehlungen außerhalb des medizinischen Bereichs zu geben, aber ich hoffe, Sie werden mir einen Vorschlag erlauben: Privatunterricht. Radha hat ein ungewöhnlich gutes Verständnis für literarische Konzepte und kann mit den Besten von ihnen über elisabethanische Dichter debattieren. Es wäre der reinste Hohn, wenn sie wegen ihrer unglücklichen Situation in ihrer Ausbildung zurückfallen würde.*

*Wie ich wiederholt in meinen Briefen erklärt habe, bin ich äußerst interessiert daran, mehr über die Kräutertherapien zu erfahren, mit denen Sie so viel Erfahrung haben. (Vielleicht wäre eine verspätete Entschuldigung nicht ganz unangebracht – ich meine damit die Baumwollwurzelrinde.) Es ist besorgniserregend, dass sich das Bergvolk aus dem Himalaya nur auf volkstümliche Heilmittel verlässt, wo sie sich stattdessen im Lady Bradley medizinisch behandeln lassen könnten. Gestern sah ich in der Mall einen kleinen Gaddi-Jungen mit einer Dermatitis, die seine Mutter mit* Tulsi-*Pulver behandelte, wie sie mir erzählte. Offensichtlich half es ihm nicht. Sie hat sich geweigert, die antiseptische Salbe auszuprobieren, die ich ihr vorschlug, selbst nachdem ich sie ihr am nächsten Tag selbst vorbeigebracht habe. Vielleicht haben Sie eine Kräuteranwendung, die Sie mir hierfür empfehlen könnten? Ihre Überlegungen in dieser Angelegenheit wären mir höchst willkommen.*

*Seien Sie versichert, dass die Schwangerschaft Ihrer Schwester gut voranschreitet. Sie ist äußerst gesund, genießt es, sich ordentlich zu bewegen, und isst mit gutem Appetit. Es ist mir ein Vergnügen, mich um sie zu kümmern. Ich freue mich auf Ihren nächsten Brief und Ihre Vorschläge, wie sich die Kluft zwischen der Medizin der alten und der neuen Welt schließen lassen könnte.*

*Ihr Freund*
*Dr. med. Jay Kumar*

*PS: Vielen Dank für den Senfwickel. Mein Husten ist viel besser geworden. Allerdings sah mein Brustkorb aus, als habe man ihn in Teig getaucht und wolle ihn gleich frittieren!*

Ich machte mir eine Notiz, ihm in meinem nächsten Brief zu schreiben, dass er *Neem*-Pulver mit Rosenwasser mischen sollte. Das würde ein süß riechendes Antiseptikum ergeben, das die Himalaya-Frauen einer Salbe mit medizinischem Geruch vorziehen würden.

Während ich den Brief zurück in den Umschlag steckte, sprach ich ein Gebet für die sichere Geburt der beiden Babys –

Kantas und Radhas. Trotz meiner Skepsis hatte ich letzten Endes ein bisschen Vertrauen in die Götter gewonnen.

Draußen hörte ich eine Fahrradklingel. Am Portal reichte mir der Botenjunge der Singhs ein kleines, in braunes Papier eingewickeltes Päckchen.

Das Päckchen kam von Samir. Mir sank das Herz. Samir hatte mehrfach versucht, mich zu treffen, hatte mir Nachrichten geschickt. Er war sogar bei meinem Haus vorbeigekommen. Ich hatte ihn nicht eingelassen, also hatte er mit mir durch die Tür gesprochen und sich für seine Worte in der Nacht bei Geeta entschuldigt. Er wollte, dass alles wieder wie vorher würde. Möglicherweise wollte er mich wieder in seinem Bett haben. Oder er wollte wieder Sprichwörter mit mir austauschen und mich lachen hören. Vielleicht wollte er aber auch einfach nur mehr Beutel bekommen. Es war mir inzwischen gleichgültig.

Ich löste die Schnur um das Päckchen. Es handelte sich um ein Stiftetui, genauso eines, wie ich es Radha in ihrer ersten Woche in der Schule geschenkt hatte. In ihm befand sich der gleiche orange marmorierte Federhalter, den ich ihr geschenkt hatte. *Wilson 1st Quality Fine.*

Wie war Samir zu Radhas Füller gekommen?

Ich durchsuchte das Päckchen, fand aber keine Nachricht.

Radhas lauwarme Reaktion auf mein Geschenk hatte mich verletzt. *Wenn ich ihn verliere, wirst du böse sein.* Hatte sie ihn schließlich tatsächlich verloren? Und Samir hatte ihn irgendwie gefunden?

Dann verstand ich.

Sie musste den Füller Ravi geschenkt haben, als sie sich noch heimlich trafen. Wenn ja, warum hatte er ihn zurückgegeben? Oder hatte Parvati das von ihm verlangt?

Oder vielleicht hatte Radha, nachdem sie von ihrer Schwangerschaft erfahren hatte, den *Chowkidar* der Singhs darum gebeten, ihn Ravi zu geben, in der Hoffnung, dass er sich mit ihr treffen würde. Und Samir hatte ihn zurückgeschickt, ohne ihn Ravi zu zeigen.

Wie auch immer, Ravis Zurückweisung musste die zarten Gefühle meiner Schwester verletzt haben. Der Schmerz in meinem Herzen wuchs. »Oh, Radha«, flüsterte ich.

In der folgenden Woche strich ich Mrs. Guptas Namen aus meinem Notizbuch.

Malik stand vor meinem Kräutertisch in meinem Haus in Rajnagar und rollte eine Murmel auf seiner Handfläche. »Sie hat gesagt, dass sie gegen Henna allergisch geworden wäre«, berichtete er.

Ich starrte ihn ungläubig an. »Was? Mrs. Gupta ist seit drei Jahren eine treue Kundin! Ich habe das Brauthenna für ihre Tochter gemacht – und sie hat einen Jungen zur Welt gebracht!« Ich runzelte die Stirn. »Noch nie ist irgendjemand gegen mein Henna allergisch geworden.«

Malik zuckte die Schultern. In den vergangenen sechs Monaten war er um fünfzehn Zentimeter gewachsen, und sein Kopf reichte mir jetzt bis ans Kinn. Er sah nicht mehr länger aus wie acht, wie er Maharani Indira erzählt hatte. Ich hätte ihn auf zehn geschätzt. Weil er es selbst nicht wusste, taten wir so, als wäre er jetzt neun. Auf jeden Fall brauchte er einen Haarschnitt und neue Kleidung.

»Was ist mit Mrs. Abdul? Ihre Tochter feiert bald Geburtstag.«

»Sie hat abgesagt.« Er ließ die Murmel über den Fußboden sausen und jagte ihr hinterher.

»Warum?«

»Hat sie nicht gesagt.« Er kaute auf der Innenseite seiner

Wange herum. »Oh, und Mrs. Chandralal wird den ganzen Sommer in Europa verbringen, also keine Termine für sie.«

»Den ganzen Sommer?« Ich seufzte. »Das sind schon fünf Absagen diese Woche.«

Üblicherweise hatte ich im Juni und Juli, wenn viele meiner Damen der sengenden Hitze in die Berge im Norden oder zu Verwandten ins Ausland entflohen, weniger Hennatermine. Aber wir gingen auf August zu. Wo waren die Termine für die Rakhi-Zeremonien, wenn die Frauen ihren Brüdern glänzende Bänder um die Handgelenke wanden und sich dafür die Hände schmücken lassen wollten? Im Herbst war ich üblicherweise mit *Mandalas* für Dhussera- und Bagapanchaka-Festivals beschäftigt, aber bisher hatten nur zwei Damen einen Termin gebucht. Und für Diwali, das Festival der tausend Lichter, gab es überhaupt keine Anfragen. Normalerweise war ich dann zwei Wochen am Stück ausgebucht.

Dass ich Parvati als Kundin verloren hatte, war keine Überraschung gewesen. Seit dem Tag, als ich ihr vor Samirs Büro in die Arme gelaufen war, hatte ich nichts mehr von ihr gehört. Und jetzt, wo Samir ihr von Radha und Ravi erzählt hatte, wusste ich, dass ihr Name nie wieder in meinem Terminkalender auftauchen würde. Dennoch konnte ich mich auf ihre Diskretion verlassen; mit ihren politischen Verbindungen hatte sie viel mehr zu verlieren als ich, wenn die Geschichte bekannt wurde.

Aber warum sagten langjährige Kundinnen, die sonst um die wenigen freien Plätze in meinem Kalender konkurrierten, ihre üblichen Termine ab oder buchten sie gar nicht erst? Die Neugierigen, die Neues über Maharani Latika wissen wollten, zählten nicht. Mir war immer klar gewesen, dass sie nicht mehr nach mir fragen würden, wenn der Reiz des Neuen nachgelassen hatte; ich war ein teurer Luxus.

Ich blickte Malik irritiert an.

Er warf die Murmel in die Luft und fing sie wieder auf.

»Ich werde sehen, was ich herausfinden kann.«

Mrs. Patel blieb mir treu. Sie hielt alle ihre Termine ein. Arthritis hatte ihre Hände deformiert, und sie verließ sich darauf, dass ich das mit meinem Henna verdeckte. Meine Dienste waren die einzige Eitelkeit, die sie sich gestattete. Außerdem liebte sie die Mungbohnen-*Laddus* und Kohl-*Pakoras*, mit denen ich die Schmerzen in ihren Gelenken linderte.

Heute malte ich eine Lotusblüte mitten auf ihre Handfläche, als sie sich räusperte. »Ist alles bei dir in Ordnung, Lakshmi?«

»Ja, *Ji*. Danke der Nachfrage.«

»Du hast keine … finanziellen Schwierigkeiten?«

Abgesehen von meinem sinkenden Einkommen? Dass jeden Tag Kundinnen mit fadenscheinigen Begründungen absagten? Dass ich Samir jetzt zehntausend Rupien schuldete, doppelt so viel wie ursprünglich? Und dass Parvati mir meine Kommission für die Heiratsvermittlung noch nicht bezahlt hatte? Ich hätte beinahe aufgelacht, hielt mich aber zurück, da mir klar wurde, dass ich vielleicht wie eine Irre geklungen hätte.

»Warum fragen Sie?«

»Nun … man hört so das eine oder andere.« Sie wirkte verlegen und blickte auf den Schäferhundwelpen zu ihren Füßen, den Hund, von dem ich Radha hatte erzählen wollen.

Mein Herz schlug schneller. Ich malte *Tulsi*-Blätter um ihre Finger herum. »Das eine oder andere?«

»Klatsch verbreitet sich schnell.«

Jetzt waren all meine Sinne alarmiert. »Was haben Sie denn gehört, *Ji*?«, erkundigte ich mich, während ich als Schutz ein drittes Auge auf ihren Handrücken malte.

Sie senkte ihre Stimme zu einem Flüstern, damit die Bediensteten sie nicht hören konnten. »Sie sind des Diebstahls bezichtigt worden.«

Ich richtete mich auf und sah sie so ruhig an, wie es mir möglich war. »Von wem?«

»Ich habe es von meinem Koch gehört, die Information ist also vielleicht nicht vertrauenswürdig. Es heißt, dass bei Mrs. Prasag goldene Armreife verschwunden sind. Und auch ein bestickter Sari – mit Silberfäden.«

Wer würde solche Gerüchte verbreiten? Nichts davon entsprach der Wahrheit, aber der Gerüchteküche war das ziemlich egal.

»Nachdem du bei Mrs. Chandralal gewesen bist, ist dort eine Kette verschwunden. Das hat mein *Chowkidar* gehört.«

Ich runzelte die Stirn. »Ich habe diesen Frauen ein Jahrzehnt lang gedient. Warum sollte ich auf einmal anfangen, sie zu bestehlen? Ich brauche nicht zu klauen – ich habe mein eigenes Haus.«

Sie senkte den Kopf und blickte auf ihre Hände. »Nun …«

»Bitte.«

»Es gibt Gerede … Wie konntest du dir ein Haus leisten, außer du hast andere bestohlen?« Sie legte ihre Hand, diejenige, mit der ich noch nicht angefangen hatte, auf meine. Ihre Berührung war kühl. Entweder das, oder meine Haut stand in Flammen. Ich zog meine Hand weg. »Lakshmi, ich möchte dir nur sagen, dass ich kein Wort davon glaube. Aber ich dachte, du solltest wissen, was so behauptet wird.«

Wenn Mrs. Patel diese Gerüchte von ihren Bediensteten gehört hatte, hatten meine anderen Damen sie auch gehört. Wie lange kursierten sie schon?

Tief in meinem Inneren empfand ich Angst. Der Welpe

spürte sie und wandte mir seinen Kopf zu. »Warum? Warum erzählen sie diese Lügen?«

»Ich bin mir sicher, dass Mrs. Sharma mehr darüber weiß als ich. Das tut sie immer. Ich bin nicht so oft im Club wie sie.« Ihre Augen waren voller Mitgefühl.

Ich griff nach ihrer Hand, der, mit der ich fast fertig war. Versuchte, das Schilfrohr ruhig zu halten, was mir misslang.

»Das reicht für heute«, sagte Mrs. Patel ruhig. »Geh zu Mrs. Sharma.« Sie zog fünfzig Rupien aus dem Knoten in ihrem Sari und hielt sie mir hin.

»Aber wir sind noch nicht fertig.«

»Es gibt immer ein nächstes Mal. Betrachte es als Vorschuss.«

Es war freundlich gemeint, aber das Almosen erzürnte mich dennoch. Rasch packte ich meine Sachen zusammen. Der Hund erhob sich vom Boden.

»Das nächste Mal«, sagte ich, wobei ich vermied, ihr in die Augen zu sehen, »wird mein Geschenk an Sie sein, weil ich die Arbeit heute nicht zu Ende gebracht habe.«

Ich nahm das Geld nicht. Ich war mir nicht einmal sicher, dass ich mich verabschiedete, bevor ich ging.

Der Hund bellte einmal auf, als wollte er mir Auf Wiedersehen sagen.


Beim *Chowkidar* der Sharmas handelte es sich um einen ehemaligen Soldaten, elegant in seinem Kakiblazer und weißen *Dhoti*. Er begrüßte mich höflich am Tor. Als ich ihm sagte, dass ich die Arrangements für das Teej-Festival mit Mrs. Sharma besprechen wollte, strich er sich mit seinem Zeigefinger über beide Seiten seines Schnurrbarts, als würde er darüber nachdenken, ob er mich einlassen sollte oder nicht. Am Ende nickte er.

Mrs. Sharma hatte zahlreiche Schwiegertöchter und Nichten, die sich jeden August auf das Teej-Festival freuten. Es handelte sich um eine Feier für Frauen, bei der der Wiedervereinigung von Shiva und seiner Frau nach hundert Jahren der Trennung gedacht wurde. Teej sollte das Eheglück sichern. In Anbetracht meiner eigenen Erfahrung blieb ich diesem Versprechen gegenüber skeptisch, aber ich genoss das Festival, weil es zu Beginn der Monsunzeit stattfand, wenn die Pflanzen, von denen ich abhängig war, sich vollsogen und genügend Kräfte sammelten, um die heilenden Eigenschaften für meine Lotionen und Cremes zu entwickeln. Und Mrs. Sharmas jährliche Teej-Party – eine übermütige Angelegenheit, bei der alle Frauen der Familie sich Geschichten erzählten, miteinander lachten, sich neckten, sangen und tanzten, während ich ihre Hände mit Henna bemalte – war immer eine fröhliche Angelegenheit. Mrs. Sharma schenkte jeder Frau einen Seidensari und dazu passende gläserne Armreife. Jedes Jahr wieder übertraf ihre Köchin sich selbst, indem sie exotischere und anspruchsvollere Köstlichkeiten als im Jahr davor kreierte.

Da es bis zum Festival nur noch drei Wochen waren, war ich zwar überrascht, aber nicht allzu besorgt gewesen, dass Mrs. Sharma ihren üblichen Termin noch nicht gebucht hatte. Schließlich wusste ich, dass sie einen großen Haushalt führte und sehr beschäftigt mit Sheelas Verlobungsfeier gewesen war. Ich hatte den Termin eingetragen. Jetzt, nach dem, was Mrs. Patel mir erzählt hatte, fragte ich mich, ob es noch einen weiteren Grund für ihre Verspätung gab.

Während ich die Stufen der Veranda hochstieg, überlief mich trotz der unerträglichen Sommersonne eine Gänsehaut. Meine Kopfhaut fühlte sich an, als stünde sie unter Strom.

An der Vordertür zog das Dienstmädchen, das mich normalerweise mit einem Lächeln begrüßte, seine Augenbrauen fast bis zum Haaransatz hoch. Es war eindeutig, dass sie die Gerüchte ebenfalls gehört hatte. Sie bat mich darum, zu warten – was an sich schon unüblich war –, und wieselte den Korridor hinunter. Ich hörte das Murmeln von ihr und Mrs. Sharma, bevor sie zurückkehrte und mit einer Kopfbewegung zum Salon wies.

Mrs. Sharma saß an ihrem Schreibtisch, einer robusten, niedrigen Kommode mit eingebauten Schubladen und Messinggriffen. Sie blickte mich an, als sie mich eintreten hörte. Auf ihrer goldgerahmten Brille blitzte die Reflexion des Sonnenlichts vom Fenster auf.

»Ah, Lakshmi. Ich bin froh, dass du gekommen bist. Ich brauche nur einen Moment, um diesen Brief an meinen Sohn zu beenden.« Sie drehte sich wieder zu ihrem Schreiben um. »Er sagt, dass London teuer sei und er mehr Geld bräuchte. Wer weiß, wofür er all das Geld ausgibt?« Sie faltete das dünne blaue Aerogramm zusammen. »Wenn ich nicht schnellstens antworte, würde er sich sorgen, dass er auf die Coca-Colas mit seinen Freunden verzichten muss.«

Sie leckte die Lasche des Aerogramms ab, um es zu verschließen. Dann nahm sie die Brille ab und hängte sie an den silbernen Gürtel um ihre Taille, an dem auch Schlüssel für *Almirahs*, Schmuckschatullen, die Vorratskammer und die Außentüren befestigt waren.

Ich zog ein Taschentuch aus meinem Unterrock, um mir den Schweiß von der Stirn zu tupfen. Ich war den Weg von Mrs. Patel bis hierher praktisch gerannt, und mir schlug das Herz bis zum Hals. Gerade als ich mir etwas Kühles zu trinken wünschte, brachte uns das Dienstmädchen ein Tablett mit zwei hohen Gläsern mit *Aam Panna*. Sie stellte die Mangogetränke auf dem Beistelltisch ab und schloss die Tür hinter sich.

Mrs. Sharma setzte sich zu mir auf das Sofa und bot mir ein Glas an. »Es ist einer unserer bisher heißesten Sommer, meinst du nicht auch?«

Sie legte den Kopf in den Nacken und stürzte ihr ganzes süßsäuerliches Getränk in einem langen Zug herunter. Sie trug wieder einen *Khadi*-Sari und tupfte sich mit dem steifen *Pallu* Schweiß von der Oberlippe. Der Ventilator über ihrem Kopf drückte heiße Luft nach unten, wobei er die Aromen von Talkumpuder und Schweiß zu mir wehte. Wie ein Bauunternehmer wie Mr. Sharma den Komfort seiner eigenen Familie so vernachlässigen konnte – jeder andere reiche Haushalt hatte schon seit Langem eine Klimaanlage eingebaut –, war mir ein Rätsel.

Als hätte sie meine Gedanken gelesen, lächelte Mrs. Sharma, wobei sie mir ihre großen, schiefen Zähne zeigte. »Der Körper muss schwitzen, wie Mr. Sharma immer sagt. Hilft dem Körper dabei, Gifte loszuwerden.«

Ich lächelte höflich, nippte an meinem Getränk und fragte mich, wie ich die Unterredung beginnen sollte, die ich gleichzeitig fürchtete.

»Dennoch«, fuhr sie fort, wobei sie sich den Nacken abtupfte, »freue ich mich auf den Monsun.«

»Ja.« Mir wurde klar, dass sie mir gerade eine Tür geöffnet hatte. »Fast schon Zeit für Teej.«

Mrs. Sharma lächelte. Sie wischte sich den Mund mit ihren Fingern ab und blickte zu den drei Porzellanhunden auf dem Beistelltisch, die durch eine goldene Kette miteinander verbunden waren. Der größte, der mit aufgemalten Wimpern und roten Lippen offenbar die Mutter darstellen sollte, blickte kokett zu Mrs. Sharma, während die Welpen ihre Mutter anschauten.

Den Blick immer noch auf das Tableau gerichtet, sagte Mrs. Sharma: »Teej ist eine gute Zeit für uns. Jetzt, wo alle meine Neffen verheiratet sind und Sheelas Hochzeit arrangiert ist, dank dir.«

Es gab immer einen Moment, bevor ich den letzten Hennapunkt auf die Haut einer Frau malte, der sich irgendwie bedeutungsvoll anfühlte. Dieses spezielle Design würde ich niemals wieder verwenden, und nach ein paar Wochen würde es vollständig verschwunden sein. Dieser Moment mit Mrs. Sharma fühlte sich auf die gleiche Art final und vergänglich an.

Ich schauderte und stellte mein Glas auf dem Tisch ab, aus Angst, dass meine Zähne dagegenklappern könnten.

»Was würdest du sagen«, begann Mrs. Sharma, »wenn ich dir sagte, dass das *Mandala*, dass du für Sheelas *Sangeet*-Party gestaltet hast, nicht gut genug gewesen ist?«

Es fiel mir schwer, meine Überraschung zu verbergen. Während ich die Hände von Mrs. Sharmas Schwägerinnen dekoriert hatte, hatten mir mehrere von ihnen gesagt, dass sie das Muster originell und wunderschön fanden. »Dürfte ich vielleicht fragen, was genau daran unbefriedigend gewesen war?«

»Es ist vielleicht nicht traditionell genug gewesen. Es hätte mehr Farbpulver verwendet werden sollen.« Sie zuckte ihre breiten Schultern, als wären die Gründe bedeutungslos.

Bat sie mich darum, meine eigene Arbeit zu kritisieren? »Aber, Mrs. Sharma, Sie haben um etwas gebeten, was meinen Hennamustern ähnelt. Sie haben ganz ausdrücklich gesagt, dass Sie eine andere Art von *Mandala* haben wollten.«

Sie verzog den Mund und wischte sich den feuchten Nacken mit dem Sari ab. »Das habe ich. Was, wenn ich dir erzählte, dass das Henna minderwertig gewesen ist?«

Ich dachte an den Abend zurück. War meine Paste klumpig gewesen? Nein, ich hatte Radhas Charge verwendet, die mit der durchgehend seidigen Textur. Alle Produkte, die ich verwendete, waren erstklassig und von Radha oder mir selbst gemischt. Hatte Malik vielleicht irgendetwas gesagt oder getan, was die Gäste gestört hatte? (Er hatte bisher noch nie etwas Ungehöriges getan.) Aber ich erinnerte mich noch genau: Er hatte kaum mit der Arbeit am *Mandala* begonnen, als Sheela kam und verlangte, dass er ging. Irgendjemand musste gesehen haben, wie Radha Sheela mit Steinen bewerfen wollte. Aber das war schon über acht Monate her; wenn es das gewesen wäre, hätte ich davon schon viel früher über das Dienstbotennetzwerk gehört.

»Wie Sie wissen, mache ich meine Arbeit sehr sorgfältig, Mrs. Sharma. Ich habe hohe Ansprüche. Hat … hat sich eine der Damen beschwert?«, begann ich vorsichtig.

Mrs. Sharma seufzte. Sie presste ihre Handflächen auf die Oberschenkel, die Arme angewinkelt, als wollte sie gleich aufstehen. »Du hast genau das gesagt, womit ich gerechnet habe, Lakshmi. Und warum solltest du auch irgendetwas anderes sagen? Du hast hier alles richtig gemacht. Und ich bin nicht gut darin zu lügen. Wenn ich versucht hätte, irgendetwas zu erfinden, hättest du mich sofort durchschaut.«

Sie erhob sich vom Sofa und ging entschlossen zum Schreibtisch, wo sie mit einem Schlüssel von ihrem Kordelgürtel ein Fach aufschloss. Dann kehrte sie zu mir zurück, blieb vor mir stehen und hielt mir einen Umschlag hin, der sich an einem Ende wölbte. Ich hörte das Klimpern von Münzen.

»Deiner«, sagte sie. »Bitte nimm ihn.« Als ich das tat, ging sie zu ihrem Sofa zurück und setzte sich schwerfällig hin. »Parvati hatte keine Zeit, dir das zu geben, bevor sie über den Sommer ins Ausland abgereist ist. Ich habe es versäumt, ihn dir zukommen zu lassen.« Zweifellos war Parvati nach England gereist, um Ravi von einer Rückkehr nach Jaipur abzuhalten.

In der oberen linken Hälfte des Umschlags waren Name und Adresse von Singh Architects abgedruckt. Der Empfänger fehlte.

»Sie hat verlangt, dass ich dabei bin, wenn du ihn öffnest.« Mrs. Sharma wirkte jetzt verlegen. Sie konzentrierte ihre Aufmerksamkeit wieder auf die Porzellanhunde. »Das ist die Kommission für die Heiratsvermittlung.«

Ich erbrach das Siegel. Innen drin befanden sich Ein-Rupien-Münzen. Ich zählte sie. *Zehn Rupien?* Ich hatte das große Bedürfnis, den Umschlag umzudrehen, ihn zu schütteln und mich dvon zu überzeugen, dass nicht doch noch etwas darin steckte. Ich riss ihn weiter auf.

Er war leer.

Ich senkte mein Kinn auf die Brust und schloss meine Augen, damit das Summen in meinem Kopf aufhörte. Parvatis Ziel war es gewesen, mich vor Mrs. Sharma zu blamieren. Sie wusste, dass die Beleidigung dann tausendmal beschämender sein würde.

Mrs. Sharma sagte: »Parvati hat mich noch um eine andere Sache gebeten …« Ihre Stimme verlor sich. Sie hob ihr Glas, um noch einen Schluck zu trinken, bevor ihr wieder einfiel, dass es leer war. Zögernd stellte sie es wieder ab und sah mich an. Ihr Blick war nicht unfreundlich.

»Es tut mir leid, dich zu verlieren, Lakshmi. Künstlerinnen wie du sind schwer zu finden, und du hast meiner Familie gute Dienste geleistet.«

Sie wollte mich trösten; ich hörte es an ihrer Stimme. Selbst das Muttermal auf ihrer Wange kletterte höher, als versuchte es, mir Kraft zu schenken. »Aber Parvati behauptet, dass du gestohlen hast. Und auch wenn ich ihr nicht glaube – so etwas würde ich niemals in Betracht ziehen –, muss ich hier zu ihr halten. Das verstehst du sicher. Wenn Sheela und Ravi verheiratet sind, werden die Singhs Teil unserer Familie sein. Und ob ich Parvati nun zustimme oder nicht, meine Hände sind jetzt an ihre gebunden.«

Parvati! Ich hatte sie bedient. Sie verwöhnt. Sie hofiert. Ich war mit Radhas Schwangerschaft so diskret wie möglich umgegangen, zum Wohle ihrer Familie und meiner. Ich hatte keine Szene gemacht. Ich hatte kein Geld verlangt. Und nach alldem erzählte *sie* Lügen über mich? Als Vergeltung für die Torheit meiner Schwester – und nicht zu vergessen Ravis! Ihr Sohn trug genauso viel Schuld – sogar *mehr*, schließlich war er älter. Aber Parvati ließ es an *mir* aus.

Es war so unfair! Ich versuchte, die Tränen zurückzuhalten, aber es gelang mir nicht. *Ich habe so hart gearbeitet*, wollte ich Mrs. Sharma sagen. *Ich habe ihre Regeln befolgt. Ihre Beleidigungen hinuntergeschluckt. Ihre Kränkungen ignoriert. Bin den wandernden Händen ihrer Ehemänner ausgewichen. Bin ich nicht schon genug gestraft worden?* In diesem Moment, wo ich vor dieser guten, vernünftigen Frau saß, wollte ich das, was ich am meisten auf dieser Welt hasste: Mitgefühl. Schlimmer noch, ich hasste es, dass ich es wollte. Hasste mich selbst für meine Schwäche, die ich genauso verabscheute wie Joyce Harris' Selbstmitleid an dem Tag, als ich ihr die Beutel gegeben hatte.

Oh, und wenn Radha nicht wäre! Seit ihrer Ankunft war in meinem Leben nichts mehr wie vorher. Sie war mein persönlicher Monsun geworden, zerstörte Jahre des Vertrauens, das die Damen in mich gesetzt hatten, vernichtete meinen Ruf, den ich mir über einen so langen Zeitraum hin aufgebaut hatte. Ohne Radha hätte ich niemals schweigend vor

Mrs. Sharma zu Kreuze kriechen müssen. Aber ich hatte es verdient. Ich hatte zuerst gesündigt, indem ich den Ehemann verlassen hatte, mit dem ich sieben Leben lang hätte zusammenbleiben sollen.

Mrs. Sharma sah mich besorgt an. Ich musste gehen, bevor ich ihr Sofa mit meinen Tränen befleckte.

Ich räusperte mich und presste meine Fingerspitzen gegen meine Augenlider. Als ich zum Gehen aufstand, brachte ich nur ein »Nun ja« heraus.

Ihre letzten Worte an mich waren: »Ich wünsche dir Glück, *Bheti*.«

# SIEBZEHN

31. August 1956

Der August schleppte sich dahin, brennend, mörderisch, unerbittlich. Ich öffnete meinen Terminkalender und blätterte durch die leeren Seiten. Der fünfzehnte August, der Tag unserer Unabhängigkeit, war ohne eine einzige Buchung verstrichen.

Mit jeder Woche, die verging, erhielt ich mehr Absagen als Buchungen. Wo ich sonst sechs oder sieben Damen am Tag bedient hatte, war es jetzt nur noch eine (und damit konnte ich mich noch glücklich schätzen). Die wenigen Kundinnen, die ich dieser Tage noch hatte, bezahlten mir ohne zu fragen weniger, und ich akzeptierte das reduzierte Entgelt, ohne mich zu beschweren.

Dr. Kumars letzten Brief hatte ich in das Notizbuch gesteckt. Ich zog ihn heraus und versuchte zum dritten Mal, ihn zu Ende zu lesen.

*Meine liebe Mrs. Shastri,*

*ich respektiere Ihre Wünsche bezüglich Radha; ich habe ihr nicht mitgeteilt, dass der Palast ihr Baby adoptieren wird, aber ich möchte die Angelegenheit gerne mit Ihnen weiterdiskutieren, da mir klar wird, dass sich bis zur Geburt des Babys wahrscheinlich keine weitere Gelegenheit dazu ergeben wird.*

*Radha wird nach der Entbindung eine Woche im Krankenhaus unter Beobachtung bleiben. Allerdings könnte es schwierig werden, sie in dieser Zeit von dem Baby fernzuhalten. Sie hat eine große Bindung zu dem Leben in ihrem Bauch entwickelt und redet ständig von dem Kind. Ich bin mir nicht sicher, dass sie sich wirklich damit abgefunden hat, dass das Baby adoptiert wird. Intellektuell versteht sie die Situation, aber ich habe den Eindruck, dass sie sie emotional nicht akzeptiert hat.*

*Ihre Freundin Mrs. Agarwal hat mir versichert, dass Radha die Situation versteht, und sie glaubt, dass nur die Hormone für Radhas starke Bindung an das Kind verantwortlich sind. Ich habe keine bessere Erklärung dafür, weshalb ich mich für den Augenblick auf ihre verlassen werde ...*

An dieser Stelle hatte ich immer aufgehört, den Brief zu lesen. Radha hatte der Adoption zugestimmt; ich würde mir nicht gestatten, etwas anderes zu denken. Der Palast würde ihr Kind aufziehen. Wir würden dreißigtausend Rupien erhalten, die uns retten und Radhas Ausbildung finanzieren würden. Das Kind würde gesund sein; es würde ein Junge sein. Das würde es, weil ich nicht mit Dr. Kumar über irgendeine andere Möglichkeit sprechen wollte.

Der Monsunregen, der Anfang September einsetzte, brachte üblicherweise ein Gefühl der Erleichterung mit sich. *Das Alte hinfortwaschen; das Neue begrüßen.* Als dieses Jahr der Regen einsetzte, verspürte ich nur Furcht. Da ich nirgendwohin zu gehen hatte, wurde mein Haus zu meinem Gefängnis, und überall um mich herum sah ich die Beweise für mein Versagen. Wasser sammelte sich auf dem blanken Erdboden im Hof, wo ich meinen Kräutergarten hatte anlegen wollen. Es prallte von dem getrockneten Dachstroh ab, das meine jungen Pflanzen hätte schützen sollen. Es tropfte von den Stapeln von Ziegelsteinen, die ich gekauft hatte, um mein Haus auf der Rückseite einzuzäunen. Ich machte mir nicht länger die Mühe, die Schweine des Nachbarn zu verjagen, die in meinem Hof herumwühlten.

Oft stand ich stundenlang an meiner Arbeitsplatte und mischte Öle und Lotionen, die niemand verwenden würde. Der Rhythmus des Stößels war hypnotisch, so wie der konstante Regen beruhigte er mich. Ich rührte und dachte darüber nach, was ich hätte anders machen sollen. Ich hätte Radha besser im Auge behalten müssen, schließlich war es meine Aufgabe, sie zu schützen. Ich hätte nicht mit einem Mann wie Samir schlafen sollen, der Frauen genauso kaltschnäuzig benutzte wie sein Sohn. Ich hätte von Parvati verlangen sollen, dass sie mich im Voraus für ein Ehearrangement bezahlte, das viel brillanter war, als ein durchschnittlicher Heiratsvermittler es sich hätte ausdenken können.

Nachdem ich Mrs. Sharmas Haus verlassen hatte, hatte ich kurz daran gedacht, Parvati damit zu konfrontieren. Ein Jahrzehnt lang war ich ihre Leibeigene gewesen, hatte ihre Launen umschifft, war ihr unterlegen gewesen. Der Gedanke daran, sie von Angesicht zu Angesicht herauszufordern, erschien mir wie eine Herkulesaufgabe. Es vermittelte mir einen kleinen Eindruck davon, wie demoralisiert und unzulänglich sich mein Vater gefühlt haben musste, als er dazu gezwungen war, sich gegen Britisch-Indien zu stellen. Die Briten hatten immer die Oberhand behalten, und irgendwann hatte Pitaji nicht mehr die Kraft gehabt, sich dagegen zu wehren. Er hatte sich für den Ausweg des Feiglings entschieden: eine Flasche *Sharab* jede Nacht – und schließlich zwei oder drei pro Tag.

Ich schlug ebenfalls den Weg des Feiglings ein: Statt sie persönlich aufzusuchen, redete ich in Gedanken mit Parvati. *Sie sind dafür verantwortlich – nicht ich –, Ihren Sohn zu kontrollieren! Sehen Sie sich nur die brillante Ehe an, die ich für Ihre Familie arrangiert habe! Und Sie haben es mir damit vergolten, dass Sie alles zerstören, wofür ich so hart gearbeitet habe!*

Ich hatte nur eine einzige andere Möglichkeit, mich zu rächen, nämlich ganz Jaipur zu erzählen, dass ihr Sohn meine dreizehnjährige Schwester verführt hatte, aber das hätte mir nichts gebracht. Es hätte mich eher noch schlechter dastehen lassen, wie eine kleinliche, rachsüchtige Betrügerin. Selbst wenn die Damen mir glaubten, würden sie sich dazu genötigt sehen, Parvatis Partei zu ergreifen, die ja eine von ihnen war. Wenn ihre Söhne einmal in eine ähnliche Notlage gerieten (was gar nicht so unwahrscheinlich war), würden sie ihre Unterstützung brauchen.

Malik besuchte mich jeden Tag, selbst dann, wenn wir keine Termine hatten, um sicherzugehen, dass ich etwas aß. Heute hielt er mir einen *Tiffin* voller mit Curry gewürzter Klöße unter die Nase.

»Möchtest du die *Kofta* nicht einmal versuchen? Küchenmeister hat sie mit extra viel *Jeera* gewürzt.« Sein lukratives Nebengeschäft, Vorräte an die Palastküche zu günstigen Preisen zu verkaufen, brachte ihm immer noch Fünf-Sterne-Mahlzeiten vom Palastkoch ein.

Ich sagte nichts, wischte mir mit meinem alten Sari den Schweiß aus dem Nacken und mahlte weiter.

»Tante Boss, bitte.«

Ich sagte Malik, dass ich keinen Appetit hätte.

Er rüttelte mich an der Schulter. Ich schüttelte ihn ab. »Ich habe es dir doch gesagt! Mir ist nicht nach Essen zumute.«

»Tante Boss?«

Verärgert wandte ich mich zu ihm um.

Er wies mit dem Kinn zur Tür.

Ich folgte seinem Blick.

Parvati Singh stand an meiner Schwelle, eine Handtasche über einen Arm gehängt, einen tropfenden Regenschirm an ihrer Seite. Nicht in meinen kühnsten Träumen hätte ich mir vorgestellt, sie je in meinem Zuhause zu sehen. Ich ließ den Stößel los. Er drehte sich im Mörser weiter, bis er schließlich zum Stillstand kam.

»Darf ich eintreten?«, fragte sie kühl.

Ich sah zu, wie Malik zur Tür ging und sich vor Parvati stellte, als wollte er sie niederschlagen. Sie war dazu gezwungen, in den Korridor zurückzutreten, um ihm Platz zu machen.

»Ihre Schuhe«, sagte er.

Ich dachte, dass sie zu diskutieren anfangen würde, aber sie bückte sich, um ihre nassen Sandalen auszuziehen.

Malik schlüpfte direkt vor der Tür in seine *Chappals* und ging hocherhobenen Hauptes hinaus auf die Straße. Er besaß keinen Regenschirm; der warme Regen störte ihn nie.

Parvati nahm sich einen Moment Zeit. Dann ging sie durch den Eingang, wieder majestätisch, als wäre dies ihr Haus und nicht meins. Sie schloss die Tür und blieb stehen. Ich sah zu, während sie den Raum inspizierte: den verschrammten Tisch, auf dem ich meine Lotionen mischte, meine durchhängende

Liege, die ramponierten Taschen, die zusammengelegten verblichenen Decken, den *Almirah* mit den uneinheitlichen Türen, den ich einem Nachbarn abgekauft hatte. Ich wand mich, als ich meine Besitztümer durch ihre Augen sah.

»Hm«, sagte sie, »ich hätte erwartet …« Sie ließ den Satz in der Luft schweben.

Sie ging einen Schritt auf mich zu.

Instinktiv trat ich einen Schritt zurück.

Sie blieb stehen.

Parvati stellte ihre Handtasche auf die Arbeitsfläche und nahm sich eine Streichholzschachtel, die neben meiner Laterne lag. »Ich hätte erwartet, dass du zu mir kommst«, sagte sie, während sie die Laterne entzündete und den Docht höher drehte.

Bis dahin war mir gar nicht bewusst gewesen, wie dunkel es geworden war. Ich stand still, meiner selbst nicht sicher.

»Bisher hast du dich immer auf mich verlassen. Erinnerst du dich?« Sie pustete das Streichholz aus. »Als du damals nach Jaipur gekommen bist und der Gesellschaft vorgestellt werden wolltest. Und dann dem Palast. Du bist eine ehrgeizige Frau. Das werfe ich dir nicht vor, weißt du?«

Ich sah sie an. Es war schwer zu sagen, ob sie lächelte oder die Stirn runzelte.

»Jetzt, wo dein Geschäft zusammenbricht, hätte ich zumindest gedacht, dass du mich bitten würdest …«

Ich konnte nicht glauben, was ich da gerade hörte! Ich ballte meine Hände zu Fäusten, und Wut flammte in meiner Brust auf. »Mein Geschäft bricht *Ihretwegen* zusammen. Und ich soll Sie jetzt *anbetteln*, dass Sie keine Lügen mehr über mich verbreiten?«

Missvergnügt verengte sie die Augen, und ihr Mund verzog sich, fast genauso wie bei Sheela Sharma. »Hast du vielleicht einen Augenblick daran gedacht, dass nicht ich diese Gerüchte in die Welt gesetzt habe?«

Sie musste mir die Überraschung ansehen.

»Nicht, dass ich das Feuer nicht gerne geschürt habe«, fuhr sie fort. »Ich hatte gedacht, dass zumindest ein Teil deiner Kundschaft die Anschuldigungen für zu lächerlich halten würde, um ihnen Glauben zu schenken. Ich lag falsch. Die Menschen sind leichtgläubiger und weniger mitfühlend, als viele von uns gerne glauben wollen, stimmst du mir da nicht zu?«

Sie griff in ihre Handtasche. Als sie ihre Hand herauszog, hatte sie die Faust um einen Gegenstand geschlossen. Sie ließ ihn über die Arbeitsfläche auf mich zu gleiten, bis ihr Arm flach ausgestreckt war. Dann zog sie ihre Hand zurück.

Zwischen uns lag die Taschenuhr, die Samir mir geschenkt hatte.

Reflexartig fasste ich in meinen Unterrock. Natürlich war sie nicht dort. Seit einer Ewigkeit hatte ich sie nicht mehr gesehen – schließlich hatte ich nirgendwo pünktlich sein müssen. Ungebeten blitzten Bilder in meinem Kopf auf – Samirs Lippen, seine Hände, unsere nackten Oberkörper –, aus der Nacht bei Geeta. Ich hatte beim Gehen vergessen, die Uhr aufzuheben.

Mit einem Puff! verflog mein Mut, und mir wurde heiß.

Parvati schüttelte enttäuscht den Kopf. »Geeta ist vor mehreren Monaten zu mir gekommen. Samirs Neueste.« Ihr Lächeln verwandelte sich in eine Grimasse. »Stell dir nur einmal vor, wie demütigend es für *dich* wäre, wenn die *Geliebte* deines Ehemanns sich von dir trösten ließe und sich darüber beschwerte, dass er *ihr* gegenüber untreu gewesen ist und nicht dir?«

Ich schloss die Augen, wollte vergessen, dass es diese Nacht je gegeben hatte.

Sie begann, ruhelos im Raum auf und ab zu gehen, so wie sie auf der Weihnachtsparty vor dem Kamin auf und ab gegangen war. Sie rieb die Knöchel der einen Hand gegen die andere. Dann hielt sie plötzlich inne, um den Terrazzofußboden zu mustern, wobei sie den Kopf neigte. »Hm.« Sie drehte sich zu mir um, nickte einmal, als wollte sie mein Design anerkennen.

Dann fuhr sie fort, auf und ab zu gehen. »Samir braucht es, geliebt zu werden. Vergöttert zu werden. Männer seiner Art sind so. Ich verstehe das. Ich habe mich damit arrangiert.«

Versuchte sie gerade, mich zu überzeugen oder sich selbst?

»Was aber eine Rolle spielt, ist, dass *du* mich betrogen hast, Lakshmi. Ich habe dir vertraut. In meinem Zuhause. Und mit meinem Ehemann. Du hast mir versichert, dass nichts zwischen euch wäre.«

*Es war nur eine einzige Nacht. Ich habe ihn zehn Jahre lang abgewiesen. Ich habe keine Absicht, das zu wiederholen.* Nichts, was ich gesagt hätte, hätte irgendeinen Unterschied gemacht.

Parvati blieb vor ihrer Handtasche stehen. Sie nahm eine schwere Börse heraus und stellte sie auf die Arbeitsplatte. Sie klimperte, ein Klang, der mir bestätigte, dass sie mit Münzen gefüllt war.

»Wir werden es so machen«, sagte sie und blickte dabei auf die Börse. »Ich gebe dir die Kommission für die Heiratsvermittlung. In Silber, nicht weniger als das.« Sie zögerte. »Du hast es dir verdient.« Sie würde mir jetzt nicht dafür danken.

Als ich nicht nach dem Geld griff, sagte sie: »Zehntausend Rupien. Mehr, als wir vereinbart hatten.« Sie lächelte mich an, und für einen winzigen Augenblick stellte ich mir vor, dass sie mir noch etwas mehr anbot: eine Entschuldigung, Vergebung, Verständnis, Respekt. Ich war überrascht und auch verwirrt, wie sehr ich mir wünschte, wieder in ihrer Gunst zu stehen. Ich dachte an Pitaji und meine indischen Mitbürger, wie sie sich nach der Unabhängigkeit den Briten gegenüber gefühlt hatten. An Untertänigkeit gewöhnt, fanden sie es angenehmer, wieder in diese Rolle zurückzukehren, egal, wie demütigend sie war. Und genau das Gleiche schien ich jetzt auch zu tun.

»Und?« Meine Stimme klang schwach.

»Und ich werde allen erzählen, dass die Gerüchte falsch sind. Ich werde dich sogar wieder für regelmäßige Aufträge engagieren. Ich werde dir dabei helfen, noch mehr Kommissionen für Ehevermittlungen zu verdienen. Das willst du doch, nicht wahr?«

Ich hustete; das war zu schön, um wahr zu sein. »Was ist der Preis dafür?«

»Du wirst dich von Samir fernhalten. Geeta hat mir von dem Geschäft erzählt, in das du ihn verwickelt hast – diese Beutel. Also wirklich, Lakshmi.« Sie schauderte.

Ich spürte Galle in meinem Mund, bitter und heiß. Sie glaubte also, dass *ich Samir* dazu überredet hatte, mit diesen Beuteln zu handeln. Sie hatte keine Ahnung, dass er mich nach Jaipur gelockt hatte, um sie dort zu verkaufen.

»Sie haben mit Samir gesprochen?«, erwiderte ich mit leiser Stimme.

Sie räusperte sich, als würde ihr das wehtun. *Hatte sie also nicht.*

Ich sah auf die Börse – genug Geld, um Samirs Kredit zurückzuzahlen. Ich könnte ihren Bedingungen zustimmen, und schon bald würde sich mein Notizbuch mit den Namen früherer Kundinnen füllen. Die Privilegierten und Mächtigen würden mich wieder in ihren großartigen Häusern begrüßen, mich dazu einladen, mich auf ihre Diwane zu setzen und ihren sahnigen Tee zu trinken.

Tief in mir hörte ich die Stimme meiner Mutter: *Wenn der Ruf einmal verloren ist, lässt er sich selten wieder zurückgewinnen.* Sie hatte recht. Nachdem seine britischen Arbeitgeber ihn für seine Rolle in der Unabhängigkeitsbewegung als Störenfried gebranntmarkt hatten, hatte mein Vater seinen guten Ruf nie wieder zurückgewonnen. Er war für den Rest seines Lebens gezeichnet gewesen.

Mein Ruf als beliebte Hennakünstlerin war ebenfalls für immer befleckt. Selbst wenn Parvati ihre Versprechen einhielt, der Diebstahlskandal würde mich immer verfolgen. Wenn ich in ihre Häuser kam, würden die Damen jeden meiner Schritte mit Argusaugen bewachen und schnell mir die Schuld geben, sobald irgendwo ein Armband verlegt wurde oder in der Börse der Memsahib Geld fehlte. Und was würde ich dann tun? Parvati anbetteln – jedes Mal wieder –, damit sie sie davon überzeugte, dass ich es nicht gewesen war.

Schlagartig wurde mir klar, dass ich Parvati gehörte, solange ich in ihrer Schuld stand, und genau das war es, was sie wollte.

Ich konnte *Ja* sagen und mein Geschäft behalten – angeschlagen, aber ich hätte es wieder. Genauso wie Pitaji, der seinen Job als Lehrer zwar behalten hatte – nur eben in dem winzigen, vergessenen Dorf Ajar.

Wie gedemütigt musste er sich jede Sekunde jedes Tages gefühlt haben, an dem er mit veralteten Schulbüchern, ohne Lehrmaterial und jede Chance auf ein Entkommen hatte zurechtkommen müssen.

Ich straffte die Schultern und schob ihr die Börse wieder zu. »Behalten Sie Ihr Geld. Im Gegenzug werde ich den Damen von Jaipur nicht erzählen, wie viele Bastarde Ihres Ehemanns ich der Welt erspart habe.«

Ihr Gesicht verzog sich. Blitzartig hob sie den Arm und

streckte die Hand flach aus. Bevor sie mich ohrfeigen konnte, ergriff ich ihren Unterarm. Unsere Blicke trafen sich. Ich sah sie nun in ihrer Gesamtheit, das Gesicht rot, die Augen feucht und rasend. Es musste ihr unendlich viel Kraft abverlangt haben, um in dieser letzten halben Stunde nicht die Kontrolle zu verlieren.

»Sie sollten vielleicht ein paar Beutel für Ihre Söhne aufheben«, sagte ich. »Meine Schwester war nicht die Erste, und ich bezweifele, dass sie die Letzte sein wird.« Ich stieß ihren Unterarm von mir.

Sie hatte Mühe, aufrecht zu bleiben. Ihre Augen sprühten vor Hass – und Scham. Schwarzer Kajal und Tränen flossen ihre Wangen hinunter. Ihr lief die Nase. Auf einer Seite ihres Mundes sah ich einen rosa Lippenstiftfleck. Sie rieb ihren Arm, wo meine Hand einen Abdruck hinterlassen hatte.

Ich hätte erwartet, dass sie noch mehr zu sagen hatte, aber sie schwieg. Wir hörten zu, wie der Regen auf das Dach hämmerte. Ich beobachtete, wie sie die Börse mit den Silbermünzen nahm und in ihre Handtasche steckte. Für den Bruchteil einer Sekunde – und absurderweise – dachte ich daran, sie ihr zu entreißen (schließlich waren das zehntausend Rupien!).

Dann tat Parvati etwas, das ich bei ihr noch nie erlebt hatte: Sie wischte sich das Gesicht mit ihrem *Pallu* ab, ohne sich darum zu kümmern, dass sie damit ihr Make-up verschmierte oder ihren feinen Sari ruinierte. Auf ihrem Gesicht waren schwarze, rote und rosa Flecken. Ihr Blick fiel auf die Taschenuhr, die immer noch auf der Arbeitsfläche lag. Sie wandte sich ab.

An der Tür lehnte sie sich gegen den Türrahmen, während sie in ihre Sandalen schlüpfte. Bevor sie ging, sah sie hinaus in den Regen und sagte: »Irgendwann hat er jede von euch satt.«

Ich wartete, jeder Muskel in meinem Körper angespannt. Nach einem Moment ging ich zum Fenster. Sie stand mitten auf der Straße, durchweicht. Sie hatte ihren Regenschirm vergessen. Ihr Sari war völlig durchnässt und klebte an ihrem Körper, wobei er jede Wölbung, jede Beule enthüllte. Ihr Knoten war zu einer Masse feuchter Locken auf ihrem Rücken zerfallen. Sie bemerkte es nicht. Sie hörte auch nicht den *Tonga-Walla*, der anhielt, um ihr eine Fahrt anzubieten. Der Teil von mir, der daran gewöhnt war zu dienen, zu gefallen und zufriedenzustellen, wollte ihr mit dem Regenschirm hinterherrennen. Doch ich hielt mich zurück. Sah zu, wie sie die Straße hinunterwankte und -rutschte, bis sie aus meinem Blickfeld verschwunden war.

Ich blieb noch lange am Fenster stehen. Dachte darüber nach, was ich gerade für ein paar Minuten gerechten Zorns aufgegeben hatte. Ich hatte mit ihrem Ehemann geschlafen, hatte für ihn Beutel mit Abtreibungsmitteln angefertigt. Ich hatte kein Recht, mich ihr moralisch überlegen zu fühlen.

Aus dem Augenwinkel sah ich einen Postboten vom anderen Ende der Straße auf mein Haus zugehen. Er kam auf mich zu wie eine Brieftaube.

Ich rannte an mein Tor, ohne auf den Regen zu achten. Bevor er mir mitteilen konnte, dass ich ein Telegramm hatte, schnappte ich es mir schon und riss es auf.

Es kam von Radha.

Darin stand nichts weiter als: *Komm her. Jetzt. Tante braucht dich.*

# TEIL *VIER*

# ACHTZEHN

Shimla, Himalaya-Vorgebirge, Indien
2. September 1956

Wenn ich die Augen schließe, sehe ich nur Blut, das aus Tantes Sari tropft.« Radha schluchzte an meinem Hals. »Dr. Kumar hat gesagt, dass ihr Baby zu atmen aufgehört hat. Schon vor Tagen. Ihr Körper hat versucht, es loszuwerden, aber sie hat versucht, das zu verhindern.«

Ich streichelte meiner Schwester den Arm, während wir auf einem Krankenhausbett gegenüber von Kanta saßen. Radha war fülliger geworden, und nicht nur um ihre Körpermitte herum. Ihre Arme waren plumper, ihr Gesicht schwerer. Sie sah so ganz anders aus als das Mädchen, das im vergangenen November in Jaipur aufgetaucht war!

»Es war richtig von dir, dass du sofort Dr. Kumar angerufen hast. Sie hätte an Blutvergiftung sterben können«, flüsterte ich ihr ins Haar.

Aus Kantas Arm führten Schläuche zu Flaschen, die kopfüber über ihrem Bett hingen. Der dicke Bauch, den ich erwartet hatte – sie war im neunten Monat gewesen –, war verschwunden. Unter den Decken wirkte Kanta klein und zerbrechlich. Manu schlief in einem anderen Zimmer in einem leeren Bett. Er war die ganze Nacht durchgefahren, um uns nach Shimla zu bringen.

Radha hickste. Ich reichte ihr mein Taschentuch, und sie schnäuzte sich.

Als ich hier angekommen war, hatte sie wie ein Kind aufgeschrien: »Jiji!«

Ohne zu zögern, hatte ich sie in meine Arme gezogen, so eng, wie ihr schwangerer Bauch das zuließ. Sie zitterte. »Es ist in Ordnung. Es wird schon alles wieder gut werden«, hatte ich gesagt. Dr. Kumar, der mich zu meiner Schwester geführt hatte, hatte ihr etwas gegen den Schock gegeben, als sie Kanta in der Nacht zuvor hierhergebracht hatte.

»Dieser Ort jagt mir Angst ein«, sagte Radha. »All diese Krankenschwestern mit ernsten Gesichtern und gestärkten Häubchen, die einander ›Schwester‹ nennen, obwohl sie keine sind. Mein Baby muss glauben, dass die ganze Welt wie der Boden einer Medizinflasche riecht.« Sie schniefte. »Ich habe jeden Tag im Jakhu-Tempel zu Krishna gebetet, Jiji. Gebetet, dass unsere Babys ihre Namensgebungszeremonie zusammen feiern würden. Dass sie ihren ersten gekochten Reis auf derselben Party essen würden. Sich ihre Spielzeuge teilen. Ich weiß, dass ich das nicht sollte, aber ich musste mir einfach vorstellen, wie die Kinder zusammen aufwachsen.« Radha kuschelte sich an meinen Hals, ihre Tränen nässten meinen Sari.

Genau darüber hatte Dr. Kumar in seinen Briefen geschrieben. Radhas Baby war für sie zu einer Realität geworden; die Trennung würde unerträglich sein. Aber ich hielt den Mund. Ich konnte mich nicht daran erinnern, wann Radha mich das letzte Mal so gebraucht hatte. Ich wollte nicht, dass sie mich losließ.

Sie gab ein ersticktes Geräusch von sich, und ich rückte

von ihr ab, um zu sehen, was mit ihr nicht stimmte. Erstaunt starrte sie mich an. Ihr Mund öffnete sich, aber es kamen keine Worte heraus. Sie umklammerte ihren Bauch und stieß einen ohrenbetäubenden Schrei aus.

Wie bei unserer ersten Begegnung musterte Dr. Kumar mehrere Objekte im Wartezimmer – den Metalltisch, die Ledersessel, das verblichene Foto von Lady Bradley –, bevor sein Blick an mir hängen blieb. »Plus minus sechs Pfund. Er ist klein, aber völlig gesund. Ein Junge. Radha geht es gut. Sie musste genäht werden und braucht etwas Zeit, um sich davon zu erholen.«

Ich bedeckte meinen Mund mit den hohlen Händen und seufzte erleichtert. *Es ging ihr gut! Meiner kleinen Schwester ging es gut!* Ich kämpfte gegen den Drang an, Dr. Kumar zu umarmen. Zu meiner Überraschung fühlte ich einen Anflug von Stolz und Erstaunen: *Radha hatte einen Sohn!* Sobald der Gedanke in mir aufgekeimt war, unterdrückte ich ihn ganz schnell wieder. Was dachte ich mir nur? Das Baby gehörte jetzt dem Palast!

Ich ließ die Hände sinken. »Wo ist er jetzt?«

»Die Krankenschwestern machen ihn gerade sauber. Danach werden sie ihn auf die Säuglingsstation bringen, so wie Sie das wollten.«

Ich nickte. »Und Kanta? Wie geht es ihr?«

Sein Blick wanderte zum Batikdruck eines Elefanten mit Reiter an der Wand hinter mir. »Ihre Organe wurden nicht in Mitleidenschaft gezogen. Und wir kümmern uns um die Infektion. Es gibt ein ... Ich wollte es ihr nicht erzählen, aber Mrs. Agarwal hat darauf bestanden.« Dr. Kumar blickte auf seine Hände. »Sie wird keine Kinder mehr bekommen können. Ihr Körper hat ein größeres Trauma erlitten.«

*Oh, Kanta.* Ich legte eine Hand auf meine Brust, um meinen Herzschlag zu beruhigen. »Vielleicht ist Ihre Medizin letzten Endes besser, Dr. Kumar. Keines meine Kräuter hat ihr dabei geholfen, das Baby zu behalten.«

»Ich bezweifele, dass sie ohne Ihre Hilfe schwanger geworden wäre.«

Eine Krankenschwester betrat das Zimmer und reichte dem Arzt eine Tasse Tee. Er bot ihn mir an und bat die Krankenschwester um eine weitere Tasse. »Nehmen Sie ihn, Mrs. Shastri. Bitte. Sie sehen so aus, als hätten Sie nicht geschlafen.«

Dankbar nahm ich die Tasse entgegen. »Ich vertrage die Höhe nicht gut. Und diese kurvenreiche Straße den Himalaya hoch. Jetzt verstehe ich, warum die Leute den Zug nehmen.«

»Ich bin froh, dass Sie es hierhergeschafft haben«, sagte er, wobei er auf seine Schuhe blickte. »Und heil hergeschafft haben.«

Die Krankenschwester brachte eine weitere dampfende Tasse, die er entgegennahm. Die Haut unter seinen Augen war geschwollen; er war ebenfalls die ganze Nacht auf gewesen.

»Ich möchte Ihnen etwas zeigen«, sagte Dr. Kumar. Er führte mich den Korridor hinunter und durch die Doppeltür hinaus in einen Garten. Hier im Himalaya waren wir der Sonne näher; das Licht war so hell, dass es meinen Augen wehtat. Ich musste einen Moment warten, bis sie sich angepasst hatten, und dann schaffte ich es gerade so, die Augen zusammenzukneifen und die rosa Rosen, blauen Hibiskusblüten und orangen Bougainvilleen um uns herum zu betrachten.

An diesem frühen Septembermorgen spazierten mehrere Patienten eng in Schultertücher eingewickelt mit der Unterstützung von Familienmitgliedern oder Krankenschwestern die Pfade entlang.

Er gestikulierte mit seiner Teetasse in der Hand. »Was halten Sie davon?«

Nach den Ereignissen der vergangenen vierundzwanzig Stunden konnte ich kaum noch aufrecht stehen. Aber die Aussicht auf den blühenden Garten belebte mich ein wenig. »Er ist bezaubernd.«

»Er tut den Patienten gut, aber ich glaube, dass er noch viel, viel mehr kann.«

Eine kühle Brise ließ mich frösteln. Ich nippte an meinem Tee, um mich zu wärmen. Dr. Kumar stellte seine Tasse auf einer Bank ab, zog seinen weißen Kittel aus und legte ihn mir über die Schultern. Er war immer noch warm von seinem Körper und roch nach grüner Minze, Antiseptikum und Limetten.

»Wie ich Ihnen geschrieben habe … Ich sehe allmählich ein, dass die Kräuterheilmittel der Menschen im Himalaya einen Platz in der modernen Medizin haben. Wenn ihre hausgemachten Wickel und Tränke nichts bewirken würden … nun, dann würden sie sie nicht mehr verwenden.« Er sprach, als würden ihm die Gedanken in kurzen, stakkatoartigen Schüben in den Kopf schießen. »Ich bin davon überzeugt, dass wir von ihren Methoden lernen müssen. *Und* unsere Medizin praktizieren. Beides. Ich habe … Ich würde meine Theorie gerne überprüfen.« Er senkte das Kinn. »Ich habe darauf gehofft, dass Sie mir helfen können.«

»Ich?«

»Sie könnten uns sagen, was wir pflanzen sollen, welche Kräuter und Büsche … hier in diesem Garten. Das *Neem*-Pulver. Es hat bei meinem jungen Patienten so gut gewirkt. Er hat wieder ein richtig klares Hautbild … Warum können wir nicht solche Pflanzen wie diese hier anbauen?« Aufregung blitzte in seinen grauen Augen auf.

»Meinen Sie das ernst?«

»Schrecklich ernst.«

Die Teetasse zitterte in meiner Hand. Waren das jetzt die Nerven, die Müdigkeit oder Aufregung? Seit Ewigkeiten hatte ich davon geträumt, einen großen Kräutergarten anzulegen, in dem ich *Tulsi* und *Neem* und Mandelbäume, Geranien und Bittermelonen und Safran anbauen konnte. Es war noch gar nicht so lange her, dass die Mittel dazu in meiner Reichweite gewesen waren, in meinem eigenen Hof, und dann, plötzlich, wieder verschwunden waren.

»Ihnen ist sicher aufgefallen, dass ich in Jaipur wohne«, sagte ich lächelnd.

»Wir werden uns per Brief austauschen, so wie jetzt. Sehen Sie, ich habe gesehen, wie Sie … Mrs. Harris geholfen haben. Sie hat von Ihrer Kräuterkompresse stärker profitiert als von meiner Injektion. Das ging mir einfach nicht mehr aus dem Kopf. Und der Senfwickel, der meinen Husten abgemildert hat … fantastisch!«

Er bewegte seine Füße auf dem Kopfsteinpflaster. »Ich denke, dass das neue Indien, nun, noch nicht ganz dazu bereit ist, seine alten Wege aufzugeben. Und dass das möglicherweise das Beste ist.« Er blickte auf meine Schulter. »Denken Sie jedenfalls mal darüber nach.« Nun schaute er in seine Teetasse. »Ich muss zugeben, dass ich sehr enttäuscht sein werde, wenn Sie … wenn Sie Nein sagen.«

Eine Krankenschwester mit einem weißen Nonnenschleier rief seinen Namen. Sie stand an der Doppeltür und zeigte auf die Uhr, die sie an ihr Habit geheftet hatte.

»Patienten.« Er lächelte schüchtern. »Vielleicht könnten wir unser Gespräch nach meiner Runde fortsetzen …«

»Ich werde hier sein.«

»Ich könnte eine Liege für Sie in Radhas Zimmer aufstellen lassen. Sie müssen müde sein.«

»Ich danke Ihnen.«

Er nickte und ging zur wartenden Krankenschwester. Auf halbem Weg drehte er sich auf dem Absatz um, zeigte auf seinen Kittel und errötete.

»Äh, könnte ich bitte?«, sagte er. »Es sei denn, Sie haben vor, eine Operation durchzuführen.«

Ich lachte und reichte ihm das Kleidungsstück. Sein Geruch hing jetzt an meinem Sari, und während ich meinen Spaziergang fortsetzte, stellte ich mir vor, wie er an meiner Seite ging und mir seine Pläne für den Garten erklärte.

Radha schlief in ihrem Krankenhausbett. Staunend betrachtete ich dieses Wunder von einem Mädchen, gleichzeitig fremd und vertraut, das vor weniger als einem Jahr in mein Leben getreten war. Es kam mir vor, als würde ich sie schon mein ganzes Leben lang kennen und doch wieder gar nicht.

Wie zuvor lag Kanta in dem Bett gegenüber von Radha. Sie war jetzt wach und starrte reglos an die Decke. Ich suchte in meiner Tasche nach der Flasche mit Lavendelpfefferminzöl und brachte sie zu Kantas Bett. Ich hob ihre freie Hand an (in der anderen steckte ein Infusionsschlauch), küsste den Handrücken und drückte sie an meine Brust. In fünf kurzen Monaten war sie um Jahre gealtert. Ihre Haut war grau, die Falten um ihren Mund hatten sich vertieft. Ihrem Haar fehlte der Glanz, als wäre ihm ebenfalls das Leben ausgesaugt worden.

Ich legte meine Stirn an ihre und ließ sie dort ruhen.

Ihre Augen füllten sich mit Tränen. »Ich habe so sehr achtgegeben«, sagte sie. Nur mit Mühe brachte sie die Worte heraus.

Ich trug einen Tropfen Lavendelpfefferminzöl auf meinen Zeigefinger auf und fuhr damit über ihre Stirn und ihre Schläfen, um sie zu beruhigen. »Das weiß ich.«

Mehr gab es nicht zu sagen. Kanta würde keine weitere Chance bekommen.

»Ich hätte mich über ein Mädchen gefreut. Warum konnte es nicht ein Mädchen sein? Vielleicht hätte es dann überlebt.«

Mir war schleierhaft, warum sie das dachte, falls sie das wirklich dachte, aber sie war in Trauer. Sie hätte vermutlich alles dafür gegeben, die Geschichte der vergangenen zwei Tage umschreiben und ihr ein anderes Ende verpassen zu können. Alle von uns hätten das gerne.

»Ich weiß«, erwiderte ich. »Schau nur, wie gut du mit Radha umgehst.«

Sie gestattete sich ein kleines Lächeln. »Meine Bilanz ist in der Hinsicht nicht gerade makellos. Sie ist unter meiner Aufsicht herumgestreunt.«

»Und unter meiner. Aber sie liebt dich genauso wie immer.«

»Sie liebt dich auch, weißt du?«

Ich legte den Kopf schief. »Nicht ein einziger Brief in fünf Monaten. Nicht einer.«

»Du hast sie nie besucht.«

»Sie ist zu dickköpfig.«

»Du auch, meine Freundin.«

Ich richtete mich auf. Sie hatte recht; ich hätte den ersten Schritt machen können.

Ich sah zum Fenster hinaus. »Vorhin habe ich Manu draußen im Garten gesehen.«

»Ja, ich habe ihn rausgeschickt. Nicht gut, wenn wir beide zusammen traurig sind.« Sie suchte meinen Blick. »Er hatte sich so darauf gefreut, sein Kind kennenzulernen.«

»Schhhh.« Ich massierte die Stelle zwischen ihren Augenbrauen.

»Manu hat mir erzählt, dass Radha einen Jungen bekommen hat.«

Wir sahen einander schweigend an.

»Er muss wunderschön sein.«

Ich wollte jetzt nicht über Radhas Kind reden. Kanta litt zu großen Schmerz. Stattdessen tat ich etwas für mich völlig Untypisches. Ich nahm ein paar ihrer Haarsträhnen in die Hand und zog sie wie einen Schnurrbart über meinen Mund, wobei ich die Lippen übertrieben kräuselte, so wie ihr Diener Baju es immer tat.

»Madam«, sagte ich und gab mein Bestes, um seinen Dorfakzent nachzuahmen. »Ich bin entkommen! Ich habe Geld aus der Börse Ihrer *Saas* gestohlen, um zu Ihnen zu gelangen. Bitte sagen Sie ihr nichts. Sie wird mich sicher ins Gefängnis schicken.«

Ihr gelang es, unter Tränen zu lächeln, und sie legte eine Hand auf meinen Kopf, um mich zu segnen, eine Geste, die üblicherweise Älteren und heiligen Männern vorbehalten war.

Als Kanta eingeschlafen war, ging ich zur Säuglingsstation.

Radhas Junge hatte alle Finger und Zehen, zwei Beine und zwei Arme. Er war ein wunderschönes Baby. Seine Haut hatte eine attraktive Farbe: wie Tee mit Sahne. Und sein Kopf war sogar voller dünner, schwarzer Haare. Mit dem Finger fuhr ich über seine molligen Knöchel, strich über seine seidenweiche Wange. Ich fühlte mich magnetisch zu ihm hingezogen. Wir waren blutsverwandt. Für einen Moment öffnete er die Augen. Wir hatten beide Augen in der Farbe des Meeres. Möglicherweise hatten wir in einem vorherigen Leben sogar die gleiche Familie gehabt.

»Wie kommt es, dass Sie selbst keine Kinder haben?«, fragte Dr. Kumar, der gerade den Raum betreten hatte.

Ich wusste nicht so recht, wie ich seine Frage beantworten sollte.

Er sah auf den *Pallu* meines Saris, Sorgenfalten auf der Stirn. »Es tut mir leid. Diese Frage ist unverschämt.«

Ich blickte auf das schlafende Baby hinunter. Unter seinen rosa Lidern machten seine Augen winzige, schnelle Bewegungen. Er war erst seit einer Stunde auf dieser Welt, wovon konnte er da nur träumen? Eine winzige Faust öffnete sich und schloss sich dann wieder, als würde er Pulpe aus einer Mango herausquetschen.

»Ich habe keinen Ehemann, Doktor.«

»Dann sind Sie also nicht … Vergeben Sie mir … Ich dachte, Sie wären Mrs. Shastri.«

*Ich bin geschieden.* Es war jetzt offiziell, aber ich konnte die Worte nicht aussprechen.

»Ich war verheiratet«, erwiderte ich. »Vor langer Zeit.«

Ob Jay Kumar von Samir und mir wusste? Ich sah ihm forschend ins Gesicht. Nein, das schien nicht der Fall zu sein. Seine Frage war unschuldig genug gewesen.

Ich lächelte. »Sie haben doch sicher eine Familie.«

»Hatte ich. Das heißt, als ich ein ganz kleines Kind war.« Er streckte die Hand mit der Handfläche nach unten aus, um zu zeigen, wie klein. »Eltern. Keine Geschwister. Meine Eltern, nun, sie sind beide gestorben – ein Autounfall –, als ich noch sehr jung war …« Sein gestärkter Kittel raschelte, als er das Stethoskop an seinem Hals abnahm und den Schlauch vorsichtig um das Metall wickelte.

»Das tut mir leid.«

»Oh, das ist eine Ewigkeit her. Damals trug ich noch kurze Hosen. Meine inzwischen verstorbene Tante hat mich aufgezogen. Hat mir meine gesamte Schulausbildung bezahlt.«

Eine Krankenschwester kam herein, um nach ihren winzigen Schützlingen zu sehen. Radhas Sohn ruhte in einer Wiege in der Ecke, getrennt von den anderen Neugeborenen. Im Gegensatz zu den anderen hing an seiner Wiege keine kleine Karte mit seinem Familiennamen darauf. Aber sein Bett war sauber, seine Wangen rosig, sein Schlaf ruhig. Er wurde offensichtlich ausgezeichnet versorgt.

»Wie kommt es, dass Sie in Shimla gelandet sind, Doktor?«

»Internat. Die Bishop-Cotton-Jungenschule. Dann Oxford – wo ich Samir kennengelernt habe.«

Mir fiel ein, dass ich vergessen hatte, Samir per Telegramm über die Geburt zu informieren. »Haben Sie dem Palast Bescheid gegeben?«

»Ich werde mich darum kümmern«, erwiderte er. »Bisher habe ich noch nicht die Zeit gefunden, die ganzen Formulare auszufüllen. Zehn, zwanzig Seiten – bis hin zum kleinsten Detail. Wir müssen jeden Fingernagel messen. Und jeden anderen Körperteil.« Er kicherte, wobei er mich schüchtern ansah.

Ich lachte.

Er verglich seine Armbanduhr mit der Uhr an der Wand. »Es ist Zeit für meine Sprechstunde. Wollen Sie mitkommen? Es gibt da ein paar Menschen, die ich Ihnen gerne vorstellen möchte.«

»Jetzt?«

»Es gibt keine bessere Zeit als jetzt. Radha wird noch ein paar Stunden schlafen.«

Radhas Sohn versuchte halbherzig zu quäken und strampelte. Wir drehten uns zu ihm um. »Sind wir uns immer noch einig, dass Radha keinen Kontakt zum Kind haben soll?«

Er hob seine Hände und gab sich geschlagen. »Die Schwestern wissen Bescheid. Sie haben ihre Anweisungen.«

Die winzige Ambulanz befand sich im Erdgeschoss des Krankenhauses. Die Wände waren zahnpastagrün gestrichen. Etwa die Hälfte der Stühle besetzten Ortsansässige: Frauen mit grellen Blusen, Unterröcken in der Farbe von Wildblumen aus dem Himalaya und mit Orchideen geschmückten Kopftüchern, die Männer in Wolltunikas und graubraunen Anzugjacken, die Köpfe von Pahari-*Topas* gewärmt.

Dr. Kumar trat zu der hübschen Krankenschwester an der Rezeption. »Wie viele sind es heute, Schwester?«

»Vierzehn.«

Er lächelte, an seinem Kinn bildete sich ein Grübchen. »Doppelt so viele wie sonst.«

Er führte mich in ein vollgestopftes Büro und wies auf einen Stuhl für mich. »Mein Behandlungsraum«, sagte er. »So ist es nun mal.«

Sein Schreibtisch war übersät mit Stapeln von Papieren, Rezeptblöcken, einem Tintenfass. Ein aufgeschlagenes medizinisches Lehrbuch lag oben auf der neuesten Ausgabe des *Time*-Magazins. An der Wand ein Foto von Gandhi-*ji*, umgeben von Führungskräften des indischen Nationalkongresses. Die Szenerie hinter dem Mahatma war mir vertraut: Shimla in Blüte.

Dr. Kumar setzte sich hinter seinen Schreibtisch. Seine Augen waren wieder ruhelos. »Wir haben diese Ambulanz vor einem Jahr ins Leben gerufen, um uns um die Bergstämme zu kümmern. Die Patienten kommen von meilenweit entfernt, um sich im Lady Bradley behandeln zu lassen. Wohlhabende wie Mrs. Agarwal. Und natürlich Menschen wie Radha, deren Kosten vom Palast übernommen werden. Aber niemand – absolut niemand – hat sich um die Menschen gekümmert, die hier leben … schon seit Jahrhunderten.« Er riskierte einen verlegenen Blick zu mir und fuhr fort: »Es ist Ihr Heilmittel für die Haut dieses kleinen Jungen. Seitdem kommen neue Patienten zu uns. Heute haben wir mehr Patienten als je zuvor.«

Ich lächelte. »Das ist zu viel der Ehre.«

Seine Miene wurde ernst. »Tatsächlich habe ich Sie sogar zu wenig gewürdigt.«

Eine Krankenschwester steckte den Kopf zur Tür herein. »Wir sind bereit, Doktor.«

Er stand auf. »Lassen Sie mich Ihnen zeigen, was ich meine.«

Ein graubrauner Vorhang aus Sackleinen trennte das Wartezimmer vom Untersuchungsraum, wo gerade eine Krankenschwester einer schwangeren Frau auf den Untersuchungstisch half. Dr. Kumar stellte mich als seine Kräuterberaterin vor und befragte seine Patientin in einer Mischung aus Hindi und dem lokalen Dialekt. Er teilte mir seine jeweilige Diagnose mit, und wenn ich die medizinischen Fachbegriffe nicht verstand, erklärte er sie mir in allgemeinverständlichen Worten. Meine eigenen Fragen übersetzte er. So gingen wir noch bei fünf weiteren Behandlungen vor. In vier von fünf Fällen war ich in der Lage, einen Ersatz aus Kräutern für die westliche Medizin vorzuschlagen.

Für die schwangere Frau, die unter einer schweren Magenverstimmung litt, schlug ich in Knoblauch gekochte Bittermelone vor. Neem-Öl für eine Großmutter mit von der Arthritis knotigen Händen; Asafoetida – bei jedem Gemüsehändler erhältlich – in Wasser gemischt, um ein Baby mit Koliken zu beruhigen; Rübstiel und Erdbeeren für einen Schafhirten, der sich lieber an meine Diätempfehlungen hielt, als sich den Kropf entfernen zu lassen.

Die Uhr an der Wand schlug elf. »Radha müsste jetzt wach sein«, sagte er.

Wie schnell die letzte Stunde vorbeigegangen war! Ich war so beschäftigt mit den Patienten gewesen, dass ich nicht an Radha gedacht hatte. Oder an das Baby. Oder an Kanta. Ich verspürte weder Hunger noch Durst.

Der Arzt gluckste. »Sie haben es genossen, nicht wahr? Ich habe Sie beobachtet. Bitte sagen Sie, dass Sie mit uns zusammenarbeiten werden! Mrs. Agarwal hat mir erzählt, dass die Arbeit Ihnen gelegen käme ...« Er brach ab, als er meinen Gesichtsausdruck sah.

Kanta hatte ihm von meinen Problemen erzählt! Wie ich mein Geschäft verloren hatte. Dass ich keine zwei *Annas* besaß. Bemitleidete er mich? Hatte er sich deshalb all diese Mühe gemacht?

Ich presste die Kiefer aufeinander. »Doktor, ich will kein Mitgefühl.«

»Nein, ich meine ... Ich schlage ja nur vor ... Was ich zu sagen versuche, ist ... Ihr Wissen ist für uns sehr wertvoll. Sie sehen unsere Not. Niemand sonst kann diese Arbeit so gut erledigen wie Sie. Ich habe es versucht. Ich brauche Sie.« Er fuhr sich mit den Fingern durch die Haare. Als er sie wieder zurückzog, fielen die Locken wild in alle Richtungen.

»Aber ich kenne mich nur mit den Kräutern von Rajasthan und Uttar Pradesh aus. Ich weiß nichts über die Pflanzen, die hier wachsen – in dieser Höhe und in diesem kühlen Klima«, gab ich zu bedenken.

Er musterte mein Gesicht. »Allein würde ich es vermasseln, Mrs. Shastri. Medizin wird nicht üppig bezahlt, aber ... es wird einen Lohn geben. Wir beantragen finanzielle Mittel. Ich bitte Sie um professionelle Beratung. Denken Sie an all die Menschen, denen Sie helfen könnten.«

Es stimmte, dass die Patienten in der Ambulanz erleichtert gewesen waren, als sie erfuhren, dass sie keine übel riechenden Medikamente nehmen mussten. Bevor sie ging, hatte die schwangere Frau mein Handgelenk in einer Dankesgeste berührt. Wenn ich die Zeit mit meiner *Saas* mitzählte, verfügte ich über fünfzehn Jahre Erfahrung mit Kräutern und natürlichen Substanzen, die ich verfeinert und verbessert hatte. Die könnte sich auch für andere Menschen als meine Damen als nützlich erweisen. (*Meine Damen!* Als ob noch genug von ihnen übrig geblieben wären.)

Trotzdem war ich noch nicht dazu bereit, eine Entscheidung zu treffen. Ich musste meine Optionen überdenken. Jetzt, wo das Baby geboren war, würde es Geld vom Palast geben, was mir Zeit verschaffte.

»Darf ich darüber nachdenken?«

»Nur, wenn die Antwort Ja lautet.« Er lächelte, wobei sich das Grübchen an seinem Kinn vertiefte.

# NEUNZEHN

3. September 1956

Das Baby war einen Tag alt. Radha hatte mich angefleht, stundenlang, bevor ich sie ihren Sohn sehen ließ.

»Wir müssen ihn zumindest mit Sandelholzpaste bedecken, damit er gesund bleibt, Jiji«, hatte sie vorgeschoben.

Ich hatte Nein gesagt.

»Eine Geburt verlangt eine Segnung durch einen *Pandit*. Wie wäre es mit einem Asche-*Tikka* auf seiner Stirn?«

Ich hatte Nein gesagt.

Jetzt saß Radha in ihrem Krankenhausbett und hielt das Baby, was ich so verzweifelt hatte verhindern wollen. Wir waren allein; Manu und Kanta unternahmen einen Spaziergang im Garten.

Radha schnupperte am Kopf des Babys, das mit Godrej-Talkumpuder parfümiert war. Sie tippte auf jede seiner Fingerspitzen. Sie hatten die Größe von Pfefferkörnern. Seine Lippen waren so zart wie Ringelblumenblütenblätter und öffneten sich gierig, als sie mit dem Finger darüberfuhr. Sie küsste seine nackten, altrosa Sohlen und studierte das Gewirr der Linien auf ihnen. Es war, als wäre er meilenweit gelaufen, um herzukommen.

»Kann ich ihn nicht wenigstens stillen?«

Ich schaute weg. Ich wusste, dass ihre Brüste geschwollen waren. Wenn ich nicht mit ihr zusammen im Zimmer gewesen wäre, hätte sie ihn angelegt und ihre Brüste leer trinken lassen.

»Er sollte sich an die Flasche gewöhnen. Seine Adoptivfamilie wird ihn so füttern«, erwiderte ich.

In dem Augenblick öffnete das Baby die Augen und versuchte, sie offen zu halten, aber sie rollten in ihren Höhlen zurück und schlossen sich wieder. Radha sah mich an, ihre eigenen wasserfarbenen Augen so rund wie Murmeln.

»Jiji, sie sind blau! Seine Augen sind blau! So wie deine. So wie Maas. Er hat uns in sich!«

Ich wandte den Kopf und räusperte mich. »Bist du dir sicher mit dem *Kajal*?« Das war das einzige Zugeständnis, das ich gemacht hatte: Wir konnten die schwarze Augenpaste auftragen, um den bösen Blick abzuwehren. Es war ein alter Aberglaube, aber Radha glaubte fest daran, und ich hatte das vermutlich irgendwann auch einmal.

»Natürlich! Er muss vor *Burri Nazar* geschützt werden.«

Ich öffnete den *Tiffin*, den ich mitgebracht hatte, und griff nach der Dose mit *Kajal*. Um die glatte Paste herzustellen, die viele Frauen als Eyeliner verwendeten, hatte ich Ruß mit Sandelholz und Rizinusöl vermischt. Ich tauchte meinen kleinen Finger in die Paste. Während sie das Baby festhielt, zog ich sanft an seinen unteren Augenlidern und malte eine dünne schwarze Linie auf die Ränder. Dann platzierte ich drei winzige Punkte auf seinen beiden Schläfen und drei weitere Punkte auf jede Fußsohle.

»Wenn die Krankenschwestern ihn baden, wird alles wieder abgewaschen«, warnte ich und schraubte den Deckel auf die Dose.

»Aber die Götter haben gesehen, dass wir es getan haben.

Was bedeutet, dass er in Sicherheit sein wird.« Das Baby hatte seine pummeligen Finger um ihren Daumen geschlossen. »Möchtest du ihn einmal halten?«

Ich wischte mir die Hände an einem Handtuch ab und tat so, als hätte ich das nicht gehört. Durch das Fenster im Krankenhauszimmer sah ich den Himmel – einen Silberstreif, die darüber hinwegschwebenden Wolken, einen rauchgrünen Horizont aus Zedern, Kiefern und Rhododendren.

»Jiji?«

»Er ist gesund. Seine neue Familie wird zufrieden sein.«

Sie verzog den Mund zu einer dünnen Linie; meine Antwort hatte sie verärgert.

Das Baby machte saugende Bewegungen an ihrem Finger.

»Du hast ihn dir kaum angeschaut.«

Sie wollte ein Eingeständnis von mir, dass ich zugab, ihn ebenfalls zu lieben. Dass ich uns in ihm wiedererkannte. Wenn ich das tat, würde ich von ihr nicht mehr verlangen können, ihn aufzugeben. »Ich sehe ihn.«

»Dann sieh ihn dir mit mir zusammen an.«

»Nein.« Ich presste die Kiefer zusammen.

Wir starrten einander schweigend an.

»Ich gebe ihn nicht auf, weißt du?«

*Was?*

»Das habe ich nur gesagt, weil ich dachte, dass du es dir anders überlegst, wenn er erst einmal geboren ist …«

»Mir anders überlegen? Wir können nicht …«

»Ich habe es mir anders überlegt«, erwiderte sie. »Er ist *mein* Baby.«

Mein Herz schlug so heftig, dass ich glaubte, es würde meine Rippen durchbrechen. Wir hatten das doch schon vor einer Ewigkeit geklärt! Kanta hatte mir versichert, dass Radha der Adoption ihres Babys zugestimmt hatte.

»Radha, er gehört jemand anderem – juristisch. Das war die Vereinbarung.«

»Er ist *mein* Sohn. Er ist einer von uns. Könntest du wirklich deinen eigenen Verwandten aufgeben?«

Das hatte ich bereits. »Jemand anders wartet darauf, ihn aufzuziehen!«

Das Baby gähnte und zeigte dabei weiches rosa Zahnfleisch. Sie verlagerte ihn auf ihren anderen Arm. Ihre Augen verengten sich. »Warum gibst du nicht zu, dass du Babys hasst?«

Ich blinzelte. »Was?«

»Ich habe gesehen, wie du mit kleinen Kindern umgehst – bei deinen Damen. Du bist immer höflich und voller Komplimente. *Was für ein schönes Kind, Mrs. Seth; sie sieht genauso aus wie Sie. Sie haben da einen richtigen kleinen Einstein, Mrs. Khanna.* Aber dann wendest du dich ohne einen weiteren Blick deiner Arbeit zu. Du siehst dir nie die Mütter an, die ihre Kinderwagen über den Basar schieben – ich schon. Ich will sehen, ob es ein Junge oder ein Mädchen ist. Ob das Haar glatt ist oder lockig. Du marschierst einfach direkt an ihnen vorbei. Und die bettelnden Kinder auf der Straße. Du gibst ihnen ohne einen Blick ein paar Münzen, als wären sie Geister. Ich nehme sie wahr. Ich spreche mit ihnen. Das sind Menschen, Jiji. *Dieses Baby* ist eine Person. Er gehört zu uns. Sieh dir seine Augen an. Das sind die von Maa. Diese Ohren sind die von Pitaji. Bedeutet dir das denn gar nichts?«

Das Baby wurde unruhig.

»*Hai Ram!* Und Familie bedeutet dir so viel, dass du die einzige Verwandte vernichtest, die dir noch geblieben ist?«, erwiderte ich. Die Ader an meiner Stirn pochte. »*Ich* bin deine Verwandte, Radha. Ich bin auch deine Blutsverwandte. Was ist mit mir? Ich habe mich um dich gekümmert. Habe es dir ermöglicht, dass du auf die beste Schule gehen kannst.

Und du hast es mir damit vergolten, dass du schwanger geworden bist!«

»Das habe ich nicht getan, um dir wehzutun!«

»Ich habe dreizehn Jahre damit verbracht, mir ein Leben aufzubauen. Jetzt ist mein Terminkalender leer. Seite um Seite – nichts.«

Das Baby wand sich jetzt, öffnete und schloss seine Fäuste.

»Aber ich habe ihn geliebt – ich liebe Ravi«, sagte sie, als würde das alles wieder in Ordnung bringen.

Ich hob die Stimme. »Liebe? Das ist nicht einer deiner amerikanischen Filme, wo die Heldin das tut, was ihr gefällt. Und du bist nicht Marilyn Monroe.« Ich konnte mich nicht mehr bremsen. »Wie oft muss ich dir noch sagen, dass wir nicht die Mittel haben, um diesem Baby das zu geben, was es verdient? Wir gehören nicht zu den Polospielern oder dem Damenhilfswerk, egal, wie sehr du dir das auch wünschst. Wir können es uns nicht mal erlauben, uns einen Tag freizunehmen, während sie einen Monat lang durch Europa reisen. Schneider, Gemüse-*Wallas*, Schuster – sie kommen in *ihre* Häuser, nicht in unsere. Ich wünschte mir, dass es anders wäre. Aber das ist es nicht. Das wird es nie sein.« Jetzt war ich richtig in Fahrt. »Du sagst, dass du nicht mehr das Pechmädchen sein willst? Nun, dann stolziere schön mit diesem Baby in der Stadt herum, und du wirst für immer das Pechmädchen sein! Niemand wird dir oder ihm nahe kommen wollen.«

Radhas Augen glänzten wie die Murmeln, die Malik über die Erde flitzen ließ. »Ich hasse dich! Geh weg von mir!«, kreischte sie.

Das Baby stieß einen lauten Schrei aus. Radha wiegte ihn, aber ihre Arme zitterten, was ihn nur noch mehr erschreckte. Sein Gesicht war rot geworden.

Die Tür öffnete sich. Dr. Kumar trat ein, gefolgt von der griesgrämigen Krankenschwester mit der Ansteckuhr.

Sein Blick wanderte von mir zu Radha, zum Baby und wieder zurück zu mir. »Ist alles in Ordnung?«

In meinem Mundwinkel hatte sich ein bisschen Spucke angesammelt, die ich abwischte. Ich konnte ihn nicht anschauen, weil ich mich zutiefst schämte. Was ich gerade zu meiner Schwester über das Pechmädchen gesagt hatte, war so grausam gewesen, niemals hätte ich mir vorstellen können, so etwas über die Lippen zu bringen. Ich räusperte mich. »Bitte bringen Sie das Baby weg.«

»Nein!«, schrie Radha. »Ich will ihn stillen!«

Die Schreie des Babys waren ohrenbetäubend.

Mit Mühe wechselte ich wieder zu der sanften Stimme, die ich immer für meine Damen verwendete. »Doktor, bitte.«

Er seufzte. Langsam drehte er sich zu der Krankenschwester um und nickte. Mit unübersehbarer Missbilligung nahm die Krankenschwester Radha das schreiende Baby aus den Armen und verließ schnell damit das Zimmer.

Der Arzt rieb sich die Augen. »Radha …«

»Dr. Kumar, ich flehe Sie an, Bitte. Lassen Sie mich mein Baby behalten.«

Es war mir peinlich, sie so betteln zu hören.

»Das ist nicht meine Entscheidung«, erwiderte er.

»Ich werde mich um ihn kümmern, das verspreche ich!«

»Deine Schwester ist dein gesetzlicher Vormund, bis du volljährig wirst. Du musst dich ihren Wünschen beugen.«

Radha bedeckte sich die Ohren mit den Händen und schüttelte den Kopf. »Es ist *mein* Baby! Habe ich denn gar nicht mitzureden?«

Ich sah Dr. Kumar an, der sich mit besorgtem Blick den Kiefer rieb.

Er trat einen Schritt auf mich zu und berührte meine Schulter, wobei er seine Hand für einen winzigen Moment dort ruhen ließ. Es war, als wollte er mir sagen, dass ich tapfer sein solle; dass am Ende alles gut werden würde. Dann war er verschwunden und schloss leise die Tür hinter sich.

Radha explodierte förmlich, ihr Gesicht nass und rot vor Wut. »Du kontrollierst alles! Ob ich mein eigenes Baby stillen darf. Mit wem ich Zeit verbringe. Wie ich spreche. Was ich esse. Wird das immer so weitergehen? Wann wirst *du* aufhören, mein Leben zu führen? Ich bin dreizehn Jahre lang auf mich gestellt gewesen! Dreizehn Jahre! Ich hätte genauso gut allein sein können. Pitaji betrunken. Maa kaum anwesend. Ich habe es geschafft, zu dir zu kommen, obwohl du Hunderte von Meilen entfernt warst! Hast du eine Ahnung, wie schwierig das war?« Sie sah auf ihr Krankenhaushemd, das jetzt von ihren tropfenden Brüsten feucht war. »Ich will eine Familie haben, Jiji. Das ist alles, was ich je gewollt habe. Deshalb bin ich so weit gereist, um dich zu finden. Dieses Baby ist meine Familie. Er will meine Milch haben. Hast du gesehen, wie er mich angeschaut hat? Die ganze Zeit, wo er in meinem Bauch war, habe ich mit ihm geredet. Er kennt meine Stimme. Er kennt *mich*. Ich *weiß*, dass er mich braucht.«

Natürlich kannte er sie. Er hatte sie fast acht Monate lang für sich gehabt. Das verstand ich doch auch. Und ja, meine Gefühle ihm gegenüber waren so zärtlich, so stark, dass es mich überraschte – deshalb wollte ich doch das Beste für alle beide. Begriff sie das denn nicht? Wieso konnte ich nicht einen Satz hervorbringen, der meine Schwester verstehen ließ, dass ich alles nur zu ihrem eigenen Besten tat? Sie brachte mich zur Verzweiflung und schüchterte mich manchmal ein, aber ich würde alles dafür tun, um ihr Leben besser zu machen, einfacher.

Sie verschränkte die Arme vor der Brust, bedauerte das aber sofort; zu sehr schmerzten ihre Brüste.

Sie waren voller Milch, weil ich sie das Baby nicht hatte stillen lassen. Es war so, als bräuchte sie ihn genauso, wie er sie brauchte. Aber ich hatte auch gesehen, was Radha nicht gesehen hatte: verzweifelte Frauen, die meine *Saas* anflehten, sie von ihrer Bürde zu befreien. Wo sie Freude sah, sah ich Elend. Wo sie Liebe sah, sah ich Verantwortung, Verpflichtung. Konnten das zwei Seiten ein und derselben Medaille sein? Hatte ich nicht sowohl Liebe als auch Pflicht, Freude als auch Verzweiflung erlebt, seit sie in mein Leben getreten war?

Ich stand auf. »Ich habe dir etwas mitgebracht.« Ich zog zwei Thermoskannen aus meiner Tasche, schraubte von einer die Tasse ab und schüttete die dampfende Flüssigkeit hinein.

»Trink das. Es ist bitter, aber es wird dir mit deinen wunden Brüsten helfen.«

Sie rümpfte die Nase.

»Bitte.«

»Was ist da drin?« Sie nahm die Tasse entgegen und roch daran.

»Klettenwurzel. Königskerzenblätter. Ein bisschen Löwenzahnwurzel. Es sorgt dafür, dass die Schwellung zurückgeht.«

Während sie trank, sah sie zu, wie ich eine heiße Flüssigkeit aus der anderen Thermoskanne in eine Tasse goss. Ich tauchte zwei Flanellstreifen hinein, einen nach dem anderen, sodass sie sich gründlich vollsogen. »Öffne deinen Kittel.«

Sie stellte ihre Tasse auf dem Beistelltisch ab und rieb sich die Augen mit den Handrücken. Sie knöpfte ihren Kittel auf und entblößte ihre Brüste. Ihre Brustwarzen waren doppelt so groß wie damals, als sie nach Jaipur gekommen war. Sie wurde rot vor Verlegenheit, aber ich tat so, als würde ich das nicht bemerken. Vorsichtig legte ich eine warme Kompresse auf jede Brust.

Radha stieß einen Seufzer aus und schloss die Augen. »Ingwer?«

»Und Kamillenöl. Und Ringelblumenblüten.«

Ihr Gesicht entspannte sich. Sie holte tief Atem.

Meine *Saas* hatte mir beigebracht, meine Liebe auf diese Art auszudrücken. Nicht mit Worten oder Berührungen, sondern durch Heilung.

Draußen zwitscherte ein Wacholderlaubsänger, und wir drehten uns um, um ihn am Fenster vorbeifliegen zu sehen.

»Tantes Brüste sind ebenfalls voller Milch.«

Ich seufzte. »Ich habe ihr die Kompressen angeboten, aber sie will sie nicht. Sie will den Schmerz spüren. Ich denke, das ist ihre Art, sich von ihrem Kind zu verabschieden. Ihre Brüste werden für eine Weile hart und wund sein, aber irgendwann wird ihre Milch austrocknen.«

Radhas Augen füllten sich erneut mit Tränen. »Ich fühle mich so schuldig, weil mein Baby lebt.«

»Das ist nicht deine Schuld.«

»Sie ist meinetwegen nach Shimla gefahren – so weit von ihrem Ehemann entfernt. Und sieh nur, was passiert ist.«

»Das Lady Bradley ist viel besser ausgestattet als das Krankenhaus in Jaipur. Die Luft hier ist besser für ihr Asthma. Abgesehen davon *wollte* sie mit dir zusammen hier sein.«

Der Wacholderlaubsänger kehrte mit seiner Partnerin zurück; sie landeten beide auf einem Rhododendron neben dem Fenster. Er hielt Wache, während sie sich mit dem Schnabel unter ihren Federn kratzte.

»Sie kann es noch einmal versuchen, nicht wahr?«

Irgendjemand musste es ihr erzählen. »Dr. Kumar hält das für unwahrscheinlich.«

»Oh.«

Das Vogelweibchen drehte sich uns zu. Entweder sah sie uns an, oder sie bewunderte ihr Spiegelbild im Fenster.

»Ich wollte, dass Tante dich als meine Jiji ersetzt, weißt du?«

Es tat weh, ihre Worte zu hören, aber es überraschte mich nicht.

»Aber ich bin nie glücklicher darüber gewesen, dass du meine Schwester bist, als an dem Tag, wo ich das Telegramm geschickt habe.«

Ich sah ihr in die Augen. Sie sah nicht weg.

»Ich wusste, dass du alles wieder in Ordnung bringst.«

Irgendetwas Hartes in mir gab nach. Sie verließ sich darauf, dass ich für sie da war, selbst wenn sie wütend war und mir sagte, dass sie mich hasste. Ich strich ihre Bettdecke glatt, die vom häufigen Waschen und Bügeln kratzig war. Ihre Hand lag auf ihrem Schoß, und ich ergriff sie. Sie ließ es geschehen.

»Wie geht es Malik?«, erkundigte sie sich.

»Ist beschäftigt. Er liefert ein paar Bestellungen aus – Haartonikum, solche Sachen eben. Er kommt immer bei mir vorbei. Glaubt, dass ich die Gesellschaft brauche.«

»Tust du das?«

Ich zuckte die Schultern und tauschte die warmen Kompressen auf ihren Brüsten gegen kühlere aus. Ihr Ausatmen verriet mir, dass der Schmerz nachgelassen hatte und damit auch das Bedürfnis, stillen zu wollen.

»Du hast gesagt, dass die Damen sich nicht mehr von dir mit Henna bemalen lassen?«

Ich hatte gedacht, dass Kanta es ihr erzählt hatte. »Sie vertrauen mir nicht. Sie glauben, dass ich stehle.«

Sie zog die Augenbrauen hoch. »Das ist doch lächerlich! Warum sollten sie so etwas glauben?«

»Klatschmäuler.« *Krokodilslügen.*

Nun entfernte ich auch die kühlen Kompressen. Radha knöpfte gedankenverloren ihren Kittel zu.

Ich sah an ihrem Bett vorbei zum Fenster hinaus. Dunkle Wolken zogen an der Sonne vorbei, und ich konnte mein Spiegelbild in der Scheibe sehen. Unter meinen Augen bemerkte ich violette Schatten und Linien an den Mundwinkeln. Die fluoreszierenden Lampen über mir erwischten ein paar silberne Strähnen in meinen Haaren und eine Falte auf der Stirn. Mein Rückgrat war leicht gekrümmt. Ich wurde älter. Ich blickte meine Hände an. Die Haut war nicht mehr glatt, sondern wie ein viel begangener Weg, mit Furchen und hervortretenden Adern.

Dr. Kumar betrat den Raum. Unsicher blieb er stehen, als wäre er in einen privaten Augenblick hineingeplatzt.

»Ist alles in Ordnung?« Er sah meine Schwester an. »Radha, wie fühlst du dich?«

»Besser.« Sie erzählte ihm von meinen Kräuterkompressen.

»Sie sind eine Frau mit vielen Talenten, Mrs. Shastri«, sagte er. Als ihm bewusst wurde, dass er mich anstarrte, wandte er seine Aufmerksamkeit Radha zu, dann Kantas leerem Bett, dann dem Stapel von Papieren in seinen Händen. »Ich brauche Ihre Unterschrift.«

Ah. Die offiziellen Formulare, welche die Geburt des neuen Kronprinzen bestätigten. Ich stand auf, um sie zu nehmen, aber meine Beine fühlten sich wacklig an, und ich setzte mich wieder hin.

»Wenn Sie uns gerade einen Moment geben könnten, Doktor …«

Er nickte und verließ das Zimmer.

Radha lächelte.

»Was ist so lustig?«

»Er.« Sie deutete mit dem Kinn in Dr. Kumars Richtung. »Er hat immer gesagt, dass mein Baby ein Alleskönner werden würde, und er hat tatsächlich kräftige kleine Beine.«

Natürlich hatte Radha sich Gedanken über die Zukunft ihres Babys gemacht. Er würde ein Cricketspieler werden. Ein berühmter Werfer. Würde er zum Frühstück *Kicheri* haben wollen oder lieber *Aloo Tikki*? Seine Haare könnten glatt werden, so wie ihre, oder lockig wie die seines Vaters.

»Jiji?«, fragte sie leise. »Könnten wir das Baby noch mal sehen? Ich verspreche dir, dass ich nicht wieder eine Szene mache.«

Ich wollte vom Bett aufstehen, aber Radha griff mit einer Kraft nach meiner Hand, die ich nicht erwartet hätte, und drückte sie. Ihre Hand war warm und ein bisschen feucht. Ich setzte mich wieder hin.

»Jiji, ich weiß, dass ich dich völlig überrascht habe. Ich muss vier oder fünf Jahre alt gewesen sein – ich rührte gerade die kochende Milch für Joghurt um, als der Postbote uns einen deiner Briefe brachte. Maa hat einen Blick auf den Umschlag geworfen und ihn ins Kochfeuer geworfen. Ich habe gefragt, warum sie ihn nicht geöffnet hat, und sie zuckte einfach die Schultern und erwiderte: ›Irgendjemand, der schon vor langer Zeit in meinem Herzen gestorben ist.‹

Ich fragte mich, von wem sie redete. Danach fing ich an, genau hinzuhören, was die Klatschmäuler erzählten, und mir wurde klar, dass Maa von dir sprach. Ich dachte, wie mutig du sein musst – wie unglaublich stark –, um alles hinter dir zurückzulassen. Und dann habe ich dich kennengelernt. Du warst all das, was ich mir vorgestellt hatte. Intelligent. Wunderschön. Witzig. Ich war stolz. Du konntest so vieles. Ich habe dich von dem Moment an geliebt, wo ich dich zum ersten Mal gesehen habe. Weißt du, ich habe Zeit gehabt, um mich an die Vorstellung zu gewöhnen, dass es dich gibt.«

Meine Augen wurden feucht. Niemand hatte je zu mir gesagt, dass er mich liebte. Oh, ich wusste, dass Maa und Pitaji mich geliebt hatten, aber das sprachen sie niemals laut aus. Auf seine Art hatte auch Hari mich geliebt, oder es zumindest gedacht, aber das war keine selbstlose Liebe gewesen. Er hatte mich besitzen wollen, mich zu einem Teil von ihm machen wollen. Und Samir liebte mich nicht; er wollte mich nur in sein Bett kriegen.

»Ich will Kinder haben. Ich will am Ende des Tages müde sein, weil ich Milch für ihr *Kheer* kochen und Himmel und Hölle mit ihnen spielen und Gelbwurz auf ihre Wunden legen und den Geschichten zuhören musste, die sie erfunden haben, und ihnen beibringen, das *Ramayana* zu lesen und Glühwürmchen zu fangen. Und es macht mich trauriger, als du dir vorstellen kannst, wenn ich daran denke, dass ich das mit diesem Baby nie werde machen können.«

Ihre Hartnäckigkeit zermürbte mich. War ich zu engstirnig? Vielleicht konnten sie und ich das schöne Baby zusammen aufziehen. Radha könnte zur Schule gehen, während ich mich um den Jungen kümmerte. Nein, konnte ich nicht. Ich musste arbeiten, um Samirs Schulden abzuzahlen. Und wenn ich jetzt so darüber nachdachte, keine Schule in Jaipur würde ein Mädchen aufnehmen, das ein Baby bekommen hatte. Sie würde ihre Ausbildung nicht beenden können. Mit einem unehelichen Kind im Schlepptau würden wir Parias sein, von der Gesellschaft ausgestoßen, von allen Feiern, Hochzeiten und Beerdigungen, selbst davon, uns den Lebensunterhalt zu verdienen. Niemand würde sich von mir mit Henna bemalen lassen, *Mandalas* bei mir bestellen oder eine Ehe von mir arrangieren lassen. Wir würden uns nicht ernähren können! Egal, wie ich die Sache auch betrachtete, es war uns einfach nicht möglich, Radhas Baby mit nach Hause zu nehmen.

Ich sah zum Fenster hinaus. Draußen linste die Sonne durch die Wolken. Scharlachmennigvögel badeten mit nervösen kleinen Kopfbewegungen im Gartenbrunnen, planschten verstohlen.

Ich beobachtete Kanta und Manu, die auf einer Bank im Lady-Bradley-Garten saßen, die Knie von einer Wolldecke bedeckt. Kanta hatte sich mit dem Kopf an die Schulter ihres Ehemanns gelehnt. Sie hielt die Augen geschlossen.

Kanta wäre so gerne Mutter geworden. Und sie wäre eine wundervolle Mutter geworden. Sie war gutmütig, witzig, großzügig. Manu, ihre Schwiegermutter und Baju hätten sie zu Hause unterstützt. Und sie hätte sich eine *Ayah* für das Baby leisten können. Wenn doch nur sie Radhas Baby mit nach Hause nehmen könnte. Sie würde den kleinen Jungen lieben, als wäre er ihr eigener Sohn.

Ich fühlte, wie sich mein Pulsschlag beschleunigte.

Manu und sie hatten die Mittel, die Zeit und die Kraft, um dem Baby ein gutes Zuhause zu geben.

Dieser Gedanke war einfach absurd! Ich hatte einen Vertrag unterschrieben.

Außer …

An meinem Haaransatz bildeten sich Schweißperlen.

»Radha«, flüsterte ich. Wenn ich es aussprach, würde ich es nie wieder zurücknehmen können.

Ich drehte mich zu ihr um.

Ich sagte mir, dass ich wusste, was ich tat. Wenn ich das durchzog und die königliche Familie die Wahrheit entdeckte, riskierte ich einen Vertragsbruch, saftige Geldbußen und sogar eine Gefängnisstrafe.

Sie sah die Aufregung in meinem Gesicht. »Ja?«

Damit verzichtete ich auf *dreißigtausend Rupien* und eine sichere Zukunft für Radha! Aber das Baby würde ein viel liebevolleres Zuhause bekommen.

Ich zeigte mit dem Kinn auf das Fenster. Kanta und Manu waren von der Bank aufgestanden und gingen zur anderen Seite des Krankenhauses, wo sich die Säuglingsstation befand.

»Kanta hat ihr Baby nicht halten können. Deshalb geht sie sehr gerne zur Säuglingsstation, um deines in den Arm zu nehmen.«

Radha zog die Augenbrauen hoch und sah zum Fenster hinaus.

»Sie singt ihm vor. Er scheint es zu mögen«, sagte ich.

Radha lächelte. »Als die Babys noch in unseren Bäuchen steckten, hat sie alle möglichen albernen Lieder erfunden. Genauso wie Pitaji damals.«

»Wenn Kanta dein Baby aufziehen würde …« Ich blickte Radha an. Mein Herz überschlug sich beinahe in meiner Brust. »Würde sie ihm Shakespeare oder die *Erzählungen von Krishna* vorlesen?«

Ihre Augen zuckten.

Ich nahm ihre Hände in meine. »Würde sie ihn mit Süßigkeiten oder salzigen Snacks füttern?«

Radha öffnete den Mund. »Sie liebt meine *Laddus*.« Ihre Stimme war nur ein Flüstern.

»Würde ihre *Saas* ihm ebenfalls Rosenmilch geben?«

Ihre Augen waren voller Verwunderung und Hoffnung. »Bis er rosa wird.«

Ich lächelte und berührte ihre Stirn mit meiner. »Würde Kanta ihn nicht über alles lieben?«

Meine *Choti Behen* nickte langsam. Sie ergriff meine

Hände. »Aber, Jiji, was ist mit der Familie, die das Baby adoptieren wollte?«

»Überlass das mir.«

Kanta starrte auf irgendeinen Punkt hinter mir, als wäre ich durchsichtig geworden. Ich fragte mich einen Moment lang, ob sie mich überhaupt gehört hatte. Dann sagte sie: »Aber, Lakshmi, was ist mit dem Vertrag mit dem Pala...«

»Ich kümmere mich darum.« Radha wusste immer noch nicht, dass der Palast ihr Kind adoptieren wollte. Jetzt würde ich es ihr nie erzählen.

Ich beobachtete den inneren Kampf, der sich auf Kantas Gesicht widerspiegelte: Sie wollte so sehr, dass es wahr wäre, aber konnte sie ihrem Glück trauen?

Manu, der benommen wirkte, fragte Radha: »Bist du dir sicher?«

»Ihr werdet ihn wie euer eigenes Kind behandeln.« Radha war es ernst damit. Nur ich bemerkte, wie ihre Hände die Bettlaken umklammerten, wie weiß ihre Knöchel waren. Bis zu diesem Moment hatten andere die Entscheidungen für sie getroffen; jetzt hatte sie selbst eine getroffen, die bisher schwerste Entscheidung in ihrem jungen Leben.

»Du hattest recht, Tante. Ich kann mich nicht um ihn kümmern – weder in Jaipur noch in Ajar oder in Shimla. Aber du kannst das, Tante. Du kannst das, Onkel.«

In ihrer Aufregung konnten Kanta und Manu ihre Freude nicht verbergen; sie antworteten gleichzeitig und übertönten einander. Ich schlug die Hände vor den Mund und freute mich für sie.

»Wir werden die *beste* Fürsorge ...«

»... er gehört bereits zur Familie ...«

»... ich weiß, dass er gesalzene Cashewkerne mag ...«

»Natürlich werden wir warten, bis er Zähne hat …«

Wenn ich gewusst hätte, was Kanta als Nächstes sagen würde, hätte ich sie aufgehalten, ihr gesagt, dass das voreilig war – die Art von Geste, die einem das Herz eingab und nicht der Verstand. Aber Radha nickte aufgeregt und nahm ihr Angebot an. Meine Schwester würde nicht zur Schule zurückkehren. Sie würde als *Ayah* des Babys bei Kanta bleiben.

Kanta und Manu beugten sich zu Radha, um sie zu umarmen. Alle drei lachten und weinten gleichzeitig und wischten einander die Tränen von den Wangen.

Dr. Kumar saß mit dem Stift in der Hand an seinem Schreibtisch, als ich sein Büro betrat.

»Ich habe über Ihr Angebot nachgedacht. Ich werde Sie auf professioneller Basis beraten, Doktor.«

Er ließ den Stift fallen und versuchte erfolglos, nicht überglücklich auszusehen. »Das ist fantastisch! Absolut …«

»Aber es gibt eine Planänderung.«

»Änderung?«

Ich wappnete mich für seine Reaktion. »Mr. und Mrs. Agarwal werden Radhas Baby adoptieren.«

Jetzt sah er verwirrt aus. »Ich … Ich verstehe nicht. Der Palast …«

»Ich habe gehofft, Sie könnten … Die Unterlagen, die Sie ihnen schicken werden …«

Er legte beide Hände an die Schläfen und blickte auf seinen Schreibtisch hinunter. »Mrs. Shastri? Darf ich fragen, was Sie …«

»Ich brauche Gründe, aus denen der Palast das Baby ablehnen würde. Medizinische Gründe.« Ich kannte den Vertrag auswendig, aber er kannte die richtige Terminologie.

Seine Hände rutschten von seinen Schläfen zu seinen Wangen. Er ließ sie dort ruhen, seine Haut auf clownesque Art gedehnt. Dann stand er abrupt auf und ging um den Schreibtisch herum, um zu prüfen, ob seine Bürotür richtig geschlossen war, aber ich hatte darauf geachtet, sie fest hinter mir zuzuziehen.

»Sie sind sich darüber im Klaren, dass Sie mich darum bitten ...«

»Das Richtige zu tun.«

Er setzte sich wieder hinter den Schreibtisch und faltete die Hände. Schließlich nahm er den Füller in die Hand, schraubte ihn zu und klopfte damit leicht auf das Blatt Papier vor sich, wobei er seine Hand und was auch immer er gerade geschrieben hatte beschmierte.

»Radha hat diese Entscheidung getroffen?«

»Ja.«

Sein Blick landete auf dem Bücherregal hinter mir. »Ich hatte Ihnen gesagt, dass so etwas in der Art passieren könnte. Bevor das Baby geboren wurde, hätten wir den Vertrag annullieren können. Jetzt ist es zu spät.«

»Haben Sie nicht auch bemerkt, Dr. Kumar, dass der falsche Weg sich manchmal am Ende als der richtige erweist? Das Kind ist besser dran mit einer Frau, die es liebt, als mit einem Palast voller Fremder. Die königliche Familie kann ein anderes Baby aus der Kshatriya-Kaste mit der richtigen Blutlinie adoptieren.«

Jay Kumars Ausdruck war schwer zu lesen. Er kaute auf der Unterlippe, erhob seinen schlaksigen Körper und begann auf und ab zu gehen, wobei er sich das Kinn mit der tintenfleckigen Hand rieb.

»Dr. Kumar«, sagte ich. »Bitte.«

Er setzte sich wieder hin, nahm den Brief in die Hand, an dem er gerade schrieb, und bemerkte den Fleck. Er stieß den Atem aus und zerriss die Seite. Dann durchsuchte er den Stapel von Papieren zu seiner Linken und zog ein Blatt heraus – ein Formular mit dem königlichen Siegel darauf. Er schraubte den Federhalter auf, warf einen hastigen Blick in meine Richtung und ergänzte sorgfältig eine Zahl auf dem Formular.

»Der Herzschlag eines Neugeborenen liegt üblicherweise zwischen hundert und einhundertzwanzig Schlägen pro Minute«, sagte er. »Allerdings, wenn das Herz vergrößert ist, schlägt es viel langsamer.«

Er nahm ein neues Blatt von seinem Schreibtisch. Sein Stift glitt über das Papier und füllte die Seite in weniger als zwei Minuten. Den fertigen Brief hob er hoch, pustete darauf, um die Tinte zu trocknen, und reichte ihn mir dann.

*3. September 1956*

*Mein lieber Dr. Ram,*

*am 2. September 1956 morgens um 6:20 Uhr hat die Patientin, die Sie meiner Fürsorge anvertraut haben, einen Jungen mit einem Gewicht von 3150 Gramm zur Welt gebracht. Es waren zwar keine offensichtlichen körperlichen Defekte zu erkennen, die Vitalparameter ergaben aber eine Herzfrequenz von 84 bpm. Wie Sie sich bewusst sind, kann dies auf hypertrophe obstruktive Kardiomyopathie oder asymmetrische Septumhypertrophie hinweisen – wenn nicht jetzt, dann in der Zukunft, wenn der Herzmuskel geschädigt wurde.*
*Ich schreibe diese Komplikation der frühen Geburt zu, da das Baby drei Wochen zu früh gekommen ist. Ich wünschte, ich hätte bessere Nachrichten für Sie.*

*Mrs. Shastri wird sich wegen der Vertragsauflösung mel-*
*den.*
*Bitte übermitteln Sie dem Palast mein aufrichtiges Bei-*
*leid. Tausend Dank an Sie, dass Sie mir eine so privile-*
*gierte und verantwortungsvolle Aufgabe anvertraut*
*haben.*

*Hochachtungsvoll,*
*Dr. Jay Kumar*

Ich las den Brief zweimal. Niemand würde sein Gesicht verlieren: weder die königliche Familie noch Dr. Kumar oder die
Singhs. Aber wie würde ich jetzt Radhas Krankenhausrechnungen bezahlen? Hastig verdrängte ich den Gedanken. Eins
nach dem anderen.

Ich las den Brief ein drittes Mal. Erst dann wurde mir bewusst, dass Jay Kumar damit auf seine Chance auf Ruhm verzichtete. Er wäre der Arzt gewesen, der den neuen Kronprinzen von Jaipur auf die Welt geholt hatte.

Ich sah ihn an. »Es tut mir leid.«

Er erwiderte meinen Blick.

»Mrs. Agarwal«, sagte er, »wird eine gute Mutter sein. Sogar eine sehr gute.«

Er schob den Brief und das Formular über den Tisch. Alles,
was noch fehlte, war meine Unterschrift. Er reichte mir den
Federhalter.

# ZWANZIG

Jaipur, Rajasthan, Indien
15. Oktober 1956

Ich blieb noch eine Weile in Shimla. Bei meiner Rückkehr nach Jaipur Ende September war ich so glücklich und erleichtert wie schon lange nicht mehr. In Shimla hatte ich mit Menschen gearbeitet, die mich brauchten, die zu schätzen wussten, was ich ihnen anbieten konnte. Die Menschen aus dem Himalaya hatten meine Vorschläge begierig aufgenommen, so wie ausgedörrte Erde den Regen willkommen heißt. Ein paar waren zu Dr. Kumars Sprechstunde gekommen und hatten Wildblumen und selbst gemachte Leckereien als Geschenke mitgebracht, um mir zu danken. Seit meiner Zeit mit meiner *Saas* hatte ich nicht mehr solche Freude dabei verspürt, andere zu kurieren.

Kanta und Manu mit Radhas Baby zu sehen hatte meine Stimmung ebenfalls gehoben. Sie waren hingebungsvolle Eltern, die sich selig um ihr erstes, und jetzt einziges, Kind kümmerten. Ich hatte Radha beobachtet, ob ich Zeichen von Eifersucht erkennen konnte, aber sie schien damit zufrieden zu sein, ihr Baby mit ihrer Tante und ihrem Onkel zu teilen. In einer Woche würden sie alle nach Jaipur zurückkehren, und Radha würde bei ihnen einziehen.

Es dauerte allerdings nur ein paar Tage in Jaipur, bis ich wieder in der Realität meines Lebens angekommen war. Nach dreizehn Jahren harter Arbeit war ich wieder genau da, wo ich angefangen hatte, und genauso arm, wie ich mit siebzehn gewesen war. Wir würden keine dreißigtausend Rupien über den Adoptionsvertrag bekommen. Parvatis befleckte Provision für die Heiratsvermittlung hatte ich abgelehnt. Ich besaß kein Geld, um Samirs Kredit zurückzuzahlen oder Krankenhausrechnungen vom Lady Bradley zu begleichen. Meine Saris waren vom häufigen Waschen fadenscheinig geworden; für neue Kleider hatte ich kein Geld. Zu meinen wenigen Terminen (ein paar Damen wie Mrs. Patel waren mir treu geblieben) ging ich zu Fuß, um Geld für Rikschas zu sparen.

Ich hätte Kanta und Manu um Geld bitten können, aber das hätte so ausgesehen, als würde ich eine Entschädigung dafür verlangen, dass mir das Geschäft mit dem Palast entgangen war. Schon der Gedanke daran stieß mich ab.

Neben denen bei Samir hatte ich noch andere Schulden. Der *Neem*-Öl-Händler, dem ich mehrere Hundert Rupien schuldete, klopfte an meine Tür. Vor sechs Monaten hätte ich ihm gesagt, dass er sich an Malik wenden solle. Gestern hatte ich ihm einfach nur meine leeren Hände gezeigt. Sein Gesicht war hager, falkenartig, die Augen standen zu eng beieinander. Er hatte seinen Blick über meine Besitztümer schweifen lassen, meine abgenutzten Sachen, meine schäbige Bluse – und war offensichtlich erstaunt darüber, wie sehr es mit mir bergab gegangen war.

Er musterte mich mit seinen kleinen Augen, ließ sie auf meinen Brüsten verweilen, bis ich das Bedürfnis verspürte, die Arme über ihnen zu verschränken.

Er schnaubte und schluckte Schleim hinunter. »Sie bemalen Frauen mit Henna, nicht wahr?«

Ich nickte.

»Sie können meine Frau mit Henna bemalen, um damit Ihre Schulden zu begleichen.«

Als ich bei seinem Haus ankam, sagte mir der Mann, dass seine Frau im Schlafzimmer wartete. Während ich darauf zuging, griff er nach meinem Arm.

Ich versteifte mich.

»Ich möchte, dass Sie ihre Brüste mit Henna bemalen.«

Ich starrte ihn an. Seit meiner Zeit in Agra mit den Kurtisanen war ich nicht mehr darum gebeten worden, irgendetwas anderes als Hände und Füße mit Henna zu bemalen. Kantas Bauch war die einzige Ausnahme, und das war meine Idee gewesen.

Ich konnte es ihm kaum verweigern. Eine andere Möglichkeit, meine Schulden zurückzuzahlen, hatte ich nicht. Also betrat ich das Schlafzimmer und schloss die Tür hinter mir. Die Frau des Verkäufers – sehr dünn und so dunkel wie eine Kokosnuss – wartete auf dem Fußboden sitzend auf mich, die Haare mit ihrem *Pallu* bedeckt. Da wir alleine waren, schlug ich vor, dass es vielleicht bequemer für sie wäre, wenn sie ihren Kopf nicht bedeckte; doch sie lächelte schüchtern und lehnte ab, versteckte ihr Gesicht sogar noch tiefer hinter ihrem Sari.

Ich war überrascht, als sie bemerkte: »Sie sind dünner geworden.« Offenbar kannte sie mich aus besseren Tagen, als ich noch mit Malik zusammen im Laden ihres Ehemanns einkaufte.

Ich hatte damit aufgehört, meinen Gewichtsverlust zu begründen. Wenn irgendjemand fragte oder es bemerkte, zuckte ich einfach nur die Schultern. Fast jeden Tag brachte Malik Leckereien vorbei, die der Palastkoch zubereitet hatte, aber ich nahm nur ein paar Bissen, bis mich der Appetit verließ.

Ich bat sie, ihre Bluse auszuziehen. Sie hatte drei Kinder gestillt, und ihre Brüste waren schlaff geworden. Ich verwendete das Hennamuster, das am besten geeignet war, so viele von ihren Dehnungsstreifen zu verbergen wie möglich. Als ich mit einer Brust fertig war, hörte ich die Schlafzimmertür knarren. Ich hob das Schilfrohr an und drehte mich um. Der Ölhändler stand im Türrahmen und stocherte mit einem Hölzchen in seinen unteren Zähnen.

Ich zog eine Augenbraue hoch, um ihn wortlos zu fragen, was er wollte.

»Fahren Sie fort«, sagte er und betrat das Schlafzimmer. Er schloss die Tür. Seine Frau zog sich noch weiter hinter ihren Sari zurück.

»Meine Arbeit mit den Damen ist etwas Persönliches. Sie werden es früh genug sehen, wenn ich fertig bin.«

»Sie sind diejenige mit den Schulden, schon vergessen?«

Ich senkte den Blick und drehte mich wieder zu seiner Frau um.

»Können Sie ein Gesicht malen? Auf ihre Brüste?«

Ich ignorierte ihn und tauchte das Schilfrohr in die Hennapaste. »Ich male eine Spirale aus jungen Knospen, ein unendlicher Segen des Glücks für Ihr Haus.«

»Andere Bilder könnten das Gleiche bringen.« Seine Stimme wurde auf eine Art sanfter, die mir einen Schauer über den Rücken jagte. Ich konnte mir das anzügliche Grinsen auf seinem Gesicht vorstellen.

»Wie zum Beispiel?«

»Ihr Gesicht.«

Wie unverschämt! Er wusste, wie verzweifelt ich war, sonst hätte er sich das nicht getraut. Diese Beleidigung traf nicht nur mich, sondern auch die Mutter seiner Kinder. Dass er sie blamieren oder beschämen könnte, kümmerte ihn nicht; sie war sein Eigentum. Ich fühlte mich genauso abgestoßen wie Anfang dieser Woche im Haus des *Kulfi-Walla*, als er mich darum gebeten hatte, seine Haare mit Henna zu färben. Natürlich hatte ich das abgelehnt. Meine Zeichenkunst, auf die ich so stolz war, bedeutete Menschen wie ihm überhaupt nichts.

»Nun?«

Ich hätte ihn gerne mit irgendetwas beworfen, um ihn zum Schweigen zu bringen, aber das Schilfrohr war zu leicht und meine Hennaschale zu wertvoll. Ich sah ihm in die Augen.

»Nein. Die Abmachung war, dass ich ihre Brüste bemale.«

Er kaute auf seinem Zahnstocher herum. Nach einem Moment erwiderte er: »Nun ja.«

Aber er ging nicht, sondern ließ sich hinter mir auf den Fußboden nieder. Ich setzte mich so hin, dass ich ihn nicht ansehen musste, nicht einmal aus dem Augenwinkel, und fuhr fort, Blätter zu malen, die sich von ihrer Brustwarze aus nach außen und oben wanden, damit es aussah, als wären ihre Brüste straffer.

Nach ein paar Minuten hörte ich ihn rascheln. Eine leichte Kopfbewegung seiner Frau verriet mir, dass sie es ebenfalls gehört hatte. Eine Welle der Übelkeit überkam mich, als mir klar wurde, dass seine Hände in seinem *Dhoti* herumfummelten. Ich spürte ihre Scham – und noch etwas anderes. Ihren Ärger. Über *mich*, nicht über ihn.

Ich ließ das Schilfrohr auf den Fußboden fallen und sprang auf. Hastig begann ich, meine Sachen zusammenzupacken.

Er griff nach meinem Arm. Seine Hand war warm von der Selbstbefriedigung; ich riss mich los.

»Fassen Sie mich nicht an!«

Ich griff nach der Hennaschale.

»Sie sind noch nicht fertig!«

»Ich würde eher Latrinen reinigen, als noch einmal einen

Schritt in dieses Haus zu setzen«, zischte ich zwischen zusammengebissenen Zähnen hindurch.

Er riss mir die Hennaschale aus den Händen und warf sie an die Wand. »Sie *betrügen* mich also?« Die Paste spritzte auf den Fußboden und die Wände. Seine Frau riss den Sari von ihrem Gesicht, und einen Moment lang starrten wir alle drei auf die Scherben.

Saasujis Schale, mein kostbarer Hennatopf, war jetzt nichts als ein Haufen Scherben. Ich konnte mir für ein paar Rupien im Pink Basar einen neuen kaufen, aber mit dieser Schüssel hatte ich mich ihr nahe gefühlt, selbst als ich tausend Meilen weit weggegangen war.

Wütend stieß ich dem Verkäufer den Ellbogen in die Rippen und schubste ihn mit meinem gesamten Gewicht gegen die Tür. Er stieß mit der Schulter gegen den Türrahmen und fiel nach Luft ringend zu Boden. Bevor er wieder zu Atem kommen konnte, sammelte ich so viele Tonscherben ein, wie ich konnte, stopfte sie in meine Tasche und stürzte aus dem Haus.

Ich begann zu rennen, überquerte die Straße und bog in die erste Gasse ab. Auf einer Seite huschte eine Ratte in dem dunklen, stinkenden Wasser an mir vorbei. Ich stützte mich an der bröckelnden Wand ab, beugte mich vor und übergab mich. Milchiger Tee wirbelte in der tabakfarbenen Kloake herum.

Vor meinem geistigen Auge blitzte eine Erinnerung an eine ähnliche Gasse auf. Ich, als Sechzehnjährige. Damals in meinem Dorf. Auf der Flucht vor einem wütenden, gewalttätigen Hari. Wie ich mir die Seele aus dem Leib kotzte.

Und hier stand ich nun mit dreißig und suchte immer noch nach einem Fluchtweg. Aber wohin sollte ich gehen?

»*Ji?* Geht es dir gut?«

Ich wirbelte herum.

Lala, Parvatis frühere Dienerin, sah mich besorgt an. Sie führte mich von der Gosse weg und nahm dann das Ende ihres Saris, um mir den Mundwinkel abzuwischen. Ich legte meine Hand auf ihr Handgelenk, um sie davon abzuhalten, und wischte mir dann mit meinem eigenen *Pallu* den Mund.

»Das kann ich mir nur schwer abgewöhnen«, sagte sie mit einem Lächeln, »nachdem ich die ganzen Jahre Memsahibs Jungen aufgezogen habe.«

Ihr dunkles Gesicht war schmaler, als ich es in Erinnerung hatte, ihre Wangen eingefallen. Ich betrachtete ihren geflickten Sari.

»Wo bist du hingegangen, nachdem …« Ich konnte die Frage nicht beenden. Ich wusste bereits, warum sie und ihre Nichte von den Singhs entlassen worden waren. Samir hatte es mir bestätigt.

Die Frau fuhr sich mit der Zunge über die Zähne. »Zuerst zu meinem Bruder. Er ist ein großer Mann, ein Bauunternehmer, und verfügt über Mittel. Aber er hat abgelehnt, weil sie ein Kind erwartete. Schließlich hat er eine Ehe für sie arrangiert.«

Ich erinnerte mich daran, dass Naraya eine hastige Ehe für seine schwangere Tochter arrangiert hatte. »Dein Bruder … heißt er Naraya?«

Ihre Augen füllten sich mit Tränen. »*Hahn.*« Sie wischte sie mit ihrem Sari ab. »Einen hartherzigeren Mann wirst du nirgends finden. Hat seine eigene Tochter als Hure bezeichnet, als Hündin.«

Ich kannte die Antwort bereits, aber ich musste die Frage stellen: »Und Master Ravi …«

»Ich habe ihn aufgezogen, aber ich habe ihn auch verwöhnt. So wie wir alle. Er war so ein wunderschöner Junge. Ich hatte meiner Nichte gesagt, dass er nichts für sie wäre, aber sie wollte nicht auf mich hören.«

»Wo ist sie jetzt?«

Tränen rollten über die faltigen Wangen der alten Frau. »Ihr neuer Ehemann hat sie aus dem Haus ausgesperrt, als er merkte, dass sie bereits schwanger war. Sie saß im Hof, *Ji*, und hat sich selbst angezündet. Sie sind beide gestorben – sie und das Baby.«

Meine Beine gaben nach. Wenn Lala mich nicht gestützt hätte, wäre ich gefallen. Ich ließ mich an der Wand zu Boden sinken.

»Ich hatte von deinen Beuteln gehört. Sie hätten ihr helfen können.« An dem Tag, vor einem Jahr bei Parvati. Damals hatte Lala mit flehendem Blick auf der Veranda gestanden. Ich hatte das Gefühl gehabt, dass sie mit mir reden wollte, aber dann war sie plötzlich verschwunden. Warum hatte ich sie nicht aufgesucht und gefragt, was sie brauchte? Meine *Saas* hätte so etwas getan. Wie weit hatte ich mich doch von allem entfernt, wofür meine Schwiegermutter gestanden hatte!

Ich sah Lala an. Jetzt saß ich hier und tat mir selbst leid, während diese Frau alles – selbst ihren Lebensunterhalt – aufgegeben hatte, um sich um ihre Nichte zu kümmern.

»Und du, Lala? Wie …?«

»Ich habe es bei anderen Damen versucht, aber Memsahib hat dafür gesorgt, dass sie mich nicht eingestellt haben. Jetzt putze ich Häuser. Hier, in diesem Viertel.«

Parvati hatte auch Lala ruiniert, um ihren Sohn vor einem Skandal zu bewahren.

Ich stand auf und stützte mich dabei auf Lala, schwindelig von der Anstrengung. »Ich wünschte … Es tut mir so leid …«

»Gegen Gottes Wille sind wir machtlos, *Ji*.«

Sie rieb mir den Rücken, wie sie es wohl auch getan hätte, um ein Kind zu trösten.

Meine *Saas* hätte mich nicht wegen dem, was ich getan oder eben nicht getan hatte, ausgeschimpft; sie hätte mir mitleidig den Arm getätschelt, so wie Lala das jetzt tat, was noch schlimmer war. Am liebsten hätte ich meine Haut abgestreift und neu angefangen.

Eine weitere Entschuldigung murmelnd, machte ich mich auf den Weg nach Hause.

Malik holte mich eine Meile vor Rajnagar ein. Er stank nach Zigaretten.

Ich wich zurück, stank ich doch ebenfalls, allerdings nach Erbrochenem und Scham.

In der Hand hielt ich ein Stück meiner Hennaschale. Er sah es an.

»Ich bringe dich nach Hause«, sagte er.

»Ich habe kein Geld für eine Rikscha.«

»Aber *ich*.«

»Ich will dein Geld nicht«, erwiderte ich und bedauerte meinen harschen Tonfall. »Ich habe zwei Beine.«

»Ich auch. Wir gehen zusammen.«

Malik war für lange Zeit mein Gehilfe und mein Freund gewesen. Er war mir eine Weile durch Jaipur gefolgt, bevor ich ihn wahrgenommen hatte. Und dann sah ich ein dürres Kind, verwahrlost und ohne Schuhe, das mich mit wachen und klaren Augen beobachtete. Ich wusste, dass er zu mir kommen würde, wenn ich lange genug wartete. Und als er kam, um mich zu fragen, ob er meine *Tiffins* tragen dürfte, sprach er respektvoll, aber auch mit einem Selbstvertrauen, das nicht zu seiner Jugend und seinem zerbrechlichen Körper passte. Damals reichte ich ihm einen *Tiffin*, so wie ich ihm jetzt meine Tasche reichte.

Ich verdiente seine Treue nicht, genauso wenig wie ich den Trost verdient hatte, den Lala mir hatte spenden wollen.

»Tante Boss.«

»Ich bin nicht mehr dein Boss.«

»Du wirst immer mein Boss sein«, erwiderte er mit dem Lächeln, das ihm so leichtfiel. »Weil du klüger bist als Küchenmeister.« Er fing an, rückwärtszugehen, damit er mich ansehen konnte. »Ich habe ihm erzählt, dass ich die süßesten rohen Cashewkerne von den Pathans beziehen könnte – besser als die, die er für sein Lammcurry verwendet –, und das zu einem günstigeren Preis, als er ihn jetzt bezahlt. Und der Idiot hat abgelehnt. Und weißt du, warum?«

Ich schwieg.

»Er will keine Geschäfte mit einem Moslem machen – außer natürlich mit mir! Aber du bist eine bessere Geschäftsfrau. Du hättest dich auf den besseren Handel eingelassen.«

Ich blieb stehen. »Wenn ich so klug bin, warum habe ich dann keinen roten Heller in der Tasche?«

»*Arré!* Das war mein Fehler! Als du in Shimla gewesen bist, habe ich mit deinem Henna für den *Kulfi-Walla* geprahlt.« Malik spuckte aus. »Er hat sich die Haare mit Henna gefärbt und jedem erzählt, dass du das gewesen wärst! Jetzt glaubt ganz Jaipur, dass du seinen unsauberen Kopf berührt hast.«

Das erklärte, warum die Schneiderin und der Gemüsehändler auf die andere Straßenseite wechselten, wenn sie mich sahen. Und warum der *Doodh-Walla* mir keine Milch mehr lieferte. Als ich den Milchmann gefragt hatte, ob er es vergessen hätte, hatte er gesagt, dass er von einer gefallenen Brahmanin kein Geld annehmen würde. Jetzt huschte ich jede Woche zu einem Laden zwanzig Minuten von meinem Haus entfernt und versteckte mein Gesicht hinter meinem *Pallu*, um keine Aufmerksamkeit zu erregen, wie eine Kleinkriminelle.

Malik hob einen Stein auf und warf ihn fort, wobei er mich von der Seite anschaute. »Du kannst so nicht weitermachen.«

Etwas in der Art, wie er sprach, zerriss das, was mich zusammenhielt. Ich blieb stehen, bedeckte den Mund mit meinem Sari und begann zu schluchzen.

Malik legte einen Arm um meine Schultern. Ich ließ es zu.

»Tante Boss, ich weiß, dass du hart gearbeitet hast. Aber bist du nicht glücklicher gewesen, bevor du das Haus gebaut hast? Deine Geschäfte liefen gut. Du hattest Geld auf der Bank. Du konntest tun und lassen, was du wolltest.«

»Das konnte ich nie, Malik. Nicht mehr als jetzt auch.«

»Geh fort.«

»Wohin? Und was soll ich dann tun?«

»Das Gleiche wie hier. Vielleicht in Delhi oder in Bombay. Ich komme mit dir.«

»Dir geht es hier gut.«

»Habe ich nicht gerade gesagt, dass ich nicht gerne für Idioten arbeite, Madam?«

Der liebe Malik. Wie sehr ich ihn vermisst hatte.

Ich stieß einen langen Seufzer aus. »Neu anzufangen ist nicht einfach.«

Malik sah aus, als wäre er so geduldig mit mir gewesen, wie er nur konnte; jetzt war es Zeit für die stärkere Medizin.

»Wann hat dich das je davon abhalten können, Tante Boss? Du musst aus Jaipur wegziehen – es gibt keine andere Möglichkeit. Es sei denn, dir ist etwas Besseres eingefallen.«

Mein Bauch und meine Brüste waren wund vom Schrubben. Fetzen von Kokosnussschalen und Holzkohlensplitter stachen in meine Unterarme, die Innenseite meiner Schenkel und meine Kopfhaut. Ich löste die Bruchstücke mit den Handflächen von meiner Haut, wobei ich vor Schmerz zusammenzuckte und betete, dass ich mich durch die Bestrafung weniger verunreinigt fühlen würde. Aber egal, wie hart ich auch schrubbte, konnte ich immer noch die Hand des *Neem-Öl-Händlers* heute Nachmittag auf meinem Arm spüren, seinen Atem in meinem Nacken. Und ich fing mit der Reinigung von vorne an.

Als ich zu müde war, um weiterzumachen, rieb ich Lavendelöl auf meine wunde Haut. Ich zog einen sauberen Sari an, dessen Saum ausgefranst war. Während ich meine Strähnen kämmte, landete mein Blick auf dem Loch in meiner Liege, das ich hatte reparieren wollen – war das schon ein Jahr her? –, als die Jute angefangen hatte zu zerfasern. Jetzt hatte sie sich vollständig aufgelöst. Manchmal stieß ich im Schlaf mit dem Fuß direkt durch das Loch.

Auf der Straße bettelte ein *Sadhu* um Essen. Ich legte den Kamm hin und wickelte Zeitungspapier um die *Chapattis*, die Malik gestern vorbeigebracht hatte. Dann rannte ich zur Tür hinaus, um ihm das Essen zu geben. Der mit einem ausgeblichenen safrangelben Tuch bekleidete Mann wartete, auf einen Stock gestützt. Er hatte allen materiellen Komfort und sein Zuhause aufgegeben und sich selbst von seinem Ego befreit, etwas, wozu ich nicht den Mut hatte.

Als ich ihm meine Gabe hinstreckte, sprach er einen Segen für mich in einem Dialekt, den ich nicht verstand. Aber er nahm mein Geschenk nicht an. Er stand einfach da und sah mich an.

In den Pupillen seiner Augen sah ich, was er sah: eine schmale Frau in einem fadenscheinigen Sari, deren Haarsträhnen wie Schlangen auf ihre Schultern herunterfielen. Hals und

Arme zerkratzt und blutend. Mir wurde klar, dass ich in seinen Augen so mitleiderregend aussah, dass er, der so wenig besaß, das Essen ablehnte, das ich ihm anbot.

Grob drückte ich ihm die *Chapattis* in die Hand, lief wieder ins Haus und schlug die Tür hinter mir zu. Ich lehnte mich dagegen und schloss die Augen. Mein Herz schlug wild in meiner Brust.

Als meine Atmung sich wieder normalisiert hatte, ging ich zum Arbeitstisch. Mit zitternden Händen faltete ich den Brief auf, der gestern angekommen war.

*10. Oktober 1956*

*Meine liebe Mrs. Shastri,*

*unsere derzeitige Situation lässt sich am besten mit den Worten von Charles Dickens beschreiben: »Es war die Jahreszeit des Lichts, es war die Jahreszeit der Dunkelheit.« Leider hat die Migration der Bergstämme und ihrer Herden in südlichere Gefilde unsere lokale Ambulanz zu einem abrupten Stillstand gebracht – und damit unser Beratungsabkommen (zumindest bis die Jahreszeit wechselt). Es gibt allerdings Licht in der Dunkelheit: die Gelegenheit, mit der Anpflanzung des Kräutergartens zu beginnen. Wenn Sie sich für einen längeren Aufenthalt in Shimla entscheiden würden, könnten Sie unser Klima, unsere Bodenbedingungen und die hier heimischen Kräuter studieren, mit den Einwohnern der Stadt sprechen (Sie werden selbst unter unseren Mitarbeitern Menschen finden, die sich für Kräuter begeistern) und einen Plan für die Entwicklung des Lady-Bradley-Heilkräutergartens erstellen.*

*Sagen Sie bitte, dass Sie meinen Vorschlag in Erwägung ziehen und mir dabei helfen, die Menschen in Shimla zu betreuen. Natürlich habe ich vor, alles in meiner Macht Stehende zu tun, um Sie davon zu überzeugen, sich in unserer schönen Stadt niederzulassen, wenn Sie erst einmal hier sind. Ist unsere Umgebung nicht schön genug? Sind unsere Menschen nicht äußerst gastfreundlich?*

*Sie leisten den Damen in Jaipur unleugbar einen wertvollen Dienst, aber wenn ich Mrs. Agarwal glauben soll, sind ein paar bedauerliche und unrichtige Anschuldigungen gegen Sie erhoben worden. Lassen Sie mich hier ganz offen sein. Stolz sollte Sie nicht davon abhalten, Ihre Gabe mit einem größeren Publikum zu teilen. (Werfen Sie es Mrs. Agarwal bitte nicht vor, dass Sie mir von Ihrer Notlage berichtet hat; als sie die Krankenhausrechnung Ihrer Schwester bezahlt hat, fühlte ich mich dazu gezwungen, mich bei ihr nach Ihrem Wohlergehen zu erkunden. Wenn Sie es mir nicht erzählt hätte, hätte ich vielleicht nicht den Mut gefunden, Ihnen diesen Brief zu schreiben.)*

*Sie können uns so viel beibringen. Ihre Arbeit könnte dabei helfen, mehr als ein paar Leben zu retten und unseren Patienten Trost zu spenden und hat das sogar schon. Die Bergmenschen haben Sie nicht vergessen. (Unsere schwangere Patientin vom Gaddi-Stamm, der Sie geholfen haben, schwärmt unaufhörlich von Ihrem Bittermelonenrezept. Ihr Baby ist jetzt jeden Tag fällig!)*

*Ich für meinen Teil hoffe, dass Sie diese Einladung in Betracht ziehen und annehmen werden. Ich warte sehnlichst auf Ihre Ankunft, sowohl als ein eifriger und williger Student als auch Ihr ergebener Freund.*

*Mit großem Respekt und voller Vorfreude,*
*Jay Kumar*

Kantas Großzügigkeit trieb mir die Tränen in die Augen. Sie hatte gewusst, dass ich sie davon abhalten würde, wenn sie mir von ihrer Absicht erzählt hätte. Radhas Krankenhausrechnungen waren jetzt eine Sorge weniger.

Ich dachte darüber nach, was Malik gesagt hatte. Nicht zum ersten Mal hatte er mir vorgeschlagen, aus Jaipur wegzuziehen.

Jay Kumar bot mir eine Chance zu heilen, mit Menschen zu arbeiten, die das haben wollten, was ich ihnen bieten konnte. Die glaubten, dass mein Wissen heilig war. Es war eine Chance, das zu tun, was meine *Saas* mir beigebracht hatte. Sie lebte immer noch in mir. Ich konnte sie wieder stolz machen. Wieder stolz auf mich selbst sein.

Aber … mein Haus! Wie sehr hatte ich davon geträumt, wie hart dafür gearbeitet! Mir hatte der Gedanke gefallen, dass ich alle Entscheidungen selbst treffen konnte. Wegzuziehen würde bedeuten, es zurückzulassen.

Doch was hatte dieses Haus mir anderes gebracht als Schulden, Anspannung und schlaflose Nächte? Brauchte ich es jetzt immer noch, um meine Ankunft in der Welt der Erfolgreichen zu verkünden? Erfolg war vergänglich – und fließend –, wie ich auf die harte Tour herausgefunden hatte. Er kam. Er ging. Er veränderte dich von außen, aber nicht von innen. Innen drin war ich immer noch dasselbe Mädchen, das von einer größeren Zukunft träumte, als ihm zustand. Brauchte ich dieses Haus wirklich, um zu beweisen, dass ich über Geschick, Talent, Ehrgeiz und Intelligenz verfügte? Was, wenn …

Schlagartig fühlte ich mich leichter. Es war die gleiche

Art von Schwerelosigkeit, die ich in Shimla gespürt hatte. Ich holte tief Luft. Als ob ich bereits die belebende Luft der blauen Himalayaberge riechen könnte.

Bevor mich der Mut wieder verließ, riss ich ein leeres Blatt aus meinem Notizbuch.

*15. Oktober 1956*

*Samir,*

*zu meinem großen Bedauern muss ich die Stadt verlassen, die ich elf Jahre lang mein Zuhause genannt habe. Sei versichert, dass ich nicht gehen werde, ohne meine Schulden zu begleichen. Um deinen Kredit zurückzahlen zu können, muss ich allerdings mein Haus verkaufen. Immobilienhändler vertreten nur äußerst ungern weibliche Besitzer, deshalb muss ich dich darum bitten, das für mich zu erledigen. Wenn du dafür offen bist, wüsste ich es zu schätzen, wenn du meinen Kredit vom Verkaufspreis abziehst und mir den Rest an die unten stehende Adresse schickst.*

*Unter anderen Umständen hätten wir unser Bündnis vielleicht fortsetzen können. Aber wie es immer heißt: Was nützt es zu weinen, wenn die Vögel die ganze Farm aufgefressen haben?*

*Ich reise in einem Monat nach Shimla ab. Bitte teile mir in der kommenden Woche mit, wie du dich entschieden hast.*

*Lakshmi Shastri*
*c/o Lady Bradley Hospital*
*Harrington Estate*
*Shimla, Himachal Pradesh*

Ich las mir den Brief mehrfach durch. Befriedigt riss ich ein weiteres Blatt heraus und schrieb an Jay Kumar. Dann pustete ich die Lampe aus und schlief zwölf Stunden am Stück.

Zwei Tage später erschien ein Bote an meiner Tür. Ich öffnete den Umschlag, der nach Lavendel roch.

*Lakshmi,*

*du hast Samir gebeten, dein Haus zu verkaufen. Es spielt keine Rolle, wie ich das herausgefunden habe; ich habe es eben. Würde es dich allerdings überraschen, dass ich deinen gemusterten Fußboden lieber behalten möchte, als ihn zu verkaufen? Anbei ist das Geld für dein Haus, abzüglich des Kredits. (Ja, ich wusste auch darüber Bescheid.) Ich will mir nicht deine Gunst erkaufen (wir sind quitt, was das angeht), ich erkenne nur an, dass wir vielleicht nie wieder jemanden mit deinem Geschick finden werden, der unsere Hände in ein Wunder verwandelt.*

*Parvati*

Keine richtige Vergebung. Auch keine Entschuldigung. Aber es löste etwas in mir: eine Spirale der Verbitterung, einen lang gehegten Groll. Lange Zeit saß ich mit der Nachricht in meiner Hand da.

# EINUNDZWANZIG

## 20. Oktober 1956

Ich verfügte jetzt über Geld. Es gab keine Entschuldigung mehr, das Unvermeidbare hinauszuschieben, also nahm ich mir eine Rikscha, um zu Kantas Haus zu fahren.

Ich hatte Kanta, Radha und das Baby gemieden, seit sie vor ein paar Wochen aus Shimla zurückgekehrt waren. Zweifellos vermisste ich sie, wollte aber, dass sie Zeit als Familie hatten. Und ich wollte Radha nicht das Gefühl geben, dass ich im Weg stand und versuchte, ihr Leben zu regeln.

»Lakshmi! Was für eine angenehme Überraschung!« Kanta zog mich in eine Umarmung. Sie wirkte glücklich, erholt. Die Schatten unter ihren Augen waren verschwunden, und sie sah nicht mehr hohlwangig aus.

»Radha ist im Kinderzimmer. Geh einfach rein. Ich muss mit Saasuji zusammen beten und komme dann zu euch.«

Kantas Schwiegermutter hatte das Kind als ihren Enkelsohn angenommen. Falls sie die Wahrheit über seine Geburt erraten oder seine Ähnlichkeit mit Radha bemerkt hatte, sagte sie nichts dazu; sie hatte das Enkelkind, das sie haben wollte. Ich blieb kurz vor der Tür zum Kinderzimmer stehen, die halb offen stand. Falls das Baby gerade schlief, wollte ich es nicht aufwecken. Aus dem Zimmer hörte ich Radhas Stimme. »›Wie kannst du es wagen, mich mit deiner Anwesenheit zu verspotten?‹«, brüllte der böse König Kansa. »So viele Male hatte er versucht, Krishna zu zerstören, und so viele Male hatte er versagt.«

Leise betrat ich das Zimmer. Mit dem Rücken zu mir saß Radha im Schaukelstuhl, das Kind in ihren Armen. Sie las ihm aus ihren *Erzählungen von Krishna* vor, die jetzt so zerfleddert waren, dass die Seiten nur noch dank Klebestreifen am Buchrücken hielten.

Kanta und Manu hatten den Jungen Nikhil genannt. Bei der Namensgebungszeremonie hatte Kanta seine Stirn mit Wasser gereinigt, bevor sie ihn für den rituellen Segen ihrer *Saas* reichte. Aufgrund des Tages und Zeitpunkts seiner Geburt hatte der *Pandit* erklärt, dass der Name des Kindes mit einem N anfangen sollte. Mit seinen blauen Augen wäre Neel die natürliche Wahl für einen Namen gewesen, aber Manu hatte viermal Nikhil in das Ohr des Babys geflüstert, und somit war die Sache entschieden.

Der Kleine gluckste.

Radha gurrte: »Na, genau das hat Krishna gesagt!« Sie beugte sich hinunter, um ihn auf die Wange zu küssen. »Bist du nicht clever?«

»Er ist mit Sicherheit genauso ansehnlich wie Krishna.«

Der Schaukelstuhl kam ruckartig zum Stehen, und Radha drehte sich zu mir um. »Jiji! Schleich dich doch nicht so an!« Sie schaute mich finster an.

In einer Hand hielt sie das Fläschchen, das dem Jungen gerade aus dem Mund gerutscht sein musste. Er griff mit seinen plumpen kleinen Fingern danach und wollte es zurückhaben, aber sie ließ die fast leere Flasche in ihre Babytasche fallen. War das gerade so etwas wie Schuldbewusstsein auf ihrem Gesicht, oder bildete ich mir das nur ein?

»Es tut mir leid. Ich wollte ihn nicht aufwecken, falls er gerade schläft.«

Ich ergriff eine seiner pummeligen Babyhände und wackelte damit. Er starrte unsere verschränkten Finger an. Gut genährt sah er aus, glücklich. Er trug einen Strampler aus cremefarbenem Leinen.

»Tante hat mir nicht gesagt, dass du kommen würdest.« Ihre Stimme klang anklagend. Wie ich befürchtet hatte, glaubte sie, dass ich sie kontrollieren wollte.

Radha hob das Baby an ihre Schulter, wo sie ein sauberes Tuch bereithielt, damit er sein Bäuerchen machen konnte. Ich staunte immer noch darüber, wie gut sie über diese Dinge Bescheid wusste, instinktiv, als hätte sie schon zahlreiche Kinder aufgezogen.

»Sie wusste es nicht. Malik und ich haben große Neuigkeiten ...«

Kanta stürmte ins Zimmer hinein. »*Puja* ist vorbei! Okay, lass mich ihn stillen.«

»Er ist fast eingeschlafen.« Radha stand vom Stuhl auf und klopfte dem Baby auf den Rücken.

Kanta stand unsicher mitten im Kinderzimmer. »Aber ... es ist schon Stunden her, seit er etwas getrunken hat. Bist du sicher, dass es ihm gut geht? Er ist doch nicht etwa krank, oder?«

Radha neigte den Kopf zur Seite, als wäre sie die Erwachsene und Kanta ein Kind. »Es geht ihm gut, Tante. Du machst dir zu viele Sorgen.«

Kantas Blick landete auf dem Spucktuch. »Du hast ihm doch nicht gerade das Fläschchen gegeben, oder?«

Radha warf mir einen Blick zu, bevor sie antwortete. »Nur ein bisschen. Er war unruhig.«

Hinter Kanta stehend, runzelte ich die Stirn. Als ich das

Zimmer betreten hatte, war das Fläschchen fast leer gewesen. Warum log Radha?

»Aber, Radha, wenn du ihm zu oft die Flasche gibst, wird meine Milch versiegen.« Kanta lächelte mich schwach an. »Es ist einfach … Ich will ihn einfach weiterstillen, bis er ein Jahr alt ist – oder länger, wenn er das möchte.« Sie schaute Radha an. »Damit fühle ich mich ihm näher. Als wäre ich seine Mutter.«

Es klang, als wollte sie sich bei Radha dafür *entschuldigen*, dass sie das Baby stillen wollte.

Meine Schwester bemerkte meinen Gesichtsausdruck. Sie errötete und schaute weg. Verlegen legte sie Nikhil in Kantas Armbeuge. »Ich muss die Windeln waschen.« Sie nahm einen Korb mit schmutzigen Windeln und verließ den Raum.

Kanta setzte sich in den Schaukelstuhl und öffnete die Knöpfe ihrer Bluse. Sie zog eine kleine Brust heraus und legte sie an den Mund des Babys, aber er wandte den Kopf ab. Sie versuchte es wieder und wieder, aber er war nicht daran interessiert, hatte er sich doch schon am Fläschchen satt getrunken. Sie machte ein langes Gesicht, hob den Kleinen an ihre Schulter und klopfte ihm auf den Rücken, während sich ihre Augen mit Tränen füllten.

»Kanta, was ist los?«

Plötzlich wirkte sie verhärmt. »Ich weiß einfach nicht, wie ich eine Mutter sein soll. Ich will es – ich will es wirklich, aber … Radha scheint so viel mehr zu wissen. Wie man ihn füttert, wann man ihn füttert. Wann man ihn für ein Schläfchen hinlegt. Es ist so, als wäre sie eine bessere Mutter, weil, nun ja, sie ihn geboren hat.«

Sie versuchte zu lachen, aber es wurde ein Krächzen daraus. »Hör dir mich nur an! Ich habe so ein Glück, dass ich mich um dieses reizende Baby kümmern darf.« Sie küsste seine molligen Arme. »Ich bin einfach nur albern.«

»Fühlst du dich …«, setzte ich vorsichtig an. »Ist Radhas Anwesenheit …«

Kanta schüttelte energisch den Kopf. »*Nahee-nahee.* Ich bin mir sicher, es ist nur … Ich bin solch eine dumme Kuh! Ich habe gesehen, wie das Frauen nach der Geburt passiert ist. Völlig emotional.«

Sie stand vom Stuhl auf und legte das jetzt schlafende Kind in seine Wiege. »Sollen wir Tee trinken?«, sagte sie mir mit vorgetäuschter Heiterkeit, während sie ihre Bluse zuknöpfte.

Wir verließen das Zimmer.

Bei Chai und Keksen erzählte ich Kanta und Manu von Shimla. Kanta klatschte in die Hände. Manu gratulierte mir. Ich beantwortete ihre Fragen, was ich für das Lady-Bradley-Hospital und Dr. Kumars Ambulanz machen würde, und sie versicherten mir, dass ich eine erfolgreiche Zukunft vor mir hätte. Ohne Kanta, so erzählte ich ihnen, hätte ich Shimla nie kennengelernt und mich nicht in den majestätischen Höhenzug und die herzlichen Menschen dort verliebt.

Nach einer Stunde entschuldigte ich mich, um Radha die Nachricht zu überbringen. Ich hatte das Gefühl, dass sie mich absichtlich mied, und fand sie im Hinterhof, wo sie Windeln auf die Wäscheleine hängte.

Als ich ihr erzählte, dass Malik und ich in zwei Wochen nach Shimla reisen würden und dass Parvati Singh das Haus in Rajnagar gekauft hatte, wirkte sie verblüfft. Sie wollte gerade eine nasse Windel auf die Wäscheleine hängen und erstarrte mitten in der Bewegung.

Ihre Reaktion überraschte mich. Ich hätte eher gedacht, sie würde sich freuen, dass ich so weit weg zog.

»Du weißt, dass es Zeit für mich ist, Jaipur zu verlassen«, sagte ich behutsam. »Ich kann hier nicht länger als Hennakünstlerin arbeiten, und ich bin dazu bereit, etwas anderes zu versuchen.«

»Aber ... werde ich dich je wiedersehen?«

Nach all dem, was passiert war – Pitajis Ertrinken, Maas Tod und Ravis Verrat –, hatte sie offensichtlich Angst, dass ich sie ebenfalls verlassen wollte. Ich drückte ihren Arm und lächelte. »Wann immer du willst. Ich schicke dir eine Fahrkarte. Komm so oft zu mir, wie du magst. Natürlich wird Malik mit der Schule beschäftigt sein, es wird dann also vielleicht etwas einsam für dich sein.«

Radha sah mich vorsichtig an. »Malik? In der Schule?«

»Er hat schon so viel verpasst, aber das lasse ich ihm nicht mehr durchgehen. Er wird zur Bishop-Cotton-Jungenschule gehen.« Ich senkte meine Stimme zu einem betonten Flüstern. »Er hat geübt, wie man Schuhe trägt.«

Ich hatte gedacht, dass wir zusammen darüber lachen würden, aber sie war in Gedanken verloren. Ich blickte in den Korb mit den gewaschenen Windeln und zog eine heraus. »Es muss hart sein, Niki jeden Tag zu sehen und zu wissen, dass Kanta sich sehnlichst als seine Mutter fühlen möchte.«

An der Leine hing ein Beutel voller hölzerner Wäscheklammern, zwei zog ich heraus. »Das Baby zu verlieren war sehr schlimm für sie. Sie hatte vorher schon zwei Fehlgeburten. Jetzt wirkt sie viel weniger selbstsicher. Nicht wie die temperamentvolle Kanta, die sie früher war.«

Ich hängte die Windel auf die Leine. »Sie macht sich wahrscheinlich Sorgen, dass Niki dich mehr liebt. Und du kannst so gut mit ihm umgehen, so ganz natürlich. Wenn du nicht hier wärst – natürlich *bist* du hier, aber wenn du das nicht wärst –, glaubst du, dass er sich daran gewöhnen könnte, nur mit Kanta zusammen zu sein?«

Meine Schwester kaute auf der Unterlippe. Bei Radha

konnte ich nur anleiten und Vorschläge machen. Sie war eigensinnig und vertraute eher auf sich selbst als auf andere. So viel hatte ich inzwischen gelernt.

Ich griff nach einer weiteren Windel. »Ich kenne eine wundervolle *Ayah*, die eine Arbeit braucht. Sie war bei einer anderen Familie, aber sie brauchen sie dort nicht mehr. Lala ist freundlich. Sie liebt Kinder. Sie würde ihn lieben, als wäre er ihr eigenes Kind.« Ich machte eine Pause. »Das heißt natürlich, falls du dich dazu entscheidest, mit uns nach Shimla zu gehen.« Ich berührte ihre Schulter. »Es ist deine Entscheidung.«

Sie blickte mich an, und irgendetwas flackerte in ihren Augen.

Ich sprach weiter. »Malik wäre natürlich überglücklich. Er wird Hilfe bei den Hausaufgaben brauchen. Wenn du dort zur Schule gingest, könntest du ihm helfen. Und Dr. Kumar würde das natürlich auch gefallen.« Ich lachte. »Er vermisst eure Gespräche über Poesie.«

Radha schwieg. Aber so, wie sie den Mund verzog, wusste ich, dass sie darüber nachdachte.


Zwei Wochen später war das Haus in Rajnagar leer. Die Umzugshelfer hatten unsere schweren Koffer für den Transport nach Shimla abgeholt. Malik hatte meine durchhängende Liege einem seiner Freunde gegeben, dessen Vater mit Jute arbeitete. Uns blieben nur noch die drei Vinyltaschen, die wir mit in den Zug nehmen würden.

Morgen früh würde Malik mich mit einer *Tonga* abholen, um uns zum Bahnhof zu bringen. Aber heute Nacht wollte ich mich von meinem Haus verabschieden. Ich entzündete Lampen an den Wänden, um das Mosaik auf meinem Fußboden ein letztes Mal zu bewundern. Ich ging durch den

Raum, dachte an die vielen Stunden, die ich damit verbracht hatte, die Gestaltung zu planen. Die Safranblüten: für meine Kinderlosigkeit. Der Ashoka-Löwe: das Wahrzeichen für Indiens Ehrgeiz und für meinen eigenen. Mein ausgeschriebener Name: in einem Korb voller Kräuter versteckt. Und der Name meiner *Saas:* für all das, was sie mir beigebracht hatte.

Meine Laune hob sich. Ich würde die Landkarte meines Lebens hier in Jaipur zurücklassen, die hunderttausend Hennastriche. Ich würde mich nicht länger als Hennakünstlerin bezeichnen, sondern jedem, der danach fragte, sagen: Ich kuriere, ich lindere. Ich stelle wieder her. Auch die sinnlosen Entschuldigungen für meinen Ungehorsam würde ich hinter mir lassen. Und das Verlangen, meine Vergangenheit neu zu schreiben.

Meine Fähigkeiten, mein Wille zu lernen, mein Wunsch nach einem Leben, das ich als mein eigenes bezeichnen konnte – das waren Dinge, die ich mit mir nehmen würde. Sie waren ein Teil von mir, so wie mein Blut, mein Atem und meine Knochen.

Ich machte eine zweite, dann eine dritte Runde durch den Raum, wobei ich mich schneller bewegte. Ich hörte den Kathak-Rhythmus in meinem Kopf, *Dha-dhin – Dha-dha-dhin*, den uralten Rhythmus eines Tanzes, der die Tötung des Dämons Tripuraasur feierte.

*Dha-dha-dhin – Ta-hin – Dha-dha-dhin.*

Ich tanzte, legte dabei meine Hände wie zu einer Lotusblume zusammen und bewegte meine Arme wie schwimmende Fische, so wie ich es bei Hazi und Nasreen in Agra gesehen hatte. Was würden sie sagen, wenn sie mich jetzt sehen könnten? Ich stellte sie mir vor meinem geistigen Auge vor; die eine klatschte mit Begeisterung in die Hände und ließ ihre plumpen Hüften kreisen, die andere kicherte. »Überlass das Tanzen lieber uns *Nautch*-Mädchen, Lakshmi!«

Ich lachte.

*Dha-dhin – Dha-dha-dhin.*

Meine Füße klatschten auf den Terrazzoboden und tanzten zu den Schlägen der *Tabla*, die nur ich hören konnte. Ohne meine *Saas* wäre ich nicht in der Lage gewesen, für mich selbst zu sorgen, hätte es nie gewagt, nach Agra zu ziehen, hätte ich niemals mein eigenes Haus gebaut.

*Dha-dhin – Dha-dha-dhin.*

Ich fühlte mich, als würde ich in der Luft schweben, als würde ich zusehen, wie Wolken gegen den endlosen Himmel Jaipurs anrannten. Ich wirbelte schneller herum. Mein Herz raste.

*Dha-dhin – Dha-dha-dhin.*

Hundertmal wirbelte ich herum – auf ein Ende und eine Wiedergeburt zu.

*Dha-dhin – Dha-dha-dhin.*

Meine Tür wurde aufgerissen, und ein Schwung kalte Luft kam herein.

Außer Atem hielt ich an, mein Brustkorb hob und senkte sich, an meiner Kehle hatte sich Schweiß gesammelt.

Meine Schwester stand im Türrahmen und hielt ein Bündel in ihren Armen. Es war die Steppdecke, die ich für Nikhil genäht hatte.

»Radha?«

Sie hob das Bündel an ihre Schulter. Ihr Mund zitterte. »Ich weiß, dass Tante Niki liebt. Ich weiß, dass sie das tut.« Sie tätschelte die Steppdecke. Ihr Atem ging stoßweise. »Aber das will ich gar nicht. Ich weiß, dass sie gut zu ihm ist, aber jedes Mal, wenn sie ihm nahe kommt, will ich sie wegschieben. Ich will ihr sagen, dass er mir gehört!« Sie schnappte nach Luft – sie hatte zu schnell gesprochen.

»Radha …«

»Ich bin ihr dankbar, dass ich in der Nähe meines Babys bleiben kann. Aber … ich will ihn davon abhalten, dass er sie liebt. Ich weiß, dass das schrecklich klingt. Aber es ist die Wahrheit. Warum sollte sie mein Baby aufziehen dürfen, wenn ich das nicht darf?«

Das Blut pochte in meinen Schläfen. »Was hast du getan?«

Sie wiegte sich jetzt vor und zurück, drückte die Steppdecke – zu fest. »Ich *hasse* sie dafür. Ich will das nicht, aber ich tue es.« Sie stieß ein schmerzerfülltes Stöhnen aus. »Und ich will, dass auch Niki sie hasst. Ich weiß, wie furchtbar das klingt. Ich weiß, dass ich selbstsüchtig bin. Aber ich kann einfach nichts dagegen tun!«

Ihre Arme erschlafften. Das Bündel glitt ihr aus den Händen und fiel auf den Fußboden.

»Nein!«, schrie ich und hechtete vorwärts, um es aufzufangen.

Die Steppdecke entfaltete sich. Ein Paar gelber Babyschuhe landete zu meinen Füßen.

Nikhils silberne Rassel rutschte über den Fußboden und prallte an der Wand ab.

Das Buch, das Radha aus Ajar mitgebracht hatte, *Die Erzählungen von Krishna*, zerbrach in zwei Teile, als es auf dem Terrazzofußboden aufschlug.

Sonst nichts.

Radha kniff die Augen zu. »Jiji.« Es fiel ihr schwer, die Worte auszusprechen. »Ich muss mein Baby verlassen.« Sie öffnete den Mund und ließ dem Schluchzen freien Lauf, das sie so lange zurückgehalten hatte.

Ich rannte zu ihr. Meine Schwester klammerte sich an mich, und ich spürte die volle Wucht ihres Kummers. Ich wiegte sie, so wie sie ihr Kind gewiegt hatte.

»Ich bin so undankbar gewesen. Ich habe nichts weiter getan, als Ärger zu machen.« Sie hickste. »Die Klatschmäuler hatten recht. Ich werde immer das Pechmädchen sein.«

Ich nahm meinen Kopf zurück, um sie anzuschauen. Dann hob ich ihr Kinn an. »Nein, Radha, das wirst du nicht. Das bist du nie gewesen. Und wirst es auch nie sein. Es tut mir leid, dass ich das je zu dir gesagt habe. Du hast so viel Glück in mein Leben gebracht, in unsere Leben. Glaubst du, dass ich jetzt nach Shimla gehen würde, wenn du nicht gewesen wärst? Meinen eigenen Heilkräutergarten anpflanzen würde? Mit Dr. Kumar arbeiten würde? Wie hätte ich all das schaffen sollen, wenn du nicht gewesen wärst?«

Sie blinzelte mit nassen Wimpern.

»Jahrelang habe ich Frauen bedient, die mich nur brauchten, damit sie sich besser *fühlen*. In Shimla werde ich Menschen dienen, die wollen, dass es ihnen besser *geht*. Weil sie wirklich leiden. Für die Arbeit mit solchen Menschen hat *Saas* mich ausgebildet. Sie *brauchen* mich. Und ich *will* bei ihnen sein.«

Ich strich ihre Haare glatt.

»Und sieh nur, wie du mir dabei geholfen hast, mir eine Familie aufzubauen. Malik. Kanta und Manu. Und Nikhil Und natürlich du. Du, Radha, Krishnas weise *Gopi*.«

Was für ein Wunder, dass sie mich gefunden hatte und ich sie.

»Also, *Rundo Rani, burri sayani* ... kommst du mit uns nach Shimla?«

Radha sah zu mir hoch. Nach einer Weile nickte sie.

In der folgenden Pause hörte ich einen Hund kläffen, eine *Tonga* trappeln, Krähen in den Bäumen flattern.

Als sich ihr Griff um mich schließlich lockerte, küsste ich sie oben auf den Kopf.

»Morgen früh holen wir deine Sachen bei Kanta ab.« Ich wischte ihr das Gesicht mit meinem Sari ab. »Komm. Ich habe noch *Aloo Gobi Subji* für uns. Ich weiß auch nicht, wieso das abends immer viel besser schmeckt.«

Am nächsten Morgen luden Malik und Radha unsere Taschen in die wartende *Tonga*, während ich das Rajnagar-Haus fegte. Wir würden bei Kanta haltmachen und uns auf dem Weg zum Bahnhof verabschieden.

Ich machte eine letzte Runde durch den Raum. Berührte die Wände. Fuhr mit den Fingern über das Mosaik.

Mein Leben als Hennakünstlerin war vorbei. Ich würde nie wieder die Hände der Damen in Jaipur bemalen.

Ich zog die Taschenuhr aus meinem Unterrock, fuhr mit dem Daumen über die glatten, weißen Perlen, die das Initial *L* bildeten.

Dann legte ich die Uhr auf die Arbeitsfläche, verließ das Haus und schloss die Tür hinter mir.

# ZWEIUNDZWANZIG

Bahnhof Jaipur
4. November 1956

Die Bahnsteige des Bahnhofs von Jaipur wimmelten von Passagieren, Verkäufern von gewürzten Erdnüssen, Schuhputzern, zahnlosen Bettlern und streunenden Hunden, die nach weggeworfenen Leckerbissen suchten. Selbst nachdem sich ein Zug schon in Bewegung gesetzt hatte, stiegen noch Passagiere ein und baten um Hilfe. Ihr Gepäck wurde dann von hilfsbereiten Passagieren hochgeladen, die selbst zu beiden Seiten der Waggons an Griffstangen hingen. Es war ein Wunder, dass es überhaupt irgendein Zug schaffte, abzufahren.

Unser Zug sollte in zehn Minuten losfahren. Mit dem Geld für den Verkauf meines Hauses hatte ich uns allen ein privates Abteil in der ersten Klasse gegönnt. Im Abteil plauderten Malik und Radha aufgeregt miteinander.

Ich stand auf dem Gang direkt vor unserem Abteil an einer Reihe von Fenstern, die zum Bahnsteig hinausgingen, wo in dicke Schals eingehüllte Träger Taschen auf- und abluden. Wichtig aussehende Ehemänner in Wollwesten mit Ehefrauen und Kindern im Schlepptau schrien die Gepäck-

411

träger an, vorsichtig zu sein. Familien mit Fahrkarten für die erste Klasse gingen auf unseren Teil des Zuges zu. Die meisten steuerten Plätze in der zweiten Klasse an. Diejenigen, die sich keine Träger leisten konnten, stopften ihre nicht zusammenpassenden Taschen in die Wagen der dritten Klasse, wobei sie jeden anschrien, Platz zu machen. Die Chai-*Wallas* schlenderten den Bahnsteig hinauf und hinunter und verkauften Teegläser durch die Zugfenster. Mit einem Blick auf den Abfahrtsplan verzehrten Männer eilig *Chappatis* und mit Curry gewürzte *Subjis*, die von ihren Ehefrauen, Müttern, Schwestern, Tanten und Freundinnen zubereitet worden waren.

Ich dachte daran zurück, wie ich als Zwanzigjährige zum ersten Mal Jaipur gesehen hatte – meine erste Zugfahrt. Wie aufregend das alles gewesen war! Das Versprechen eines neuen Lebens. Die Sorge, ob alles funktionieren würde. Und das hatte es. Als ich in diese Stadt gekommen war, hatte ich nichts als mein Zeichentalent und die Kenntnisse, die meine Schwiegermutter mir beigebracht hatte. Ich half Frauen dabei, sich ihre Wünsche zu erfüllen – sei es, dass sie etwas haben oder etwas loswerden wollten –, sodass sie mit ihrem Leben weitermachen konnten. Jetzt gab Jay Kumar mir die Chance für einen Neuanfang, dafür, mein Wissen zu nutzen, um die Alten und Jungen, die Kranken und Gebrechlichen, die Armen und Trostbedürftigen zu heilen.

So viele Menschen hatten mir auf meiner Reise geholfen. Meine *Saas*. Hazi und Nasreen. Samir. Kanta. Die Maharanis Indira und Latika. Mrs. Sharma. Und selbst Parvati.

Ich würde Jaipur nicht vermissen – jede Stadt hatte ihren Charme –, aber würde ich Samir vermissen?

Wenn ich ehrlich war, dachte ich immer noch an ihn.

Wie kameradschaftlich wir unser Geschäft geführt hatten, die Momente, wo wir zusammen gelacht hatten, in denen sich unser Bund wahrhaftig, stark angefühlt hatte, diese eine Nacht voller Lust.

Es gab manches an ihm, was ich nicht mehr bewunderte. Aber er war so lange Zeit Teil meines Lebens gewesen. Diese Erinnerungen zu unterdrücken wäre, als würde ich ein Drittel meines Lebens ignorieren.

Hätte ich ihn nicht getroffen, wäre ich vielleicht immer noch in Agra und würde dort mit den Kurtisanen zusammenarbeiten, die sich in ihren Freudenhäusern versteckten. Wer weiß, ob ich mir ohne seine Verbindungen ein Geschäft als Hennakünstlerin hätte aufbauen können. Wenn er mich nicht Parvati vorgestellt hätte, wäre ich vielleicht niemals in den Palast der Maharanis eingeladen worden. Hätte Ihre Hoheit mir niemals Tee servieren lassen.

Meine Aufmerksamkeit wurde von einem Aufruhr auf dem Bahnsteig abgelenkt, wo sich das Meer der Reisenden für einen beachtlichen Mann in einer Palastuniform teilte. Er trug den roten Kummerbund und den Kopfputz der Bediensteten der Maharanis. Bei sich hatte er einen großen, in Satin eingewickelten Behälter. Unter den linken Arm hatte er sich eine dünne Teppichrolle geklemmt. Ohne das Starren und die gedämpften Stimmen der Menschen auf dem Bahnsteig zu beachten, konsultierte der Mann ein Blatt Papier und prüfte im Vorbeigehen jeden Waggon.

Ich rief Malik ans Fenster und deutete mit dem Kinn auf den Bahnsteig.

Malik reckte den Hals. Dann grinste er und winkte. »Küchenmeister!«

Der Palastkoch drehte sich zu Maliks Stimme um. Sein Gesicht entspannte sich zu einem herzlichen Lächeln. Malik rannte zur Tür unseres Waggons. Ich sah ihnen zu, wie sie sich begrüßten, ein *Salam* von Malik und ein *Namaste* von Küchenmeister. Der große Mann reichte Malik die Pakete und einen Umschlag aus seiner Jackentasche. Sie sprachen noch ein paar Minuten miteinander, bevor Küchenmeister zum Abschied winkte.

Mit seinen Paketen beladen, kehrte Malik strahlend in unser Abteil zurück. Er reichte mir einen schweren, cremefarbenen Umschlag mit meinem Namen darauf. Ich erbrach das Palastsiegel, entfaltete den Briefbogen und las laut vor.

*Meine liebe Mrs. Shastri,*

*Ihr junger Freund hat Madho Singhs Herz gestohlen. Alles, worüber der Vogel reden kann, ist* Rabri *und Malik, Malik und* Rabri. *Er hat angefangen, nach Red and Whites zu fragen, weshalb ich inzwischen glaube, dass er auch zu rauchen begonnen hat. Das kann ich nicht dulden. Außerdem weigert er sich, noch mehr Französisch zu lernen (sein Repertoire umfasst nicht mehr als* bonjour *und* bon voyage*), und da ich jetzt all meine Zeit in Paris verbringe, stellt dies ein Problem dar. Deshalb muss ich meinem reizenden Vogel Adieu sagen und bitte Sie, so freundlich zu sein, ihn Malik zu schenken. Ich bin mir sicher, dass Madho Singh mit ihm glücklicher sein wird als in dieser Gruft von einem Wohnzimmer im Palast. Die beiden sind schon ein Pärchen, stimmen Sie mir da nicht zu?*

*Ihre Freundin und Verehrerin,*
*Maharani Indira Man Singh*

*PS: Madho Singh liebt den Teppich. Ohne ihn wäre er krank vor Heimweh.*

In unserem Abteil lüftete Malik die Satinabdeckung des Käfigs. Madho Singh hüpfte auf seiner Stange von einer Seite zur anderen. Er sagte »*Namaste! Bonjour!* Willkommen!« und pfiff. Malik erwiderte sein Pfeifen. Radha, die Madho Singh jetzt zum ersten Mal sah, kicherte entzückt.

Ich lächelte meine Familie an.

Das Pfeifen des Zugs schrillte mir in den Ohren und kündigte unsere Abfahrt an. Ich warf einen letzten Blick zum Fenster hinaus. In der Mitte des Bahnsteigs, wo die Menschen wie Ameisen herumwuselten, stand ein Mann still wie eine Statue.

Sein Blick ruhte auf mir. Sein weißes Hemd und sein *Dhoti* waren makellos. Er hatte sich rasiert und sich die Haare schneiden lassen. Er sah … stattlich aus.

Nur zwei Jahre hatte ich mit Hari zusammengelebt, aber in meinem Kopf hatte er mein halbes Leben lang gehaust. Ich hatte ihn abwechselnd gefürchtet, dann wieder Gleichgültigkeit, Verachtung, Hass ihm gegenüber, manchmal sogar Mitleid mit ihm verspürt. Nicht einmal hatte ich geglaubt, dass er dazu fähig wäre, sich zu ändern. Aber wenn ich mich ändern konnte, warum sollte er das nicht auch schaffen?

Langsam begann die Lokomotive, ihre schwere Last zu ziehen. Ihre Räder tuckerten und stampften, stampften und tuckerten. Reisende, die in letzter Minute ankamen, warfen sich und ihre Last in die Waggons. Chai-*Wallas* sammelten bei den Passagieren leere Gläser ein.

Hari legte seine Hände zu einem *Namaste* zusammen und hob sie vors Gesicht. Sein Lächeln war ohne Tadel oder Wut. Zum ersten Mal, seit ich ihn kannte, wirkte er zufrieden.

Ich erwiderte sein *Namaste.*

Der Zug gewann an Fahrt. Hari öffnete den Mund, und seine Lippen bewegten sich, aber über das Kreischen der Räder konnte ich nichts hören.

# EPILOG

Shimla, Himalaya-Vorgebirge, Indien
5. November 1956

Das war der letzte Tunnel, Tante Boss!«

Malik hatte über einer Eisenbahnkarte gebrütet und jeden einzelnen der hundert Tunnel gezählt, in die unsere Kleinbahn hineinfuhr. Mit dem normalen Zug waren wir von Jaipur nach Kalka gefahren und von dort aus mit der Kleinbahn nach Shimla.

Er zeigte auf unseren Standort auf der Karte. »Nur noch ein paar Minuten und wir sind im Bahnhof von Shimla!«

Er grinste. »Hast du das gehört, Madho Singh?« Auf dem Sitz neben ihm grummelte der Sittich unter der Satinabdeckung seines Käfigs.

Radha war mit dem Kopf in meinem Schoß eingeschlafen, aber jetzt setzte sie sich auf und rieb sich die Augen. Sie sah zum Zugfenster hinaus, auf die von Himalaya-Zedern und Tränen-Kiefern getupften felsigen Berge auf der anderen Seite des Tals. Der erste Schnee war gefallen und hatte die Baumwipfel bläulich weiß überzuckert.

»Liegt hier immer Schnee, Radha?«, fragte Malik. Er hatte bisher nur in der Wüste Rajasthans gelebt.

417

Sie lächelte. »Nur im Winter. Aber warte noch einen Monat. Dann wird der Boden vollständig von Schnee bedeckt sein. Dann werden wir eine Schneefrau bauen, die so aussieht wie Mrs. Iyengar!«

Sie lachten. Auch ich fand die Vorstellung von einem stämmigen Schneemann mit Sari amüsant, doch ich verbarg mein Lächeln hinter dem Brief, den ich erneut las.

Dr. Kumar hatte mir alle paar Tage einen Brief geschickt, seit ich sein Angebot angenommen hatte, mit ihm zusammenzuarbeiten. Dieser war just bevor wir uns auf den Weg nach Shimla machten angekommen.

1. November 1956

*Liebe Lakshmi,*

*ich habe ein Haus mit drei Schlafzimmern in Shimla für Ihre Familie gefunden. Radha und Malik werden beide ihr eigenes Zimmer haben! Es liegt in der Nähe vom Lady Bradley, sodass Sie zu Fuß gehen können. Oder, wenn Ihnen das lieber ist, kann ich Ihnen einen Wagen mit Fahrer besorgen.*

*Ich habe mir auch die Freiheit genommen, ein paar Termine für Sie zu vereinbaren, wenn Sie hier ankommen. Ich habe bereits das Gefühl, mich entschuldigen zu müssen, dass ich Sie hier so schnell an die Arbeit setze. Sie werden sofort loslegen, sobald Sie den Zug verlassen!*

*Mrs. Sethi, die Schulleiterin der Auckland House School, freut sich darauf, sich mit Ihnen bezüglich Radhas Anmeldung zu treffen. Ich würde Sie und Malik gerne an seinem ersten Tag zur Bishop Cotton, meiner Alma Ma-*

*ter, begleiten. Außer natürlich, Sie möchten, dass dieses*
*Vergnügen Ihnen allein vorbehalten bleibt. (Mein alter*
*Schulleiter ist immer noch da, aber glauben Sie keine der*
*Geschichten, die er über mich erzählt!)*

Samir Singh hatte angeboten, für Radhas Ausbildung aufzu-
kommen. Seine Nachricht an mich hatte mich überrascht. Er
hoffte, dass meine Schwester weiterhin Shakespeare studieren
würde, wie er sagte. Ich hatte das als die dürftige Entschuldigung angenommen, die sie war, auch wenn Radha Besseres
verdient hätte. Ich hatte darum gebeten, dass er ihre Gebühren anonym bezahlte; ich wollte keinen weiteren Kontakt zu
ihm. Außerdem wollte ich Radha keinerlei Grund dafür geben, mit den Singhs zu kommunizieren.

Jay Kumar wusste von diesem finanziellen Arrangement,
kannte aber den Hintergrund nicht, und als ich ihm den erklärte, stellte er mir keine weiteren Fragen. Er schien sich nur
auf unsere gemeinsame Zukunft zu konzentrieren. In seinen
regelmäßig eintreffenden Briefen erzählte er mir, was er von
den Bergleuten und ihren uralten medizinischen Heilanwen-
dungen lernte.

*Ein Teil des Rhododendronstrauchs, erzählen sie mir,*
*wird als Heilmittel für geschwollene Knöchel verwen-*
*det. Haben Sie schon einmal davon gehört? Gestern hat*
*eine alte Gaddi-Frau eine Schüssel mit Sik (aus den ge-*
*trockneten Früchten des Neem-Baumes) für eine unse-*
*rer Putzfrauen gebracht, die schwanger ist. Sie sagt, dass*
*es für einen gesunden Körper vor und nach der Geburt*
*sorgt. Aus reiner Neugier habe ich es gekostet – zum gro-*
*ßen Vergnügen der beiden Frauen!*

Der Gedanke daran, wie Jay Kumar von einer Grütze aß, die für eine schwangere Frau gedacht war, brachte mich zum Lächeln.

*Die Menschen fragen mich jeden Tag, wann Sie kommen. Viele erinnern sich aus der Ambulanz an Sie. So wie sie über Sie reden, haben Sie bei ihnen offenbar Eindruck hinterlassen – im besten Sinne. Sie, und ich auch, freuen uns, Sie wieder hier begrüßen zu dürfen.*

*Bis wir uns wiedersehen,*
*Jay*

Das Pfeifen des Zugs brachte mich in die Gegenwart zurück.

»Wir sind da!« Malik war von seinem Sitz aufgesprungen, noch bevor der Zug angehalten hatte.

Ich steckte den Brief wieder in meine Handtasche. Radha und Malik sammelten unsere Sachen zusammen. Die Fahrt verlangsamte sich, und als wir um die Kurve der Berge kamen, sah ich den Bahnhof von Shimla.

Jay Kumar war der größte Mann auf dem Bahnsteig. Er trug seinen weißen Kittel über einem grünen Rollkragenpullover; wahrscheinlich war er direkt aus dem Krankenhaus hergekommen. Der Himalayawind zerzauste seine Locken. Witzig, wie ich die grauen Strähnen in seinem Haar hatte vergessen können. Oder die Art, wie er mit dem Kopf zur Seite geneigt dastand, als würde er etwas Wichtigem zuhören.

Als er mich am Fenster stehend erblickte, änderte sich sein Gesichtsausdruck – ein langsames Lächeln des Wiedererkennens. Ich bemerkte auch das Grau in seinen Augen, und diesmal schaute er nicht weg.

Ich errötete und spürte die Hitze in meinem Nacken wie Feuer.

Radha zupfte mich am Arm. »Jiji, sieh nur!«

Jetzt bemerkte ich die Menschenmenge neben ihm, ihre leuchtenden Wollröcke, bestickten *Topas*, bunten Blusen. Da war die Frau, der ich Bittermelone und Knoblauch empfohlen hatte, als sie durch ihre Schwangerschaft unter einer schweren Magenverstimmung gelitten hatte. Sie hielt ihr neugeborenes Baby stolz in der Armbeuge.

Zu ihrer Rechten stand die Großmutter, die unter Arthritis litt, zahnlos lächelte und dabei die Zügel ihres Maultiers hielt.

Und da drüben – der Schäfer! Jay hatte mir geschrieben, dass die von mir vorgeschlagene Diät den Mann davor bewahrt hatte, sich den Kropf entfernen lassen zu müssen. Er hob eine Hand zum Gruß, um seine Augen bildeten sich Lachfältchen.

Tausend Meilen von dem winzigen Dorf entfernt, wo mein Leben begonnen hatte, war ich endlich zu Hause angekommen.

Hinter uns rief Madho Singh wieder: »*Namaste! Bonjour!* Willkommen!«

# DANKSAGUNGEN

Ich habe diesen Roman für meine Mutter geschrieben.

Sudha Latika Joshi ging im Alter von achtzehn Jahren eine arrangierte Ehe ein und war mit zweiundzwanzig Mutter von drei Kindern. Sie hatte nie die Möglichkeit gehabt, selbst zu entscheiden, wen sie heiraten wollte und wann, ob sie Kinder haben wollte oder nicht, ob sie ihre Ausbildung fortsetzen wollte oder nicht oder was sie mit ihrem Leben machen wollte. Aber sie hat dafür gesorgt, dass ich all diese Entscheidungen für mich selbst treffen konnte.

In diesem Roman habe ich mir vorgestellt, wie ihr Leben auch hätte aussehen können – als Lakshmi, die Hennakünstlerin, die sich ihr eigenes Leben aufbaut. Jeden Tag danke ich meiner außergewöhnlichen Mutter für ihre leidenschaftliche Liebe, ihre Hartnäckigkeit und ihre völlige Hingabe an meine Brüder und mich. Ohne sie hätte dieses Buch nie geschrieben werden können.

Mein Vater, Ramesh Chandra Joshi, und dessen beachtlicher Weg von einem bescheidenen Dorfbewohner zu einem Ingenieur, der die Welt bereist, erstaunt mich immer wieder. Er war von Anfang an von diesem Roman begeistert und hat mir von dem Indien seiner Jugend nach der britischen Herrschaft erzählt und der Rolle, die er beim Aufbau des neuen Indien gespielt hat. Seine Erinnerungen haben mir dabei geholfen, den Enthusiasmus nach der Unabhängigkeit, den ich in die Geschichte eingewebt habe, besser zu verstehen. Dad hat frühe Versionen des Romans gelesen und indische Freunde darum gebeten, die Entwürfe zu überprüfen und von ihren eigenen Erfahrungen zu berichten. Jegliche Fehler in der Erzählung gehen auf mein Konto.

Auch Emma Sweeney von der Literaturagentur Emma Sweeney Literary Agency schulde ich tausend Dank, die sich vor so vielen Jahren in dieses Buch verliebt hat und dabeigeblieben ist, bis es in die Welt entlassen werden konnte. Tausend Dank auch der leitenden Lektorin von MIRA Books, Kathy Sagan, und dem außergewöhnlichen HarperCollins-Team: Loriana Sacilotto, Nicole Brebner, Leo MacDonald, Heather Connor, Heather Foy, Margaret Marbury, Amy Jones, Randy Chan, Ashley MacDonald, Erin Craig, Karen Ma, Irina Pintea, Kaitlyn Vincent, Roxanne Jones und Laura Gianino. Leute, ihr rockt!

Ganz herzlich bedanken möchte ich mich bei Anita Amirrezvani, der Mentorin, deren Romane mich dazu inspiriert haben, eine Geschichte zu schreiben, die zu einer anderen Zeit, an einem anderen Ort und in einer anderen Kultur spielt.

Frühe Leserinnen und Leser, die mir dabei halfen, dieses Buch zum Klingen zu bringen, sind Tom Barbash, Janis Cooke Newman, Aimee Phan, Lanny Udell, Sandra Scofield, Robert Friedman, Samm Owens, Bonnie Ayers Namkung, Ritika Kumar, Shail Kumar, Grant Dukeshire, AJ Bunuan, Mary Severance und die anderen Teilnehmenden des CCA-MFA-Workshops.

Meine Brüder, Madhup Joshi und Piyush Joshi, haben Entwürfe dieses Romans gelesen und mich angespornt. Meine Mutter und ich sind nach 2008 mehrfach nach Jaipur gereist, wo wir in Piyushs Eigentumswohnung abgestiegen sind. In Jaipur habe ich Rajputen-Familien, Ladenbesitzer in der Pink City, Frauen in meinem Alter und ihre Töchter, Lehrer an der Maharani Gayatri Devi Girls' School, ayurvedische Ärzte und natürlich Hennakünstlerinnen interviewt. Ich habe in

Schulen und Colleges gesprochen, auf prachtvollen Hochzeiten getanzt und etliche Tassen Chai getrunken.

Ich habe mich auch mit Indiens Heilpflanzen, Heilmitteln des Ayurveda und der Aromatherapie sowie der Geschichte des Hennas beschäftigt – wie es hergestellt wird und warum es eine so wichtige Rolle in Indiens Kultur spielt. Ich habe über der Geschichte der Briten in Rajasthan gebrütet, über der Ausbildung der Mädchen in jener Zeit, dem Kastensystem und wie es die Leben derer beeinflusst hat, die davon festgelegt wurden.

Zur Inspiration habe ich Autorinnen und Autoren gelesen, deren Werke an das Indien heutiger und früherer Zeiten erinnern: Kamala Markandaya, Ruth Prawer Jhabvala, R. K. Narayan, Anita Desai, V. S. Naipaul, Rohinton Mistry, Amitav Ghosh, Manil Suri, Chitra Banerjee Divakaruni, Thrity Umrigar, Shobha Rao, Akhil Sharma und Madhuri Vijay – ebenso wie großartige postkoloniale Schriftstellerinnen und Schriftsteller wie Jamaica Kincaid, Chinua Achebe, Khaled Hosseini, Chimamanda Ngozi Adichie und Edwidge Danticat.

Zu guter Letzt – und immer – danke ich meinem Ehemann, Bradley Jay Owens, der meinte, dass ich einen Autoren geheiratet habe, weil ich insgeheim selbst Schriftstellerin sein wollte. Wenn er mich 1997 nicht dazu ermutigt hätte, hätte ich vielleicht niemals an einem Schreibworkshop teilgenommen, niemals meinen MFA gemacht, nie die Chance gehabt, meine Mutter auf die Art unsterblich zu machen, die sie verdient hat. Dir gehört mein Herz, Liebling.

Ich freue mich auf Rückmeldungen von meiner Leserschaft. Wenn Sie mich also kontaktieren wollen, finden Sie mich unter www.thehennaartist.com, oder besuchen Sie mich auf Facebook (alkajoshi2019) oder Instagram (@thealkajoshi).

# GLOSSAR

*Aam Panna*: ein erfrischendes Mangogetränk
*Accha*: in Ordnung, sehr wohl
*Almirah*: ein hölzerner Kleiderschrank
*Aloo*: Kartoffel
*Aloo Tikki*: pikanter Kartoffelpfannkuchen
*Angreji* bzw. *Angrezi*: die englische Sprache
*Anna*: kleine Münze, die 1/16 einer Rupie entspricht; nicht
mehr in Gebrauch
*Arré* oder *Arré Baap* oder *Baap re Baap*: um Himmels willen!
*Atta*: Mehlteig
*Ayah*: Kindermädchen
*Baap re Baap*: um Himmels willen!
*Badmash*: nichtsnutzige Person, Halunke
*Bahu*: Schwiegertochter
*Bawchi*: Samen, der zur Herstellung eines ayurvedischen
Öls kalt gepresst wird, das für Haut und Haare verwendet
wird
*Beedi*: eine indische Zigarette, braun und kegelförmig, viel
billiger als weiße, englische Marken
*Besan*: Kichererbsenmehl
*Betelnuss*: das Gleiche wie eine Arekanuss, leicht anregend,
von der Arekapalme
*Bhagavad Gita*: eine der zentralen Schriften des Hinduismus;
in Gedichtform geschrieben
*Bhagwan*: Gott
*Bhaji*: Gemüse, das in Mehlteig getaucht und frittiert wird;
wie ein Beignet

*Bheta*: Sohn; auch eine liebevolle Anrede für einen jungen Knaben oder jüngeren Mann

*Bheti*: Tochter; auch eine liebevolle Anrede für ein junges Mädchen oder eine jüngere Frau

*Bilkul*: extrem oder absolut

*Bindi*: ein kleiner, runder Punkt, der mit Zinnoberpulver auf die Stirn gemalt wird und den Familienstand anzeigt

*Boondi Raita*: Joghurtsauce mit frittierten Kichererbsenbällchen

*Boteh*: vom persischen Wort für »Blatt« abgeleitet, bezieht sich auf ein Paisley-Designmotiv

*Brahmi*: ein Kraut, das den Geist anregt

*Bukwas*: Unsinn

*Bülbül*: ein Singvogel, der in Asien und Afrika vorkommt

*Burfi*: eine Süßigkeit aus Milch, manchmal mit verschiedenen Nüssen darin

*Burri Nazar*: der böse Blick

*Bush-Shirt*: weißes T-Shirt, das ein Mann unter seinem halbärmeligen oder langärmeligen Hemd trägt

*Chaat*: pikanter Imbiss, frisch zubereitet, der an Ständen auf der Straße verkauft wird

*Chai*: heißer Gewürztee

*Chai-Walla*: jemand, der heißen Gewürztee verkauft

*Chameli*: indischer Jasmin

*Champa*: duftende Blume, die oft für Parfüm und Räucherwerk verwendet wird

*Chapatti*: rundes, ungesäuertes Fladenbrot

*Chappals:* handgefertigte Pantoffeln

*Charanna*: jemand, der vier *Annas* verdient, gleichbedeutend mit Pennys

*Charpoy*: traditionelles indisches Bett, aus Seilen oder Netzwerk geflochten

*Chole*: gekochte und gewürzte Kichererbsen

*Choti Behen*: kleine Schwester

*Chowkidar*: Pförtner, Wachmann

*Chunni*: die Kopfbedeckung einer Frau

*Chup-chup*: streng geheim

*Chura*: Armreif

*Dal Batti*: gekochte Weizenbällchen, die üblicherweise mit *Dal* (Linsensuppe) zusammen gegessen werden

*Dalit*: ein Unberührbarer

*Devdas*: ein Playboy

*Dhoti*: ein rechteckiges Stück Stoff, nicht genäht, üblicherweise weiß, viereinhalb bis sechseinhalb Meter lang, das von Männern getragen und um Hüften und Beine herumgeschlungen wird; als er aufhörte, Anzüge anzuziehen, hat Mahatma Gandhi immer einen *Dhoti* getragen, um indische Gebräuche gegenüber den britischen zu fördern

*Diya*: eine Öllampe aus Ton

*Doodh-Walla*: Milchmann

*Frangipani*: sehr wohlriechende, süßlich duftende Blume; wird in anderen Teilen der Welt als Plumeria bezeichnet

*Gajar ka Halwa*: eine Nachspeise aus klein gehackten Karotten

*Ghasti ki Behen*: Schwester einer Prostituierten

*Ghazal*: eine Liebesballade

*Ghee*: geklärte Butter oder Butter, der das Wasser entzogen wurde

*Gobi*: Blumenkohl

*Goonda*: Ganove

*Gopi*: Mädchen, das Kühe hütet

*Gori*: ein Mädchen mit hellen Haaren; außerdem ein Frauenname (englische Beamte wurden während der britischen Regentschaft als *Gora Sahibs* bezeichnet, was »Weiße Herren« bedeutet)

*Griha Pravesh*: Hauseinweihung

*Gymkhana*: ein Ort, an dem Wettspiele ausgetragen werden

*Hahn*: ja

*Hai Ram*: Oh Gott!

*Hijras*: Transgender oder intersexuelle Menschen

*Jalebi*: eine frittierte, orange Süßigkeit, die dick mit Zuckerwasser bedeckt ist

*Jeera*: Cuminsamen

*Jharu*: Besen

*Ji*: eine respektvolle Anrede. Der Zusatz zum Namen einer Person (z.B. Ganesha-*ji*, Gandhi-*ji*) ist ein Ausdruck von Respekt und Ehrfurcht

*Jiji*: große Schwester

*Juey*: Flöhe

*Juroor*: Natürlich!

*Kajal*: das Gleiche wie *Khol*, schwarzer Eyeliner

*Kaju*: Cashewkern

*Kaste*: Seit Jahrhunderten hielten die Inder sich an eine rigide sozioökonomische Klassenstruktur, die die Menschen nach ihrer Geburt in vier oder fünf Gruppen eingeteilt hat (die Anzahl ist diskutabel): Brahmanen (Priester und Lehrer), Kshatriyas (Krieger), Vaishyas (Händler), Shudras (Bedienstetenklasse) sowie die Unberührbaren

*Kathak*: ein beliebter, hochenergetischer Tanz mit antiken Wurzeln

*Khadi*: handgewebtes Tuch, oft aus Baumwolle; nachdem die Engländer indische Webereien zerstört hatten, um den Indern englisches Tuch zu verkaufen, ermutigte Gandhi die Inder, englische Waren zu boykottieren und stattdessen *Khadi*-Tuch für Saris und *Dhotis* zu verwenden

*Kheer*: eine Nachspeise, ähnlich wie Reispudding

*Khol*: das Gleiche wie Kajal, ein schwarzer Eyeliner

*Khus-Khus*-Fächer: aus Vetivergras hergestellt, wird der Fächer zuerst gedämpft, damit bei seiner Benutzung ein kühlendes Parfüm freigesetzt wird

*Kicheri*: ein Gericht aus Reis und Linsen, wird oft Kindern serviert

*Kofta*: Klöße aus Kartoffeln oder Fleisch

*Koriander*: beliebtes Gewürz in der indischen Küche; auch indische Petersilie genannt

*Koyal*: ein Vogel aus der Kuckucksfamilie, der für seinen schönen Gesang bekannt ist; wird oft als Nachtigall Indiens bezeichnet

*Kulfi*: Eiscreme

*Kundan*: Schmuck mit ungeschliffenen Diamanten und Edelsteinen, die in hochlegiertes geschmolzenes Gold eingelassen werden; stammt vermutlich von den königlichen Höfen Rajasthans

*Kurkuma*: leuchtend orangegelbes Gewürz, üblicherweise in Pulverform

*Kurta*: lockere, langärmlige Tunika, die über einer *Pyjama*hose getragen wird

*Kya*: Was? Was ist?

*Kya ho gya*: Was ist passiert?

*Laddus*: gekochte Bällchen aus gesüßten Linsen, gemahlenen Kichererbsen oder Vollkornweizenmehl

*Lakh*: Einheit im indischen Zahlensystem, die 100.000 entspricht

*Lassi*: beliebtes Getränk aus Joghurt

*Lingam*: Symbol des Phallus, Penis

*Maa*: bedeutet »Mutter« auf Hindi

*Maang Tikka*: Schmuck, den Frauen auf der Stirn tragen

*Maderchod*: Arschloch

*Maharadscha*: der mächtigste aller Könige in einer Region

*Maharani*: Ehefrau eines *Maharadschas*; die mächtigste Königin der Region

*Malish*: eine Masseurin

*Mala*: eine Halskette

*Mandala*: eine runde Form, die oft zu feierlichen Zwecken gezeichnet wird

*Mandap*: ein überdachtes Podest, das extra für die Braut, den Bräutigam und den *Pandit* errichtet wird, der die beiden traut

*Memsahib*: respektvolle Anrede für Frauen, etwa »gnädige Frau«

*Mirch*: scharfer Pfeffer

*Mutki*: Tongefäß, in dem Wasser kühl gehalten wird

*Nahee*: nein

*Namaste*: die gängige indische Begrüßung, bei der beide Handflächen just unterhalb des Halsansatzes zusammengelegt werden

*Namkeen*: salziger Snack, üblicherweise frittiert

*Nautch*: Tanz

*Nawab*: muslimischer Adliger

*Neem*: ein immergrüner Baum, der für verschiedene gesundheitliche Zwecke genutzt wird

*Nimbu Pani*: gesüßtes Limetten- oder Zitronenwasser

*Oiseau*: französisch für »Vogel«

*Om Ganapati Namah*: Ganesha-Mantra

*Onkel*: respektvolle, liebevolle Anrede für einen älteren männlichen Bekannten

*Paan*: ein mit Tabak und Betelnusspaste gefülltes Betelblatt, das überall verkauft wird

*Pakora*: ein frittierter Snack, oft mit einem einzelnen Gemüse wie Zwiebel oder Kartoffel gefüllt

*Pallu*: das dekorative Ende eines Saris, das über der Schulter getragen wird

*Pandit*: Lehrer, Priester

*Paneer*: Frischkäse, der zu Hause durch Gerinnenlassen der Milch hergestellt wird

*Pani*: Wasser

*Paisa*: Münze, entspricht 1/100 einer Rupie

*Pilao*: Duftreis, oft mit Gemüse darin

*Pitaji*: bedeutet »Vater« auf Hindi

*Piyaj*: Zwiebel

*Puja*: Verehrung Gottes

*Pukkah Sahib*: ein richtiger Gentleman

*Purdah*: eine uralte Tradition in manchen hinduistischen und muslimischen Gemeinden, wobei Männer und Frauen in getrennten Unterkünften leben

*Puri*: ein rundes, frittiertes Brot

*Pyjama*: untere Hälfte (Hose) einer *Kurta-Pyjama*-Garnitur für Männer

*Rabri*: ein sahniges Dessert aus Milch

*Ramayana*: neben dem Mahabharata das zweite indische Nationalepos

*Rasmalai*: eine Nachspeise aus Milch und Sahne

*Raita*: ein Würzmittel aus Joghurt und Gurke zum Abkühlen des Gaumens, wenn scharfe Gerichte serviert werden

*Rikscha-Walla*: Person, die eine Fahrradriksha betreibt

*Roti*: rundes Fladenbrot aus Vollkornweizen oder Mais

*Rudraksha*: ein Baum, dessen Samen für hinduistische Gebetsperlen verwendet werden

*Rupien*: die indische Währung

*Sahib*: respektvolle Anrede für Männer, etwa »mein Herr«

*Saali Kutti*: Schlampe

*Saas*: Schwiegermutter (auch *Saasuji*)

*Sadhu*: heiliger Mann

*Sajna*: Gemüse, das an eine lange, grüne Bohne erinnert

*Salam*: eine Begrüßung auf Arabisch

*Salla Kutta*: dreckiger Hund, ein abfälliger Ausdruck

*Shalwar Kamiz*: Set aus Tunika und Hose, das in den 1950ern hauptsächlich von Mädchen und jüngeren Frauen getragen wurde; heutzutage ist es eher ein modisches Statement, das von Jung und Alt gleichermaßen getragen wird

*Samosa*: ein frittierter Snack, oftmals mit Kartoffeln, Gewürzen und Erbsen gefüllt

*Sangeet*: gemeinsames Liedersingen

*Sari*: übliches, gewickeltes Kleidungsstück für Frauen, viereinhalb bis acht Meter lang

*Sev Puri*: ein salziger, frittierter Imbiss

*Shabash*: Bravo! Gut gemacht!

*Sharab*: Alkohol

*Subji*: alle möglichen Arten von Currygemüsegerichten

*Swaraswati*: Göttin der Weisheit und Gelehrsamkeit

*Tabla*: ein trommelartiges Instrument, das mit den Fingern und Handflächen gespielt wird

*Tante*: respektvolle, liebevolle Anrede für eine ältere weibliche Bekannte

*Tiffin*: Edelstahlhenkelmann mit mehreren Behältern übereinander

*Tikka*: ein Zeichen auf der Stirn aus einer duftenden Paste, wie zum Beispiel Sandelholz oder Zinnober

*Titli*: Schmetterling

*Tonga-Walla*: Mann, der einen Pferdekarren lenkt

*Topa*: Mütze oder Kopfbedeckung für Kinder

*Tulsi*: ein heiliges Kraut, dem Heilwirkungen für diverse Leiden zugeschrieben werden

*Turban*: Kopfbedeckung für Männer, die aus einer langen Stoffbahn besteht

*Vata*: grundlegendes Konzept der energetischen Kräfte des Körpers in der ayurvedischen Tradition

*Zamindar*: Landbesitzer, der sein Land von Pächtern bewirtschaften lässt

*Zaroor*: absolut, mit Sicherheit

# DIE GESCHICHTE DES HENNA

Schon seit mehr als fünftausend Jahren wird Henna (oder *Mehendi*) zur Verschönerung des Körpers verwendet. Im heißen Klima von Indien, Pakistan, China, dem Mittleren Osten und Nordafrika gedeiht die *Lawsonia inermis* üppig und erreicht eine Höhe von bis zu anderthalb Metern. Die Pflanze – deren Blätter, Blüten und Zweige zu Hennapulver vermahlen werden – lässt sich leicht finden und ist preisgünstig.

Gemischt mit Wasser, Zucker, Öl, Zitrone oder anderen Zutaten, wird die Farbe des Pulvers intensiver und ihre medizinischen und heilenden Eigenschaften werden gesteigert. Henna kühlt den Körper bei heißem Wetter und schützt die Haut vorm Austrocknen. In manchen Kulturen ist es üblich, Hände und Füße komplett in Henna einzutauchen, um kühl zu bleiben. In Indien färben Männer und Frauen sich ihre grauen Haare mit Henna statt mit chemischen Farben.

Üblicherweise wird Henna mit Hochzeiten und der Vorbereitung der Braut in Verbindung gebracht, aber es wird auch für andere wichtige Anlässe verwendet: Verlobungen, Geburtstage, Ferien, religiöse Feiern, Namensgebungszeremonien und mehr. Die alten Ägypter trugen Henna auf Körper auf, bevor sie sie mumifizierten. In Südchina wurde Henna dreitausend Jahre lang für erotische Rituale verwendet.

Heute gestalten Hennakünstlerinnen weiterhin zunehmend kunstvolle, komplizierte und einzigartige Muster, selbst wenn kein besonderer Anlass vorliegt. Die Fähigkeit einer

Künstlerin, das Muster an die Trägerin anzupassen, egal, wo sie sich befindet, hat es der Hennakunst ermöglicht, Kultur, religiöse Überzeugungen und Ethnien zu überwinden.

# RADHAS REZEPT FÜR HENNAPASTE

Die Blätter, Blüten und Stängel der Hennapflanze werden zuerst getrocknet, dann zu einem Pulver zermahlen und die harten Teile wie etwa Blattadern entfernt. Das Mahlen setzt das Bindemittel frei; wenn das Pulver dann mit heißem Wasser vermischt wird, bleibt die dadurch entstehende Paste länger an der Haut haften, und der frische Pflanzenduft umgibt die Trägerin.

Je dunkler die Farbe des Henna, desto länger ist das Muster auf der Haut zu sehen. Säurehaltige Bestandteile wie Zitronensaft, Essig oder starker schwarzer Tee helfen dabei, die Hennafarbe von Bernsteinfarben bis zu Dunkelbraun zu intensivieren. Das Gleiche gilt für Teebaum-, Eukalyptus-, Geranien-, Nelken- oder Lavendelöl, welche die Fähigkeit haben, die Farbe noch stärker mit der Haut zu verbinden. Unsere Fußsohlen und unsere Handflächen, wo unsere Haut am dicksten ist, nehmen die Hennafarbe am besten auf.

Nachdem Sie die Paste angerührt haben, sollten Sie sie sechs bis zwölf Stunden lang an einem kühlen, dunklen Ort ruhen lassen, bevor Sie sie auftragen.

Damit das Henna nicht austrocknet oder von der Haut abblättert, bevor die Farbe einziehen konnte, sollten Sie die noch feuchte Malerei vorsichtig mit einer Zuckerzitronenmischung besprühen (oder fügen Sie vor der Anwendung Zucker zur Paste selbst hinzu). Verwenden Sie nur natürliche Zucker, wie sie zum Beispiel in säurearmen Fruchtsäften von Mango und Guave enthalten sind, die auch zur Farbe beitra-

gen und den Farbton intensivieren. Je mehr Fruchtsaft Sie
hinzufügen, desto weniger Wasser sollten Sie in die Paste mischen.

Die Trägerin sollte sich ihre Hände nicht gleich waschen,
nachdem die Paste abgebröckelt ist. Wärme hilft dabei, das
Muster noch weiter zu versiegeln, deshalb sollten Sie die
Haut direkt danach mit Nelken- oder Lavendelöl massieren.
Binnen weniger Tage wird die Farbe nachdunkeln und sich
von einem hellen Orange zu Rotbraun verwandeln. (Deshalb
sollte die Trägerin sich ein paar Tage vor dem feierlichen Anlass mit Henna schmücken lassen, sodass das Design dann
gerade auf seinem Höhepunkt ist.)

# DAS KASTENSYSTEM IN INDIEN

Indiens Kastensystem ist kompliziert und schwierig zu erklären. Es begann tausend Jahre vor Christus als eine Art, die Gesellschaft in vier verschiedene Berufsgruppen aufzuteilen, und unterscheidet jetzt mehr als dreitausend Kasten und fünfundzwanzigtausend Unterkasten.

Manche sind der Überzeugung, dass die ursprünglichen vier Kasten aus dem Körper von Brahma, dem Gott der Schöpfung, erschaffen wurden. Von seinem Kopf stammen die Brahmanen, denen die Rolle der Priester, Ausbilder und Intellektuellen zugeteilt wurde. Aus seinen Armen entstanden die Kshatriyas, die Krieger und Herrscher, die das Volk schützen sollen. Die Vaishyas, oder Händler, welche Geschäfte führen und Geld verleihen, stammen aus seinen Oberschenkeln. Die vierte Kaste, die Shudras, waren Feldarbeiter und Hausdiener; sie stammen von Brahmas Füßen ab.

Den Dalits, oder Unberührbaren, wurde jegliche Rolle im Kastensystem verweigert. Sie arbeiteten als Schlachter, Latrinenreiniger, Straßenkehrer und Gerber; sie kümmerten sich auch um die Toten. Kinder erbten die Kaste von ihren Eltern.

Die Moguln, die Indien für den Großteil des 16. und 17. Jahrhunderts beherrschten, behielten Indiens Kastensystem bei. Später nutzten die Briten die Kastentradition als bequeme Art, ihre Kolonialherrschaft zu organisieren.

Mit Indiens Unabhängigkeit 1947 kam eine neue Verfassung, welche die Diskriminierung auf Basis einer Kaste verbot und anerkannte, dass das System unfairerweise manchen Menschen Privilegien gewährt und anderen vorenthalten hatte.

Unglücklicherweise erforderte es mehrere Jahrzehnte und wiederholte Demonstrationen der Dalits, bis Indien wesentliche Änderungen (ähnlich dem Affirmative-Action-Programm in den USA) vornahm, die es den Dalits ermöglichten, an Universitäten zu studieren und im öffentlichen Bereich zu arbeiten.

Die Kaste spielt weiterhin eine größere Rolle bei arrangierten Ehen, der Essenszubereitung und der Religionsausübung. Eine Heirat zwischen Mitgliedern verschiedener Kasten kann den Ruf beider Familien beschädigen und führt oft dazu, dass das Paar geächtet wird. Manche Kasten weigern sich, Fleisch zu essen, während andere wiederum darauf bestehen. Inder sind religiösen Praktiken gegenüber tolerant, die von ihren eigenen abweichen, aber jede Kaste praktiziert weiterhin ihre eigenen religiösen Rituale.

Weil das Kastensystem so tief in Indiens Kultur verwurzelt ist und das schon seit Tausenden von Jahren, wird es dauern, bis sich die Inder von lang gehegten Überzeugungen hinsichtlich der Macht, Privilegien und Restriktionen von Kasten lösen. Soziale Netzwerke haben den Kontakt und die Kommunikation der indischen Bevölkerung mit der westlichen Welt gefördert, in der es keine Kasten gibt, was dazu führt, dass manche dieser Überzeugungen sich ändern. Ganz ähnlich haben mehr Bildung und bessere Berufsaussichten für Frauen und niedere Kasten dazu geführt, dass viele Kastentabus infrage gestellt werden. Nichtsdestotrotz gibt es weiterhin kastenähnliche Systeme nicht nur in Indien, sondern auch in Sri Lanka, Nepal, Japan, Korea, dem Jemen, Indonesien, China und bestimmten Ländern in Afrika.

# MALIKS REZEPT FÜR BATTI-BÄLLCHEN

*Dal Batti Churma* ist ein herzhaftes, authentisches Gericht aus Rajasthan, gleichzeitig pikant und süß, das zu Hochzeiten und vielen weiteren Zeremonien serviert wird. *Dal* ist ein einfaches Curry, das aus grünen, gelben oder schwarzen Linsen ebenso wie aus getrockneten Kichererbsen zubereitet und mit Kreuzkümmel, Kurkuma, Koriander, grünen Chilis, Zwiebeln, Knoblauch und Salz gewürzt werden kann. Es gibt ebenso viele Rezepte für *Dal* wie für *Chapattis*.

*Batti*, ein Vollkornweizenmehl, das zu Kugeln zusammengerollt und im Holzkohlenfeuer oder Backofen gebacken wird, wird als Beilage zum *Dal* serviert. Es kann als Ganzes serviert und ins *Dal* getunkt werden, oder es kann zerstoßen und mit Zucker oder *Jaggery*, unraffiniertem Rohrzucker, zur süßen Nachspeise *Churma* vermischt werden.

Nachfolgend finden Sie ein Rezept für die *Batti*-Bällchen, die Malik in *Ghee* frittiert, die aber auch im Ofen gebacken werden können, damit sie gesünder sind.

**Zutaten:**

2 Tassen Vollkornweizenmehl

2 Teelöffel Fenchelsamen

2 Teelöffel Salz

4 Teelöffel zerlassenes *Ghee* (oder Rapsöl), mehr, wenn die *Batti* frittiert werden sollen

¼ Tasse Vollmilchjoghurt (keinen halbfetten oder Magermilchjoghurt nehmen)

2 Teelöffel lauwarmes Wasser

**Zubereitung:**

1. Den Ofen auf 180 °C vorheizen.

2. Fenchelsamen, Salz und *Ghee*/Öl zum Weizenmehl geben und gut vermischen.

3. Das Wasser in den Joghurt rühren, bis er glatt ist. Die Mehlmischung hinzugeben.

4. Den Teig kneten, bis alles gut eingearbeitet ist. Er sollte sich fest wie Keksteig anfühlen, nicht wie eine Kuchenmischung.

5. Den Teig zwischen den Handflächen zu Bällchen mit etwa 4 cm Durchmesser rollen.

6. Die *Batti*-Bällchen mit 5 cm Abstand auf ein Backblech legen und 15 Min. lang backen. Die Bällchen sollten auf der Unterseite goldbraun sein. Dann wenden und weitere 15 Min. von der anderen Seite backen.

7. Zum Testen ein Bällchen auseinanderbrechen, um sicherzugehen, dass es durchgebacken ist.

8. Mit *Dal* servieren.

Ergibt 4 Portionen.

# DAS PALASTREZEPT FÜR KÖNIGLICHES RABRI

Rabri ist eine sahnige, üppige und gesunde Nachspeise, die sich leicht zubereiten lässt. Es ist zeitaufwendig, lohnt aber definitiv der Mühe. Lesen Sie ein Buch, während Sie rühren – vielleicht sogar dieses hier!

**Zutaten:**

10 Tassen Vollmilch
2 Tassen Schlagsahne
4/5 Tasse Zucker
1 Teelöffel zerstoßene Kardamomsamen
2 Teelöffel geröstete gehobelte oder gestiftelte Mandeln
6 Fäden Safran
1 Teelöffel *Kewra*- oder Rosenöl (optional)

**Zubereitung:**

1. Milch und Sahne in einem Stieltopf vermischen. 2 Stunden lang unter ständigem Rühren auf niedriger Flamme kochen. Die Sahne, die sich an den Rändern absetzt, abkratzen und wieder zur Mischung geben. Die Milch darf nicht anbrennen.

2. 2 Teelöffel heißer Milchmischung in einer Schüssel beiseitestellen und die Safranfäden darin einweichen lassen.

3. Zucker in den Topf geben.

4. Wenn die Milchmischung sahnig und auf die Hälfte reduziert ist, den Topf vom Herd nehmen. Abkühlen lassen.

5. Safranessenz, zerstoßenen Kardamom und Mandeln unter die Mischung heben.

6. 4 Stunden lang kühlen.

Ergibt 10 Portionen.

# EINE UNTERHALTUNG
# MIT DER AUTORIN

**Was hat Sie dazu inspiriert, »Die Hennakünstlerin« zu schreiben?**

Ich muss mich bei meiner Mutter für meinen ersten Roman bedanken.

Als ich fünfzehn war, gingen meine Mutter und ich Kleidung für die Schule einkaufen. Wir lebten damals seit sechs Jahren in den Vereinigten Staaten – im Mittleren Westen –, aber sie trug immer noch Saris. Als wir bei den Kleidern vorbeikamen, nahm sie ein tief ausgeschnittenes Kleid mit Neckholder vom Ständer und bat mich, es anzuprobieren. Ein amerikanisches Mädchen hätte seine Mutter vielleicht für hip gehalten, aber mir war es peinlich.

An meinem sechzehnten Geburtstag hat meine Mutter einen Termin bei Merle Norman Cosmetics ausgemacht, damit ich lernen konnte, wie man Make-up verwendet. Sie selbst wusste nichts darüber, hatte aber das Gefuhl, dass ich es lernen müsste.

Mit achtzehn, als ich ihr sagte, dass ich mit meinem ersten Freund schlafen wollte, hat sie sofort dafür gesorgt, dass ich die Pille nahm, und mich gedrängt, herumzuexperimentieren – sie, die im Alter von achtzehn Jahren verheiratet worden war und immer noch mit der englischen Sprache zu kämpfen hatte.

Ich habe Jahre gebraucht, um zu verstehen, dass meine Mutter für mich ein Leben wollte, das ihr selbst verweigert worden war. Sie wollte, dass ich die Freiheit habe, selbst zu entscheiden.

Irgendwann fing ich an, mir für das Leben meiner Mutter einen anderen Beginn vorzustellen. Was, wenn ihr Vater nicht in so jungem Alter eine Ehe für sie arrangiert hätte? Was, wenn sie nicht kurz hintereinander drei Kinder bekommen hätte? Was hätte eine kreative, kämpferische, intelligente Frau wie sie getan, um allein zu überleben, wenn sie sich ihrem Vater widersetzt und sich geweigert hätte zu heiraten?

Lakshmi, die Hennakünstlerin, verkörpert das alternative Leben, das ich mir für meine Mutter vorgestellt habe. Die fieberhafte Zeit nach der indischen Unabhängigkeit von den Briten, als Indien in einem beispiellosen Tempo neue Universitäten, eine neue Regierung und kulturelle Institutionen sowie Straßen, Dämme und Brücken aufbaute, war der ideale Hintergrund, vor dem Lakshmi sich ein neues Leben aufbauen konnte. Wie meine Mutter wollte Lakshmi ihre eigenen Entscheidungen darüber treffen, was sie tun wollte, mit wem sie zusammen sein wollte und wo sie hingehen wollte. Sie lehnte Konventionen ab, selbst wenn sie wusste, dass die Kosten dafür hoch sein würden, und nicht nur für sie selbst, sondern auch für ihre Familie.

Doch wie die Bürger einer seit Kurzem unabhängigen Nation merkt auch Lakshmi, dass Fortschritt seine Zeit braucht. Während Lakshmi für ihre Talente öffentlich anerkannt wird, wie es meine Mutter nie erlebt hat, lassen sich die kulturellen Normen, innerhalb derer sie aufgewachsen ist, nicht leicht verbiegen, um einer intelligenten, eigenwilligen jungen Frau entgegenzukommen. Letztendlich ist sie dazu gezwungen, einen neuen Weg einzuschlagen, der gleichzeitig ihren Ehrgeiz und die Erwartungen der Gesellschaft befriedigt.

Meine Mutter ist nicht länger unter uns, aber sie lebt in jedem Atemzug und jedem Wort von Lakshmi weiter. Durch Lakshmi schwelgt meine Mutter in der Freiheit, die sie im wahren Leben nie genossen hat.

**Arbeiten Sie an einem weiteren Roman?**

Ja. Ich erkunde die Zukunft für einige der zentralen Figuren aus der »Hennakünstlerin«. Die Geschichte spielt im Jahr 1967. Die jüngeren Charaktere gehören jetzt der neuen Generation progressiver Inder an, die das Land voranbringen.